가깝고도 먼 곳

오경훈 소설집
가깝고도 먼 곳

지은이 오경훈
펴낸이 강정희
펴낸곳 도서출판 각 Ltd.

초판 인쇄 2025년 7월 23일
초판 발행 2025년 7월 30일

도서출판 각 Ltd.
주소 (63168) 제주특별자치도 제주시 관덕로6길 17 2층
전화 064·725·4410
팩스 064·759·4410
등록번호 제651-2016-000013호

ISBN 979-11-93870-21-1 03810

값 20,000원

* 이 책 내용의 전부 또는 일부를 재사용하려면 반드시 지은이와 출판사 양측의 동의를 받아야 합니다.
* 이 책 제작비의 일부는 제주문화예술재단 예술창작활동지원 사업비의 지원을 받았습니다.
* 잘못 만들어진 책은 구입하신 곳에서 교환해드립니다.

가깝고도 먼 곳

오경훈 소설집

차 례

■ 단편소설

가깝고도 먼 곳 · 9
열쭝이 사설 · 31
사교(邪敎) · 57
실향(失鄕) · 91
마을제[醋祭] · 119
악마는 숨어서 웃는다 · 163

■ 중편소설

강정(江汀) 길 나그네 · 195

해설 · 325

단편소설

가깝고도 먼 곳

한길로 나가는 갈림목에서 세 사람이 만났다. 모퉁이 가게채의 붉은 닭발 집 앞은 일시 주차가 쉬워 우리 봉사자들이 달마다 모이는 장소였다. 매월 첫 일요일은 우리 조(組)가 봉사활동을 나가는 날인데 정오를 넘겨 약속된 시간에 이곳으로 나오는 것이다. 고정배기로 개근하는 사람은 총무, 나, 그리고 신참 한 사람이었다. 신삥을 빼면 몇 년간을 벗해 온 동료다.

"단장은 오늘도 코빼기를 안 뵈는군."

내가 곱지 않은 소리를 내었다.

"단장은 바빠. 간부회의에 갔을 거야."

총무가 덤덤하게 받았다. 상위자에 예의를 보이는 언사지만 죄 거짓말이었다. 저쪽은 두 손을 펴서 썰썰 내저으며 군말까지 달았다.

"그 어른은 기다리지 마. 다음에 국수 산댔어."

"말짱 허땜이야. 지금까지 몇 번짼가."

나는 고개를 외틀며 혀를 찼다.

우리들이 찾아가는 장애인 시설 '자애원'은 교외에 떨어져 있었다. 국비 지원을 받는 시설이라 외부 환경은 좋았다. 주위는 소나무 숲이고 학교 운동장

만한 마당엔 잔디가 깔렸으며 건물은 2층 슬래브조로 도색이 잘 되었다. 실외에 체육기구 조형물 파고라 등도 설치돼 있었다.

우리가 마당 안으로 들어갔을 때 2층 생활실로 올라가는 옥외계단 아래서 장애아 한 놈이 웅크리고 앉아 뼘 반쯤 되는 막대기로 강아지를 꼰작대고 있었다. 강아지가 앙앙거리며 막대기를 물려고 입을 벌렸다. 사무실에서 직원이 나와 장애아를 보고 소리쳤다.

"그만 못 둬. 자꾸 개를 쫄리면 니도 멍멍이 된다이."

직원이 일갈하자 장애아는 화들짝 놀라 막대기를 내던졌다. 털이 꼬실꼬실한 감장강아지가 훌쩍 뛰어나와 회들회들 꼬리를 쳤다. 강아지는 곧 아이의 바짓가랑이로 달라붙었는데 둘은 함께 놀고 있었던 모양이다.

"선생님이 왔으니 얼른 안으로 들어가. 다시 볶닭질 하면 니 밥 몽땅 개 줘 버린다!"

"히잉."

장애아가 고개를 내두르며 허정허정 층계를 올라갔다.

우리 봉사 조가 맡고 있는 '형제실' 안에는 키다리 작다리 뚱뚱이 빼빼들, 체구가 고르지 않은 남자 뇌성장애아 여덟이 수용돼 있었다. 이들은 앉고 눕고 서대며 각양각태로 시간을 보내었다.

정해놓고 우리 봉사자들은 같은 생활실만 드나들었으므로 낯익은 놈들이 더러 아는 체하기도 하였다. 미닫이를 밀고 들어가면 마구 고개방아를 찧으면서 팔을 내밀어 악수를 청하는 녀석이 있는가 하면 이쪽의 뒷자락을 짜긋짜긋 당겨 보는 놈도 있었다. 이곳에 수용된 장애자들은 모두 '아이'로 불리고 있었지만 나이가 20대인 나배기들이었다.

우리의 도착을 기다린 생활 재활교사가 애들을 재촉하여 탈의(脫衣)시킨다.

"빨랑 벗고 준비하라고."

재활교사가 식지를 뻗어 욕실 앞을 가리키며 차례를 서도록 손짓을 한다. 교사가 재우쳐 몰지만 장애아들은 언제나 나릿나릿 늘보 동작이었다.

목욕실은 좁았다. 목욕간이 따로 있는 게 아니고 거실에 딸린 작은 방인데 좌변기 세면대 급수전 등을 설치한 가정집 욕실과 다르지 않았다. 커다란 고무 물통이 자리를 반쯤 차지하고 있어 좁은 공간에서 바가지 물로 몸을 씻기는 것이다.

목욕 일을 하는데 필요한 인원은 최소 3명. 한 사람이 욕실 안으로 들어가고 두 사람이 욕실 밖 거실에서 애들의 몸을 수건질 하고 드라이어로 머리를 말렸다.

내가 때밀이 역을 맡은 것은 자의반 타의반으로 시작된 것인데, 오래 하다 보니 아주 전담이 되고 말았다. 나이를 먹어 봉사단에 들어갔을 때 신입자로서의 도리라고 생각하고 눈치껏 자원하였던 것이 후에 아무도 대신 맡아주지를 않아 장기간 말뚝으로 굳어져 버렸다.

"얼씬 들어오라이."

나는 욕실 문을 젖히며 잔뜩 가슴을 싸안고 서 있는 앞 놈에게 손을 쳤다. 옹송그리고 서서 꾸물거리던 놈이 미적미적 오금을 뗀다. 나는 지정거리는 녀석을 물통 곁으로 바싹 당겨 놓고 볼때기를 살짝 꼬집어주고 나서 구령을 붙이듯 명령하는 것이다.

"팔 짚고 몸을 굽혀."

저쪽의 어깻등을 눌러 잔뜩 구부리게 해놓고 머리에 샴푸를 두루 바른다. 거품이 일도록 비비며 불쩍거리고 나서 바가지로 물을 끼얹어 헹궈 준다. 다음에 바디 샴푸로 온몸을 미끈둥하게 칠하는 것이다. 겨드랑이며 사타구니 발가락 사이까지 족족 발라 놓고는 때수건으로 자근자근 밀었다.

별것 아닌 것 같은 일이 체력을 많이 소모시켰다. 나는 근력이 좋은 편이 못 되어서 한두 시간씩 허리를 굽적거리며 뼈대 굵은 놈들을 문질러 주고 나면 온몸이 땀으로 젖고 현기가 났다.

'불구아들 앞에서 좀한 괴로움이야 저리 가라지.' 나는 혼잣소리로 벌렁거리는 가슴을 달래며 더운 숨을 몰아쉬었다. 허리가 뻐적지근해지도록 일에 열중하고 있을 때 욕실 밖에서 높은 목소리가 들렸다.

"끄터리 한 사람뿐—"

장애아의 몸을 말려 주던 신삥이 이쪽에 알리는 기척인데 그 소리가 내 귀에 턱없이 크게 들렸다. 이쪽도 머리 수를 다 세고 있는데 저쪽에서 대고 목청을 높이자 이상하게 자그럽게 들리면서 심상이 거슬렸다.

내 들으라고 하는 거야. '한 명 줄었어.' 하고 말하는 거야. 이쪽이 가슴 아파하는 일을 은근슬쩍 건드는 짓이지.

따지고 면박 줄 수도 없는 일이었다. 나는 켸이는 마음을 혼잣속으로 누르며 언짢은 심기를 딴눈으로 돌리려고 하였다.

문짝이 닫혀 있어서 껄때청을 내었는지도 모르지. 초짜배기라 제 몫을 한답시고 떨렁거린 건 아닐까. 그게 아니라면 이쪽이 너무 과민하여 자신도 모르게 귀를 쫑긋해 버린 것인지도 몰라…. 나는 마음을 너누룩이 먹으려고 혼잣소리에 군짓으로 투레질 소리를 섞으면서 손이 싸게 일을 하였다.

마지막 차례로 들어온 놈을 나는 사망한 장애아 덕진이로 바꿔보면서 튼실하지도 못한 사지 몸통을 곡진히 닦아 주며 가버린 녀석의 구멍새와 지껄이던 목소리를 떠올렸다.

'할무니 수제비―, 할무니 수제비―' 덕진이는 입을 쩌금거리며 지지거렸는데 아마도 할머니가 만들어 준 음식을 맛있게 먹었던 기억을 잊지 못하는 모양이었다. 형제실의 생활 재활교사는 이 소리를 열백 번 들었다고 말했다.

나는 우연한 기회에 발달장애 애들이 치료교육을 받으며 만들어 놓은 결과물을 볼 기회가 있었다. 지난날 목욕 봉사를 마치고 돌아갈 때 경의실(更衣室)에 휴대폰을 놓고 온 일이 있어 이튿날 그걸 가지러 갔을 적에 애들과 치료실에 가 있는 재활교사를 만난 것이다.

미술 치료실 안에는 테이블이 몇 개 놓여 있고 그 주위로 '형제실' '자매실'에서 나온 남녀 장애아들이 둘러앉아 색지를 뽀삭대고 흙덩이를 찰딱거리고 있었다. 지도자는 봉사자로 나온 전문가 같았으며, 애들은 두 반으로 나뉘어 여자애들이 종이접기 상자 만들기 노끈 꼬기를 하고 남자애들은 고무 찰흙을 주물러 떡가랜지 꽈배긴지 소시지 도막인지 알량한 것들을 만들었다. 나는 진열대 위에 전시된 애들 작품으로 눈이 갔다.

"덕진이 작품도 여기에 있나요?"

내가 재활교사에게 물었다.

"있지요. 이거예요."

교사가 동글동글한 흙덩이를 모아 놓은 쟁반을 가리켰다. 그가 덧붙였다.

"재미있게 만들었지요? 깜냥을 다했을 거예요."

"이게 뭐예요. 무얼 만든 걸까요?"

내가 고개를 갸울이고 쟁반 위에 놓인 찰흙덩이를 이쪽저쪽으로 살펴보았다. 교사가 말하였다.

"공깃돌 아닐까요?"

"한쪽이 뾰조록한데요."

"그게 뭔지 애들은 설명을 못해요. 지력이 낮아서요."
저쪽은 건정 보고 쉽게 말했다.

지금 와서 생각해 볼 때 그것은 수제비떡 같았다. 어디선지 덕진이가 지금도 '할무니 수제비—'를 흥얼거리고 있는 소리가 때룩거리고 입을 쩝쩝거리는 모양이 보이는 것이다.

나는 목욕 일을 마치고 나와 동행들이 사무실로 차를 마시러 들어간 사이 밖에서 석단에 앉아 단 숨을 식히며 땀을 들였다. 눈길을 여기저기로 돌리고 있자니 환상 같은 게 어릿거리면서 야릇한 심정이 되었다. 짧은 운을 타고난 어린 새가 둥지에서 떨어져 버린 것처럼 다시 돌아오지 못하는 장애아의 인상이 마음에 씌우면서 새록새록 지난 일들이 리플레이 되는 것이다.

녀석은 이쪽과 다달이 만났던 지난 이태 동안 벙어리 상태에서 약간의 변화를 보이기도 했다. '수제비'를 발음하다 제 이름 '덕진이'를 말하고 그리고 '바다, 조개'까지 알아들을 만한 음성을 냈었다.

잔디 운동장에서 유기견 여러 마리가 태평하게 드러누워 햇볕을 쬐고 있었는데 그것들의 배때기를 간질여주던 애도 덕진이었다. 이곳 시설이 마을과 멀리 떨어져 있는데도 개들이 여기까지 몰려오는 것은 쓰레기로 처리되는 음식물 찌꺼기가 꽤 먹을 만했기 때문일 것이다. 개들은 이상하게도 장애아들과 친했다. 정상인의 접근은 슬슬 피하면서도 장애아들과는 안기고 엉기며 곧잘 뒹굴었다. 그 속에 덕진이가 있었다.

매번 그러한 것은 아니었지만, 우리가 봉사를 마치고 생활실을 나오면서 애들에게 하트(♡) 모양을 만들어 보였을 때 무덤덤한 얼굴들 가운데서 눈을 반득거린 애는 덕진이었다. 녀석은 '사랑'이라는 말은 못 냈지만 기지개를 켜는 폼새로 두 팔을 머리 위로 올려 찌그러진 감자 모양을 만들었는데 그만한 흉내로도 우리는 미소를 띠었으며 다음번 봉사 때 녀석의 머리를 토닥여 주곤 하였다. 이마가 숙붙고 반곱슬머리인 녀석의 얼굴이 눈에 그려졌다.

사무실에서 봉사일지에 명단을 올리고 차를 마시면서 다른 생활실 봉사자들과 쥐코개코 떠들던 동행들이 히들거리며 밖으로 나왔다. 내가 젖은 옷가슴을 헤치고 팔을 처뜨린 꼴새로 구성없이 앉아 있는 것을 본 신삥이 실실 흘리던 웃음빛을 지우더니 다음부터는 제가 욕실 안으로 들어가겠다고 뚜벅 말했다. 나는 잠시 덩둘했다가 웬 소리냐 하고 반색하며 체수없이 대답했다.

"한 번 해봐. 안전막동(眼前莫同), 무슨 말인지 알지? 저절로 정이 붙는다 이거여."

잔밉게 여겨졌던 녀석이 뒤늦게 지각이 났는지 고소한 소리를 내자 나는 달싹 마음이 들떠서 이자가 비로소 속대가 바로 섰다 하고 꾸둥한 얼굴을 폈다. 연장자인 이쪽이 땀을 뻘뻘 흘리고 있는데도 녀석은 수건 한 장 달랑 들고 기껏 젖은 놈 몸이나 닦아 주는 걸로 제 역할을 다하고 있다고 치부해 온 헐렁한 녀석이 이제야 제대로 셈이 든 것이라고 마음을 풀쳤다.

그렇긴 해도 이제 내가 형제실 안에서 몸을 적시고 나온 애들을 닦아 주며 '마지막 한 놈' 하고 욕실 안으로 알려 주어야 할 때, 세상을 떠난 애가 남긴 빈자리는 어떻게 지워야 할 것인가. 녀석이 떠난 빈자리, 사물함 하나가 아직도 명찰이 붙었던 자국을 선명히 남겨놓은 채 변함이 없지 않은가.

나는 죄를 짓고 거짓 낯짝으로 사는 게 아닐까 하는 설떠름한 생각이 들었다. 왜 이리 가슴이 찌붓하고 울민한가. 그때 우리들의 물놀이는 참으로 아름답지 않았던가. 결국 불행을 만든 원인으로 귀결된다고 해서 그때의 그림이 지워지겠는가. 나의 찜찜한 마음은 변명과 자책 사이를 일왕일래했다.

우리 집은 아들 며느리가 맞벌이를 나가기 때문에 나와 아내가 손자 두 놈을 맡아 길렀다. 휴일이 되면 아이들은 밖으로 나가자고 졸라대기 일쑤였다.

여름방학이 끝날 무렵 한낮이 찌던 날, 나는 손자들을 데리고 바다로 나갈 행장을 꾸렸다. 애들이 국수를 좋아했기 때문에 나가는 길에 입매거리로 '할머니 국수'에서 멸치국수를 시켜 먹었다. 국숫집은 우리 집이 있는 아파트 단지에서 큰길로 나가는 곁길 모퉁이에 자리 잡고 있어 우리가 종종 들르는 집이었다.

나는 국수를 먹으면서 할머니가 일하는 주방 문턱에 우두커니 서 있는 꺼병이를 보았다. 아까부터 그 자세로 서서 자리를 바꾸지 않고 손가락을 빨고 있었는데 녀석은 전에도 이런 모습을 보인 적이 있는 이 집 손자 덕진이었다.

덕진이는 뇌성마비 장애아로 내가 봉사활동을 다니는 시설 '자애원'에 입원하고 있었으며, 생일날을 맞아 외출한 모양이었다. 시설에서는 가족이 원할 경우 생일이나 명절 때 장애아를 집으로 보내 가정에서 생활할 수 있도록 수응하고 있었다.

"왜 저러고 있지요? 무엇에 삐쳤나요?"

"갈 데가 있어야지. 아무도 쟤하고 놀아 주지 않아요."

"고것 참."

"수제비 떡국 만들어준다고 일렀더니 투정은 안 부리고 서 있는 거라요."

"착한 애로군요."

"내가 손이 바빠서 못 만들어주니까 종일 저러고 있는 거지 뭐. 집에 데려올 때마다 저러고 있다고요. 이 할머니가 가슴 터지지 않겠어."

"애가 지금 몇 살이에요?"

"나이는 알아서 뭐해요. 더끔더끔 먹어서 이제 스물 하난가. 키만 컸지 곰

통인걸요."

"애 아버지는 소식이 없나요?"

꺼내 놓고 나는 아, 하였다. 남의 집안일을 쉬이보고 세세사정을 물은 것 같았다. 나는 입이 싸다 하고 입속말로 구누름을 했다. 낯값을 못하는 푼꾼이야….

다문 조가비처럼 입을 잠가버릴 줄 알았던 할머니가 가분히 입술을 떼었다. 내가 시설에 봉사 다니는 걸 알고 있었기 때문일까. 아니면 싸안고 사는 고통이 오래 묵어서 공연한 푸념이 돼버린 걸까.

"몰라. 있다면 내가 왜 이 모양으로 살겠어. 어데서 노숙자 틈에 끼어 거렁뱅이 하고 있겠지. 사람 못된 것 어미 속을 몰라."

저쪽이 조물거리던 손놀림을 멈추고 팔소매로 코를 훔쳤다.

할머니에게는 유복자 아들이 하나 있었다. 오냐오냐 하면서 키웠더니 행실을 배우지 못한 막치가 돼 버렸다고 한다. 놈이 장가들 나이에 이르러 어디서 담배 냄새를 팍팍 풍기는 여자를 데리고 왔는데 어미가 결혼을 반대하자 저들끼리 동거를 했다는 것이다. 애를 하나 낳았는데 아이는 웬일인지 네 살이 되도록 말을 하지 못했다고 한다. 다섯 살이 돼도 여섯 살이 돼도 말이 똑똑치 못했다는 것이다. 입을 열어도 혀를 제대로 놀리지 못해 무슨 소린지 알아들을 수 없었고 이쪽에서 하는 말에도 먹먹이었다는 것이다. 심려한 할머니가 발섭하며 여러 의사에게 물어보고 고쳐보려 하였으나 어디서나 명백한 진단을 내리지 못했다고 한다.

애가 그러한데도 아들과 동거하는 여자는 어디를 싸다니는 건지 술 냄새를 팍팍 풍기며 한밤에 들어오곤 하였다. 서방과 싸움이 잦아지더니 여자는 아이를 남겨놓은 채 몰래 달아나버리고 아들도 개혼이 씌었는지 어디로 떠났는데 10년이 넘도록 소식이 없다는 것이다. 할머니의 눈에 눈물이 가랑가랑 맺혔다.

"어미 속을 몰라. 소식이 있다면 왜 내 가슴이 곯마르겠어."

"좋은 소식이 오겠지요. 머잖아 복이야 명이야 할 날이 올 거예요."

"저눔 때문에…. 어디 나가서 놀아 주기라도 했으면 손님을 제대로 받겠구만."

할머니가 미간을 조프리며 혀를 찼다. 나는 할머니의 마른 볼편에 조글조글 골 잡힌 주름을 바라보다 볼쏙 입을 열었다.

"제가 데리고 나가서 놀다 올까요?"

"어디로?"

할머니가 윗시울을 올리면서 마저 하려던 일손을 멈추었다.

"바다요. 우리 애들이 바다로 나가고 있거든요."

"어디 좀 그래 줬으면…."

할머니는 허리를 굽신거리면서 눈물자국을 그린 얼굴에 웃음기를 띠었다. 국수 값을 받지 않겠다고 손사래치는 걸 기어이 밀어 넣어 값을 치르었다.

우리 아파트는 해안에 접한 두 동네, 동수동과 서수동 사이에 위치하고 있어서 할머니집 앞 골목을 지나 큰길 하나를 건너면 바로 갓바다가 보였다. 제주해협의 물마루가 가슴께 높이로 가로줄을 그어 하늘경계선을 만들고 파도 소리가 줄창 들려오는 곳이다.

나는 두 아이와 덕진이를 데리고 가까운 바다로 갔다. '통모살'로 불리는 언덕을 내려가자 해감내를 품은 바람이 확 끼쳐 왔다. 흰 모래밭이 해안선을 따라 이어져 챙모자를 쓴 사람들이 그 위를 걷고 있었다. 아이들이 떠들면서 물가로 달려갔다. 덩치가 큰 덕진이도 허정거리는 동작으로 그들을 따랐다.

파도는 언덕에서 보았을 때보다 그닷 높지 않았다. 나는 신발을 벗어 손에 들고 맨발로 내려갔다. 모래톱으로 내려간 아이들이 파도가 물러나는 때를 맞추어 첨벙첨벙 물속으로 들어섰다.

희게 거품지는 바닷물이 발밑에서 물러나며 모래를 끌고 나가 발모서리를 간질였다. 우리는 물이 돌아서 흘러나가고 들어오는 섬과 같은 모랫벌에서 모래를 두 손으로 파 우비며 조개를 잡았다. 작은 애조개들이 쉽게 나왔으며 이따금 큰 모시조개도 나왔다. 조개가 잡힐 때마다 애들이 큰소리를 질러서 먼 곳에 있는 사람들을 이쪽으로 돌아보게 하였다. 내가 손뼉을 쳐 주곤 하였으므로 애들은 신발 속에 조개를 집어넣고 달려와 내 앞에 쏟아 보이곤 하였다.

덕진이도 애들을 따라 코가 희게 닳은 운동화 속에 빈 조가비와 여문 조개를 섞어 몇 개 가져오고는 턱을 쑥 올리고 눈동자를 굴리면서 득의한 모양을 보였다. 덩치만 컸지 행동은 영락없는 어린애였다. 모시조개 백합조개 검정조개 얼룩무늬조개, 껍질이 반들반들 윤이 나는 이름 모르는 조개들을 잡고서 우리는 서둘러 모래톱을 나왔다. 밀물이 되면 모랫벌이 순식간에 물에 잠겨 버리기 때문이다.

파도가 닿지 않는 모래판에 깔개를 펴고서 배낭에 넣고 온 수박이며 요구르트 주스들을 꺼내 놓았다. 그러나 아이들은 먹기보다 노는데 정신이 팔려 이쪽으로 눈을 돌리지 않았다. 달리기를 하기도 하고 모래 산을 만들기도 하고 짱뚱이들처럼 모래 구덩이 속에 몸을 파묻기도 하면서 뒤떠들며 놀았다. 덩치가 송아지만한 덕진이가 이제 초등학생인 꼬마들과 어벙한 소리를 지르며 낯이 빨개지도록 숨을 할랑거리면서 어울리는 장면은 동화 속의 그림 같았다. 나는 애들이 노는 동안 무릎을 싸안고 눈을 사무리면서 갈매기들이 바다 위를 날아다니는 것과 먼 수평선 위로 크루즈선이 지나가는 것을 바라보았다.

백로(白露)가 벌써 지났는데도 더위를 밀어낸다는 귀뚜라미 소리는 들리지 않았다. 나는 부채바람으로 늦더위를 쫓다가 달력을 내려 붉은 닭발집 앞에 나가야 할 날에 동그라미를 쳤다. 그래놔야 앞으로 할 일을 헤아리기 좋고 전화 약속을 할 때 실수가 없었다.

동회(洞會)에 참석하고 돌아오는 길에 봉사단 동아리, 총무를 만났다. 그는 귀가 밝아 천이통(天耳通)이라고도 불리는 사람이었으며 언사가 들썩하여 먹꾼들의 귀를 당기기도 하였다. 그가 긴급뉴스라고 지껄대며 귓결에 들은 소식을 전했다.

"알고 있는가."

"뭘?"

"아이 찾은 거."

"누구 집 애?"

"그런데 말야…."

"그런데 뭔가?"

내가 혹하여 귀를 세웠다.

"방송으로는 나가지 않았지만 신문 구석에 자그맣게 실렸대. 속칭 통모살 해안에서 말야, 남자 익사체가 발견됐는데 추석 무렵에 집을 나간 장애인으로 판명됐다는 거야. 타살 흔적은 없고 맨발이었는데 발가락이 잘름잘름 하고 엄지 하나가 안으로 굽었다나. 그건 자네가 잘 알지? 몸을 씻겨줄 때 보았겠지? 나도 알아. 그는 명절 쇠러 시설에서 나온 덕진이었어."

나는 눈을 슴벅이며 저쪽을 맞바라보았다.

"그래서 그랬군. 내가 골목 어귀의 할머니 국숫집을 지날 때 보니 문을 닫고 있더라고. 일이 있는 거겠지."

"수사기관에서 사체의 신원을 파악하기 위해 주변 현장을 다 조사하고 탐문했는데 집에서 가출 신고가 들어가 있었기 때문에 쉽게 누군지를 파악하고 뇌 장애인이라는 걸 알았다는 거지. 그래서 사고사로 단정한 모양이야."

"왜 바다로 갔을까? 믿기지 않는 일이로군."

"당기는 게 있었겠지. 죽으러 가지는 않았을 거야. 장애인은 위험을 알지 못해."

저쪽은 애 할머니가 억이 막혀 얼마나 울었는지 눈두덩이 다 내려앉았더라고 들은 말을 덧붙였다.

녀석은 왜 집을 나갔을까. 왜 바다로 갔을까. 나는 가슴을 삭연케 하는 해조음을 들으며 모랫벌처럼 휘영한 가슴에 잔파도가 이는 걸 느꼈다. 내게도 무엇이 옷자락을 잡고 끄당기는 게 있었다.

마음이 끌리는 대로 나는 발길을 떼놓았다. 순비기 동산 모래언덕은 바로 통모살 모래톱과 닿는 물가였다. 해변을 따라 옆으로 길게 뻗은 모래언덕의 가운데를 지나는 잘루목은 우리가 다녔던 샛길이다. 길녘의 순비기 쇠치기풀 갯메덩굴이 발에 밟혀 으츠러지고 말라 시든 가풀막을 내려가자 파도가 닿지 않는 보슬보슬한 모래밭에 어지러운 발자국들이 찍혀 있었다. 우리가 지난날 밟았던 자국은 아니었다. 그새 불었던 강풍에 기왕의 것들은 흔적도 없이 지워지고 운동화 구둣발 맨발 개 발자국들이 움쑥움쑥 새로 찍혀 있었다. 바다에서 해수욕을 하거나 파도를 타는 사람은 없었으며 관광객으로 보이는 여성 몇 명이 발목물에서 셀카를 찍거나 치맛자락을 걷어 올려 깡똥하게 허리에 처매고 뜀질하는 장면이 눈에 들어왔다.
 그 어느 것도 친근감이나 정감이 없이 그저 쓰렁해 보일 뿐이었다. 그때의 것들은 아무것도 없었다. 우리가 조개를 잡던 모래사장은 물속에 깊이 잠겨버렸고 간조 때 드러나는 해안선의 긴 모랫벌 위로는 흰 파도가 지나고 있었다.
 뒷짐을 지고 이리저리 어치렁거리며 군눈을 팔던 나는 해수면이 닿지 않는 바위 코지에 잡물들이 무슨 생물체의 형해처럼 걸쳐져 있는 것을 보았다. 가까이 다가가 보니 나무쪽 로프 통발 스티로폼 조각 등 해양쓰레기들이 쌓여 있었다. 나는 오가지 잡탱이들을 무심히 내려다보다 객쩍게 발로 툭툭 차보았다. 해초와 폐그물 속에서 찍찍이 운동화 한 짝이 드러났다. 나는 막댓가지로 쓰레기들을 헤쳐 그것을 당겨냈다. 코숭이가 희게 닳은 신발짝 속에는 모래와 알록달록한 조가비들이 가득 들어 있었다.

 다음 달 봉사 날에 나는 덕진이를 보지 못했다. 나는 우리가 만났던 일이 사실인지 아닌지 비현실적인 착각에 빠졌다. 낯 대면을 하고 신체 접촉이 있었지만 언어가 막힌 장애인의 감정 정서를 십분 읽지 못해 저쪽의 진속을 제대로 파악하지 못하였다. 저쪽과의 사이에 거리가 떨어져 있어 할머니 국수집 문기둥에 기대 서 있던 장애자의 모습이 무게가 느껴지지 않는 허영상으로 인상되는 것이었다.
 나는 봉사를 마친 동행들을 시설에서 먼저 돌려보내고 뒤에 남아 어물쩍거렸다. 그들에게 알리고 싶지 않은 일이 있었다.
 나는 살짜기 생활 재활교사에게 청했다.
 "다시 한번 치료실을 보여줄 수 없나요?"

저쪽은 의아쩍은 눈으로 나를 바라보았다.

"왜요?"

"덕진이란 애 있잖아요? 그 애가 만든 것, 뭣이냐 작품 같은 것, 그것을 보여줄 수 없나요? 나는 그 애를 두 해 남짓 만나온 사람인데 기억이 믿어지지 않아요. 분명 무엇을 쥐고 만져본 것 같은데 사실인지 아닌지 어사무사하다 이거예요. 한 번 더 봤으면 좋겠어요."

"이해가 안 되는 말을 하는군요. 그 애의 것은 모두 치워지고 없는데요."

"없다고요? …그럼 뭐 다른 것이라도."

나는 실망을 숨기면서 되는 양 말했다.

저쪽은 허공으로 시선을 띄우고 망설거리더니 무슨 생각이 떠오른 건지 주머니에서 슬쩍 휴대폰을 꺼냈다.

"최근 것이라면, 사진으로 찍어둔 게 있지요. 우리 생활실 애들 것."

내가 다가서며 목을 내밀었다.

"보여주실 수 있나요?"

교사가 휴대폰을 열었다.

"이 애가 맞지요?"

저쪽이 휴대폰에 찍힌 얼굴들 속에서 딴전을 부리듯 뚱한 표정으로 먼눈을 파는 녀석을 가리켰다.

"물론."

교사는 화면을 넘겼다.

"이거예요. 걔가 만든 것."

교사가 화면을 꾹 눌러 크게 확대했다. 그리고는 덤덤히 말했다.

"쪼만하고 동글동글하네요. 염소 똥 같지요?"

"염소 똥이라고요?"

"닮지 않아요?"

"………"

"미술 치료라는 건데요. 바다 속 그림을 뵈주며 거기에 있는 걸 만들어보라고 과제를 주었을 텐데 갈치나 고등어 문어 같은 게 나오지 않고 이게 나온 거예요. 얘는 이 정도예요."

저쪽이 이쪽을 힐끔거리면서 알거냥했다.

"애들은요, 가슴에 넣고 사는 게 단순해서 외통이 돼버려요. 그래서 매양 같은 게 나오지요."

"줘 봐요!"

나는 저쪽의 손에서 휴대폰을 낚아챘다.

"염소 똥 아닌데요. 이건 그저 뭉쳐 놓은 게 아니에요. 형상을 제대로 내보려고 시도했잖아요. 여길 보세요. 손톱자국으로 빗살처럼 찍어 놓은 것. 이건 염소 똥 아니라고요."

나는 꼬막조개 껍데기에 패어 있는 부챗살 같은 주름을 손부리로 가리켜 보이면서 뒤받았다.

"무엇을 만들어 보려고 한 거예요."

"이건….."

저쪽이 입을 열려다 말고 눈을 짜그리면서 나의 손끝을 바라보았고 나는 입을 가무렸다.

덕진이의 머릿속엔 지난날 물놀이 기억이 고물고물했던 게 아닐까. 애들이란 원체험을 맘속에 싸안고 거기에 얽매여 꿈이며 욕구를 부가하여 산다는 얘기를 들었었다. 그 같은 안속이 맞다면 장애아는 뜻밖의 무모한 행위를 표출할 수도 있을 것이다.

　그렇다곤 해도 나는 녀석의 모습이 디테일이 되는 동화적 그림에 가새표를 칠 수는 없었다. 그러나 내가 부린 알심이 법도에 어그러지지 않는다고 해도 미필적이지만 사고의 원인이 될 수 있다는 편편찮은 마음 또한 지울 수 없었다.

　휴대폰 신호음이 들려 열어봤더니 메시지가 와 있었다. '내일은 마음이 따뜻해지는 봉사일입니다—' 복지법인 '자애원'에서 보낸 쪽글이었다. 매월 초 첫 일요일은 우리 조가 장애인 시설에 봉사 나가는 날로써 이를 까먹지 않도록 알려주는 전언이다.

　나는 휴대폰을 닫았다. 해가 떨어져 가는 참이어서 아파트 1층의 방은 벌써 어스름이 스며들고 있었다.

　나는 바람을 쐬러 밖으로 나갔다. 우리 아파트는 해안에 접한 마을에 위치해 있어 달큼한 해연풍이 이곳까지 닿았다. 소공원 잔디밭으로 나가 보니 해는 마침 지평에 걸리고 하늘은 붉게 물들고 있었다.

　잔디밭 저쪽에서 웬 사람의 모습이 어릿거렸다. 가까이 다가가 보니 우리 봉사단 신삥이었다. 몹시 술에 취해 있었다.

　"왜 자네가 여기에 와 있는가?"

　"선생님을 만나려고요. 그쯤의 예의는 지켜야 할 것 같아서요."

　"무슨 소리야?"

　"메시지 받았지요? 저쪽에서 보낸 것. 저는 봉사활동으로 마음이 가벼워지질 않아요."

　저쪽은 말투가 고드러지고 표정이 심둥했다.

"뭔 소리야?"

"봉사활동 그만두려고요. 단체에서 빠지렵니다."

"무슨 일이 있었나?"

얼른 짚이는 바가 없는 것은 아니었으나 나는 시침을 떼고 물었다.

"적성이 맞지 않아 못하겠어요. 그 애들은 앞도 뒤도 없는 홑눈이에요. 가슴을 맞추기 어려워요."

"그러지 않을걸. 우리가 미흡해서 잘못 보는 게 아닐까."

"걔들은 싫은 건 잘 알면서 고마움은 모른다고요. 대충 버려두고 키워서 그런 거예요. 체념으로 받아들이기 힘들어요. 선생님께서는 아무렇잖게 생각하십니까."

나는 저쪽의 말투가 마음에 들지 않아 콧등을 찌푸렸다. 그러나 성질을 보이는 건 삼갔다. 나는 무눅은 소리를 내었다.

"쉬운 일이 어디 있어. 참고 하는 거지. 흘겨보면 밉고 눌러보면 예뻐 보이기도 하는 거야."

"저는 아무래도 안 되겠어요. 저는 겁쟁이에요. 약해요."

"이건 온전한 사람이 해야 할 일이야. 성한 몸에 감사해야지."

"그러나 저는 못하겠어요. 사달이 나면 모두 이쪽 책임 아니겠어요? 세상 사람들은 덮어놓고 열넉 냥으로 금을 매긴다고요. 마구대고 이쪽에 잘못을 씌운다고요."

저참에 당한 사고가 그에게 충격을 준 것 같았다. 그 일을 봉사자 모두가 목격했다. 나를 대신하겠다며 때밀이로 욕실에 들어간 신삥이 야물게 소임을 다해줄 것으로 믿었는데 일을 그르친 것이다.

벌거벗은 장애아가 목욕 중에 괴이한 행동을 보여 신삥이 말린 것이다. 허리를 굽히고 머리를 감기고 있었는데 녀석이 바닥에 흐르는 구정물을 두 손으로 움켜 훌쭉훌쭉 마시는 게 아닌가. 신삥이 자석 봐라, 하고 말렸으나 녀석은 막무가내로 뻗대었다고 한다. 화가 치민 신삥이 안 돼! 하고 저쪽의 등떠리를 철썩 내리쳤는데 이게 소란을 만든 원인이 되고 말았다. 장애아가 벌떡 일어서서 눈을 까뒤집더니 마구 고개를 내두르고 팔을 휘저으면서 들춤질하는 광기를 보인 것이다. 몸을 휘청거리며 곧 넘어질 듯 위태로운 모양을 보였으므로 신삥이 감당치 못하고 밖에다 대고 소리쳤다. 교사가 뛰어 들어가 진정시켰으니 망정이지 그러지 않았다면 큰 사고가 날 뻔하였다. 그때 나는 입술을 꽉 깨물고 욕실 구석에 송그리고 서 있는 신삥의 모습과, 누구에게 감정이 뻗친 건지 벌겋게 달아오른 얼굴로 이맛살을 잔뜩 응그린 교사의 모양을 보았다.

"그렇지 않다고는 말하지 못하겠어. 별일이 다 일어난다고. 애먼 바가지를 쓰더라도 감수해야지. …지체아들은 살살 달랠 수밖에 없어."

순간 나는 집을 나가 익사한 할머니 집 장애아가 떠올라서 마음이 야릇해졌다. 나는 찝찝한 기색을 뵈지 않으려고 말을 두루쳤다.

"그릇 해석하거나 이쪽의 뜻을 하찮게 보는 경우는 얼마든지 있지. 가슴 크게 받아들여야 해. 괴롭고 섭한 마음도 시간이 지나면 한때의 감정으로 가라앉지 않겠어?"

나는 어물대어 저쪽에 재고할 것을 권했다.

"사람 사는 곳에 온기 그득하고 안전빵인 데가 있을까. 어디를 가나 찬바람 돌고 발부리를 깎아 신발에 맞춰야 하는 빡빡한 세상 아닌가. 너무 고지식하면 살기 괴롭다고."

저쪽은 에군었다.

"생각 없어요. 단장님께도 전해 주세요. 선생님께만 직접 찾아뵙는 거예요."

저쪽이 변모없이 자빡대자 나는 그의 낯바닥이 미워서 눈을 돌렸다. 곧 채심하여 담배 갑을 꺼내 손톱으로 따서 저쪽에 내밀었다.

"피울래?"

그가 받았다. 나도 한 개비 뽑아 물었다. 저쪽은 수그리고 뻐끔뻐끔 연기를 빨았다. 그는 옆얼굴을 보인 채 어름더듬 말했다.

"선생님을 헝그럽게 해 드리려고 했는데… 면목 없군요…."

"싫으면 할 수 없지. 어쩌겠어. 누구에게나 마음 내키지 않는 일이 있는 법이야. 생각이 바뀌면 다시 나와."

내가 사세부득으로 말하자 저쪽은 그럴 줄 알았다는 듯 고개를 까딱하고는 힝 돌아섰다. 나는 기분이 엿 같아 머쓱히 서서 멀어지는 저쪽의 뒤태를 꼴쳐 보았다.

언제나 그래왔지만 나는 실망과 노염과 마음의 흔들림을 억심으로 지지누르며 살았다. 그렇다고 울울불락함을 삭일 수 있겠는가마는 가슴을 숨기고 귀먹은 욕을 하며 산 것이다.

나는 도리머리를 하면서 보이지 않는 상대를 향해 꿍얼거렸다.

"그들은 순수한 애야. 성한 사람과는 달라. 거짓꼴이 없어."

쭝쭝거리는 소리가 괄하게 치밀어 오르는 것을 억지하며 나는 주위를 희뜩거렸다.

"남에게 이기려고 뒤틀지 않아. 남의 것을 들어먹으려고 딴 맘을 품지도 않는다고."

나는 짧아진 담배를 비벼 끄고 나무 밑 벤치로 털썩 내려앉았다. 저린 무르

팍을 꼬작꼬작 주무르면서 긴 숨을 내쉬었다.

"내일부터는 둘이서 해야 하는가…. 못할 것도 없지. 땀 좀 빼는 거야…."

나는 마른 입술을 감물며 허리를 젖혀 머리 뒤로 깍짓손을 받쳤다. 아파트 건물 사이로 보이는 저녁노을이 하늘을 빨갛게 불태우고 있었다.

열쭝이 사설

　주말 오후가 되면 온 동네가 시끌벅적했다. 장꾼들이 왜자기는 소리, 삐끼들이 여립켜는 소리, 차량들이 부릉거리는 소리로 동네 안이 소란 도가니가 되었다.

　놀이꾼들이 놀음놀이를 하는 야외 공연장 앞 농산물 직판 행사장으로 들어서면 품건 하나를 사 보겠다고 나온 인근 마을 내장객들과 먼 데서 온 행락객들로 혼잡을 이루어 길을 헤쳐나가기 힘들었다. 값싸고 맛좋은 친환경 농산물을 앞에 놓고 바가지요금을 쓰지 않으려고 만만찮은 눈매를 보이면서 금이 닿을 때까지 입씨름하는 부골들이 있는가 하면 이것저것 훌렁이질을 하고 무게를 가량해 보고 코에 대보기도 하면서 값을 깎으려고 지체하는 꼼바리들도 있었다. 이런 축들 틈새에 끼어 물건은 사지 않고 비싸네 싸네 빈 소리를 하면서 맛보기로 내놓은 식품 샘플을 싹쓸이로 냠냠해 버리는 얌체들도 보였다.

　영업농을 하는 사람들은 평상시에는 온량하여 범절을 보이지만 막상 이끗이 어른거리면 곧 감바리가 돼 버렸다. 손님을 유도하려는 그들의 호객 행위가 제법 얼싸하여 숫스러운 내숭으로 내장객들의 눈뿌리를 끄는 것이다.

―건강 먹거리 안심 먹거리, 동산바치가 만든 왜배기 상상품이오.
―먹어 봐야 맛을 아는 애플 망고, 망고 잼, 감귤 마카로옹.
―가지 오이가 한 거리에 오십 개, 덧거리 개평도 있수다.

복작거리는 농산물 판매 행사장을 한 바퀴 돌아 동네 둘레길로 나가면 평지밭마다 비닐하우스로 덮인 시설 농업단지가 나온다. 기왓등처럼 가지런한 비닐 지붕들이 염전의 소금판처럼 빛을 반사하여 눈을 사무리게 했다. 이곳 마을이 시설 농업단지가 된 것은 지방 자치단체가 급속히 쇠퇴하는 농촌을 살리기 위해 귀농자를 환영하고 지원을 아끼지 않았기 때문이다. 규모가 큰 농장에서 일하는 사람은 각지각처에서 모여든 영세민들이었다.

일견 평온하고 순조로워 보이는 농장에도 불평등이 산재하고 희비애환이 피고 지었다. 일을 짤끔 하고서도 잘 나가는 전문 일꾼들이 있는가 하면 진땀 마른 땀 다 빼며 태짐꾼의 나귀처럼 쪽을 쓰는데도 고용주로부터 홀히 차별 받는 농장원들도 있는 것이다. 곡절과 시련은 어디에건 있는 법이지만 궁짜 하바리 노동자들에게 심했다.

근린 농장의 비닐하우스 문기둥에 깨끼발로 기대서서 일손을 놓고 직판장으로 눈을 팔던 노무자 〈뚝지〉는 혼자 샐쭉거렸다.

―농장장은 낚시코여서 돈을 잘 벌 거야…. 여자가 문제지. 사모님의 엉덩이가 올라붙어서 일을 벌여 놓지만 마무리는 안 될걸.

그는 심상이 편치 못한 듯 시선이 닿는 곳마다 잔뜩 쏘아보면서 한숨을 푹푹 내쉬었다.

―털부숭이는 부하 복이 좋다는데. 나의 꼬실꼬실한 이 구레나룻은 어떤가. 내 꼬붕은 왜 굴 너구리처럼 숨어 이마빡을 뵈지 않는가.

그는 턱을 당겨 수염을 몇 번 쓸어 보다가 거푸시한 머리로 손을 올렸다. 뒤통수를 긁적이면서 쩝쩝 쓴 입맛을 다셨다.

―서푼짜리 푼꾼이 어디를 끄지르는 걸까. 혼맹이 빠진 녀석도 아닌데 그런 똘짓을 할 수 있을까.

이쪽은 아닐 거라고 부정했지만 녀석의 결근 사유가 무단이고 보니 괴이한 생각이 새록새록 일었다. 〈뚝지〉는 농장원으로부터 직접 들은 바를 뜬금없다고 손사래 쳤지만 내심은 가리사니가 서지 않는 것이다.

―워낙 꽁생원이라 제 앞도 닦지 못하는 찌질인데 길을 잃지 않고서야 무슨 엄펑스런 맘을 품어 코흘리개 아이들이 뛰뛰 빵빵하는 곳으로 발을 뗐단 말인가. 말이 돼야 믿음이 들게 아닌가.

발설자는 자신의 두 눈을 의심하지 않는다고 강변하면서 거짓말이 되면 손바닥에서 장을 지지겠다고 내우겼다. 그는 농장의 물품 입출하를 담당하는 운전기사로서 동네 유아원에 자식을 맡기고 있는 사람이었다. 동네 유아원은 취약계층에 우선 입원 순위를 주는 공공형 시설이어서 농촌에서도 웬만하면 모두 자녀를 취원시켰다.

승용차를 몰아 아이를 맡기고 데려오는 운전기사는 흠구덕하는 게 아니라고 오해를 경계하면서 한마디로 눈에 걸리는 꼴물건이었다고 헐어 말했다.

―어리석은 자가 떨떨한 일을 만드는 법이라고. 어둑한 속을 누가 알겠어.

저쪽이 제 말에 곁을 달았으나 그렇다고 해도 이쪽의 '들을 짐작' 아닌가. 어찌 외지에서 온 귀촌인이 고장 사람 얼굴을 잘 외울 수 있겠는가.

〈뚝지〉는 자신의 임의적 판단으로 저쪽의 발설을 가당찮게 보고 왼고개를 저었다. 운전기사는 이쪽에 도움말을 주려는 것인데 왜 반응이 시원치 않냐고 반문하는 언투로 목을 돋우며 꽁지를 다는 것이었다.

─원아들이 마당 안에서 노는 장면을 지켜본 것으로 관두지 않고 원외 놀이터까지 따라갔다는 거 아닌가. 살쾡이 병아리 둥지 엿보듯 애들 쪽을 눈살 피는 것을 의아히 여긴 원장이 파출소에 신고했대요.
─그래서 어찌됐는데?
─훈방됐을 거야.
─그 사람은 얼굴이 역삼각형이라 감정적으로 보이긴 해도 앞 뒷머리가 튀어나온 걸 보면 험한 놈은 아니야. 옷소매를 늘어뜨리고 팔짱을 끼고 눈을 찌푸리고 다닌다고 해서 다 악한은 아니잖은가.
─그럼 왜 자식도 용무도 없는 사람이 아이들 노는 곳을 끼웃대느냔 말이여.
─도우미가 되고 싶은 사람이거나 아니면 놀이마당에 떨어진 동전을 주우러 다니는 행려자이겠지.

〈뚝지〉는 농장원의 말을 부정했지만 〈잔생〉의 결근은 불편하고 잔미운 감정을 뽀글거리게 했다.

─뭉치 녀석. 어디를 싸다니고 있나. 행세가 된통 음충이야.

깨끼발을 바꿔 서면서 혼자 입질을 하는데 농막 사이 샛길을 질러오는 헌팅캡 사나이가 눈에 띄었다. 유리온실을 맡고 있는 시설 원예기사 〈망고〉였다. 〈뚝지〉는 얼른 하우스 안으로 뒤를 감추고 던져 놓았던 레이크를 집어 들었다. 〈망고〉는 이쪽의 뒤태를 보았는지 먼발치서부터 허텅지거리로 기척을 내면서 곧장 하우스 앞으로 다가왔다.

"헤이, 이제 봄갈인가. 자네 농사력은 몇 장을 덜 넘겼군. 지금이 어느 때냔 말이어."

〈뚝지〉가 들은 체 만 체하자 저쪽은 문기둥을 탁탁 치면서 붉은 콧등에 주름을 잡고 야살을 깠다.

"어이 자네, 정지기(整地機)를 세워 놓고 뭘 하는 거야. 캔튜 핸들 어 머신?"

"작자, 거시기를 까고 있네."

〈뚝지〉는 상대의 야불거리는 입질을 시답잖게 받고 건하품을 하면서 눈을 흘겼다. 저쪽은 대화가 길어질수록 자기광고를 늘어놓는 자칭군자이기 때문에 그는 시뜻한 모양새로 견제수를 쓰는 것이다.

과수재배 전문가인 저쪽은 성과급을 받는 우대자로서 농장장의 적잖은 신임을 받았다. 그래서 곧잘 만가한 태도를 보이는 것인데, 하지만 하바리들은 열대 과일 하우스에서 수분을 맞추고 가온이나 하는 '물뿌리개' 또는 '보일러공' 이상으로 쳐주지 않았다. 〈뚝지〉와는 '해라'를 쓰는 술벗이지만 그것은 취업 시점이 같아 오래 맞보며 생활하다 보니 그리된 것뿐이었다.

'망고'라는 별명은 그가 재배하는 열대과일 암마라과(菴摩羅果)의 이름이기도 하지만 그의 일자리에 맞춰 지어진 미명은 아니었다. 그와는 반대로 사람을 헐하게 비웃적거리는 악칭이었다. 그런데도 농장장은 경위를 모르고 저쪽의 별명을 애칭처럼 존칭처럼 즐겨 부르는 모양새였다.

신임을 받는다 해도 단순히 운을 만난 것뿐이고 〈망고〉의 두뇌가 명석했거나 기름땀을 흘린 결과는 아니었다. 그가 기껏 한 일이란 유리온실 속에서 이미 심어 놓은 과일나무 가지에 줄을 잘 매달아 평년 수확을 거둔 정도인데 소득이 껑충 뛴 것은 소비자들이 고급화되었고 통신판매 직거래 등으로 값이 등세를 탔기 때문이다.

그런데도 〈망고〉는 개가를 올린 듯이 득의만만한 과언을 서슴지 않아 농장장이 신둥부러지게 보는 듯도 하였으나 곧 묵인되었다. 저쪽의 행지가 손을 끼치는 것도 아니니 아량으로 봐주고 더욱 구근하도록 북돋워 주는 게 상책이라고 눈을 바꾼 모양이었다. 농장장은 저쪽을 추어주기도 하였는데 예를 들면 '망고'라는 별명을 열대과일 재배의 명수 급에 대한 호칭 정도로 침중하게 입에 올려 공치사할 때 말 사이에 적당히 끼워 넣으면서 한 번 부를 별명을 두세 번 불러 주곤 하는 것이다. 장면을 보고 들은 농장원들이 웃기고 있다고 비소했지만 저쪽의 귀에까지 닿지는 않았다. '망고'란 말은 군대에서 사소한 일을 하고서도 큰일을 친 듯 자찬가를 부르는 걸짜 타졸(惰卒)을 이르는 말인데 작자의 행태가 딱 그러했으므로 군 경력자들이 놀려 붙여 놓은 이름이었다. 농장장은 그 패호(牌號)의 내용을 아는지 모르는지 똥 친 막대를 개홧지팡이처럼 써먹는 것이다.

〈뚝지〉의 경우는 조금 달랐다. 관동이 고향인 이 털부숭이가 남의 말을 흉잡을 때 곧잘 '…을 잘한다더니 그것도 뚝딱 딴소릴세—' 하고 뚝지타령의 한 구절을 읊어 상대를 김 빼놓곤 하였는데 주로 그 대상이 거드럭거리는 〈망고〉였다. 타령 수법을 자주 써먹자 화가 뜬 저쪽이 '그래, 니 똥 굵다' 하고 비꼬고선 '이녁 입은 먹줄인가? 그건 뚝지(바보)나 하는 소리야' 하고 되잡아 상대를 '뚝지'로 인을 찍어 버린 것이다.

티적거림이 있어도 상대방을 쌩까면서도 그들은 한 울타리 안에서 낯을 맞대하고 살아야 하는 식구들이었다. 오늘도 〈망고〉는 달싹거리는 입버릇을 참지 못해 흙먼지로 산근이 까맣게 덮인 하바리 노동자 〈뚝지〉를 찾아와 윽살리며 쫄렸다. 저쪽에는 심심풀이고 장난이지만 땅갈이 노무자 쪽엔 적잖은 수치이고 낯박살이었다.

"고랑을 얼마로 하고 있나. 이랑의 넓이가 좁지 않은가. 나는 다 알아. 나처럼 머리를 굴려 봐. 우리 과수반 생산물이 직판장에서 얼마나 세나는지 알지? 고양이상이었던 사모님 얼굴에 활짝 함박꽃이 피었지 않나. 이게 다 누구 덕이겠어. 내 덕, 이 사람 덕 아닌가. 기분에 한잔 했지."

코를 훌쩍이며 쇠갈퀴 자루를 지팡막대처럼 짚고 서 있던 〈뚝지〉가 저쪽의 넉살에 귀가 솔아 벌컥 내질렀다.

"썩 꺼져. 이 떠버리 수다쟁이 뻥쟁이야. 남 일하는데 팡치지 마!"

〈뚝지〉의 목청이 높았으나 저쪽은 옴짝도 하지 않았다. 저쪽은 풀떼기처럼 떨어지지 않았다.

"이런 기분에 농군이 사는 거지. 자네도 한잔 하고 와. 마을 부녀회가 차린 식당에 사람이 만원이야. 잔칫집 분위기야. 한번 가 보라고. 기분이 날 거야. 마을 부녀회가 차려 놓은 천막식당에 가면 빈자리가 없을 지경이야. 녹색소비자만 오는 게 아니었어. 손님들 대부분이 외지인인데 복장 얼굴상이 촌객들과는 달라. 음식도 가지가지지. 식탁에는 보리빵도 있고 흰죽과 누런 죽도 보이고 소갈비 돼지갈비 닭갈비 없는 게 없어. 분위기에 맞춰 시중드는 처녀들은 앞치마 호주머니에 석류꽃 몇 가지를 꽂고 있기도 하더라고. 아마도 누구에게서 선물로 받은 것을 머리에 꽂을 수 없으니 주머니에 넣고 다니는 모양이던데 그래도 좋지. 한편 구석에는 먼 곳에서 온 관광객들 한패가 부어라 마셔라 원샷으로 사발막걸리를 들이켜고 있더라니까. 띵까딩 파티를 벌이는 거야. 분위기 난다고. 어때, 쉰 뜨물 켜듯 인상 찌푸리지 말고 농장장이 안 보이는 새에 살짝 갔다 오지 않겠나?"

콧구멍을 벌룩거리던 〈뚝지〉가 퉤하고 침을 뱉으며 대받았다.

"잔칫집 첨 봤나. 막걸리 한 사발 놓고 든장질 하지 마. 이래 뵈도 나는 대처에 있을 때 바에서 서양 술을 마셨어. 긴 스텐드 앞에 의자를 죽 늘어놓아 거기에 엉덩이를 붙이고 앉아서 쥐콩개콩 떠들며 스텐더가 따라 주는 양주를 홀짝거린 거지. 알어? 마셔 봤어?"

"뭐라고? 바에서? 자식, 혼사말 하는데 장사말로 받는군. 행사장에서 팔아주잔 말야. 그게 부조야. 우리 아줌마들 활동자금 모으는 데 일조하잔 거지."

"……"

"이건 사모님이 준 거야. 네게 줄까?"

〈망고〉는 식권 한 장을 높이 쳐들고 억지스럽게 어깨를 추썩이며 춤 흉내를 내었다.

"자식, 밥지랄 하고 있네. 나는 꼬붕이가 결근해서 일손을 놓지 못해. 누굴 죽이자고 쑤석거리는 거야, 너는 딴 숨을 쉬는 사람 아닌가."

말하면서 〈뚝지〉는 어깨를 옴츠렸는데, 농장장이 시설을 둘러보는 듯 하우스 사이의 실터에서 나오는 얼굴이 비닐 막 뒤로 비친 것이다. 후딱 자세를 바꾸는 〈뚝지〉의 동작을 보고 〈망고〉가 어리둥절 목을 돌렸는데 그 동작이 나릿하여 한 발짝 거리에서 농장장과 마주쳤다. 〈망고〉는 혀를 날름거리며 게걸음쳤다. 농장장은 피끗 곁눈질을 하고서 꺼덕꺼덕 하우스 안으로 들어섰다. 두 팔을 허리에 걸고 농기구들을 뒤재주쳐 놓은 구석구석을 살폈다.

"소견세월 했군. 굼벵이 천장하듯 시부적거릴 건가."

농장장은 이맛살을 누비며 혀를 찼다.

"여태껏 무얼 한 거야. 언제 정지를 마칠 거지? 모종을 생산하는 프르그 농장에서 재촉이 왔는데 묘를 가져가지 않아 너무 웃자라고 있다고 성화야."

〈뚝지〉는 농장장의 어리찡찡한 표정을 마주 보지 못했다.

"이봐. 갈퀴자루만 부둥키지 말고 짚을 깔아야할 거 아닌가. 토양 표면이 노출되지 않도록 짚을 덮어 수분 증발을 막고 유기질을 채워 줘야지. 알겠어? 시시덕으로 시간 까먹지 말고 야물게 좀 해봐!"

혀를 차는 소리가 덧붙자 수수목처럼 고개를 숙인 〈뚝지〉의 감승한 얼굴이 자두색으로 변했다. 반눈을 감고 부동자세로 서 있던 그는 개 꾸짖듯 하는 꾸지람에 속이 끓은 듯 내리깔았던 시선을 올렸다. 다른 일꾼 때문에 걸입어 꼴통 취급을 받고 훌닦인다고 생각되자 부아통이 치민 모양이다. 그는 울상스런 얼굴로 농장장의 푸냥한 얼굴을 맞보면서 볼멘소리를 터뜨렸다.

"잔생이 안 나왔지 아녀요. 그치를 싹둑 해 버리든지 놉을 더 불러 주든지 해야지요. 혼자서 다할 수 있나요."

"왜 안 나왔지?"

농장장은 단통으로 눈을 휩뜨면서 물었다

"그치는 못됐다고요. 일시가 바쁠 때는 안 나온다니까요. 따끈한 맛을 뵈줘야 해요."

"내가?"

"쪼까버리세요. 아니면 푼빵을 하든지."

농장장은 대답이 없다. 그는 알고 있었다. 고용노동부가 영세민 취업을 지원하고 있어서 쉽게 자를 수 없다는 것을. 그는 뚝지에게 맡겨 버리는 것이다.

"잔소리 말고 오늘 내로 마쳐 놔. 그자는 자네가 알아서 다뤄. 누가 선입잔가. 횟손을 보여야지. 알았어? 태풍이 곧 온다니까 미적거리지 말고 거름집과 짚단도 단단히 둥쳐놔야 해. 알겠지?"

농장장은 아금박하게 다짐을 주고 등을 보였다.

〈뚝지〉는 병주둥이가 되어 머쓱히 서서 코를 벌룩거렸다.

―이쪽이 뭘 잘못했길래 죄인 다루듯 잡죄는가? 게으름을 부렸나 범과를 했나.

〈뚝지〉는 심사가 꿰져서 욱하고 치밀어오르는 감정을 겨우 억눌렀다.

―소견세월 한 게 누구 때문인데. 이쪽이 편편 놀기라도 했는가. 모종을 이식하고, 솎아 주고, 거름 주고, 제초하고, 모두 고단한 노동 아니었는가. 땀물이 흐르는 걸 못 봤는가.

〈뚝지〉로서는 되생각하기조차 싫은 일이었다. 먹지 못하는 제사에 절만 죽도록 한 셈이었다.

〈망고〉 쪽이 시세를 타서 개가를 올린데 비해 화훼 쪽은 절화 한 가지 팔지 못하고 황을 그렸다. 농장장의 '안개꽃 사랑'은 바로 전 앞그루농사 때의 일이었으며 그때의 화훼재배는 윗대가리의 주관에 의해서 계획되고 폐기되었다.

―초여름에 핀다고. 눈송이처럼 희고 작은 꽃. 관상용 꽃꽂이용으로 수요가 엄청나대. 길거리에서 보면 젊은이들이 사랑한단 표시로… 그리고 삭막한 병실에선 창가에…. 근래의 추세를 보면 수요가 엄청나.

뻥튀기 소리를 늘어놓았으므로 하바리 노동자들은 어리둥절했으나 내놓고 이의를 제기하는 사람은 없었다.

―겨울은 따뜻하고 서리 내리는 일수가 짧아서 시설 원예작물로 재배가 다소 불리하지만 여름철에는 평지보다 기온이 차고 서늘하여 개화기간이 길어진다는 게 장점이지. 꽃이 한창 피어날 때는 안개가 서린 것 같아. 아, 그 안개―.

농장의 하바리들은 농장장의 영탄소리를 들으며 많은 공을 들여 꽃나무를 속성으로 키웠다. 결과 키가 반 미터나 자라 늦봄에 온실 안이 뽀얗도록 눈송이 같은 꽃이 피어났다.

그런데 느닷없이 농장장으로부터 갈아엎어 버리라는 지시가 떨어진 것이다. 감염병이 퍼져 꽃다발 수요가 급감함으로써 꽃가게들이 절화 수매를 포기한다는 정보가 들어왔다는 것이다. 수요가 살아날 전망이 보이지 않았으므로 욕심보 농장장은 '산지 폐기'라는 극단적인 방법을 택하지 않으면 안 되었다. 안개가 피어오르는 것 같다는 무더기 꽃은 잡초를 베어내듯 뭉덕뭉덕 잘려 퇴비로 내쳐졌다.

그때 앞에서는 벙어리였던 사람들이 뒤에서 고시랑거렸다. 야리꾸리한 소리를 내는 농장원도 있었다.

—절화란 장터거리에 내놓을 수 없는 물건이어서 계약재배가 아니면 판매가 어렵다고.

—화훼 재배자는 예술가형이라야 된대요.

이제 뒷그루 준비를 하면서 지난 시간을 돌아보면 허송세월이 돼 버린 게 맞았다. 일이 기울어진 다음이라 이탓저탓 뒷수덕만 남았다.

〈뚝지〉는 귓불을 만지면서 윗사람의 지시에 어떻게 대처해야 할지 골을 썼다. 고용주의 턱밑에 붙어사는 궁쇠로서 변명이나 모피는 있을 수 없었다. 윗사람의 명에 거역하는 일은 밥줄을 잃는 것이나 다름없었다.

발등엔 불이 떨어졌고 뾰족한 수는 보이지 않아 기껏 비벼낸 수단이란 게 억지 짓을 해서라도 꼴통을 끌어내는 것뿐이었다. 몰악스럽긴 해도 제가 해야 할 구실 아니던가. 놈을 끌어다 능갈을 치든 족대기든 강핍하는 수단밖에 도리가 없다고 마음을 옥먹었다.

—사정이 있기는 있는가 본데. 하여도 남에게 붙매인 품꾼이 한량같이 살 수는 없지 않은가. 종살이하듯 빡빡 기어야지.

자기 속을 챙기는 놈 때문에 질욕을 됫박으로 얻어먹었다고 여기는 〈뚝지〉는 이를 자글거렸다.

—지난번에도 일을 결하여 밸굽이 꿈틀거리는 걸 겨우 익삭였는데 슬슬 봐

주니까 아주 상습이 돼 버렸어.

저쪽 〈잔생〉은 결근하는 날이 한두 번이 아니었다. 일전에도 농장장에게 코를 떼이고 기분이 울하여 〈뚝지〉는 직발로 〈잔생〉을 찾아갔었다. 그가 방문하였을 때 〈잔생〉은 사지백체가 멀쩡하고 광대와 코가 댕그랗게 솟아 보이긴 하였으나 안색이 부유스름하고 맑아 〈뚝지〉가 예상했던 누르죽죽한 병자 모양은 아니었다. 노동자의 살집이 부둥할 수 없으므로 얼마간 풀이 죽고 초쇠해 보이는 건 정상 아니겠는가.

〈뚝지〉의 방문 목적을 재바르게 거니챈 저쪽이 '죽어 대령'의 모양으로 넙죽 엎드려 두 손으로 파리 발 드리면서 고개방아를 찧었는데 그 잔약한 저자세에 〈뚝지〉의 굳었던 마음은 물러지고 말았다.

―아이고 손수 발품을 파셨군요. 얼마나 욕봤을까요. 발을 떼놓으면서 방 구석에 처박혀 골방지기 하는 놈을 멱살잡이 하겠다고 옥별렀겠지요? 꺼둘러 버리려는 생각이 절로 났겠지요? 다리몽둥이를 분질러 놓고 싶은 생각이 불쑥거렸을 거예요.

―자네 무슨 난당한 일이라도 있었나? 어디가 아팠나?

―아니에요. 잘못했어요. 담에는 잘할게요.

〈잔생〉은 머리가 땅에 닿도록 꾸벅꾸벅이었다.

―무슨 속사정이 있는가. 내가 알아서는 안 될 일인가?

―아니어요. 뱃속이 뺄뺄하고 가슴이 옥죄어서요. 특별히 어디가 쑤시고 저린 데는 없어요. 기운이 빠져서 의욕이 없고 밥을 찾아 먹기도 힘들어요. 속이 텅 비어서 오장이 허해요.

무슨 버무리를 만드는 건지 〈잔생〉의 번설에 〈뚝지〉는 갈피를 잡지 못했다. 그는 눈을 더부럭거리다가 속사정이 있으려니 하고 어정쩡하게 대답했다.

―미간에 골이 패인 걸 보니 소화관이 나쁜 모양이로군. 마 뿌리가 강장에 좋다던데. 산에서 나는 장어래. 보신 보양해서 어서 일 나와야지.

이후에도 저쪽은 두세 번을 궐하여 〈뚝지〉가 직접 찾아가 독려하였는데 〈잔생〉의 대응은 전과 같았으며 〈뚝지〉는 저쪽의 처신을 저쪽에 맡겨 놓았다.

이번에는 달랐다. 피할 수 없는 엄중한 벼락불이 발등에 떨어진 것이다.

―농장장은 뭐 오늘 안으로 마쳐 놓으라고? 엄지 귓구멍에 안 들어갈 소리 아닌가. 벌써 하루 낮이 반을 지나 적나절이 오는데.

〈뚝지〉는 되생각할수록 열통이 올라 결장이 꿰졌다. 그는 파 엎던 흙덩이를 걷어차면서 악담반지거리로 두덜거렸다.

―어이 〈잔생〉. 자네가 그 말을 들었다면 마음이 어떠했겠나. 눈에서 황이 나지 않겠어? 그리고 자네 말이야. 나는 참을 만큼 참았다고. 참는 데에도 한량이 있는 법 아닌가. 한 번 두 번 봐줬으면 됐지 그것으로 성이 안 찼다는 말인가. 잔 수를 쓰지 마. 빌면 귀신도 듣는다 이거지? 많이 해먹은 버릇이야.

그는 없는 상대를 향해 개벼룩 씹듯 불근거렸다.

―전번 때도 이쪽의 물음에 너는 낯을 붉히고 뒤통을 벅적벅적 긁으며 말을 흐리곤 했지? 지금 생각하면 모피였어. 염치라고는 쥐똥만치도 없는 놈. 나는 여태 자네에게 티를 안 보이고 진드근히 참아온 거야. 잘해주려고 말이야. 그쯤 해줬으면 이쪽은 아재비 아닌가. 까마귀도 고마움을 안다는데 너는 올빼미야. 남의 입장을 몰라.

농장장에게 쫑코를 먹고서 울불하여 속이 자글거리던 〈뚝지〉는 악설을 뱉다가 발 앞에 벌여진 일거리를 보고는 슬슬 마음이 안으로 당겨졌다. 시한은 촉박하고 해는 기울고 있었다. 채심하여 마음을 냉연히 가다듬으면서 그는 볼그댕댕했던 얼굴을 내리쓸어 안색을 바꾸었다. 상황이 어떻든 먹고사는 일에 부딪쳐 가야 하는 것이다.

저쪽을 발로 찾아가는 것도 이제는 자긋자긋해서 전화로 꼴통을 불러냈다. 뭉개고 미적거리는 투가 역력하여 을러메고 볶아쳐서 급하게 호출시켰다. 달려온 저쪽은 세수를 안 했는지 눈꼬리에 달팽이 자죽 같은 누흔을 그리고 있었다.

"오늘은 어디가 아파서 애고애곤가. 무슨 분한 맘을 품어 나를 궁지로 몰아넣는가."

대뜸 눈을 휩뜨면서 댕댕한 소리를 내질렀다. 〈뚝지〉의 서슬에 놀란 저쪽이 기가 질려 어깨를 옴츠리면서 선임자를 뚫어지게 바라보았다.

"말해 봐. 입이 떨어지지 않는가. 미처 말시답을 준비하지 못했나?"

"기운이 없어서요. 온몸이 나른하고 맥이 없어 못 나왔어요. 보이는 게 다 하얗고 눈꺼풀 위로 하루살이가 날아다니고 머리가 무겁고 불면 초조하고 식욕이 없어요. 막연한 허탈감과 울적함으로 아무 일도 손에 잡히지 않아요."

"흥, 기운이 없다고? 하우스병이라도 걸렸단 말인가. 우리 하우스는 무가온이라 출입문을 젖히고 통풍구를 열었는데 무슨 병이야 응. 나는 아무렇지도 않은데. 내가 언제 두통이 있다고 눕는 걸 봤나?"

"병이 없는데도 힘이 안 나요. 사는 걸 힘들게 하는 게 있어요."

〈뚝지〉는 머리를 홰홰 도리질하며 코웃음을 쳤다.

"개소리괴소리. 병이 없다면 일을 회피하려는 건병 아닌가. 솔직히 일하기 싫어서 꾀병을 부렸다고 실토하는 게 낫지 않겠어?"

"형님, 잘못했습니다, 큰 죄를 지었습니다."

〈잔생〉은 털썩 무릎을 꿇으면서 눈언저리가 일그러지는 울상을 보였다.

"형님. 형님 심정을 잘 안다고요. 허땜쟁이 고운데 없어, 오늘도 집구석에 박혀 암수거리 궁리로 시간을 죽이고 있겠지, 다시 뻔뻔이 낯으로 안살부릴 게 뻔해, 된통 혼구멍을 내야겠어, 이런 맘이 절로 들었겠지요? 아닌가요? 형님 들어 주세요. 저는 힘이 하나도 없었어요. 갑작스럽게 그렇게 된다니까요, 그런 걸 어찌해요. 나는 남과 같지 못하고….”

저쪽은 곧 게거미처럼 기어와 〈뚝지〉의 바짓가랑이에 달라붙을 것 같은 모양으로 손아금지와 발부리를 꼼지락거렸다.

"이 쑹쑹이. 또 무슨 구실을 만들었나 보군. 몸살 감기? 하우스병? 속엣말을 털어놔 봐.”

"뻥까는 거 아니에요. 기운이 없어서 못 나온 거지. 구라 아닙니다. 형님, 너그럽게 용서해 주세요, 예.”

"내숭하게 굴지 말고 제대로 말해. 신뢰가 있어야지. 나는 자네를 형제같이 여기며 의초롭게 살아 보려고 맘먹어왔어. 그런데도 자네는 사람을 봉으로 보고ㅡ.”

"제가 거짓부리 했나요? 곧게 살고 싶어요. 곧이곧게 털어놨어요.”

"흥, 그래? 자네 같은 풋놈은 당장 쫓아내야 한다고 농장장한테 이를 테야. 너는 일새에 조금도 자자굴굴한 정성이 없어. 마음을 들이려는 자발성이 안 보인다고.”

"제발 그러지 말아줘요. 농장장은 당장 나가라고 방방거릴 텐데요.”

〈뚝지〉는 입꼬리를 길게 당겨 물고 팔자주름으로 입가를 에두른 완고한 얼굴 모양새를 보이며 상대를 뒤돌리려는 냉연한 수작을 부렸다. 〈잔생〉은 심겁을 하고 어깨를 더욱 꼬부장히 움츠렸다.

"잘못했어요, 형님. 용서해 줘요.”

〈잔생〉은 콧구멍을 벌룽거리면서 울먹거렸다. 붉은 눈시울로 방아깨비처럼 굽실거리며 두 손을 싹싹 비벼대었다. 〈뚝지〉는 가자미눈으로 상대를 갈겨보며 비죽거렸다.

 "그거 하나는 잘 배웠군. 걸핏하면 손을 비비는 거. 절간 밥 먹으며 예불했었나."

 "저는 돌부처가 아니에요. 가슴이 무른 생신이에요. 콩알만 한 쓸개자루를 달고 조마거리며 사는 못난이예요."

 〈잔생〉은 가슴을 치며 자신을 낮추는 연생이 모습을 보이려 했다.

 "자식 알쏭달쏭한 소리만 하는군. 침 바른 소리 치워. 좁쌀만 한 벼룩도 낯바닥이 있는데, 사람을 속이며 상일을 모두 내게 다미씌운 게 누군데? 한 번쯤 대신하겠다는 소리는 없고 말이지. 망둥부리자식―."

 〈뚝지〉는 발로 땅을 텅 밟으며 눈살을 곤두세웠다.

 "잘못했어요. 제가 큰 잘못을 저질렀어요."

 〈잔생〉은 냉큼 이마로 땅을 찧고는 볼따구를 적신 눈물을 소매로 훔쳤다.

 〈뚝지〉는 마디지고 투박한 식지를 뻗어 저쪽에 겨누면서 사날없이 내쏘았다.

 "많이 써먹은 버릇이야. 일전에도 그랬지? 뭐라고 알짱거렸나? 힘이 없어서? 어디가 아파서? 다시는 안 그러겠다고?"

 "뉴스에서 봤어요. 어린 여자 아이가 집에 갇혀서 학대를 받다가 견디지를 못하고 팬티 한 장만 입은 채 탈출한 거예요. 창문으로 뛰어내려 슈퍼마켓으로 숨어 들어가 물건을 훔치다 시시티브이에 찍혀 잡혔는데 아이의 말인즉 배가 고파서 그랬다는 거예요. 여러 날을 쫄쫄 굶었대요. 텔레비전에 나왔는데 쪼그랑이가 된 모양을 못 봤나요?"

"그게 뭐 어째서?"

"어째서라니요. 나는 몸이 굳어서 한 발자국도 내딛지 못하겠더라고요. 근육이 풀리고 뼈마디가 뻣뻣해져 버리는 거예요."

"쥐가 났단 얘기 아냐."

"기운만이 아니라 의욕과 생각이 다 없어져 버리더라고요."

"나는 네가 없는 새 혼자 일하다가 경련이 일어나서 되똥 넘어져 뒹굴기도 했어. 턱이 옆으로 돌아가 말도 못했지. 나대로 이렇게 툭툭 쳐서 고친 거야."

〈뚝지〉는 한쪽 턱을 손바닥으로 퍽퍽 치는 시늉을 했다. 〈잔생〉은 꼴먹고서 입술을 뷰죽이 내민 채 말꼬리를 잇지 못했다. 〈뚝지〉가 기세를 올렸다.

"너는 어떻게 돼먹은 놈이냐. 보초대가리 없는 놈, 오그라진 개꼬리 같은 놈아."

〈뚝지〉는 상말을 침 튀기며 내뱉었다.

"내숭이 녀석, 뭐라고? 기운이 없었다고? 사지가 멀쩡한 작자가 시진했다니 자다가 졸음 귀신에 씌었나. 유아원 담장에 목을 올리고 안을 엿보는 스토커 꼴을 보인 것도 자네란 말이지?"

"…그런 말은 묻지 말아 주세요. 말할 수 없는 일도 있는 거예요. 창밖을 내다본 사람에게 뭘 봤느냐고 캐물을 순 없잖아요."

저쪽은 엄벙수작으로 받았다.

"주쳇덩어리, 의뭉집, 우렝이속이야. 머리를 감추고 꼬리를 숨기는 동물이야. 도대체 안통을 알 수 없어."

"그런 게 아니에요. 잘못했어요. 봐주세요."

"네가 빈둥거리는 동안 나는 네 몫을 모두 땜빵했어. 죽살을 친 거야. 나는 뭐 상머슴인가. 품을 더 받냐?"

〈뚝지〉는 열이 꼭두로 오른 모양 팔소매를 걷어 올리면서 턱자가미를 불룩거렸다.

"거기에 대해서 너의 양심은 뭐라고 말하고 있나?"

〈잔생〉은 몸을 물리면서 게사니목을 내었다.

"내 몫은 그냥 놔두면 뒤에 하면 되잖아요—."

"뭐라고? 자식, 속 터지는 소리를 하는군. 농장장이 당장 해 놓으라는데도?"

〈뚝지〉는 발로 땅을 쿵쿵 찧으면서 사발눈을 치떴다.

"이건 죽으라는 소리 아니냔 말여. 여태까지 혀를 빼물었는데도 사람을 문문히 보아 무른 땅에 말뚝 박듯 남 몫까지 몽땅 들씌우는 거. 네라면 어떻게 생각 되겠어 응? 제 속밖에 모르는 꽁쟁이, 덜먹은 자식아!"

상체를 들었던 〈잔생〉의 몸이 저쪽의 눈총을 받고 풀썩 가라앉았다. 그는 콧물을 훌쩍이며 흐느끼는 소리를 내었다.

"뭐라고 불러도 좋아요. 저는 막치짜리 쭉데기예요. 덜먹은 얼프기예요."

〈잔생〉은 우는 소리를 내었는데 자신을 낮추는 손순한 목소리가 아니었다. 자신을 온채로 내던져 버리는 울불함을 씹는 푸념이었다.

"넉점박이라고 모두 사람이 아니라는 거지요? 이 천뜨기 지스러기는 만무방이라는 거지요? …그럴 거예요. 저는 길바닥에 버려진 조약돌이에요."

〈잔생〉은 자학적으로 구누름을 내면서 자신의 여린 감정을 스스로 덧내었다. 눈앞에 닥치는 상황으로 앞이 깜깜해져 버릴 때 그는 짜내듯 눈물을 떨어뜨리며 한없이 까라진 모습을 보이곤 했다. 타인의 힘에 눌려 불편과 두려움으로 살아왔다는 그는 의기가 꺾일 때마다 반사적으로 몸을 옴츠리는 버릇을 보였는데 행위에 맞추어 내면에 고인 앙금을 떠올리는 듯 고개를 저으며 옹잘이를 하고 곡소리를 섞기도 하였다.

 그는 자신의 유아 적 생활을 알지 못한다고 말했다. 지난 역정을 자세히 들려준 사람도 없다고 하였다. 다리 밑에서 주워 온 아이, 집 앞에 버려진 업둥이, 불륜녀가 낳은 사생아, 하고 개궂은 소리를 뱉기도 하였는데 그러한 입짓은 궁명(窮命)으로 살아온 사람이 가슴에 고인 섧음을 드러내는 표현 같았다.

 그는 강포한 계모 밑에서 이복동생을 돌봐야 하는 애업개, 조방꾸니로 살아야 했던 지난 일을 기억의 첫머리에 떠올리는 술회를 했었다. 초년(齠年)에 불과한 칠팔 세 때부터 다섯 살 아래의 이복동생을 업거나 데리고 다니며 놀아주지 않으면 안 되었다고 넋두리의 허두를 떼곤 하였던 것이다.

 호작질이라면 엄두도 못 냈던 그는 어느 날 청복을 타고난 자기 또래의 아이들이 구슬치기 하는 장면을 넋 놓고 바라보고 있었다. 구경에 눈이 팔려 있는 동안 곁을 따르던 이복이 딴 곳으로 새 버리는 걸 까맣게 몰랐다. 눈길을 돌리고 보니 애가 없어진 게 아닌가.

 〈잔생〉은 우둔거리는 가슴으로 이 골목 저 골목을 기웃거렸다. 꽝꽝 소리 내어 울면서 남의 집 뒤란 구석까지 다 넘겨다보았다. 끝내 찾지 못하고 맥풀 없이 집으로 돌아왔을 때 아이는 건넌 집 아주머니가 데려다 놓고 있었으며 계모는 매를 들고 자신을 기다리고 있었다고 이를 떨며 말했다.

 그는 계모에게 매타작을 당하고 발길에 짓밟힌 사실을 소상히 까놓았다. 계모는 자신을 집안으로 들여놓지 않았으며 옷을 벗겨 한밤을 노상에서 떨도록 만들었다고 낯을 붉히면서 눈구석을 찍어냈다. 인근에 사는 홀할머니가 이쪽을 끌고 가 재워 줬으니 망정이지 그러지 않았다면 한데서 아주 굳어져 버릴 뻔했다고 코가 맥맥한 소리로 애성을 내었다.

 그는 평상과는 달리 말꼬를 텄다 하면 가슴을 헤쳐 놨는데, 교악한 계모가

뭇잡아 자신을 '매 맞는 아이'로 만들어 놓은 일, 나이를 먹도록 자신은 까둥기고 굽죄여서 약질이 돼 버리지 않을 수 없었던 환경, 이름마저 사람을 시삐보아 '잔생이'로 불렀다는 푸념 등 구구한 소리를 내리 주워대는 것이다.

〈잔생〉이 울보딱지가 되어 코를 후룩거리는데 통봉을 내리치는 것 같은 벌끈한 목소리가 그의 귓등을 때렸다.

"흐흥, 이 엄살꾼! 건더기는 버리고 물만 먹고 살았나. 사내 자식이 눈물단지가 돼 버렸군."

볼품없이 풀이 죽어 오그라졌던 〈잔생〉이 흠칠 놀라 강박신경증에서 깨어났다. 그는 어지러운 머리를 흔들어 떨면서 퀭한 눈으로 발치 앞에 불도그 상을 하고 서 있는 선임자를 올려다보았다. 곧 기세에 눌려 팔소매로 눈시울을 훔치면서 머리를 떨어뜨렸다. 그는 두 손을 모아 땅을 짚고 공순히 큰절을 하면서 입을 달싹거렸다.

"형님. 고생, 고생하시는군요. 저 땜새요."

마른 침을 삼키면서 인정이 무른 소리를 내었다. 저쪽은 건으로 듣는 듯 무감한 표정이었다. 울상을 한 〈잔생〉이 다시 무죽은 소리를 내었다.

"제가 욕을 먹어 싸지요. 저는요, 손도 꼼짝거리지 못할 만큼 기맥이 떨어져서요, 일하고 싶은 의욕이 없어지고 무엇에 집착할 이유도 없는 것 같이 느껴졌어요. 형님은 뭐라고? 하고 되묻겠지요. 말 같잖다고 도리질 하겠지요? 입을 열기가 어려워요…."

"꾀병 부리다 말라 죽는다고. 빗대는 소리로 재미 볼 생각 하지 마!"

〈뚝지〉는 같잖게 넘겨잡고 상대의 입짓을 뭉개 버리려는 듯 눈딱지를 굴리면서 냉갈령을 보였다.

"모르고 한 번 알고 한 번이야. 나는 자네를 이해할 수 없어. 이해할 수 없으니 같이 일하기가 쉽지 않아. 무슨 말인지 알겠지?"

"……."

"속통을 모르는 사람과 어찌 동업을 하겠나. 마음이 발라야 한 짝이 되는 거 아닌가."

〈잔생〉의 낯빛이 붉어지는 것 같더니 입술을 바르르 떨었다.

"구라 까는 거 아니에요. 식욕을 잃으니 배가 쑥 꺼지고 머리가 팽팽 돌며 기운이 다 빠졌어요. 뉴스 방송을 보지 못했나요? …들어 보세요. 두 살짜리 아이를 부모라는 사람이 열댓 번을 발로 차고 가슴을 짓밟고 내던져 죽였다는 거 아닙니까. 이처럼 둘러쳤다는 거예요."

〈잔생〉이 옴츠렸던 몸을 솟구치면서 벌떡 일어나 두 팔을 뻗치더니 〈뚝지〉의 목을 움켜잡는 시늉을 하고 어깨 위로 힘껏 동댕이치는 몸짓을 보였다.

"어어, 이런!"

겨드랑이에 팔을 지르고 서 있던 〈뚝지〉가 저쪽의 돌발적인 행동에 소스라치며 뒤로 물러섰다.

"… 내보고 쑹쑹이라고요? 궁따는 거 아니에요. 뚝딱하는 거 아니라니까요."

〈잔생〉이 턱을 안으로 쑥 당기면서 몸을 으스스 떨더니 인광을 발하듯 눈이 반득거렸다. 그는 흰자위를 굴리면서 분연히 말했다.

"나는 세워 놓은 수숫단이 아니에요. 가슴이 젖는다고요. 길을 가다 만나는 어린애를 봐요. 강아지보다 더 귀엽지 않아요? 형님도 아기 때는 옥동이었을 거예요. 옥동아기 앞으로 손가락을 세우고 까딱까딱해 보세요. 아기가 몸을 으쓱하면서 생긋방긋 웃지 않을까요. 이쪽의 손가락을 잡으려고 고사리 손을 쏙 내밀지도 몰라요. 그 얼뚱아기를 발로 차고 목을 누르고 내던져 죽였다니…. 던져 바린 아기가 퍽 하고 땅에 떨어지는 소리가 들리는데요. 말랑말랑한 몸체가 아삭 으스러지는 소리가 다 들려요. 죽어가는 아기는 한 번 꿈틀거렸을 거예요. 아기는 아직 숨이 남았을 때 자기를 밟고 차는 어미 아비에게 두 손을 내밀며 구원자를 부르듯 목을 다해 엄마 아빠를 부르지 않았을까요? 시비선악을 꼬물도 모르는 아기는 자기를 가혹하는 인면수심범들이 무슨 짓을 하려는지 까맣게 몰랐으므로 그 사람들에게 조금도 미움을 갖지 않고 저 세상으로 갔을 거예요. 어린 생명을 찌드러기 버리듯 바수어서 내동댕이쳐 버린 사람들, 그 사람들은 무엇을 대신 얻으려 했을까요. 검은 머리를 발갛게 염색하고 손톱 발톱에 자개 네일을 하고 귀고리 목걸이를 걸고, 남자 또한 요즘 말하는 그루밍족 아니던가요. 이런 인간들을 텔레비전은 모자이크 처리를 하고 경찰은 마스크 모자를 씌워 낯을 가려 주면서 곁부축하고 다니더라고요. 나는 먹기만 하고 살 수 없었어요. 기운이 다 빠져서… 목젖을 찢는 것 같은 어린애의 울음소리가 귀에 들려요. 나는 내가 잘못한 게 있는 것만 같아서….”

〈잔생〉은 이쪽에 뵈지 않으려고 고개를 외오틀었다. 〈뚝지〉는 코웃음을 치면서 귓등을 보였다.

"감정은 현실이 아니야. 마음속의 일을 바깥세계의 일과 혼동하고 있어. 너는 정신장애인, 또라이야."

"또라이 아니에요. 나는 다른 사람과 다를 뿐 자신이 무엇인지 잘 알고 있어요. 눈에 보이는 곳만 사람 사는 곳이 아니에요. 겉도 있고 속도 있어요. 그건 뚝딱 딴소리가 아니에요"

"선량인 체 하지 마. 다른 사람도 알심은 있는 거야. 혼자 심덕이 그득한 체 하지 말라고."

저쪽의 입살은 모질고 걱세었다.

태풍이 오는 전조인지 한 무더기 바람이 〈잔생〉의 몸을 들이받듯 떠밀었다. 갭직한 그의 몸이 휘뚝 밀려 〈뚝지〉의 몸과 부딪칠 뻔했다. 〈잔생〉은 얼른 바람에 쏠리는 풀잎처럼 몸을 구부렸다.

"아이고 죄송합니다, 다리가 팍팍해서요—."

〈잔생〉이 몸을 뒤로 물리는데 〈뚝지〉는 본둥만둥 시뚝하게 내뱉었다.

"언왕설래 해봤자 헛바퀴 돌리기야. 목을 높여 봤자 입만 벙긋대는 꼴이니 말을 섞을 필요가 없겠어."

그는 상대의 입을 휘갑하고서 등을 보이며 팍한 소리를 내깔겼다.

"양냥이 짓으로 먹고 살수 있냐. 건깡깡이 개털은 몸으로 때워야 하는 거야. 나는 일이 빡세어서 지쳐 버렸다. 남은 건 네 몫이야. 오늘 안으로 마쳐 놔야 해!"

〈뚝지〉는 피하듯 터벙걸음으로 자리를 떴다.

〈잔생〉은 한동안 뻘쭘히 서 있었다. 날땅에 꽂아 놓은 막대기처럼 혼자 댕그랗게 남겨져 버리자 휘영한 공기가 눈앞을 망연케 했다. 그는 저쪽이 강팍하게 내지르고 간 폭언을 몇 번이고 되뇌었다. 코끝을 잡고 비틀면서 곰곰 씹어 보았으나 그로서는 거스를 수 없는 엄달이었다.

만목(滿目)이 이쪽을 따돌리듯 비우호적으로 비치면서 마음을 수수롭게 했다. 옛날 '매 맞는 아이'로 집밖에 내쳐져 달달 떨었던 뼷마른 몰골이 영상으로 용명(溶明)되고 확대되면서 마음을 서거픈 감정 속으로 담가 놓았다. 그때의 홀할머니 같은 무망지인(毋望之人)은 다시 없을까… 〈잔생〉은 부질없이 머리를 내두르며 주위를 뚜렷거려 보기도 하였지만 어느 곳에도 자신을 도와줄 곁은 보이지 않았다. 졸다가 꾼 꿈이기를 바랐으나 그것도 안 되었다.

메롱한 일을 당하여 눈앞이 막막하였으므로 〈잔생〉은 미간을 잔뜩 응그리고 절레절레 고개를 저으며 장태탄식을 하였다. 속이 올랑거려 입술을 잘기잘기 씹으면서 머리통을 싸쥐었으나 변통수는 나오지 않았다. 결국 그는 지난날 기엄기엄 살아온 명줄의 근기를 죽기 살기로 와짝 당겨 보는 수밖에 다른 도리가 없다는 막부득한 체념에 이르렀다. 명치끝이 꾹꾹 눌리는 통증이 왔다. 그는 턱을 윽물고 마음을 도슬렀다. 하급 노동자가 막일을 하는데 몸빵 말고 다른 수단이 있겠는가.

〈잔생〉은 몸속에 한기가 도는데도 이슬땀이 배는 이마와 목덜미를 팔소매로 문질러 닦았다. 눈에서 잘금거리던 눈물이 줄기가 되어 뺨을 타고 흘러내렸다. 그는 이를 지그시 눌러 물면서 두 주먹을 부르쥐었다.

저녁노을이 검붉게 하우스 지붕을 덮었다. 밍근하던 낮 바람이 산득한 저녁 바람으로 바뀌었다. 한낮의 소음도 길모퉁이를 돌아가는 사람들의 총총걸음새도 가물가물 멀어지며 뚝뚝 끊기는 고요가 적막하게 밀려왔다.

〈잔생〉은 두 팔을 휘두르고 어깨를 젖히면서 큰 호흡을 하였다. 바지춤을 올려 혁대를 조이고는 한 번 해볼 양을 보이면서 손바닥에 퉤퉤 침을 발랐다. 그는 하우스 안에 엘이디등(LED燈)을 켜 놓고 미세기문을 양쪽으로 활짝 밀어붙여 플로어 가이드 앞까지 트랙터를 들이대면서 짚을 실어다 부렸다. 부려 놓은 짚단을 아름으로 안아 대형 비닐하우스의 장찬이랑 위를 바짓가랑이에서 바람이 일도록 뛰었다. 옷 궁둥이가 찢겨 엉덩짝이 드러나는 줄도 모르고 단 숨을 몰아쉬면서 꾸벅꾸벅 짚대를 깔았다. 드나르고 훌뿌리고 평히 고르고. 진동한동 진땀 속에서 헤엄을 쳤다. 숨이 턱에 찼지만 상위자에게 훌닦임을 당하고 나니 찜찜하던 마음이 얼마간 후련했다. 간을 졸이고 있으니 한바탕 맞아 버리면 큰바람 뒤가 산산한 것처럼 기분이 한결 홀가분했다.

그가 가슴을 벌렁거리며 숨을 고르는데 미세기 문짝을 탁탁 치는 소리가 들렸다. 〈잔생〉은 농장장인 줄 알고 등이 오싹했으나 눈을 짜그리고 보니 유리온실의 원예기사 〈망고〉였다. 저쪽은 설주에 비뚜름히 기대서서 이쪽에 대고 말을 걸었다.

"선임은 혼자 뚝딱 가 버렸는가. 꼬붕만 따로 돌렸나?"

"……"

〈잔생〉이 등을 돌리자 저쪽이 시룽거렸다.

"웬일로 밤중에 죽을 똥을 싸는가? 벌을 쓰는 건가?"

"…… "

"등때기가 다 젖었군. 옷을 쥐어짜야 쓰겠어. 오늘은 맥살 놓을 일이 없었나. 낮에는 자고 밤에 기어 나오는 야행성인가. 그것도 좋은 요령이로군, 헤헤."

"……"

"적당히 해 둬. 태풍이 온다는데. 싹 쓸어버리고 나면 새로 하는 거지 뭐. 보험에 들었잖냐. 어떤 작자들은 이럴 때 하우스 지붕 줄을 몇 가닥 풀어 놓거나 서까래를 슬쩍 빼놓기도 하는가 보더라고."

"촉새 입. 가살쟁이 복 없어!"

〈잔생〉은 입속으로 씹는단 소리가 잇새로 튀어 나가자 움찔 놀라 반사적으로 몸을 엎드렸는데 낯바닥이 짚북데기에 묻혀 잘못했단 소리는 내지 못했다.

사교(邪敎)

 장모가 타계한 지 올해로 삼 년. 거상(居喪) 기간이 지난 게 엊그제 같은데 세월은 급류처럼 줄달음쳐서 어른들의 새치머리가 백발이 되고 아이들은 키가 한 뼘씩 더 자랐다.
 옛 상례(喪禮)를 따랐다면 팍팍한 세월이 되었겠으나 세태가 변하여 삼년상, 담제, 길제를 생략하고 나니 석주에겐 곱걸렸던 일들이 눈결에 스쳐간 느낌이었다.
 육지로 시집을 가 빵빵하게 살고 있는 처제는 장례를 마쳤을 때 방성대곡 했던 전 모습과는 달리 빤지름한 낯으로 속말을 터놓기도 하였다.
 "삼 년 복상으로 대소상 치른다고 해봐요. 얼마나 번거하겠어요. 좋은 세상 만난 거지요."
 "응."
 큰처남이 고개를 끄덕였다.
 "혼령은 저승으로 가고 산 사람들은 양글게 제살이를 해야 할 게 아닌가요"
 "그래그래. 맞다."
 큰처남이 고갯방아를 찧었다.

출가한 딸은 외인(外人)이라 헤픈데픈 말했지만 어머니를 온정성으로 모셨던 작은처남의 속은 그게 아닌 모양이었다. 석주가 알기로 그는 어느 시룽장이가 방안풍수를 하여 '옛법이 상법이지' 하고 진소리를 냈다면 불문곡직 삼년 시묘(侍墓)에라도 들어갈 사람이었다. 그는 어머니 장례를 화장(火葬)으로 해야 한다는 종가 어른들의 권고에 입술을 깨물고 눈물을 잘금거리기도 하였다. 마음이 여린 그는 성행이 착해서 자신의 일보다 남의 일에 더 신경을 쓰는 애어른 같은 인물이었다.

웬일인지 순조롭게 초상을 치르고 제상(除喪)하였는데도 작은처남은 풀이 빠지고 안색이 끄느름했다. 외쪽 어버이를 잃은 슬픔만은 아닌 것 같았다. 무슨 통각이 있는 건지 미간을 잔뜩 좁힌 채 펴지 않았다.

처가의 형제 자매들은 윗항렬로서 한 분 남았던 노모의 장례식을 마치고 제 사는 곳을 찾아 뿔뿔이 헤어졌다.

외항선을 타는 큰처남은 생활이 안착되지 못해 홀어버이에 불효하였다면서 동생들의 손을 일일이 부여잡고 눈시울을 붉혔다. 어머니를 봉양했던 남동생과는 어깨를 감아 안고 얼굴을 비비대면서 자신은 죄인이라고 부대한 덩치답지 않게 콧물까지 흘리면서 꺽꺽 울었다.

석주는 공항으로 부두로 나가 떠나는 그들을 배웅했다.

한 사람이 차지했던 자리가 얼마나 컸었는지는 떠나보내지 않았던 사람은 모른다. 하늘은 침묵일 뿐 말이 없고 사람들은 말부조를 던지기도 하나 무덤덤이어서 이쪽만 세상과 틈새가 떠 혼자 속이 궁그는 것이다

석주는 자신이 사는 처소로 돌아가 남루한 일상의 끈을 되잡고 장모가 비워 놓은 자리를 그녀의 조영(照影)으로 채우면서 곤색한 생활을 이어갔다. 가버린 사람이 잊혀지지 않고 마음에 남아 까박거리는 것은 지병을 앓듯 괴로

운 일이었다.

 장모는 석주에게 구원자나 다름없었다. 직장을 잃고 하루하루를 허덕이며 바닥을 긁고 있을 때 끼니를 에울 양식을 대주고 애들 용돈마저 쥐어 준 사람이 바로 그녀였다. 하루 이틀에 끝난 일이 아니었다. 석주가 손이 비어 집에서 까둥기던 근 이 년 동안 그녀는 사위 집을 보비했다.

 석주는 노약한 장모에게 몸보신하도록 탕제(湯劑) 한 번 사 드린 적이 없었다. 그는 푼수데기로 처가의 손님처럼 살았는데도 장모는 이쪽을 반자식(半子息)으로 싸안아 준 것이다.

 남 탓을 해봐야 복장만 터질 뿐 어처구니없이 생업을 잃고서 돌아온 것은 떨꺼둥이가 돼버린 실의, 세상의 가운데서 밀려나 버린 상실감뿐이었다.

 도박꾼들마저도 '욕심이 과하면 손을 씻는다'며 몸조심을 하는데 이쪽이 몸담았던 회사의 사주(社主)는 잡기꾼들의 계언도 못 들었는지 역술가의 점사(占辭)에 기울었던 모양이다. 귀소문에 의하면 업주가 믿은 점사란 '사업도 운때가 맞아야 하는 법, 지금이 바로 그때이다. 이맛살이 두툼하니 토목이나 건설업을 하면 크게 이루겠어…' 이런 따위 사주 관상 풀이였다고 한다.

 어디에서 변화의 추세를 채들은 건지 아니면 운칠기삼(運七技三)이었는지 전문성이라곤 귀동냥에 불과할 얼치기가 사채업으로 모은 돈을 배증(倍增)시키고자 만든 것이 건축회사였다.

 집 장사나 다름없었던 사업이 인구의 도시 집중 현상으로 대리(大利)를 얻는 승운을 탔다. 사주(社主)만이 아니라 사원들마저 씽글거릴 정도로 호황을 누리면서 회사는 규모가 커져 중견기업으로 성장했다. 이때 지은 아파트들이 시내의 곳곳에 키돋움하듯 울쑥불쑥 솟아 있다.

 쉽게 얻은 것은 오래 가지 않았다. 사주는 다시 조점(兆占)을 본 건지 누구의 사주를 받은 건지 아니면 쉬운 성공이 그의 간덩이를 붓게 만든 건지 돌연 오장이 바뀌어 정계로 투신하였다.

선량에 두 번 입후보 하여 첫번에 실패하고 다음번에 성공하였으나 선거운동 과정에서 금품을 살포한 증거가 드러나 피소되었다. 긴 재판 과정 끝에 결국 매표로 얻은 당선은 무효가 되었다.

선거 기간 동안 경영이 부실하고 자금을 저프게 빼내 버린 회사는 유동성을 막지 못해 결국 도산하고 말았다. 직원들은 퇴직금은 고사하고 밀린 급여도 받지 못한 채 빈깡이 되어 보따리를 싸야 했다.

끈 떨어진 사람들 속에서 송사(訟事)를 하자는 제의가 있었으나 뽕빠진 집을 떨어 봐야 무엇이 나오겠느냐고 비관적인 축들이 있는가 하면 결딴난 사람 감옥 보내 봤자 득 될 게 없다며 참으면 참은 덕이 있는 법이라고 무른 소리를 내는 숫보기들도 많아 서로 가타부타 주적거리다가 제풀로 시드름해져 버렸다.

법정투쟁이 물 건너가자 더는 기대해 볼 것이 없어 각자도생으로 생로를 찾을 수밖에 없게 되었다.

석주는 실직자로 집에 박혀 손이 빈 하루하루를 지우자니 골방 체수가 돼 버려 코가 빠지고 몸이 삭았다. 찾자들면 살 구멍이 없을까 하고 막연한 기대를 걸어 보았으나 현실은 기대와는 달리 잇긋도 하지 않았다.

그는 조실부모 하고 시집간 누나 집에 얹혀 그쪽 식구들과 두리기상에서 눈칫밥을 먹으며 살아온 안형제뿐인 외아들로서 본가에 뒤를 봐줄 만한 동기가 없었다.

밥줄을 잡지 못하여 생계를 걱정해야 하는 가장은 속이 썩고 고개가 꺾이지 않을 수 없었다. 허수아비도 제구실을 한다는데 숨탄 사람이 제구실을 못한다면 어찌 체면을 찾을 수 있겠는가. 하물며 한 집안의 가장으로써 가족 부양의 의무를 다하지 못한다면 '못 쓰는 물건' 아닌가.

직장이 곧 나올 거라는 침 바른 소리가 공소리가 되고 그래도 행여 하고 은근히 바라온 요행수마저 턱없이 되자 석주는 가슴에서 방망이질 하는 소리를 들었다. 식구들의 얼굴이 눈에 띄게 까칠해 보이고 웃음기마저 빠지는 변모를 보면서 자신은 '벌어오는 사람'이 아닌 '놀고먹는 사람'으로 전락해버린 사실에 낯 붉히며 자괴감을 씹었다. 그는 속을 트지 못하고 불면증에 시달리며 객쩍게 버럭거리는 간벽(癎癖)을 보이곤 하였다.

상심이 크다고 귓불이나 만지면서 집지기로 살 수는 없다. 속이 아리니 가슴이 울민하고 물에 말아먹는 밥맛마저 입에 썼다.

그는 집을 나와 이곳저곳 발섭을 하였다. 여인들이 휴대폰을 받는 목소리에조차 놀라 뒤를 두렷두렷하면서 발이 내키지 않는 걸음을 옮겼다. 광고지를 더듬어 구인처(求人處)를 찾아다니는 것인데 날찍을 얻지 못했지만 그렇다고 집에 들어박혀 시르명이 앉아 있는 것은 사회에서 밀려나 아웃볼이 돼버린 비회(悲懷)를 덧나게 할 뿐이었다. 그는 땅을 보며 수참한 마음을 끌꺽끌꺽 삼키면서 발품 값이 나오지 않는 길을 걸었다.

집을 나올 때마다 일자리를 찾아 나간다고 알려 놓지만 정한 곳이 들어쎈 것도 아니어서 딱히 갈 곳이 없을 때는 노상에서 콧구멍을 후비다가 산으로 바다로 딴 길을 헤맬 때도 하고많았다. 해안 올레길을 걸으면서 물가에 보화가 가득 찬 궤짝이 떠돌지 않나, 길 여행자가 떨어뜨리고 간 전낭(錢囊)이 발에 채지 않나 하고 요행수를 바라기도 하였지만 가당치 않은 망상이었다. 돼지꿈이라도 꾸었다면 복권이라도 사 두었을 터인데 그것도 맘대로 안 되었다.

석주는 온족해 보이는 사람들의 얼굴을 맞대하는 데 기피증이 생겨 산 쪽으로 발길을 돌렸다. 산속을 헤매다 보면 세상을 잊고 혼자 숨을 수 있는 작은 동굴 하나쯤은 발견할 수 있을지도 몰랐다. 동굴을 암자 삼아 면벽수도를 하다 보면 살 구멍이 절로 보이지 않을까. 그건 꿈이 아닌 것 같았다.

한라산중 사려니숲 무림 속으로 들어가자 하늘은 보이지 않고 곤줄박이 찌지배 울음소리만 자그러웠다. 더 깊은 숲속으로 들어가자 바람이 잦아들며 만뢰(萬籟)가 잠잠하고 수목의 향기가 그윽했다. 아늑한 집 속에 들어간 기분이었다.

계곡의 바윗돌 위에 앉아 옷가슴을 헤치고 복호흡을 하며 청량한 공기를 들이마셨다. 사람의 생활이 이 순간만 하다면 얼마나 행복할 것인가. 배가 부르지 않아도 옷이 남루하다 해도 일자리가 없다 해도 부족한 게 없을 것 같았다.

석주가 다리를 뻗고 앉아 이리저리 눈을 주고 있는데 시선을 뚝 멈추게 하는 괴형상이 눈에 띄었다. 건너편 냇기슭의 웅퉁바위 위에 진대나무가 걸쳐져 가닥지 사이로 괴이한 모양이 눈에 비친 것이다. 나무야 장마 폭우 때 산붕(山崩)으로 뽑혀 내려와 돌너설에 깎이고 쓸쳐 형해를 드러냈겠지만 문어발처럼 얽히고 덩이진 막뿌리 속에 숨어 이쪽을 쏘아보는 광채 나는 눈은 무슨 괴물의 것인가. 석주는 머리끝이 쭈뼛하고 등골이 오싹하였다.

산이 깊으면 도깨비가 나온다더니 그게 바로 저것인가. 그는 몸을 낮추고 고개를 갸웃대며 저쪽을 눈여겨보다가 대상이 움직임을 보이지 않자 서슴서슴 괴형체로 다가갔다.

마른 나무 막뿌리 속에서 밑뿌리 두 가닥이 엑스자(×字) 형으로 접합되어 그 중심 부분에 옹이가 박혔거나 빠져 요철이 생겼는데 안공과 입아귀가 패이고 콧등 귓바퀴가 솟아 뚜렷한 음영으로 부각되면서 거리를 두고 보았을 때나 근접해서 보았을 때나 그 형상은 영락없이 사람의 두개골 또는 귀면상(鬼面像)이었다. 석주는 그 모양의 기이함에 놀라면서 귀신에 씐 듯이 간힘을 내어 두 가닥의 뿌리가 엉겨 붙은 부분을 떼어냈다.

세상은 실직자를 떨어내고 아침저녁 일터로 나가는 사람들로 와글거렸으며 시간은 너나없이 온이로 끌고 흘러갔다. 직장이 없는 석주는 근로도 소득도 없이 집구석에서 뭉그적거리는 생활로 해를 지웠다.

꼭두새벽에 클린 하우스로 나가 쓰레기 분리를 하고 공병을 모으며 쥐벌이를 하던 아내는 지친 건지 시들퍼진 건지 안색이 충충해지면서 기색이 죽었다. 생활고에서 오는 불만저의한 모습만은 아닌 것 같았다. 눈자위와 볼이 꺼지고 관골이 솟은 모양은 병색을 띠었고 성미가 시뚱해져 뚝별스럽게 사람을 대하는 것도 별스러웠다. 대화중에 동이 닿지 않는 말을 불쑥 꺼내던가 맥을 놓아 허공으로 눈을 파는 모양은 이쪽의 가슴을 오글게 했다.

전전년 장모의 일주기를 갓 넘길 즈음 외지에 살던 큰처남이 죽고 이듬해 언행이 쌈박하여 과똑똑이로 불리던 처제마저 타계하자 한동안 수죽은 모습을 보이기는 했다. 그러나 인지상정 제살이를 하다 보면 떠나버린 사람은 점차 잊혀지는 것 아닌가.

석주가 식욕을 잃어 입매 시늉으로 끼니를 때우고 종아리를 꼬작꼬작 주무르고 있을 때 아내가 그를 꼴쳐보면서 덩둘한 소리를 내었다.

"우리도 믿어야 할 게 아닌가요?"

"믿다니?"

석주가 턱을 올리면서 되물었다.

사교(邪敎) 63

"빌면 이루어진다지 않아요."

"무슨 소리. 기복 신앙을 말하는 건가?"

아내가 낯을 붉히며 눈을 씰룩거리다가 주저롭게 뒤를 이었다.

"집안에 부리가 세어서 우환이 드는 거래요. 성주신이나 장수 귀신을 모셔 부리를 내보내야…."

"어라…."

말속을 꿴 석주가 아연해서 눈알이 돋더니 버럭 소가지를 부렸다.

"우리 집에는 그런 거 없어. 무슨 말 같잖은 소리야!"

아내는 어깨를 움찔하고는 뒤물러 앉으면서 말을 잇지 못했다. 고개를 떨구고 손가락으로 방바닥을 따짝따짝 긁다가 볼을 물고 일어섰.

그녀는 비정상으로 생게망게한 소리를 자주 냈으므로 석주는 굳이 따져 물으려 하지 않았다. 그 정도로 막설하고 입을 닫아맸다.

방안에 들어박혀 아내의 귀거친 소리를 듣자니 긴 숨만 늘고 애들의 시선마저 따가워 그는 하릴없이 멜가방을 메고 다시금 집을 나섰다. 어제도 그제도 두루 걸으면서 길바닥에 떨어진 재물이라도 주워 수치레하기를 바랐으나 돝잠에 개꿈이었다.

배허리가 줄어 흘러내리는 바지춤을 올리면서 눈물이 코로 흘러드는 것을 끅끅 삼키자니 하늘 자락이 노랗게 보였다. 지난날 건축회사에 근무했다고는 하나 작업장에 나가는 기능노동자가 아닌 사무직이었으므로 노동 현장에서는 시세가 안 나가는 건깡깡이에 불과했다.

생활정보지를 꼬기작거리며 구인처를 찾아 이력서를 넣었는데 서류 심사에 통과하면 알려준다는 접수자의 답변은 어디서나 같은 소리였고 기다리는 연락은 목을 빼어 고대하지만 좀처럼 오지 않았다 이날도 이래저래 서류 접수처를 찾아다니며 담당 직원에게 알랑거리고 코가 땅에 닿도록 꾸벅거리면서 날을 지우고는 다리를 끌며 돌아오는데 문 앞에서 지정거리는 작은처남을 만났다. 저쪽은 봇짐장수처럼 두 손에 보퉁이를 들고 있었으며 주차한 곳이 멀리 떨어져 있었는지 콧방울을 벌룽거리며 숨을 할싹거렸다.

"자네, 웬일인가?"

석주는 보퉁이 쪽으로 쏠리는 눈길을 돌리면서 기쇠한 모양을 뵈지 않으려고 데설웃음을 흘렸다. 저쪽은 이쪽이 마주 바라보는 시선을 피하며 들고 있는 보퉁이를 이손 저손으로 갈마쥐는 군짓을 했다.

"밭에 갔다 오다가… 제가 재배한 건데 조금 가져왔어요. 친환경이에요…."

"자네 농사하나?"

"…주말농장을 하고 있어요, 농협에서 제공하는 땅을 분양받아 채소 재배를 했는데, 뭐 드릴 것도 없고 해서—."

"그래? 푸드닝족이라고 하는 거로군. 서울 사람들은 비만 오면 나물이 절로 자라는 줄 알지만 농사가 어디 그리 쉬운가. 손이 많이 가는 일이지."

석주는 저쪽의 물선에 반례하는 주작부언을 했다. 저쪽이 부스대던 몸짓을 멈추며 널름 받았다.

"농사짓기 말이 쉽지요. 자식 키우는 정성이에요. 사람과 작물은 가꾸기에 달렸다지 않아요."

보퉁이 속에는 퍼덕진 배추와 가랑무가 가득 들어 있었다. 모양은 볼품없지만 친환경이라 몸에 좋다니 그럴 것이라고 석주는 고개를 끄덕거렸다. 지난 추석 때 선물받은 것이라며 어린애 머리통만씩한 나주 배 한 상자를 갖고 온 일이 있었지만 이렇게 흙더버기가 더뎅이진 채소까지 들고 오는 것은 예상 밖이었다.

"고마워. 고마워."

석주는 처남의 등을 토닥여 돌려보내고서 아내에게 물었다.

"이상하지 않은가. 사람이 분한이 없어 보여."

"……"

"한량해 보이기도 하지? 눈에 걸리는군."

아내가 목소리를 낮춰 받았다.

"속앓이가 있는 거지요. 소화기병으로 치료를 받고 있는데 암종증이 발견됐대요."

"그게 뭔 소리여. 발발하고 씽씽하던 사람이."

"병 귀신이 그걸 봐주나요. 사정 보고 데려갈까요?"

아내의 낯빛과 어투가 불퉁스러웠으므로 석주는 입을 닫았다.

아내가 꼬아 앉아 입술을 자긋자긋 깨물면서 어깨를 올리고 내렸다. 큰숨을 쉬며 뜸을 들이다가 슬쩍 목이 잠긴 소리를 내었다.

"다음은 내 차렐 거예요."

저쪽의 낮은 목소리가 석주의 가슴을 덜컥케 했다. 그는 퍼뜩 눈을 거들뜨며 얼른 소리를 내었다.

"뭔 소리. 무슨 괴괴망측한 소리야."

도근거리는 가슴을 쓸어내리면서 석주는 상을 구기고 뻘로 덧대었다.

"뚱딴짓소리 하지 마. 방정맞은 소리 하면 말이 씨가 되는 법이여."

그녀가 남편 쪽을 힐끔거리며 말을 더듬었다.

"그제 전전날…, 검진을 받았어요, 작은오라비가 치료를 받는 병원에 따라가서. 결과가 곧 나올 거예요. 결장에서 용종이 발견되었는데 조직 검사를 해봐야 알겠대요…."

아내는 목멘 소리를 내며 눈시울을 붉혔다.

"작은오라비를 봐요…. 자기는 걱정 없을 거라고 말하지만 왜가리처럼 목이 길어진 모양이 면약해 보이지 않나요? 시들시들 말라가고 있지 않나요?"

"자세히 말해 봐요. 내가 일 구하러 나갔을 때 얘기 같은데, 그때가 맞지? 의사가 뭐랬는데?"

"원발성인가 유전성일 가능성이 높대요."

"저런. 미리감치 겁포를 주는군."

석주는 주먹 쥔 손으로 이마빡을 쳤다. 아내가 목이 쉰 소리를 내었다.

"가족의 병력을 알려달라고 하더라고요. 어머니 얘기를 했지요. 의사가 말하기를 암에 걸리는 사람을 크게 두 부류로 나누는데 한쪽은 본인이 어찌할 수 없는 유전이고 다른 쪽은 생활 습관에서 오는 경우라나요."

이야기를 듣는 동안 석주는 속바람이 일어 몸에 한기가 돌면서 머리가 어질거렸다. 그녀가 말을 이었다.

"유전성 암은 부모 중 한 사람이 유전성 환자라면 자녀에게 발병할 확률이 오십 퍼센트 된대요. 흔한 대장암은 용종이 암이 되는 경우가 대부분이고요."

석주는 눈앞이 아득해지면서 가슴이 방아질하는 소리를 들었다. 그는 이를 사리물면서 굳어지는 얼굴 가죽을 펴려고 볼근을 당겼지만 고액(苦厄)이 다 가온다는 예감으로 안색이 바뀌는 건 어찌할 수 없었다.

그렇다곤 해도 간이 졸아든 모양을 보여서는 안 되었다. 아내는 파리하다 못해 쪼그랑이가 다 되지 않았는가. 석주는 가장으로써 끄떡없는 체면을 뵈주려고 뻥을 깠다.

"의사란 쩍하면 나쁜 경우를 초들어 사람을 질리게 만든다고. 과시가 심한 사람이지. 감기 고뿔만 해도 곧 폐렴으로 돌 수 있다고 엄포하지 않는가."

"……."

"용종이 발견됐대도 조기에 수술받으면 되는 거지 뭐. 치료 받고 나은 사람들 많아. 어떤 사람은 산림욕으로 어떤 사람은 약초를 캐다 먹고 병을 고친 사람도 있더라고. 알지? 사람의 생명이란 불가사의한 거야."

석주는 손세를 쓰면서 낯을 세우려고 생짜를 놓았다. 지껄이고 나니 제법 말이 된 것 같기도 하였다. 아내의 얼굴을 살폈는데 말발이 먹혔는지 눈이 동그래져서 내색이 다소 펴인 것 같았다.

석주는 곧 일어서서 제 방으로 비켜났다.

그의 방이 따로 있는 것은 코골이가 심한 이쪽을 불면증에 시달리는 아내가 '숙면 방해 죄'로 내몰았기 때문이다. 그는 취침용으로 딴 방을 쓰다가 그 방을 아주 제 방으로 만들어 책장이며 텔레비전 문방사우 같은 것을 놓고는 독실로 쓰고 있다.

석주는 리모컨을 만지작거리다가 텔레비전 수상기 뒤에 숨겨 두었던 고목의 뿌리 끌텅지를 당겨냈다. 아내의 눈에 띄지 않도록 감춰 놓은 귀면상(鬼面像)의 나무뿌리였다. 형상이 워낙 괴이하여 아내가 본다면 기겁할까 봐 숨겨 놓곤 하였다.

세상에는 별의별 일이 다 일어나는 것이지만 석주는 괴상(怪像)과의 우연찮은 만남을 송연한 가슴으로 떠올리곤 하였다.

이쪽이 줏대없이 아첨하고 꼽실거리며 직장을 구걸하고 다닐 때, 그 암담하고 자괴함이 걸음걸음 눈물로 떨어질 때, 세상에서 밀려나 진개장으로 버려진 느낌을 금치 못하면서 가출하는 심정으로 산으로 가지 않았던가. 산신

령에게 곡진히 빌어 보든지 분통주머니를 터뜨려 악장을 쳐 보든지 어쨌든 삶의 방향에 대해 답을 찾고 싶었을 때 그것과 조우한 것이다.

그때 얻은 끌텅지를 몰래 꺼내 눈맞춤을 하곤 하는 것인데 저쪽의 흑단빛 안광을 오래 바라보고 있자면 자신도 모르게 접때의 숲속과 같은 유적함 속으로 끌려들어 눈에 보이는 것과 보이지 않는 것, 이승과 저승을 일속으로 묶는 아삼아삼한 연결이 뵈는 듯하였다. 그것 또한 아련할 터이지만 심산에 들어가며 자신이 물었던 질문에 대한 답을 뵈줄 것 같기도 하였다.

석주는 아내마저 가슴에 서리는 심뇌를 통털어 저쪽에 까 보였으면 어떨까 하는 생각이 들었다. 궤란한 마음을 저쪽에서 얼마간 정화시켜 줄 수 있을 것 같아서였다. 그러나 석주는 곧 해깝게 고개를 젓고 말았다. 아내는 자기 가슴은 자기 이상 염지할 자가 없다고 떡같이 믿는 사람이어서 쉽게 응할 것 같지 않았기 때문이다.

사람에게는 자기가 아는 것이 세상의 전부이고 원하는 것이 가장 옳은 일이 되는 것인가 보았다. 이쪽이 아는 것을 저쪽에 고스란히 옮겨주기란 쉽지 않은 일이다. 알려주지 않으면 모르는 것이 되고 모르는 것은 아예 없는 것이 되는 것 또한 세상 모습이다. 석주는 자신만이 알고 있는 사실을 아내에게 곧이곧대로 전해줘야 할지 아니면 입을 닫쳐놔야 할지 망설망설하며 살았다. 섣불리 입을 뗐다가는 저쪽에 불을 주고 입덕을 볼 게 뻔했기 때문이다.

이런저런 상념 속에서 석주는 아내의 친속 면면들까지 떠올리고 터놓지 못했던 말을 혼자 입속 소리로 달막거려 보는 것이다.

일이 얼빵없이 어긋나 속앓이가 돼 버린 것은 애어른을 닮은 처남의 자주장(自主張) 때문 아니었던가. 일의 전말을 놓고 볼 때 주관자로서 의도야 가상했겠지만 뒤끝이 영 아닌 게 돼 버리지 않았는가. 처남은 지난 일을 누견

(陋見)에서가 아닌 그날의 일진이나 우연 따위로 발명하고 싶을 터이나 결과는 엎지른 물 아닌가. 저쪽은 참괴해지지 않을 수 없을 것이다….

처가댁 사람들이 병마의 공포 속에서 소마소마 살고 있는 동안 석주는 혼자서 난당하게 치렀던 일을 함구하고 음울하게 지내야 했다. 가슴 한구석에 묻어 놓은 비밀한 일을 발설하지 못하고 만작거리면서 어름어름 살아야 한 것이다.

장모가 아직 작고하기 전 그때의 일들이 어제런듯 역연하게 떠올랐다. 그녀가 입원하여 병세가 위중해지자 외지에서 아들 딸들이 들어와 어머니의 임종을 지키려 하였다. 예상보다 종신(終身)이 길어지면서 곁을 지키는 사람들의 주렙도 쌓여 갔다. 눈을 비비고 줄하품을 하는 저들을 배의하여 작은처남이 엉너리를 치고 알랑수를 쓰지만 이때의 하루 해는 몹시 길고 지루했다.

아내는 조석으로 간병자들의 먹을 거리를 싸들고 병원 출입을 하였으며 석주는 입원 때 환자를 몇 번 보고서 외지의 처남 매제들이 모여들자 병실 자리가 좁좁하다는 핑계로 뒤로 빠졌다.

의식이 있는 둥 없는 둥 눈을 가느다랗게 뜨고 꼬직이 누워 있던 장모의 병세가 기어이 위중상태에 이르렀을 때 병원에 가 있던 아내로부터 전화가 걸려 왔다.

"구들지기 하고 있나요? 병실을 옮겼잖아요. 빨랑 달려와 봐요."

아내가 발끈거려 석주의 요량없음을 나무랐다.

오정 무렵이라 석주는 끓여 먹던 냄비 라면을 치우고 병원으로 달려갔다.

장모는 대장암 말기로 달포 전에 병원에 입원하였다. 미리 암인 것을 알고 수술 권고를 받았지만 발암 부위가 항문에 가까워 수술 후에 변을 보는 장치를 부착해야 한다는 말을 듣고 그녀는 기겁 실색하여 두 손을 내젓고 말았다.

장모는 죽기로 결심한 것이다. 집에서 반년을 버티고 병세가 심해지자 부득이 병원 신세를 지게 되었다.

병실로 들어서자 아내가 맏딸로써 낯값을 한답시고 귀거칠게 목청을 높였다.

"새 잠을 잤나요. 환자 머리맡을 지켜야지요."

석주는 눈을 내리깔고 뒤통수를 긁었다. 이쪽이 늑장을 부린 건 아니지만 자리를 뜨는 불성함을 보였으니 책잡힐 만도 하였다.

임종실로 병상을 옮겨 수의를 입힌 장모는 의식이 없어 사람을 알아보지 못했다. 임종실은 방이 좁기도 하였지만 종신하려는 사람들이 많아 그가 들어갈 자리는 없었다. 잠을 제대로 붙이지 못했던 사람들이 선 채로 몸을 기울거리고 마른기침 소리를 내는 등뒤에서 그는 발돋움을 하고 안을 살폈는데 집안일을 주관하는 작은처남이 다음 일을 안쫑잡고 예비하는 듯 팔을 쳐들며 불쑥 목을 높였다.

"보세요. 미리 식사를 해 둬야 할 것 같아요. 함께 가서 한 끼 하고 옵시다. 육지서 온 동기들도 있으니 큰 식당으로 가서 회식하면 친목도 될 거예요."

그가 사람들을 등떠밀어 병실 밖으로 내보냈다.

"당신도 함께 가요."

문밖에서 마른 침을 삼키며 뻘쭘히 서 있는 석주에게 아내가 말했다.

"아니. 나는 때우고 왔어."

뒤밀이를 하고 나오던 처남이 석주 쪽에 대고 입싸게 구실을 맡겼다.

"우리가 갔다 오는 동안 병실을 지켜 줘야겠어요."

흐둥하둥 단마디를 던지고 처남은 제 몫을 다한다는 듯 설레발을 놓아 친속들을 다몰고 나갔다.

북적이던 사람들이 일시에 나가 버리자 좁았던 병실 안이 휘영하게 비었다. 석주는 고양이걸음으로 병실 안으로 들어가 창가의 접의자에 뒤를 붙였다. 정적이 가득한 방안에 혼자 우두머니 앉아 있자니 어쩐지 서름하여 그는 벽창을 가리고 있던 블라인드 커튼을 걷어 올리고 창턱에 턱을 괴었다.
　병원 앞길을 차량과 사람들이 잇대어 흐르고 있었다. 주택과 가겟집 공공 건물들이 서 있는 길 건너편은 덩치 큰 교회의 첨탑이 뾰족하게 솟아 스카이라인을 떠받치고 있었다. 교회 정문 앞 아치에는 '수능 합격 기원 백일기도'라고 쓰인 현수막이 걸려 펄럭거리고 있었다. 시중의 어느 사찰 앞에는 가족의 출세와 집안의 융성을 비는 축원문이 걸려 있는 것도 본 듯하다. 해마다 무슨 명절, 무슨 시즌이 되면 어느 종교에서나 흔히 하는 가족기도 행사 기간이었다. 창밖은 이쪽쯤 멀찌거니 따돌릴 만큼 애발스럽게 사는 사람들의 세상, 욕심보들이 날치는 중원(中原) 같았다.
　세상의 흐름에서 따로 떨어져 버린 석주는 임종실의 타분한 공기 속에 성성이처럼 우그리고 앉아 종없는 소리를 씨불거렸다.
　"높은 데 있는 어른이 귀가 솔겠네. 달라면 펑펑 내줄 줄 아는가. 모두 매달릴걸."
　제 속 짚어 남 말을 했다
　"누군 주고 누군 말겠어. 빌어 봤자 말짱 헛일이지. 남은 안 해 봤나."
　그는 가로꿰진 소리를 씹으며 허공을 흘기다가 고개를 떨어뜨렸다.
　"…빌면 귀신도 듣는다 이거지? 감바리들, 실컷 해 봐…."
　절로 흘부들해져서 발부리로 시선을 내리깔고 눈가물을 하는데 무엇이 덜꺽 하고 그의 귀를 쳤다. 놀라 일어나 보니 무거운 공기로 잠뿍한 방안은 움직이는 사람 뒤꾸머리도 보이지 않았다.

석주는 귀를 의심하며 병상으로 다가갔다.

"장모님, 많이 아프신가요? 많이 힘드신가요?."

"……."

"한잠 붙이시고 나면 편해지실 거예요. 하느님이 일으켜 주실 거예요…."

의식이 없는 환자에게 무슨 말을 한들 들릴까마는 그는 알면서도 허망한 소리를 얼뜨렸다.

"병이 나으면 애들 끼고 단풍구경 가요. 비행기 타고 기차 타고 힐링여행 가자고요."

말해 놓고는 왜 진작에 섬기지 못 했을까 하는 참괴가 일어 코허리가 시큰해졌다.

환자의 까칠하고 할쑥한 얼굴은 눈꺼풀을 가늘게 열고 있었으나 미동도 하지 않았다. 석주는 환자를 덮고 있던 담요를 가만히 당겨 내리고 가슴께에 얹혀진 손을 잡았다. 손가락이 갈퀴처럼 오그라진 그녀의 손은 나무뿌리처럼 딱딱하고 싸느랗게 느껴졌다.

살이 빠진 얼굴과 꼬드러진 손을 갈마보던 석주는 가슴이 저려 잡고 있던 손을 놓았다. 끌어내렸던 담요를 살포시 뒤덮는데 아까참에 들었던 딸깍 소리가 귀를 스쳤다. 딸꾹질 소리 같았다. 그녀의 가슴이 불쑥 솟았다 내리는가 싶더니 턱을 벌린 입에서 검붉은 핏덩이가 월컥 쏟아져 나왔다.

"어 어—."

석주는 경악하여 얼친 소리를 내었다. 밖에 대고 외쳤으나 입이 얼어 소리가 제대로 안 된 건지 아니면 실음을 한 건지 달려오는 사람이 없었다.

그는 덴겁하여 둘레둘레하다가 병상 머리맡에 놓인 사물함 위에서 두루마리 휴지를 덥석이고 북북 풀어내 환자의 턱밑과 목밑을 받쳤다. 줄대어 나오는 핏덩이를 휴지로 뭉쳐 싸서 발밑으로 떨구었다. 양쪽 입귀에서 흘러내리는 핏물과 풀어져 내린 백발이 험한 모양을 만들어 그녀의 얼굴은 흡사 영상(映像)에서 보는 원귀(冤鬼) 같았다.

죽음을 앞둔 환자의 몸을 무엇이 갈구어 정아했던 모습을 귀신가면처럼 일그려 놓았을까. 석주는 장모의 험한 모습을 본래 면목으로 되돌리려고 손이 싸게 피칠갑을 지웠다.

환자가 토혈을 멈추었을 때 간호사들이 들어왔다. 그들은 가슴이 꺼져 내린 환자의 맥을 짚어 보고 혈압을 재고 이마를 짚어 보기도 하더니 피 묻은 베개와 시트를 빼내 갔다.

석주는 집에서 나올 때 너무 서두는 바람에 전화기를 잊고 와서 간호사의 것을 빌려 처남에게 전화를 걸었다.

저쪽이 돌아오지 못한 새에 간호사들이 사자(死者)의 얼굴을 멸균 거즈로 닦고 머리를 손질하고 베개와 시트를 새로 갈아 망자를 바로 눕혔다.

석주는 상주들이 돌아와 운명해 버린 어머니의 모습을 아연히 바라보던 광경을 지울 수 없는 것이다. 이미 지난 일이지만 그에게는 지나지 않은 일처럼 그때의 장면이 무시로 떠올랐다.

장모의 사망 일주기를 넘겼을 때 육지에 살며 외항선을 타던 큰처남이 타계했다는 소식이 들려왔다. 덩치가 소만 하고 성격이 무던하여 사람 좋아 보이던 그가 승선 중에 몸이 아파 간신히 항구에 내렸는데 충수암 진단을 받고 수술을 받았으나 경과가 나빠 운명하였다는 것이다.

반년이 조금 지나 귤림에 추색이 짙던 가을, 서울에서 성가하여 탱탱하게 살고 있다는 처제가 복막암으로 사망했다는 소식이 들렸다. 병인은 원발성으로 고주파 절제 치료 중 복강 내출혈 합병증으로 타계했다는 것이다.

무심한 줄만 알았던 하늘의 어느 짬에서 그런 날벼락이 내렸을까. 당자가 모르는 화근이 어디에 숨겨 있었던 걸까. 석주는 언색(言色)으로 드러내지 못하고 있지만 저쪽의 액운 속에서 선대와 후대, 양친 자식 간 연(緣)이란 끈의 존재를 부정하지 못하고 있다. '유전(遺傳)'이나 '음덕(蔭德)' '빙의(憑依)' 따위 말들이 쓰이는 한 그러할 것이라고 생각됐다.

　지난날의 병동, 임종실을 떠올릴 때 몹시 우울하고 짐짐해지는 것은 절명(絶命)의 처절함과 사별(死別)의 허망함을 목도하고서 뒤에 남은 사위스러움을 지우지 못하고 있기 때문이다. 스스로 근대인임을 자처하면서도 전근대적 의식을 떨쳐 버리지 못하고 사는 자신의 꼴이 자괴스러워서였다.

　사람들은 말한다. 환자가 숨을 멈추어도 몇 분간은 의식이 남는다고. 원한을 품고 죽은 자의 영혼은 천상에 오르지 못하고 주위를 떠돈다고….

　장모는 저승길을 떠나는 어미를 내버려두고 우르르 몰려나가 버린 자식들의 행사에 속이 뒤집혀 버린 건 아닐까. 토혈을 하며 운명하고 있을 때의 일그러진 얼굴이 바로 그 모습 아니던가.

　이런 얘기는 쉬이 입 밖에 낼 수 없었다. 석주는 속설을 곧이곧대로 믿는 사람은 아니었다. 요즘 같은 과학시대에 실증이 없는 소리를 함부로 입에 담았다가는 약으로도 못 고치는 똥바보라고 배척당할 게 뻔했기 때문이다.

　그런데도 그는 처가의 가속들과 허물없이 시시덕거릴 때면 이승을 하직하던 장모의 마지막 모습을 숨김없이 쏟아내고 싶은 충동을 느끼곤 하였다. 그러고서도 입을 떼지 못한 것은 설사 자신의 행위에 선의가 있다 해도 저쪽에 고통을 준다면 가해 행위나 다름없지 않을까 하는 주저로움 때문이었다. 끌텅지를 놓고 혼자 쭝쭝거리는 것도 해쳐 놓고 말하지 못하는 무지근함이 가슴 속에 내재해 있어서 귀먹은 사설을 하는 것이다.

아내와의 대화에 동이 끊길 때, 속이 뇌란하고 어지러울 때 석주는 제 방으로 들어가 귀면상의 끌텅지를 꺼내 놓고 속말을 하면서 생각을 둥그렸다. 끌텅지를 볼 때마다 그것을 수득케 된 경위와 형태에 어떤 연계가 있지 않을까 하는 반신반의 상태가 되곤 한다. 그는 과학을 믿으면서도 대조적인 감정이 일어나는 것을 어쩌지 못하였다. 무엇이 눌어붙어 심근을 닦아내지 못하는 것인지 그것은 생득적인 것인지 습득된 것인지 의문이 들었다.

사실 끌텅지의 모양은 조금도 이상할 게 없는 자연 풍상이 빚은 형상일 것이다. 그것이 이쪽의 눈에 띈 것뿐일 것인데, '왜 하필 그때 그것이…' 하는 의문을 갖게 하는가. 무슨 딴 마음을 끌어내려 하는 것일까. 이론도 상식도 아닌 까리까리한 것이 쏘삭쏘삭 불가지한 생각을 솟게 하는 것이다.

용담 바닷가에 가면 괴암이 있다. 사라봉 단애에 가면 강파르게 솟은 바위 부리가 있다. 모두 풍화가 만든 기묘한 물상인데 여기에 사람들은 심령을 넣어 '검님'처럼 머리를 조아렸다. 그곳 절벽 아래에 가 보면 누가 밤새 소지를 사르고 촛불을 켰었는지 고사(告祀)가 남긴 흔적을 볼 수 있는 것이다. 무엇을 믿는 것일까. 누굴 위해 비손하는 것일까.

석주는 끌텅지에 비는 것은 아니지만 대등의 관계로써 대화를 주고 받았다. 이쪽이 질문하고 저쪽이 답한다. 그는 자신의 삶에 대해서 흔들리는 마음에 대해서 묻고 저쪽은 이에 조응했다. 저쪽이 주는 조응을 석주는 자신의 입말로 바꾸어 들었다. '진 꽃은 또 피지만 꺾인 꽃은 다시 피지 못한다.' '매화가 발화하는 것은 엄한을 두려워하지 않기 때문이다.' '작아도 콩 커도 콩 아니냐―.' 희떠운 소리 같았다. '모든 사람은 깨벗고 간다―.' 통봉을 내리치는 것 같은 서늘한 소리도 들렸다.

석주는 저쪽이 주는 응답에 대해 한마디 변명이나 반론을 내지 못했다. 말속의 말을 읽고 숨은 뜻을 곱씹으며 손맥이 풀린 몸의 나사를 옥죄려고 빈 입을 쩌금거리는 것이다. 잔말 없이 수명으로 받아들이려 하였다.

대화의 효험 때문은 아니었을 것이다. 끌텅지를 싸안고 사는 동안에 그는 자그마한 행운을 얻었다. 시청 청소차 운전수로 고용돼 밥줄을 잡은 것이다. 엄지척할 정도는 못 되고 새끼손가락을 까딱해 보일 정도의 운이지만 그만한 일자리를 얻은 것만으로도 그로서는 감지덕지해야 할 떡이었다.

시방 와서 눈을 줄 때 끌텅지가 보이던 기휘(忌諱)함은 사라지고 흉측한 모양은 눈에 익어 문문한 걸승(乞僧)처럼 보이기까지 했다. 당연한 인간의 얼굴이며 본디의 모습을 드러낸 민짜 실상으로 보였다.

석주가 일터에서 일어났던 일을 미투리꼬투리 새기고 난감한 처지에서 비명을 질렀던 경우를 되쳐보면서 쭝쭝거리고 있는데 방문이 벌컥 열리며 아내가 들어왔다. 그녀는 석주의 등뒤에서 똘짓을 지켜보듯 끌텅지를 안은 꼴새를 쏘아보았다. 이미 괴상을 보아두었던 듯 그쪽에 눈을 주기보다는 석주의 낯꼴에 더 눈발을 맞추는 것이었다. 아내는 석주가 일 나간 새에 청소기를 돌리러 방안에 들어왔었던 모양이다.

석주가 끌텅지를 슬쩍 다리 밑으로 숨기면서 시침 떼어 빙긋거렸다.

"주워온 거야. 모양이 신기하잖아?"

그가 알랑수 하자 아내가 볼똑 쏘았다.

"그런 걸 숨겨 놨으니 잠이 제대로 오나요. 밤마다 가면을 쓴 곡두가 나타나 덜미잡이하려고 문고리를 덜그럭거리는데 바로 그것이었군요."

"이건 나무뿌리야. 그저 완상물일 뿐이지."

"온갖 도깨비는 산천 목석에서 생겨난다고요. 모르고 있었어요?"

"금시초문인데. 악귀는 와가집 지붕 속에 산단 얘기는 들었지."

"망량이와 한방살이를 하는게 아니라면 왜 두신두신 이약하는 소리까지 들릴까요? 잠떳인가요? 어유, 음숭시러워라."

아내가 눈살을 세워 남편을 빗떠 보면서 입을 샐쭉거렸다. 석주가 말을 에돌렸다.

"어느 집에나 장식물로 수석이나 목각을 놓고 있지 않던가. 예술품이나 다름없어. 그대로의 형태를 살리는 것이 묘미지. 재미있는 모양이 내 눈에 띄었던 거야."

"꿈자리가 어지러워 심신이 허약한 탓인가 했더니 그래저래 심산케 하는 게 그것이었군요…."

아내가 한숨을 뿜더니 생딴 소리를 내었다.

"마음에 케이는 게 있어서 점장이를 찾아갔지요. 죽은 어머니 얘기는 요만큼도 입 밖에 내지 않았는데 저쪽은 뚜벅 말하는 거예요. 조상을 섧게 하여 무탈한 사람 없어. 집안 부리가 세어 불상지조가 있으니 굿풀이나 제웅으로 액을 막아야 쓰겠어, 하고 말이지요. 뵈는 게 있는가 봐요."

"부리라니?"

"집에서 모셨던 귀신이래요."

석주가 이맛살을 누비며 버럭 역정을 냈다.

"거짓말이야. 설빠진 점파가 뭘 안다고. 입버릇처럼 팔아먹는 같은 소릴 한 거지. 점쟁이 혀끝에 놀아나지 말라고!"

석주는 한마디로 부정했지만 공중대고 성질을 보인 언사에 불과해 아내를 설복시키지 못했다. 아내가 눈을 붉히더니 목소리를 올렸다.

"모든 사람이 다 믿는다고요. 높은 사람 배운 사람들이 몰래 점술쟁이 찾아다니는 거 몰라요? 아닌 보살 하며 생시치미 떼지 말아요. 난다 긴다 하는 사람들 모두 속에는 주술이 들었다고요. 고위층 재벌가 모두 투기꾼들 아닌가요. 그 사람들은 당신만 못해서 무속 찾고 점괘 믿어 집을 바꾸고 조상의 묘를 옮기고 어디에다 투자하고 그러겠어요? 목곧이만으로는 안 되는 거예요. 운을 알아야 길을 잡지요. 그래서 알로 깐 사람들이 운세를 보고 제안을 들으러 술사를 찾아다니는 거 아닌가요?"

그녀는 숨들일 새도 없이 거푸 말을 이었다.

"내가 얼마나 빌었는지 모르지요? 빌고 싶어서 빌었겠어요? 살자니, 이냥 살 수 없으니 빈 거지요. 어머님 살아계셨을 때부터 나는 두 손 비비고 꼬박이며 우리 서방님 밥줄 잡게 해 주십사고, 제발 사람 모양새 찾게 해 주십사고 당신이 집을 나설 때마다 뒤에서 빌고 빌었다고요. 그러지 않았다면… 당신 같은 뚱은 말한대도 몰라요."

"……."

"다음은 내 차례이니 어디 혼자 잘살아 봐요!"

아내는 머리통을 싸쥐고 다리를 뻗고 앉아서 눈물을 질금거렸다. 석주는 어처구니가 없어서 어세를 바꾸어 생청을 부렸다.

"점괘가 말을 하는가. 걱정하지 마. 일 없을 거야. 자네가 임종을 못 지켰다 해도 내가 했지 않은가. 내가 다 했지. 어머니 손을 꼭 잡고 말이야. 쉬운 일이 아니었어. 그때의 심정은 아무도 모를 거야. 내가 당신 몫까지 다 했으니 일 없을 거야. 틀림없어."

그의 헛장을 듣는 둥 마는 둥 아내는 더욱 훌쩍거렸다. 그녀는 남편이 숨긴 끌텅지를 손가락질하며 제발 그걸 버려 달라고 애원하고는 소맷자락으로 눈물을 훔치면서 방을 나갔다.

아내의 새들한 뒤태를 보자 석주 쪽도 기분이 울가망하여 심사가 편치 못했다.

 아내가 올끈볼끈 성마르고 센 고집을 보이는 것은 그녀의 괴로움이 크다는 것을 말하는 것일 게다. 하지만 석주는 아픈 사람과 생각의 틈새가 너무 커서 상대방이 바라는 걸 공유하기 힘들었다. 저쪽이 보기에 이쪽은 사려가 없는 목석한에 불과할 것이다.

 재진일(再診日)을 눈앞에 둔 아내는 기색이 죽고 중정이 없었다. 그녀는 눈에 거슬거나 생소한 것을 보는 것만으로도 불길한 징조라고 언짢아하고 짱알대며 신경질을 보였다.

 석주는 지체 않고 끌텅지를 내다 버렸다. 그것을 버리고 돌아설 때는 무엇이 뒤를 당기는 듯하여 몇 번이나 목을 돌리곤 하였다. 모처럼 찾아온 손님을 밀어 내보내는 기분이었다.

 목근(木根)은 버려졌지만 그것이 준 묵시는 날아가지 않았다. 더욱 선명히 각인되어 석주의 가슴을 서늘케 했다. 이쪽이 치우고 있는 허섭쓰레기 속에서 그것은 사라지지 않고 신접(神接)하듯 사람에 달라붙어 눈빛을 내는 것 같았다. 사람의 삶이 종귀일철(終歸一轍) 귀결되는 곳, 그곳이 바로 저쪽이 가리키던 쪽 아니던가.

 밤에 잠이 안 와서 리모컨을 만지작거리고 있는데 벨소리가 자그럽게 울렸다. 석주가 나가보니 술 냄새를 잔뜩 풍기며 처남이 문 앞에 등을 웅그리고 서 있었다. 옆구리에 각봉투를 끼고 있었는데 흘러내리지도 않는 것을 자꾸 추썩여 겨드랑이 속으로 밀어 넣었다.

 "어쩐 일인가. 밤이 깊었는데."

 석주가 마뜩잖은 마음으로 눈을 비비며 맥쩍은 소리를 내었다.

 "잠이 안 와서요."

천장등에 비친 저쪽의 얼굴은 하관이 뽈고 광대뼈가 불거져 이전 같지 않게 초쇠해 보였다.

"집에서? 혼자 마셨나?"

"아니에요. 짝지들과 한잔 나눴는데 형님 생각이 나서요."

저쪽은 답치기로 받고서 힐끔 석주 쪽을 살피더니 생뚱맞게 물었다.

"어머님 제사에 오실 거지요? 이제부턴 당일제로 치를 거예요. 젊은네들 많이 참례케 하려고요."

"암, 가야지. 아직 멀었지 않은가."

저쪽은 무슨 펴지 못하는 속내가 있는 건지 머뭇거리다가 다시 주춤게 물었다.

"상례에서는 부모의 운명을 지켜보는 것을 임종이라고 하지요? 그게 마지막 보은의 도리인가요?"

저쪽의 덩둘한 질문에 석주는 의중을 몰라 소략하게 받았다.

"자식이라면 마땅히 해야 하는 예의지."

"아들딸들이 곁에서 손발을 잡고 운명하는 것을 지켜보면서 유언을 들어야 한다던데요. 남자는 여자의 손에 운명하지 않고 여자는 남자의 손에 운명해도 된다는 말은 이상하지 않아요?"

"옛법이 그러한걸."

"지난날에는 임종 못한 것을 큰 불효로 쳤다면서요. 맞아요?"

"지금도 그래. 자식 두어 뭘 하겠느냐는 거지."

말하고서 석주는 아차 하였다. 그쯤은 저쪽도 알고 있을 터인데 왜 뻔한 대답을 하며 목에 힘이 들어갔는가.

"이것 한 가지만 더 물어볼게요. 저희들이 어머니 임종을 지켜보지 못한 것을 다른 사람들에게 얘기했나요?."

"얘기? 그게 무슨 긴한 일이라고 속닥질 하겠어."

석주는 자칫 말을 흘릴 뻔한 적도 있어 옴찔한 기분으로 둘러댔다.

"말하지 말아 주세요 네?"

저쪽은 턱을 올리며 간청하듯 떨리는 목소리를 내었다.

"……."

말이 끊긴 새 석주는 저쪽이 끼고 있는 각봉투로 눈이 갔다. 처남이 얼른 봉투를 내려 겉봉을 열고 속을 뒤적거렸다.

"앨범을 열어 보다가 어머님과 누님이 함께 찍은 사진이 있길래…. 저만 가지고 있는 것이 안 되어서…."

석주는 저쪽이 낱장으로 내미는 사진을 받았다. 누런 인화지 색까지 선명히 찍힌 복제 사진이었다. 화면을 들여다보는데 저쪽이 안봉투를 다 떨어냈다.

"또 있어요. 이건 누님의 어린 시절 가족과 함께 찍은 사진이에요. 단발머리가 뿔종다리 같지요?"

석주는 저쪽의 언행이 어딘지 물색없이 느껴져서 비켜난 소리를 했다.

"왜 이런 날에 가지고 왔지? 밤중에."

저쪽은 속으로 뇌어 본 대답인 듯 말이 수나롭게 나왔다.

"앨범을 들춰보다가 어머님 젊었을 때 얼굴을 누님도 형님도 보고 싶어 할 것 같아서요."

"……."

"우리 남매를 금쪽같이 사랑해준 어머니예요. 옥동아 순둥아 하고 부르던 옛 목소리가 다시 들리는 것 같아요. 돌아가시자 고아 같은 생각이 드네요.

어머님 얼굴이 떠오르는 달처럼 밤마다 보이는 걸요."

그는 병색을 띈 얼굴에 주름을 잡으며 옆 볼통이로 밀리는 일그러진 웃음을 보였다. 석주는 그냥저냥 고개를 끄덕였다.

"어머님은 평온한 얼굴로 눈을 감으셨던데요. 그랬지요?"

장모가 마지막 고통을 넘기고 눈을 감은 후의 모습을 목격한 그가 떠올리는 얼굴은 그것인 것 같았다. 석주는 대답했다.

"응 그랬지."

"어머님은 자식들이 성장한 후에 돌아가셨으니 저승에 가서도 편히 잠드셨을 거예요. 그렇지요?"

석주는 왼고개를 저을 수 없었다. 그는 앵무새 같은 대답을 흘렸다.

"그래 그래."

저쪽은 서슴지 않고 넙적하고서 운을 달았다.

"이 사진에 있는 얼굴 그대로였을 거예요. 어머님의 온자한 모습을 가슴에 안고 살고 싶어요."

저쪽은 윤척없는 말로 군사설을 하다가 입을 닫고 돌아섰다.

석주는 처남이 돌아가는 뒤태를 바라보며 저쪽이 가슴에 품고 있는 어머니상과 이쪽이 가지고 있는 장모의 초상 사이에 큰 차가 있음을 황당하게 느끼면서, 여기에 더하여 사진 따위 일로 심야 방문 또한 생뚱스럽다 못해 비정상으로 느껴져서 쉽게 시선을 돌리지 못했다.

한길을 비추는 가로등 불빛에 드러나는 저쪽의 뒷모양은 옷이 헐거운 건지 살이 너무 빠진 건지 웃통의 뒷자락과 바짓가랑이가 밤바람에 헐렁거리고 지척거리는 걸음새가 주정꾼을 닮았다.

지척지척 허영거리던 그가 불법 광고물이 덕지덕지 붙어 있는 가로등 기둥

사교(邪敎)

으로 퍽 어깨를 기대면서 한 손으로 이마를 짚는 게 눈에 보였다. 그리고 있는 저쪽의 머리 위에서 톱 조명처럼 가로등 불빛이 내리비쳐 굼적거리는 등떠리가 뚜렷한 윤곽선으로 석주의 눈에 들어왔다.

 석주가 가까스로 얻은 일자리는 박급(薄給)짜리 하위직이지만 빈손으로 놀았을 때의 심정을 떠올리면 취업 절벽을 넘은 것만으로도 마음이 둥실 떠서 두 손을 석석 비비고 싶은 기분이었다. 빠듯하게 얻은 직업은 그간 멀리서만 보아온 생소하고 험한 일자리이기는 했다.
 그는 자신의 경험 부족과 기능의 졸매함을 인정하면서 어려운 난관을 뚫고 나가려고 골독히 신경을 썼다. 자신은 공무를 맡은 시청 청소차 운전기사직이지만 전직자가 퇴직하여 빈자리를 때우는 임시직에 불과해 아직은 고용이 안정되었다고 볼 수 없었다.
 한 집안의 가장으로써 최우선의 의무는 먹고사는 일을 감당하는 일일 것이다. 여기에 더한다면 집안일에 성근해야 하는 것인데 그는 임시직 아랫물로서 시간에 뒤잡혀 가사에 등한치 않을 수 없는 처지였다. 직장의 업무는 계속되는 일이고 틀에 박힌 일이기도 해서 큰 변화가 없는 '맥잡'이지만 민원이 많은 곳이라 일삽시 자리를 비우기도 어려웠다.
 통상이 그러한데 별한 일이 일어나 사람을 놀라게 했다. 생활환경과의 직원으로부터 전일제 정규직으로 채용될지도 모른다는 귀띔이 있던 무렵, 위에서 뜻밖의 분부가 내려왔다. 별도 지시가 있을 때까지 작업차를 세워 놓으라는 명령이었다. 뭔 일이 터진 건가 하고 하바리들은 귀를 세웠는데 듣고 보니 아랫자리들이 재구를 친 것은 아니었다.
 폐기물 매립지 마을 주민들이 매립장에서 유출되는 침출수 차수시설이 제대로 안 됐다며 또 악취가 심하게 풍겨 문을 열고 살 수 없다며 반발한 것이다. 주민들이 매립지로 통하는 길목을 장애물로 차단하여 통행을 막았는데 결사 저지하겠다는 결의를 보인다고 들렸다. 머리띠를 두른 주민들이 하루 건너 시청 앞으로 몰려와 시위를 벌이기도 하였다.

민·관 간에 타협이 쉽게 이루어지지 않아 며칠 새 골목마다 쓰레기가 우북수북 쌓이는 쓰레기 대란이 일어났다.

수거 작업이 중단되었으므로 쓰레기 운반차 운전기사들은 주차장에 차를 세워 놓고 카 덤퍼의 기능을 점검하거나 적재함의 바닥을 세척하고 헐거운 볼트를 조이는 등 정근하는 모양새를 보이다가 남는 시간을 객쩍게 모여 앉아 실없는 농담으로 받고채기하며 애꿎은 담배를 축내었다.

석주는 휴업이 며칠간 계속될 것으로 예측하고 모처럼의 기회라 여겨 아내에게 이번 재진일(再診日)에는 함께 가겠다고 약속했다. 며칠 굶은 것도 아닌데 할쭉 야윈 아내의 얼굴을 마주 보면서 동행을 약속하고 나니 큰 결단을 내린 것처럼 눈시울이 뜨거워졌다.

그런데 이게 웬일인가. 절호라고 무릎을 쳤는데 안되는 사람은 뒤로 넘어져도 코가 깨지는가 보았다. 하필이면 그날에 휴업이 끝나버린 것이다. 아내의 재진일 당일부터 종일 작업으로 단시일 내에 쓰레기 수거를 마쳐야 한다는 과업지시가 떨어진 것이다. 아내에게 한 약속은 어이사니없이 공소리가 되고 말았다.

혼자 번민을 안고 살아 몸이 곯고 머리가 세어 버린 아내를 혼자 병원으로 보내자니 석주는 마음이 참담했다. 울기가 치받쳤으나 상황이 상황이니만치 부아통을 지르누르지 않을 수 없었다.

"염병할. 재수가 없자니. 하필이면 왜 이날인가."

석주는 울근불근 씨불거리며 눈을 디룩거리는 자신의 꼴새가 이때처럼 미련스럽게 느껴진 적이 없었다.
　아내가 입술을 잘기잘기 씹으며 붉어진 눈을 치떴다 깔더니 턱을 아래로 당기면서 훅하고 숨을 불었다.
　"염려 놓아요. 내가 알아서 할게요."
　저쪽의 말투가 애섧게 들려 석주는 가슴이 에이었다.
　"예약을 바꿔 보지 그래. 다음에 틈을 얻어 볼게."
　동이 막힌 그가 해보는 소리였다.
　"일없어요. 오라비도 그날 간다니까 함께 가는 거지요."
　아내는 입술을 오므리면서 목에서 흐려지는 소리를 내었다.
　잠시 말이 끊겨 맥맥한 기분이 돼 있는데 입을 감물고 있던 아내가 퍼뜩 눈을 거들떴다.
　"망량이 두상은 어디에 숨겼지요?"
　아내가 씀벅거리는 눈을 석주의 시선에 맞추었다.
　"망량이라고? 저번에 본 끌텅지 말인가?"
　아내의 말투가 얄상스러워 석주가 뭉그렸다.
　"사람 얼굴이야. 우리 같은 사람."
　"그 악상을 어디에 숨겼냐고요?"
　"숨기다니. 버렸어."
　"언제?"
　"그때지. 당신이 제웅 이야기했을 때."
　"어디다가요?"
　"쓰레기속에 처넣었어. 이제 못 찾아."

"옷때기로 덮었나요?"

석주가 멀뚱하여 겉대답을 하였다.

"넝마 속으로 넣었는데. 왜?"

"이름도 적어야 하는데요. 했나요?"

"이름?"

석주는 저쪽이 뭔 소리를 하는지 속내를 몰랐으나 당혹스런 내색을 숨겼다.

"적었지. 끌텅지 뒤에 수득 날짜를 적고 사인을 해논 게 있어. 귀중한 소품이었지 않나."

"……."

아내는 눈자리가 나게 석주를 마주 쳐다보다가 슬며시 돌아섰다.

히스테리성을 보이는 아내의 행동이 사람을 당혹케 하여 석주의 마음도 기우풍거렸다. 그는 아내의 심중을 어림 짚어 보며 눈에 안개가 끼는 걸 어쩌지 못하였다.

혼자서 가야하는 길 누구도 동행할 수 없는 어둡고 막막한 길로 들어서는 사람의 마음속을 다른 사람이 헤아릴 수 있을까. 생사의 기로에서 가슴살을 떠는 사람에게 이쪽이 해줄 수 있는 게 무엇 있겠는가. 신경을 건드리지 말아달라, 비치개질 따위로 사람을 신산케 하지 말아달라 이런 소리 외로 귀에 들리는 게 없었다. 덧붙일 게 있다면 아내가 속엣말을 터놓을 때 설사 미거함이 있더라도 팩성질을 보여서는 안된다는 자성이었는데 그 민망스런 자책에 석주는 뒤통수로 손이 올라갔다.

병자에게는 세상일들이 모두 한 발짝씩 비켜서 버리고 어떤 것은 진찮게 느껴지기도 할 것이다. 혼자 동떨어져 버린 처지를 느끼지 않을 수 없을 것이므로 우두망찰 허공으로 눈을 주고 무연히 앉아 있곤 하던 모습, 얼굴에서 핏기마저 사라지고 어깨가 축 늘어진 외양이 바로 그런 모습 아닐까.

 석주는 아내의 재진일에 동행하지 못한다고 생각하자 안쓰러움과 겸직함이 더해져 입술이 바작바작 말랐다. 수수목이 되어 돌아서던 아내의 뒤태를 눈에서 지우지 못하면서 그는 제 방으로 들어가 채머리를 흔들었다.

 즉일 아침, 그는 출근 전에 아내의 등을 다독여 주며 살거리가 여위어 입성이 흘러내릴 듯 헐렁한 그녀의 매무시를 올리훑고 내리훑었다. 콧속으로 흘러드는 눈물을 후룩거리면서 잘 다녀오라는 단마디를 내고 멀대처럼 서서 고개를 빠뜨렸는데 그에게는 그 이상 더 해줄 것이 없었다.

 석주는 구새통처럼 빈 가슴을 안고 늦출근을 하여 발을 끌 듯 저적거리며 집을 나간 아내가 절망적인 진단을 받고 돌아오지 않을까 가슴을 치는 불안을 누르면서 악취와 먼지 속에서 머리악을 썼다. 며칠째 청소차가 운행하지 못한 탓에 클린 하우스 쓰레기들이 사태처럼 길바닥으로 넘쳐 미화원들이 진땀을 흘리면서 그러모아 차로 실었다.

 작업은 주로 폭 좁은 이면도로에서 이루어졌으며 바쁜 와중에 승용차나 공사차들이 길을 막거나 이쪽 보고 비켜나라고 빵빵 악지를 써서 시간을 지체시켰으나 꾹꾹 참아가며 등떠리에서 땀김이 피어오르도록 고굉의 힘을 다했다.

 하루 일력을 마치고 땀수건을 목에 건 채로 퇴근하였을 때 아내는 놀랍게도 얼굴이 함박꽃처럼 피었다.

 석주가 아내에게 묻기도 전에 그녀는 자신이 오십 퍼센트 밖이었다고 깨춤을 추며 짝짜꿍을 했다. 그녀는 딴사람이 되어서 소락대기를 지르며 수다를 떨었다.

"의사가 잘 봐줬어요. 명의사지요? 나를 죽음터 밖으로 꺼내 준 거예요."

아내를 따라 벌쭉했던 석주의 웃음이 그녀의 말 끝에 실웃음이 되었다. 저쪽이 너무 자발스러웠으므로 석주 쪽이 넌짓 입싼 소리를 냈다.

"그건 의사가 한 일이 아닐 텐데."

"아, 바로 그거예요."

석주의 눈이 끔쩍해지도록 아내가 손뼉을 쳤다.

"섣불리 이를 깠다가는 덜떨어진 소리라고 도리머리를 젓고 비웃적거릴까 봐 말을 아낀 건데요, 당신이 내다 버린 끌텡이가 제웅이 된 것 아닐까요?"

"뭐라고?"

"사람에게 진대붙어 몸을 저리게 한 게 바로 그거 아니었을까요?"

"이런……."

석주는 과학적인 근거가 개무한 소리라고 버럭 퉁바리를 주려다가 입을 눌러물었다. 아내는 남편의 속눈치를 챈 모양이었다. 그녀는 이전의 반문이 같던 모양에서 갓똑똑이로 변해 있었다.

"그런 일로 트적거릴 필요 없을 거예요. 좋으면 좋은 거지. 팍팍하게 군다고 장땡 나오나요."

아내가 곁눈질로 남편을 흘겼다.

"응. 그렇지 그래."

아내의 불집을 건드려 마음을 상케 할 필요가 없었으므로 석주는 가로저을 뻔했던 고개를 크게 끄덕거렸다. 아내의 목소리가 얼떴다.

"오라비한테도 일러 줘야겠어요. 정성이 지극하면 바위에도 꽃이 피고 손이야 콥이야 빌면 귀신도 감복한다고요."

"얼라."

석주는 놀랐다. 들뜬 아내는 푼수없이 마구 나갔다.

"맘을 닦고 예원하면 금도끼도 줍는대요. 어렵지도 않은 일, 죽이 풀려도 솥 안에 있으니 손해 볼 것 없잖아요."

"아니야. 아니야."

석주가 참다못해 손사래를 쳤다.

"당신 일은 당신만 알고 있어야 해. 입을 봉하지 않으면 내림한 운이 후딱 날아가 버린다고. 무당 판수에게서 그런 소리 못 들었어?"

"……."

아내가 주춤한 새에 석주가 말길을 잡고 목대를 세웠다.

"내 말대로 하라고. 오라비더러 입을 자그물고 힘껏 살라고 해. 절대 희망을 잃어서는 안 된다고, 죽을 병에도 쓸 약은 있다고. 극복하려는 의지가 있어야지. 텔레비전에서 안 봤어? 의사가 가망 없다고 판정한 사람들이 스스로 병마와 싸워 이긴 것. 산에서 먼 섬에서 도를 닦는 사람처럼 기도하고 생초를 캐 먹고 운동하면서 건강을 되찾았지 않나. 이런 예는 지식인들 사이에서도 가능하다고 말하는 거야. 자기에게 맞게 마음을 가다듬고 하고 싶은 걸 하면서 정양하는 거지. 자기가 하는 일을 굳게 믿으면…."

석주는 말이 길어질수록 어쩐지 헛헛함이 느껴져 그냥저냥 입을 닫았다. 말하고 나니 자신의 권유와 아내의 주장이 무엇이 다른지 말속이 애매해졌다. 삶이란 앞을 모르는 사람이 어둠 속을 더듬고 막대질하는 건가….

실향(失鄉)

'안드레아'라는 야들한 이름을 가진 장례지도사가 나를 찾아왔다. 이름에 어울리지 않게 취안(醉顔)처럼 얼굴이 붉고 퉁방울눈을 가진 퉁투무레한 사내였다.

"이름은 별명인가요?"

내가 눈썹을 올리며 묻자 저쪽은 그 이름 하나로 통한다고 대답했다.

성당에 다니는 지우(知友)가 선영을 죄다 자연장지(自然葬地)로 옮긴 일이 있어 내가 그쪽에 대고 일새가 짬진 사토장이 한 사람을 소개해 달라고 부탁했더니 의외의 인물을 보낸 것이다.

사내의 인상이 좋지 않았으므로 내가 시삐보고 물었다.

"묘 한 자리 옮기는데 얼마를 받소? 요즘 열바가지가 심하다던데."

이쪽의 예상과는 달리 저쪽은 슴슴하게 받았다.

"주는 게 금이지요. 남보다 더 받지 않소."

저쪽의 언동이 객쩍었으므로 내가 쑹쑹이로 보고 되쳐 물었다.

"농말 끝에 승강난다고요. 금을 미리 쳐 줘야지."

"나는 돈벌이 하려는 사람이 아니오. 먹고 살 수 있으면 그만이지."

저쪽의 같잖은 소리에 나는 이쪽을 만만히 보는 얼치기의 의세라고 단정했다.

기분이 뜨악하였으므로 일속을 미뤄놓고, 모처럼 나온 사람을 몰악스럽게 물리쳐 버렸다는 뽀록이 나지 않도록 연락처를 적어 놓고 가라고 아름대었다.

터벙거리는 발소리가 서슴없이 멀어져가는 것을 들으며 나는 마음이 찝질했다. 순조롭게 진행될 것으로 믿었던 가내사(家內事)가 예상과 달리 헌털뱅이를 만나 무춤해져 버렸다. 세상일이 불가측이지만 무던히 궁글려 온 절념이 찌드러기에 걸채인 느낌이었다.

"사는 일마다 코코에 바람이 드는군."

대사(大事)에 낭패 없다지만 그것은 운자에게나 해당하는 말, 박복자는 엎어져도 자빠져도 코가 무사하지 못했다. 더욱이 지금 일은 맘놓고 속내를 보일 그런 일도 아닌 것이다. 일이 되어가는 꼴이 초장부터 마음을 살난스럽고 삐그덕거리게 했다.

나는 얼짜 돌팔이를 소개한 지우에게 전화를 걸어 욕잔소리를 하지 않을 수 없었다. 이 손 저 손으로 전화기를 바꿔 쥐면서 줴박는 소리로 불뚝거렸다.

"어쩌다 그런 곰탱이를 골랐는가. 골상부터가 막떡 아니었나?"

"뭔 소리가 그리 고약하냐. 남들 앞에서는 그런 말버릇 보이지 말게. 욕먹는다고."

"귀를 세우고 들어봐. 사람을 척 보면 한눈에 알아봐야지. 콧구멍을 벌룩거리는 놈은 함부로 한다 이거여. 성질이 고약타 이거지. 그런 막치를 보내면 어떡해?"

"안드레아를 꼬씹는 거지? 그 사람이 어째서? 넉점박이에서 한 점 모자랐나. 묏구멍을 파는 데 멀끔한 개비짱을 바랐나?"

"내숭짜리 같았어. 속이 의뭉집일 거야."

"겉모습 보고는 모르는 거여. 고운 사람 치고 약빠리 아닌 자가 있던가. 못난이 과일이 값은 싸지만 맛은 좋다고. 자네는 콩인지 쥐똥인지 모르고 있어."

이쪽은 지우를 타박했고 저쪽은 나의 협량함을 나무랐다. 말이 나온 김이라 저쪽은 소소한 남의 이력을 뒷얘기로 덧달았다.

'안드레아'라는 이름은 종교 세례명이었다. 속명은 얼른 생각나지 않는다며 지우는 구태여 알 필요가 없지 않으냐고 무시했다. 안드레아는 자기와 같은 교회의 성도이므로 농을 쳐서 떡 먹은 입 쓸어버릴 사람은 아니라고 보증한단 장담을 했다. 그는 진소리를 이었다.

경찰 형사라면 황황했던 때가 있었다. 이때 안드레아는 경찰에 채용되었다. 그가 근무했던 형사과 강력계는 수사 체포를 담당하는 부서로서 늘 험악한 일이 벌어지곤 하였다. 흉기 소지, 강력사범, 마약범죄 등을 전담하는 곳이어서 태권도를 익힌 안드레아가 이곳에 배치된 것은 적재적소이기도 했다. 그는 민완은 아니었고 포교 또는 포도대장이란 별명을 얻었던 것으로 보아 건달패 강절도범 사기배들을 족쳐서 잡아들이는 무닥데기였던 모양이다.

사람의 운이란 모르는 것이어서 사복으로 의장하고 다니며 일당십의 완력을 휘두르던 그가 어느 날 폭력배들과 난투를 벌였는데 그가 배운 뛰어차기에 실수가 있었던지 꽈당 뒤로 떨어져 목을 부러뜨리고 만 것이다.

숨이 실낱같이 남은 상태로 응급실로 실려 갔는데 그의 굵다란 목통이 도운 건지 목뼈가 댕경 부러져버리는 것은 면했다. 목에 깁스붕대를 하고 근 일

년 동안 병원에 갇혀 살았는데 무겁하여 거들거리며 살았던 그가 오금을 접고 길게 누워 지내자니 심정이 어떠했을까. 천정을 바라보면서 무슨 생각으로 시간을 죽였을까. 입은 성했으므로 병문안 온 사람들에게 자신의 기사회생을 기적이라고 거듭 말하며 눈물을 보였다고 한다.

 중상을 치료받고 나서 그는 다른 사람이 되었다. 퇴원 후 종교를 가진 것도 죽은 자를 수습하는 위령회에 가입하여 꾸벅꾸벅 장례 일을 도운 것도 딴사람이 된 모습이었다. 장례 예절을 교육받아 장례지도사가 된 것은 자신의 생명을 돌려준 구원자에 대한 결초심의 발로 아니었을까, 하고 지우는 마음눈을 보이려 하였다.

 "그랬었군. 알았어."

 나는 지우 쪽의 얘기를 막설시켰다. 몇 마디면 족한 얘기를 저쪽은 전교자(傳敎者)다운 입담으로 나루하게 늘여 뽑았다.

 세상은 고르지 못하여 사람들이 다사다단(多事多端)을 안고 살지만 여느 곳은 요냥조냥 순탄하게 굴러가는데 비해 내가 사는 지경은 거센 물살을 거슬러 오르지 못하는 물고기처럼 사람을 떨궈놓고 무작배기로 흘러가는 모양새였다. 나는 가슴을 활랑거리며 입술을 말렸다. 좁한 일에도 가슴이 짓눌리고 심살이 내리는 팍팍한 생활이 계속되었다.

 지관(地官)을 찾아가 택일을 받고 돌아오면서 나는 잠시 공황(恐慌)에 빠졌다. 먼촌 일가붙이들이 시룽거리는 소리가 되살아나 가슴에서 덜꺽 소리를 냈다. 조상의 예에 관한 일이라면 그댁잖은 지적에도 섬뻑 가슴이 찔리는 엄중함이 있었다.

 "왜 좋은 묏자리 버리고 황량한 벌판으로 이장하려는 거지? 조상의 뼈를 싸들고 길지를 찾아다니는 사람도 있다는데 왜 이녁은 유해를 멸각해 버리려는거야?"

 자연장이 일반화되기 전부터 다른 집안에서도 있어 온 소리였지만 여태까지 우리 일가의 실없쟁이들이 동어로 야죽거릴 때면 울꺽함을 느끼지 않을 수 없었다.

 나는 곱지 않게 두덜거리는 것이다.

 "토장한 사람치고 제 조상 묏자리 나쁘다고 말하는 뒤가 있던가요? 모두 발복하여 연년세세 청복을 누리던가요?"

 내가 빤한 소리로 휘갑치려 하지만 저쪽은 들은 듯 만 듯 제 목소리를 세웠다.

 "조상 덕에 먹고사는 거여."

 새빠진 소리를 들었으나 친척 간에 격이 날 일까지는 아니었으므로 나는 제2공항 건설의 영향을 초들어 깐죽거리는 입심을 반쯤 눌러 놓았다.

 두 눈을 감고 머리통을 누르면서 여러 번 되작거려 마음을 정한 일이었다. 어느 편이 정답인지 부러지게 단정할 수는 없지만 형편이 형편이라 가늠에 맞는 쪽으로 택하였다. 나는 내정된 절차에 따라 일을 진행할 요량이지만 모른 체하면서도 귀 너머로 들리는 소리에 죄만스러움을 금치 못하였다.

 모친 별세 당시 우리 집은 성산읍 고성리에 있었다. 나이든 외숙이 우리 쪽 사정을 잘 알고 있었으므로 이제 그만 곤경에서 벗어나라고 어머니 묏자리 고르는데 길벗으로 동행하여 이말 저말 조언하였다. 이때 풍수가 했던 말을 일가붙이들이 전해 들은 건지 곧잘 까자발려 내 복장을 찔렀고 나는 그 비아냥을 심상히 받아넘기지 못했다.

 음택의 지형 지세가 금생과 후생을 잇는 줄맥이 되는 걸까. 나는 풍수와 묏자리를 보러 다닐 때 실문(實聞)했던 말을 마음 깊이 넣어 잊지 못하고 있다.

실향(失鄕)

"숨겨둔 자리가 있는디. 한번 보겠소?"

풍수는 지니고 다니는 쇠[磁針]를 만지작거리면서 이쪽의 낯을 살폈다.

"그러지요."

내가 고갯짓을 보태어 받았다.

"저길 보시오. 나시리오름 아래로 거무끄름하게 비탈진 동산들이 뵈지요? 겹겹으로 내려오다가 말뚝벙거지처럼 솟은 게 우건이오름인데 그게 바로 주산이고 아래로 구불구불 여기까지 흘러내려 바가지 엎은 상으로 엉기는 둔덕이 맥이에요. 그 앞이 혈이고 코숭이가 명당이 되는 자리지요."

풍수는 손바닥 위에 올려놓은 쪽접시 만한 쇠를 이리저리 돌려보면서 시선을 옮겼다.

"좌우 양쪽을 잘 보시오. 청룡 백호가 겹으로 웅크리고 싸서 혈을 단단히 보듬는 형세가 아닌가. 앞 버덩에는 옛날 마소에게 물을 먹이던 연못이 있어 내수가 되고 외수는 뵈지 않지만 혼인지(婚姻池) 쪽이 될 거요. 저기 안산이 붕긋한 것은 참으로 중요해요. 조상의 발치 아래 위치하는 자손 발복의 형세지요. 그 모습이 탄탄하고 반듯하여 발복의 지세임이 분명해요. 어때, 쓰겠소?"

"암, 써야지요."

마다할 이유가 없었다.

"묘의 방위는 곤좌간향(坤坐艮向)으로 하겠소. 이곳에 꽂이를 박으시오."

외숙이 준비하고 간 대막대를 힘껏 눌러 꽂았다.

내가 침을 삼키며 물었다.

"자손 발복이라면 언제 어떤 자손이 나온다는 거예요?"

저쪽이 단언하였다.

"이대나 삼대쯤 되겠지. 걸물이 나올 거여. 아니어도 어떤 방면에서든 한가락 할 자손이 나온다 이거지."

나는 저쪽의 입술에 눈을 주고 고개를 끄덕거렸다. 풍수가 덧붙였다.

"한 가지 우려되는 것은 안산, 청룡, 백호 사이가 너무 떠서 그 사이에 농로가 생기거나 토건을 일으켜 사룡(死龍)을 만들지 않을까 하는 거요. 그런 걱정이라면 어느 곳이든 없겠소? 그때 가서 잘 대처하도록 하시오."

풍수는 제 발복은 만들지 못하는 건지 삼간두옥 초가에 사는 사람으로 외용이 꾀죄죄하여도 어세는 또랑또랑하였다.

지나고 보니 저쪽이 사족으로 덧붙였던 우려가 비단의 흠처럼 마음에 걸렸는데 그게 바로 제2공항 건설 아니었을까 하는 가물가물한 생각이 든다. 믿을 수도 믿지 않을 수도 없는 풍수이지만 지금껏 '들은 귀'가 남은 것은 내 심중에 복이야 명이야 할 일이 있기를 바라는 마음이 간절했단 얘기가 된다. 지금까지 저쪽의 풍수설에 응험하는 어떤 길조도 나타나지 않았지만 어쨌든 좋은 묏자리에 부모를 모셨다는 믿음에는 변함이 없다.

이제 토장을 개장하여 자연장을 치르는 것이다. 조상의 영이 있다면 어떻게 받아들일까. '사룡지세(死龍地勢)는 절손(絶孫)' 이란 풍수설을 따른다면 묏자리를 옮기는 게 가당한데 그래도 마음 한편에선 조상에 대해 큰 불경을 저지르고 있지 않나 하는 편편찮은 심정이 되는 것이다.

구묘를 그냥 버려둔다면 어찌 되는가. 패역자손이란 소릴 듣지 않을까. 그것 또한 고민거리가 아닐 수 없었다.

나는 이장(移葬) 쪽을 택하고 외국에 있는 아들에게 편지를 썼다.

―내 나이 팔순을 넘기지 않았니. 조상에 봉사할 날도 멀지 않았다. 네 어미도 허리가 굽고 다리가 무거워 거위걸음을 걷는다. 사정이 이러한데 또한

너의 조부모를 모신 성산읍 난산리 지경에 지근접으로 비행장이 생긴다니 지나새나 지축을 흔들어놓을 굉음에 조령(祖靈)들이 어찌 잠들겠니. 조상의 묘를 등한하면 폐총이 되는 것인데….

안드레아가 이장 준비를 위한 물목(物目) 명세서를 가지고 왔다. 늘 입고 다니는 추리닝 복장으로 한쪽 목깃이 안으로 접쳐 들어간 것도 모르고 데식은 웃음을 흘리면서 털레털레 들어왔다. 그는 문턱에 걸터앉아 한쪽 다리로 반가(半跏)를 하고서 손부채질을 하였다.

나는 지우로부터 인물평을 듣고서 사람 보는 눈이 백팔십도 달라져 겸연쩍은 마음을 지우고 저쪽에 마음을 텄다.

"형씨는 세상이 몽세처럼 느껴질 때가 없나요? 허공중에 얼혼을 띄워놓고 어디론가 미아처럼 불려가는 자신을 느낄 때가 없나요?"

저쪽이 부채질을 멈췄다.

"지난날 걸어온 길을 돌아보면서 이제 무슨 일을 하여야 할 것인지 그런 문제에 부딪쳐 본 적이 없나요?"

뭔 소린가 하고 저쪽이 큰 눈을 멀뚱거렸다.

"나는 코흘리개 아잇적 아버지를 잃은 이야기를 하는 거예요. 지금 나이 팔순이 지났는데도 아버지가 살아계셨으면 얼마나 좋았을까 하는 생각이 자주 들어서 말이에요."

"부선망이군요. 고족(孤族) 독자인가요?"

"아버지 잃은 아이의 서러운 성장과정을 짐작하겠소?"

저쪽은 기맥을 맞추지 못하는지 눈을 끄먹거렸다.

"나의 삶에 큰 구멍이 뚫리고 그 어둔 구멍 속에서 여태 헤어나오지 못하고 있어요. 세상과 나는 따로 가고 있으며 그래서 버려진 이쪽은 멍해져 버리곤 하는 거지요."

일거리 주문을 나온 안드레아는 하품을 지우는 건지 얄긋거리는 턱을 손바닥으로 문질렀다.

"들어봐요 안드레아. 당신의 일로 가슴을 바꾸어 생각해봐요. 사삼사건 때 육지부로 끌려갔던 장기수들 있잖아요. 육이오 전쟁이 터지자 그 사람들 어찌되었겠어요?"

저쪽은 입을 열지 못하고 눈을 끔벅였으며 나는 낯을 붉히며 열을 올렸다.

"영영 돌아오지 않은 거예요. 형기가 열 몇 번이 지났는데도."

"고통이 오죽하겠어요. 살아있을 때 수구(壽具)를 갖추어둔 사람은 명이 길다고 하던데."

안드레아가 눈을 사무리며 장의사다운 말을 했다.

"아버지는 태평양전쟁 말기에 준군복인 카키색 국민복을 입고 근무하던 면서기였어요. 전쟁물자 거두는 악역을 맡지 않으면 안 되었던 직책이었나 봐요. 일제(日帝)가 놋쇠 수집에 혈안이 된 것은 포탄이나 총탄을 만드는 데 유용했기 때문인데 지역별로 할당량이란 게 있어서 그걸 채우지 못하면 된 똥을 쌌지요. 때문에 제사 명절 때면 가택을 급습하여 숟가락 젓가락 촛대 향로 등 유기로 된 제사 기물들을 빼앗아가는 게 예사였어요. 기물을 숨겨놓은 집이 있을 상 싶으면 용인들을 시켜 짚누리속, 잿막의 잿더미 속까지 쇠꼬챙이로 쑤셔보게 하고 놋화로 놋대야 놋솥 놋요강 등을 빡빡 뺏어갔는데 이때 인부들을 끌고 다닌 게 아버지였다는 거예요. 이러한 약점 때문에 아버지는 코 꿰인 몸이 되어 한라산 무장대가 접근하였을 때 양식과 의류 침구 등을 징구하는 대로 내놓지 않으면 안 되었지요. 아버지는 공권에 끌려가 재판에 회부되고 실형을 선고받아 장기수들이 보내지는 대전 형무소로 이송됐어요. 이것으로 끝난 겁니다. 육이오 전쟁이 나고 아버지는 돌아오지 않은 거예요."

"억이 막히는군요."

저쪽은 손가락마디를 꺾으면서 어렵사리 말부조를 했다.

"나는 아버지와의 이별을 정리하는 마침표를 찍으려고 해요. 묏자리가 과연 후세에 영향을 주는가요?"

"복을 전하느냐고요?"

"그런 얘기지요."

"나는 풍수가 아니라 그 방면엔 무식이오. 귀동냥한 걸 조금 내생기면 이러하오. 인걸은 지령이라 땅에는 신령스런 영이 서려 있고 그 땅의 지기를 받고 태어난 사람은 큰 인물이 된다 이거예요. 그러나 진정으로 길지라고 내세울 땅이나 실력 있는 풍수가 있을까요?"

"그렇지만도 않은 것 같던데. 사법고시에만 붙어도 조상의 묏자리가 어떤지 살피려 하고 로또복권에 당첨되어도 그 사람 집터나 선조의 묏자리가 어떤지 확인하려는 풍수가들이 있는 모양입디다."

"지금은 핵가족시대라 명당에 대한 개념이 많이 달라졌어요. 음택보다 중요한 양택을 보면 아파트, 연립주택을 단독주택보다 더 선호하지 않습니까. 이들에게 중요한 것은 지기(地氣) 따위가 아니에요. 생활에 필요한 접근성이나 내장제 볼모양이 얼마나 깔쌈하냐, 이런 것들이지요."

안드레아의 벌룩거리는 콧구멍이 저쪽을 얼마간 단순무지로 보이게 했다.

나는 너주레하게 내생기던 소리를 치우고 말머리를 바로잡았다.

"헛묘 얘기를 들어봤소?"

"가매장 말인가요? 어린애 무덤 말이지요?"

"아니 어른이오. 시신이 없이 허광으로 만든 무덤 말이오."

"들어본 듯해요."

"개장을 해본 일이 있소?"

"없는걸요."

"헛묘를 이장할 수 있겠소? 화장(火葬)을 거쳐야 자연장지로 갈 수 있다는데."

"왜 묻지요?"

"그런 일이 있어요. 가능한지?"

"어려운 사정이 있는가 보군요…."

"할 수 있을까요? 어머니 돌아가시고 성분할 때 편친만 모시는 게 안쓰러웠는데다 성묘 벌초할 때조차도 봉분 하나만 달랑하여 나는 아버지 없는 자식이 돼 버린 거예요. 구색으로 폠분 하나를 더 쌓은 건데 아버지 나이 이미 천수를 넘겼으니 쌍묘가 된대도 도리에 어긋나는 일은 아니라고 생각됐어요. 이장을 한다면 유체가 없던 묘는 어찌해야 되는지, 폐총으로 버릴 수는 없지 않겠어요?"

"그랬군요. 그에 맞는 방도를 찾아봐야지요. 거짓말도 잘하면 참말보다 낫다는데…."

저쪽은 이장 일에 이력을 쌓은 사람이라 여유롭게 받았다. 나는 저쪽이 '할 수 있을 것'이라고 말하는 뜻으로 받아들였다.

유예 미결로 마음에 걸렸던 문제가 나슨해졌으므로 나는 기분이 떠서 상대를 땀직한 사나이로 도두보는 희색이 되었다. 지난날 그를 시삐보았던 경조함에 죄만함을 느끼며 반작용으로 감정이 물러져서 언젠가 저쪽에 술을 한 판 사야 한다고 마음먹었다.

저쪽은 어벌찌 답지 않게 사무적인 면을 보여 이쪽이 안쫑잡고 있는 설제(設祭)와 동선(動線) 계획 등을 꼼꼼히 묻고 귀를 세우고 들었다. 돋보기를 잊고 왔는지 호주머니 속을 들척거리다가 가슴을 퍽퍽 치고는 메모지에 바짝 눈을 들이대어 자신의 할 일과 이쪽이 할 일을 꾹꾹 눌러 말해주고 돌아갔다.
　안드레아와 쇄담하는 사이에 나는 쿠릉거리며 도두봉 너머 공항으로 내려앉는 제트여객기 소음을 열 번도 넘게 들었다. 외국에 사는 아들이 돌아오기로 돼 있어 귀를 기울인 것이다. 오랜 세월 멀리 떨어져 살아 그리운 정이 켜켜이쌓인 독자 아들이었다.
　귀를 세우고 기다리던 아들은 장일(葬日)에 빠듯이 대어 입국했다. 이쪽이 가무잡잡하고 마른 얼굴인데 비해 저쪽은 두부살 같은 면색이었다. 숱이 많아 이마까지 도숙붙었던 머리가 많이 무인 걸 보면서 나는 세월의 비정함에 비애를 느끼기도 하였다.
　아들은 낙타도 염소도 아닌 남아메리카의 알파카(alpaca)를 닮은 허여멀쑥한 사내아이 두 놈을 데리고 왔는데 서양 물을 먹어서 그런지 연소해 뵈는데도 키가 껑충하고 콧날이 오뚝했다. 나의 아내인 할머니가 손주들임을 알아차리고 팔을 크게 벌려 두 놈을 감싸 안았을 때 그들은 옴찔옴찔 몸을 뺐었다. 아내의 품안에서 빠져나간 저쪽이 쏼라거렸다.
　"이스 잇 마이 그랜드마더? (우리 할머니 맞냐?)"
　"아이 씽크 소. (그런가 봐.)"
　품 안이 빈 할머니가 저쪽의 재깔임에 답하듯 중얼거리면서 두 팔을 열없이 떨어뜨렸다.
　"많이 자랐구나. 알천같은 새끼들―."
　그녀는 눈을 껌벅거리면서도 피붙이를 보는 짜득한 정을 어찌지 못하는지 눈시울을 적셨다. 피부색이 다른 부자의 얼굴을 연해 갈마보는 그녀는 꼬박 눌러놓았던 모정에 착잡한 마음이 엉기는 듯 야윈 뺨 위로 주르르 눈물줄기를 흘렸다. 눈가상주름이 자글자글한 노모의 얼굴을 바라보는 아들도 감정이입이 되는지 눈을 끄먹거리다가 목을 떨어뜨렸다.

 왜 하나뿐인 아들을 외국으로 내보냈느냐고 핀잔하는 사람도 있었다. 나는 아들이 너무 소중했기 때문이라고 대꾸했다. 소중하여 나처럼 졸리며 살게 만드는 게 안쓰러워서, 오장이 새까맣게 탈까 봐 그랬다고 떠댔다.

 "떠나거라, 떠나버려라."

 내 자신 그런 소리를 입에 담았던 기억은 없지만 가슴에 맺힌 응어리를 삭이지 못하고 목구멍까지 차오르는 불만을 물고 산 일은 부정하지 못했다. 연좌제에 묶여 살아오는 동안 한 잔 술에도 눈물을 짰다. 학교 공부가 이쪽보다 하위였던 동기들이 공직자가 되어 쑥쑥 잘 나가는데 이쪽은 아버지의 죄로 인해 옴쭉달싹하지 못한 것이다. 사관학교 필기시험에 합격하였으나 신원조회에 걸리고 공무원시험을 쳐도 이쪽은 탈락이었다. 나이가 들어서 기껏 얻은 것은 임시직 정부 양곡창 창고지기였는데 이것도 몇 해를 못 해 목이 잘리고 말았다.

 정부 양곡은 국가가 곡물의 수급조절, 재해 재난 시 구호용으로 관리하는 것으로 창고에서 방출될 때마다 쌀가마에서 낟알을 흘렸다. 전직자는 그것을 어찌했는지 모르지만 이쪽은 깔판 아래로 떨어진 낟알을 쓸어모아 퇴근 때 벙거지 모자에 담아 가져가곤 하였다. 돌, 뉘, 지푸라기를 골라내면 한 줌도 못 되는 쌀이지만 아이의 도시락 밥에 섞어주는 것이다. 아이의 도시락은 보리밥, 된장, 김치 조각이 전부였다.

 이런 행위를 목격한 누구의 고자질인지 이쪽은 알곡을 빼먹는 쥐도둑으로 낙인찍히고 새파란 상급 직원에게 불려가 볼때기를 맞고 사직서를 써야 했다. 다른 사람이었다면 시말서 정도로 끝났을 일을 이쪽은 만만더기로 취급돼 윗자리에서 가무려먹은 것까지 모두 덤터기를 쓰고 모가지 당했다. 나는 개 벼룩 씹듯 귀먹은 푸념을 하고 이를 응등그려 썩어지게 생욕을 뱉었다.

"떠나거라. 천하지구 알량한 세상. 멀리 떠나버려라."

나는 통음을 하고 사내답지 않게 끄억끄억 우는 취행을 보였던 모양이다. 이쪽은 목젖을 삼키면서 속을 안추르고 별것 아닌 일로 뭉개보려고도 했겠지만 듣는 쪽에서야 어디 그게 통했겠는가. 가족으로서는 가슴 터지는 비애를 느꼈을지도 모른다.

나는 아들의 장래를 생각하니 창자가 끊어질 것 같았다. 아비처럼 되어서야 쓰겠는가. 지은 죄 없이 천더기가 되고 도리 없이 말직으로 밀려서야 쓰겠는가. 절로 취중에 나오는 소리가 '떠나거라'였는지도 모른다.

5공화국에 이르러 연좌제법은 폐지되었다. 그러나 오랫동안 일반의 의식 속에 자리잡고 있었던 반공이데오르기 시대의 편견, 피해의식은 뿌리 깊게 잔존하여 쉽게 사라지지 않았다. 비근한 예로 연좌를 쓴 사람과는 결친하지 말라는 이언(俚言)이 나올 정도였다. 좌죄(坐罪)를 당해온 사람들은 여전히 경원시 되는 차별을 받았다. 해묵은 상처는 좀체 근치되지 않는 것이다.

이편 또한 쫄고 졸들어서 공직이라면 이름만 들어도 지긋지긋했다. 인연이 없는 못 먹는 떡으로 치부하여 눈 귀를 돌리고 침을 뱉을 정도였다. 아비의 개세(慨世) 비판이 절로 옮아가 아들도 공직으로 나가는 걸 극구 거부했으므로 나는 기술을 배워 밥줄을 잡으라고 권유할 수밖에 없었다.

아들은 가까스로 전문대학에 입학하여 안경광학을 전공하고 국가시험에 붙어 안경사 자격증을 땄다. 안경사란 안과와 관련된 제반 사항을 검사하는 자격자로서 안경점의 필수요원이 되는 것이다.

　직장을 얻고 수년간 수걱수걱 일하는 모양새를 보였는데 겉모양과는 달리 녀석의 맘속에 이단이 자라고 있었던 모양이다. 낡은 사상과 인습으로 병들어버린 사회에서 소외자가 되고 있다는 억원함이 자란 건지, 이에 더하여 쩍 하면 세상을 공난하고 불한숨을 내뿜는 아비의 구벽(口癖)에 진저리가 쌓인 건지 부모를 남겨놓고 멀리 떠나고 말았다.

　호주로 이민을 간 것이다. 내가 말려보기도 하였으나 놈은 낯바닥을 붉히면서 기어히 떠나겠다고 우겼다.

　시내 중앙로에서 안경점을 운영하던 점주(店主)가 호주로 사업 이민을 가며 점원으로 일하던 우리 애를 데리고 가겠다고 제안한 것이다. 일단 단기 비자로 가고 있으니 언제든 돌아올 수 있다고 이쪽을 무마했다. 점주가 삶아놓은 걸까. 아들이 매달린 걸까. 놈은 뻗대어 어미를 울려놓으면서 이국으로 떠났다.

　저쪽이 단기 비자라더니 사오 년이 지나자 아들에게서 영주권을 얻었다는 소식이 왔다. 몇 해 후 뉴질랜드 여자와 신접을 차려 그 나라로 이주했다며 전 점주와 체인으로 안경점을 개업했다는 뜻밖의 소식을 전해왔다. 일이 공교하게 되었으나 먼 곳에 가 있는 자가 하는 일이라 제지할 수도 없었으며. 제 새끼 미워하지 못해 눈감고 묵량하였다.

　손을 꼽아 짚어보니 긴 세월이 지났다. 아들의 모습도 꽤 변했을 것이다. 이쪽도 허리가 휘고 다리를 끄는 형편이 되지 않았는가. 삼석(三昔)이 가까워 조부모의 묘 이장을 구실로 아들을 부른 것이다.

　제2공항 기본 공사비로 일백억 원이 책정되었다고 정부가 발표하던 날 묘소 이장을 하였다. 고현분묘(高玄墳墓)를 옮기는 일이 아니고 아랫대의 묘소를 정리하는 일이라 가족들만 참례하여 조용히 치르었다.

제사 때처럼 제물을 올려 토지신제를 지내고 축문을 읽은 다음 파묘하였다. 일꾼들이 파헤친 부친의 묘 광중에는 당연히 검은 흙일 뿐 골편은 없었다. 그래도 장례지도사인 안드레아는 진지한 모습으로 수습 과정을 취했다.

정결한 솜으로 분토(墳土)를 뭉쳐 싸서 일곱 개의 구멍을 뚫어 놓은 칠성판 위에 올려놓으며 백지로 덮었다. 좌우 어깨에 해당하는 부분을 짚을 섞어 무명으로 동여매고 두 손에 해당하는 부분을 가슴 위로 올려놓았다. 살아생전에 좋은 일 궂은일 다 맡아 하던 두 손을 이제는 모든 일에서 손을 떼라고 공수(空手) 형태로 만들었다. 유체 모양을 칠성판 위에 눕혀 삼베로 묶고 그 위에 명정을 덮었다.

칠성판 위에 고이 누인 것은 아버지가 아니라 흙덩이였다. 팔짱을 끼고 서서 작업장면을 지켜보던 아들이 무람없이 입을 열었다.

"표지석만 세워도 되는 것을…."

내가 그쪽을 할기고 한숨을 섞어 응얼거렸다.

―소갈머리가 없구나 자석. 네 할아버지가 잡혀갈 때 할머니가 어떤 모습이었는지 아니? 남편을 죽음터로 끌려 보내면서 미친 듯이 몸부림치는 모습을 그려볼 수 있겠니? 머리는 풀어 헤쳐지고 옷고름은 떨어져 앙가슴이 드러나고 신발은 벗겨져 맨발인 채 땅을 치며 통곡하던 모습. 그 할머니 곁에 할아버지의 옷가지들을 뭉쳐 묻었는데 그 갈음이 여태 남아 있겠니. 한 줌 흙이 된 것이지, 한 줌의 흙. 그게 바로 우리 사람들이 돌아가 되어야 할 마지막 모습 아니냐. 그 모습을 벗어날 수 있겠니….

나는 목소리를 눌렀지만 가슴속에서 흐드기는 소리를 자신의 귀로 듣지 않을 수 없었다. 나는 아들 쪽을 돌아보지 않았다.

안드레아가 데리고 온 인부들이 막삽과 곡괭이로 봉분을 퍽퍽 찍고 헤칠 때 나는 그 모양이 너무 무작스러워 가슴이 참렬했다. 개판이 꺼져 들어간 광 속을 푹푹 쑤시고 헤집을 때는 내가 찔리는 것 같은 통각을 느꼈다.

모든 수속과 집행을 안드레아가 맡아서 해주었다. 화장지(火葬地)에서 잔해를 사르는 동안 꽤 시간이 지체됐다.

안드레아는 '잘 되었어요' 하고 단마디로 대답했지만 쉽지 않았던 모양이다. 유골이 화장로로 장입되기 전에 그는 얼굴이 붉게 달고 등떠리를 땀으로 적시면서 사무실을 여러 번 들락거렸다. 사망자가 아닌 분토를 화장로에 넣을 수 없다는 담당자를 설득하는 데 꽤 힘이 들었던 것 같다. 자연장을 권장하는 장묘법의 취지란 토장으로 인한 국토 잠식을 막자는데 목적이 있으므로 안드레아는 기존 묘소를 사진으로 뵈주면서 파묘한 사실로 허락을 얻으려 한 모양이나 규정상 걸림이 있었다. 화장장 직원들과 장례지도사들은 자주 대견하는 사이기도 해서 장시간 논란과 석명 끝에 특정 사안으로 간신히 방법을 찾은 모양이다. 일이 해결된 뒤에 안드레아는 큰 숨을 내쉬면서 화장장 밖 연석에 앉아 가슴팍의 땀을 닦았고 우리는 관망실에서 대기하고 있다가 유분 단지를 받아들고 나왔다.

자연장 공원에서는 직원들이 화초장 구역에 굴혈(掘穴)하고 유분을 넣어 복토를 쳤다. 안드레아가 손을 보태 평토한 위를 주먹으로 퍽퍽 다지며 표석을 심고는 일을 마무리하였다.

나는 묘역 쪽을 뒤돌아보고 뒤돌아보면서 먼 곳에 있던 쌍친의 묘를 가까운 곳으로 옮긴 데 안도했다. 거지중천을 떠돌던 아버지의 유혼을 여느 사람들과 마찬가지로 사람이 마지막 가는 땅 묘원(墓園)으로 모셨다고 생각하자

큰숨이 나왔다.

　참례자들을 안드레아의 승합차에 태워 먼저 보내고 나는 내 승용차에 아들을 태워서 뒤를 따랐다.

　"이제 묘소를 못 찾는 일은 없겠지? 여기는 공공시설이야."

　아들이 차창 밖으로 눈을 주어 주위를 휘둘러보았다.

　"내비게이션으로 되잖을까요?"

　"정문까지는 되겠지. 광장 조형물 남쪽, 화초형 에이 구역 좌열이야. 외워 둬."

　"공원 내에 있는걸요 뭐."

　아들은 덤덤하게 받았다.

　"에 또…."

　나는 아들의 무덤덤한 표정이 눈에 거치어 뱃속에서 몽그리던 속엣말을 담방 터놓았다.

　"이제 고만 타국생활을 청산하고 환국(還國)해야 하지 않겠니?"

　"환국요?"

　아들은 여외라는 듯 말꼬리를 솟구었다.

　"응. 그런 생각 안 해봤니? 지금은 이곳도 살만해졌어. 우리를 족쇄 채웠던 연좌제 같은 것도 없어졌지."

　"저는 지금도 그때의 가슴으로 살고 있는 걸요. 마음을 숨기고요."

　아들은 둥그레진 눈으로 이쪽을 맞보았다.

　"허긴 나도 그렇다만. 가통을 잇자면 국적을 회복해야 하지 않겠니? 나의 여년이 얼마 남지 않았다. 조상의 기제사 잊지 않고 성묘 잘하고 예법 잘 지켜야 음덕을 받는다더구나."

"떠나지 말았어야 했나요? 나는 아버지 가슴을 통째로 넘겨받았다고요."

"네 가슴을 조금은 안다. 내가 통견이 없었지. 내다보지 못하여…."

"저는 아버지가 최고라고 생각했어요. 뿔 달린 악마들이 아버지를 괴롭히고 있다고 생각했지요. 떠나거라, 떠나거라…. 손을 내젓는 아버지의 모습을 지금도 지울 수 없어요. 그 가슴이 바로 저인걸요."

"그래그래. 알고 있다."

"술에 취해 들어온 아버지가 저를 끌어안고 꿀쩍댈 때면 저는 활랑거리는 숨소리를 들으며 가슴이 터져버리곤 했다고요. 아버지가 너무 불쌍하고 허약하게 느껴진 거지요. 그래서 까마득한 어린 시절부터 제 가슴속에서 자라온 건 떠나야 한다는 생각, 떠나야 살 수 있을 거란 생각뿐이었어요…."

"그렇더라도."

내가 다그어 말했다.

"사람의 뿌리는 조상 아니냐. 그쪽을 져버릴 수도 없으려니와 후생은 당연한 도리로서 윗대를 모시는 거란다. 조상 기제사에 음식 잘 올리고 모신 곳을 찾아가 배묘하고 표석을 닦으며 선영에 봉사하는 인습은 그른 일도 아니니 예부터 내려오는 예법을 지킴은 당연한 인륜이야. 국적을 복구하여 그 일을 이어야지."

아들은 옛날의 순진하던 떡붕이가 아니었다. 머리가 커져서 어세가 자약하고 탱탱했다.

"이 세상 어디에서 무엇을 하건 조상을 떠날 수 있나요. 조상은 어디를 가나 자손을 따라다니고 자손은 조상을 잊지 않고 사는 것인데. 사람들은 사후 영혼을 정신적 실체가 아닌 묏자리나 제상 뒤에 앉아 있는 육신으로 보기도 하더라고요."

나는 아들의 말마디 속에 이쪽의 기대와는 달리 엇나가는 것이 들어 있음을 느꼈다. 마음에 거슬렸지만 제가 낳은 자식이라 이맛살은 찌푸릴망정 삐진 소리는 내지 못했다.

겉은 아구똥해도 속까지 비뚤지는 않았겠지…. 부모 마음은 애오라지 자식을 믿는 것이어서 나는 좋게 삭이려고 침을 내렸다.

아들이 천연스레 부연하였다.

"조상의 영혼이 있다면 살아있는 넋은 서로 이어질 것입니다. 사람이 혈속을 통해서 위로부터 모습을 받았다 해도 정신이 서로 불통한다면 모양만 닮았지 모두 죽은 것 아닙니까. 망후에라도 넋이 서로 닿아 있다면 조상은 눈을 감아도 죽지 않은 것이 되겠지요. 영혼은 우리들의 정신에 통하고 우리들의 기억 속에 있을 때 영원히 사는 것 같아요."

나는 저쪽의 언설을 진드근히 참고 들었다. 아들로서 진심 어린 말을 실토하고 있다면 받아들여야 한다고 생각했다.

"네 자식들도 할아버지 할머니 영혼과 만날 수 있을까."

꺼내놓고 보니 이상한 질문이 되었지만 아들의 반응은 예사로왔다.

"그 점 신경 쓰고 있지요. 내 아들내미 피터 말이에요, 럭비시합 때 발목을 다쳐 병상에 누운 적이 있었거든요. 그때 누군가를 보았다는 거예요. 환영으로 나타난 사람은 낯달 같이 희미한 얼굴이었는데 얼른 일어나라고 자기 엉덩이를 퍽 치고는 사라지더라는 거예요. 내가 천사일 거라고 말했더니 아이는 고개를 젓더군요. 얼굴이 아버지처럼 파이접시 같아서 한국인 할아버지 아닐까요 하고 말하는 거예요. 애의 얘기지요…."

오랜만에 외국에서 오라비가 왔기 때문에 시집간 딸이 헐레벌떡 달려왔다.

빈손으로 온 게 아니라 음식거리를 잔뜩 사 들고 어깻숨을 몰아쉬면서 들어왔다.

음식을 준비하느라 딸이 분주살을 피웠고 허리가 굽은 아내도 무릎을 짚고 어기적거리며 자식 손주들 먹을 음식을 만드는데 손을 보탰다.

썰고 다진 고기를 양념장에 무쳐서 굽고 해삼 소라로 회를 만들었다. 전복을 얇게 저며 썰고 접시에 살과 내장을 담아 고추장을 곁들이자 일품 맛으로 나로서는 평소에 먹어보지 못한 귀한 음식이었다. 불판에 마블링이 자작한 불고기가 지글지글 끓자 침이 절로 돌았다.

남자들이 소주잔을 들고 있을 때 사위가 딸과 함께 뜀박질로 들어왔다. 딸을 예능학원에 보내고 있기 때문에 승용차로 데려오느라 늦었다고 떠벌거렸다. 초등생인 사위의 딸은 할머니의 목에 매달리며 노인의 마른 뺨에 볼을 비벼댔다.

"어이구, 내 새끼. 요게 절굿공이보담사 낫겠지."

할머니는 풀솜할머니답게 못이기는 척하며 외손주가 매달리는 대로 놔두었다.

귀국한 아들이 사위에게 물었다.

"자네는 딸바보로군. 학원에서 뭘 배우지?"

"장고춤, 장구를 어깨에 비슴히 둘러메고 다드락다드락 치며 이렇게 하는 거."

사위가 팔을 쳐들어 내흔들며 몸을 얄긋거리는 몸짓을 했다.

"얘 같은 꼬마가, 벌써?"

"벌써가 아니지요. 이 나라 입시제도는 어릴 적부터 사교육을 받아야 예체능계 대학에 진학할 수 있다고요."

"호—."
"우리 애는 그런 것 노리고 하는 것은 아니에요. 재능 개발도 중요하지만 품성 함양을 위해서 배우는 거지요."
"우리 조카 잘하고 있구나. 이뻐. 어디 한번 배운 것 살짝 보여줄래?"
외국에서 온 아들이 손뼉 치는 모양을 보이면서 서양인을 닮은 사글사글함으로 애를 꼬드겼다.
"싫어!"
할머니 품에서 떨어져나와 애견 강아지처럼 아빠 옆구리에 찰싹 붙어 있던 애가 고개를 팽 돌렸다. 사위가 딸을 내려다보며 소곤거렸다.
"어디 한번 해봐. 외국에서 온 오빠들 앞에서 뵈드려. 발표회 때 잘했잖니."
애가 볼통하게 받았다.
"요고도 없잖아."
"흉내내면 되잖아. 착하지."
딸바보인 아빠가 눈을 찡긋거리면서 엄지와 집게손가락으로 동그라미를 만들어 보이자 아이가 폴짝 마루 가운데로 나갔다. 엄마가 얼른 일어나 마루 한켠에 놓인 걸레통을 치웠다.
장고를 어깨에 둘러맨 듯 추썩이는 몸짓을 하고는 제 엄마의 젓가락 장단에 맞추어 흥청거리는 춤을 추다가 빠른 장단이 되자 가볍게 발을 옮기며 도약하는 동작을 보였다. 아이는 장구채를 이 손 저 손 바꾸어 치는 흉내를 보이면서 아빠의 추임새에 짓을 내어 으쓱으쓱 어깨춤을 추다가 두 손으로 얼굴을 가리며 엄마의 품속으로 뛰어 들어갔다.
"야, 잘했어. 최고야."
외국에서 온 아들이 머리 위로 팔을 들어 엄지척 하고는 달러 지폐 한 장을 내밀었다. 애의 엄마가 그것을 얼른 당겨 딸의 호주머니 속으로 질러주었다. 그녀가 희떠운 소리를 내었다.

"나는 오빠바보였지만 이제는 조카바보 할래. 나도 글로벌이라고."

그녀는 외국에서 온 아이들의 노르께한 눈을 마주보면서 어설프게 말했다.

"너희들도 하나 해볼래?"

입국한 아들이 영역했다.

"데이 원터스 투더 탈랜트쇼. (장기 자랑을 하라고 한다.)"

아들이 이쪽의 말을 저쪽으로 저쪽의 말을 이쪽으로 옮겼다.

"헛 카이 더브 탈랜트? (어떤 것을 해야지요?)"

애가 묻자 아비가 받는다.

"에니씽 앤드 에브리씽. (무엇이든지 다.)"

애아버지가 아들들을 밀어내듯 다시 반복했다.

"에니씽 윌 두. (무엇이든지 좋다.)"

알파카를 닮은 멀쑥한 아이들이 긴 목을 돌려 서로 얼굴을 쳐다보더니 미적미적 일어섰다. 서로 뭐라고 주고받고는 웃통을 훌훌 벗어던지고 옆으로 나란히 맞춰 섰다. 두 다리를 쩍 벌리면서 '얍―' 하고 할머니가 움씰 놀라도록 기합을 질렀다. 이어서 어깨를 으쓱거리며 삼두박근이 뭉치도록 주먹 쥔 손을 안으로 굽히고 보디빌더들처럼 웅크린 모양새로 어깨 근육을 씰룩거렸다. 이어서 두 손으로 허공을 찌르고 발을 바꾸어가며 마루바닥을 쿵쿵 차고 눈을 흡며 이빨을 앙하게 드러내 보였다.

"카마테, 카마테, 카오라―."

"뭔 소리지?"

내가 눈을 거들뜨고 아들에게 물었다.

"나는 죽는다, 나는 죽는다, 나는 산다―, 하는 외침이에요."
아들이 통역했다.
저쪽의 동작은 더욱 괴이해져 목청 높은 구호를 외치며 혀를 날름거리고 거칠게 발 구르기, 리듬에 맞추어 자기 몸을 주먹으로 퍽퍽 치기 등 위협적인 모습을 보이려 했다.
"저건 무슨 장난인가?"
내가 아들에게 물었다.
"상대방을 잡아먹어 버리겠다고 위협 주는 거예요. 전쟁하는 동작이지요."
"누굴 잡아먹어? 거기서는 사람을 잡아먹나?"
나는 저쪽이 싸움하는 동작으로도 춤을 추는 동작으로도 보이지 않아 눈을 돌리고 한심한 소리를 내었다.
"어디서 배운 벌짓이지?"
"마오리족의 집단 춤이에요. 지금 뉴질랜드 학교에서 교육하는 국민춤이라고요."
"쟤들 우리 애 맞냐? 이름이 뭐랬지?"
"큰놈은 피터, 작은놈은 어니스트예요. 잊으셨어요?"
사위가 장인의 벗나가는 소리를 막으려는 듯 따봉― 따봉― 하고 애들 쪽으로 팔을 내뻗으면서 구성없는 소리를 내었다. 시집간 딸과 노친 어머니는 가슴에 손을 모아 잡고 애들의 동작에 넋을 잃은 모습이었다.
사위가 딸이 받은 돈푼에 반례(返禮)하여 저들에게 쌈짓돈을 주려고 호주머니를 뒤적거렸다. 지갑을 꺼내는 사이 쿵쾅거리던 연무는 끝났다.
춤은 끝났으나 외국에서 온 아이들은 이쪽이 정성껏 만든 음식을 즐기려 하지 않았다. 배부른 놈 선떡 보듯 멀뚱거리자 시집간 딸이 자신은 조카바보가 되었다면서 큰 놈 피터의 입안으로 젓가락으로 집은 불고기 한 점을 넣어주려 하였다. 녀석이 고개를 휙 돌려버리면서 손바닥으로 젓가락을 물리쳤다.

"아이 러브 미 썸 화이트 미트. (나는 흰 살코기를 좋아해요.)"

놈이 고개를 저으며 지껄였다. 저쪽의 아버지가 미간에 주름을 잡고 통역해 주었다.

머쓱해진 딸이 작은놈에게 고개를 돌리며 잇바디를 보였다.

"음식맛이 어떻니?"

애아버지가 말을 옮겼다.

"하우스 더 밀?"

녀석이 대답했다.

"디스 밋 스멜스 라이크 갈릭. (이 고기는 마늘 냄새가 심해.)"

애는 도리머리를 하면서 말끝을 달았다.

"이스 데어 에니 디저트? (디저트는 없나요?)"

애아버지가 자식에게 눈총을 주며 통역하지 않았다.

시집간 딸이 무슨 소린지 다 알지는 못했으나 '디저트'라는 단어 정도는 알고 있었으므로 앵돌아진 표정으로 들었던 젓가락을 탁 소리가 나게 내려놓았다.

―차린 사람의 정성을 봐서라도 먹어 줘야지…. 그녀의 혼잣소리를 대중하였는지 사위도 젓가락을 슬쩍 내려놓으며 소금 먹은 상으로 이쪽저쪽의 눈치를 살폈다.

묘 이장이 끝나 그들은 떠났다. 떠나기 전에 떠들썩한 일이 벌어지긴 하였으나 별것 아닌 해프닝으로 끝났다.

출국하기 전날 집에 얌전단지로 들어박혀 있어야 할 두 손주가 핸드폰을 전기 코드에 꽂아놓은 채 오후 늦게 사라진 것이다. 길눈이 어둡고 한국말을 모르는 아이들이 밤늦게까지 나타나지 않자 길을 잃은 게 아닐까 하고 소란법석을 피웠다.

그의 아비는 물론이거니와 이쪽 할아버지 할머니까지 나서서 이 골목 저 골목을 눈살피고 바닷가 방파제 부근까지 기웃거렸다. 경찰에 신고하여 핸드폰에 스팸 문자까지 띄웠는데 나중에 찾고 보니 앰제트세대(MZ世代)들의 놀이터가 된 동문 재래시장 뒷거리에서 꼬치구이를 빨고 있었다.

"아이고, 이 두리아기야. 그게 먹고 싶었니?"

할머니는 놀란 가슴이 뚝딱거리는지 핏기없는 얼굴에 콧물을 달고 가슴을 쓸어내렸다. 내가 낯을 응그리고 목을 높였다.

"컴 히어! (이리 와!)"

저쪽 놈들이 눈을 더부럭거렸다. 한 번 더 을러메려고 '인 뎃 케이스—(그럴 때는—)' 하고 목청을 높였는데 영어가 짧아 다음 말을 어버버하자 놈들이 헤시시 웃음을 흘리며 하이파이브를 하자고 팔을 들고 다가왔다. '어, 놈들 봐라' 했지만 나도 모르게 팔이 올라가고 말았다.

외국에서 온 가족이 훌렁 떠나버려 소란이 멎은 집안은 공가처럼 괴괴했다. 달랑달랑 떠나던 저쪽의 뒷모습이 지워지지 않고 눈에 매달려 이쪽의 가슴을 서겄게 했다. 가슴에 눌러놓았던 미련이 새록새록 떠올랐다.

한 번 더 물어봤어야 할 걸 그랬나. 심중의 변화가 없는지 저쪽에 다시 환국(還國) 의사를 확인해 봤어야 하는 것 아니었나…. 미진한 뒤끝이 찜찜하게 떠올라 입안을 씁쓸케 했다.

물어본댔자 뜻을 굽히지는 않았을 것이다. 미리감치 입을 떼지 못하고 여짓거린 것은 지레짐작이 비관적이었기 때문인데 그래도 한 번 더 속을 짚어 봤어야하지 않았나 하는 후회가 괴롭게 남았다.

아들은 자식들의 교육방침을 말할 때 저쪽 문화를 듬쑥하게 익혀 본토인들과의 경쟁에서 뒤지지 않게 만들겠다고 입술을 감물며 엄지를 세워 보였다. 그것이 조상의 뜻을 봉승(奉承)하는 길이 될 것이라고 곁을 달았다. 또 고국에 다녀온 지인의 얘기를 전하면서, 이제는 이 나라 저 나라가 모두 이웃이며 아랫집 윗집이 되었다고 빗대어 말했다. 그러면서 모국과 직항로까지 개설되었으니 오고 가는 일이 서울 나들이 정도라고 남의 입에 공명하는 말을 덧붙이기도 하였다. 이것으로 저쪽의 마음을 지레 챈 것이다.

"이제 어찌해야 좋지요?"

아내가 수죽은 소리를 내었다. 이쪽의 가슴도 그것이었다. 미처 입을 열지 못했을 뿐 가슴속의 음음적막을 지울 수 없었다.

—이국 풍상에 얼마나 서러움이 많겠니. 지금은 이곳도 세태가 변하여 살 만해졌다. 서덜밭이지만 과수원도 하나 조성해 놓았으니 챙기고 들어와 편안히 살아라…. 부부가 동심으로 유목(幼木) 밭의 잡돌을 치워내면서 오물대곤 했던 바람이 이제는 덧없이 되고 말았는가.

아내가 눈물이 어려 붉어진 눈을 거두지 않았다.

"남들도 간다는디 우리도 가볼까요?"

"어디를?"

나는 직감하면서도 모르는 체했다.

"애들 사는 곳에."

그 생각을 왜 못 해봤겠는가. 입을 떼지 못했을 뿐이지….

실향(失鄕) 117

"좋지. 못 갈 게 뭐 있어. 이웃으로 생각하고 살아야 해."

나는 낭랑하게 대답하려 했다. 거리낌 없이 뻘쭉 웃어 보이려 했으나 입꼬리가 한쪽으로 밀려 나도 모르게 손바닥으로 가렸다.

─눈물과 괘념이 많으면 쉬이 늙는다고. 채심하여 깐깐이로 살아야지….

이쪽이 꺼내려던 속말은 목구멍이 죄여 큼큼 잔기침을 내다가 삼켜지고 말았다.

마을제[酺祭]

　제주도의 동부지역 K읍에 늦겨울 한파가 눌러앉아 해안마을에 모래바람이 불고 산간부락에 진눈깨비가 날렸다. 뼈가 시린 추위가 입춘 전후에 찾아오는 것은 절후에 맞는 일이지만 체감 기온은 해마다 떨어지고 있었다.
　한파가 몰아친다고 해서 된 일을 하며 살아온 시골 사람들이 못할 일은 없었다. 3일 후면 정월 첫 정일(丁日)을 맞아 S마을에 마을제(酺祭)가 봉행된다. 그 준비가 지금 한창 진행되고 있었다.
　오리털 파카를 입고 후드를 눌러쓴 귀화인(歸化人) 조오지가 마을회관 현관 앞에서 발을 탁탁 떨고 건물 안으로 들어섰다.
　"아직도 땅속에서 떠도는 넋들이시여. 마음을 써글써글하게 먹고 여기 와서 음식을 드시요이—."
　조오지는 알사탕을 입에 넣은 것 같은 발음으로 너스레를 떨면서 눌러쓰고 있던 후드를 뒤로 젖혔다. 회관 마룻바닥에는 자리를 깔고 난로를 놓아서 마을회의 때마다 입심을 뽑는 쟁퉁이들이 모여앉아 쇄담을 하고 있었다. 그들과 조오지 사이에 눈인사가 오고 갔다.
　마을 사람들은 오지항아리처럼 살이 붙고 피부색이 검은 조오지를 좋아하지 않았다. 그렇다고 미워하는 것도 아니었다. 조오지는 15,6년 전에 이 마을에 전입하여 한국인 부인과 함께 윗들 목장에서 엘크사슴과 토종닭을 사육하고 있다. 윗들이라곤 하지만 마을 윗동네에서 도보로 20분 거리의 곶자왈이어서 풍향이 바뀔 때마다 축산 악취가 마을로 흘러와 주민들의 콧등을 찌푸리게 했다. 그러나 목장주인 조오지가 벌어들이는 돈을 거지반 마을에 기부하였으므로 아무도 그에게 비난소리를 내지 못했다.

조오지의 원명은 조오지 루이스. 미국 미네아폴리스 출신이며 세인트존 대학에서 학위를 받은 것으로 알려졌다. 미국에 있을 때 평화봉사단을 지망했던 적도 있었다는 그는 한국에 와서 지방대학에서 교편을 잡고 학원에서 영어 교습을 맡아 돈을 모았다. 더 이상 학생들을 가르칠 필요가 없다고 생각한 그는 속가슴에서 굴려온 사업을 실행하고자 다굳게 마음 먹고 중산간 유휴지가 많은 이곳 S마을로 찾아와 정착한 것이다. 마을 주민들 중에는 그의 기부 행위를 의아해하거나 헤프쟁이의 기분내기라고 생각하는 사람이 많았다. 남을 위해서 쌔빠지게 돈을 벌다니 정신 줄을 놓은 사람 아닌가… 그 돈 우리에게 줬으면 은혜풀이를 잘해주겠구만… 이런 마른 입질을 하는 사람들이 그런 축이었다.

조오지의 한국명은 조대수. 그는 몸집이 항아리인데다 장골이어서 역사(力士) 같은 모양이었다. 그러나 얼굴까지 험상은 아니어서 크고 둥근 머리통과 흰자위가 많은 장난기어린 눈, 적당히 다듬고 다니는 입언저리의 수염은 사람들에게 모가 없는 어리무던한 인상을 주었다. 그런데도 주민들이 그와 밀착하지 못하고 한국명을 부르지 않는 것은 이 이국 사나이를 한국인으로 완전히 끌어들이지 못하는 비좁은 속통 때문인 것 같았다.

쟁퉁이들 속에 책상다리를 하고 앉아 있던 존장 어른이 조오지를 보고 물었다.

"어이 깜상. 준비를 잘하고 왔는가. 마누라 생각 떼놓은 거지?"

"염려 놓으시요이. 영육이 모두 깨끗허우다. 그런디 어르신님, 나를 독축 시키는 거지요?"

조오지의 생뚱맞은 물음에 존장의 겉눈썹이 이마 위로 치켜 올라갔다.

"뭐, 독축?"

"귀신에게 할 말이 있는디, 미리 준비해두었거든요."

"신발장 앞에서 중얼거린 게 그거야?"

"아직도 땅속에 남아있는 귀신들이여, 마음을 싹싹하게 비우고 여기 와서…"

"치워. 뭐? 땅속에 남아있는 귀신이라고? 그게 무슨 글재주야. 구천을 떠도는 영이시여… 문장이 이러큼 돼야지. 독축은 아무나 맡나."

존장은 어이가 없는지 머리를 흔들더니 난롯가에 쪼그리고 앉아 있는 전사관(典祀官) 쪽으로 눈을 돌렸다.

"어이 서기. 제관 명단을 발표하게. 곧 재계(齋戒)하여 입재로 들어가도록 해."

전사관인 이서기(里書記)는 겨드랑이에 끼고 있던 홀더를 펴서 복사지 한 장을 빼들었다.

"초헌관 이장님 김양수, 아헌관 영농회장 강재문, 직위 존칭 생략하겠습니다. 종헌관 조오지, 집례 허문용, 대축 강민, 사준 이한세, 관세 김석주… 이걸 게시판에 붙여놓지요. 제관 열두 분은 회관 경로실에서 합숙 재계로 들어갑니다. 삼일 정성을 합니다."

전사관은 복사지를 머리 위로 쳐들어 빠작빠작 소리 나게 흔들어 보였다.

"내무반 생활을 하는 겁니다. 외출은 절대 안 되고요, 면회도 되도록… 알겠지요?"

조오지는 멀쑥이 서서 고개를 끄덕이며 눈을 껌벅거리다가 난로 쪽으로 어줍게 다가섰다.

10여 년 전, 대수롭지 않은 일이 뜻밖의 법석구니를 만들면서 한세의 가슴을 뭉치게 했다. 제주시 동녘의 외진 소도읍, 읍 소재지이기도 한 S마을에 봄보리가 아기 손가락 만큼씩 이삭을 품기 시작하고 있을 때 이 고장을 떠들썩하게 만든 별사건이 있었던 것이다.

―다랑쉬 굴에서 사람의 뼈가 발굴되었다. 4·3 유격대원들의 것으로 확인되었다.

매스컴의 보도는 한세의 뇌리에서 얼마간 희미해져 있던 참담한 기억을 잔불에서 불꽃을 피워 올리듯 되살려 놨다. 보도는 사건 당시의 상황을 전언과 가상으로 뒤버무려 다분히 선정적이고 과장되게 보도했다.

―군경 토벌대가 유격대를 소탕할 때 도피자들이 굴속으로 은신하였는데 토벌대가 그들을 섬멸하고자 주변을 포위하고 굴속으로 총격을 가하였다. 그러나 굴속은 바위로 통로가 차단돼 있어 유탄이 되돌아올 뿐 아무런 효과도 없었다. 군경은 수류탄과 다이너마이트를 터뜨렸다. 그것도 별 효과가 없었다. 이번에는 생나무 가지로 굴 입구를 막고 불을 질렀다. 십이월의 매서운 바람이 매운 연기를 굴구멍 안으로 자욱이 밀어 넣었다. 굴속 사람들은 숨이 막혀 굴 밖으로 나가려고 버둥댔지만 입구가 어딘지 분간할 수 없었다. 그들은 허우적거리며 바위에 머리를 찧고 흙 속에 코를 묻기도 하면서 죽어갔다. 이 주검들이 지금까지 굴속에 남아 있는 것이다. 이들은 눈을 감지 못하고 누

군가에게 외치고 있을 것이다. 우리들의 원통한 죽음을 알아 달라 …
 모 신문은 유골 처리 문제까지 논했다.
 ─장례식은 범도민적으로 치러야 한다. 장례형식을 도민장으로 하되 추모제도 함께 거행해야 할 것이다 …
 세상이 수선스러웠기 때문인지 꽃샘바람마저 칼날을 세워 봄빛은 쉽게 동장군의 잔병을 몰아내지 못하였다. 날씨는 주야로 꾸물거리며 변덕스러웠다. 한세의 가슴속에선 변덕스러운 날씨처럼 신들메 친 사람들이 고약하게 나타났다간 사라지곤 하였다. 그들은 고요롭던 마을을 습격하여 사람을 죽이고 집과 가구 가축을 불태우고 자연부락을 없애버렸다. 한세의 간담엔 당시의 참혹했던 광경이 땅과 하늘을 태우던 화염으로, 그 화염 속에서 들려오는 얼친 생명들의 비명소리로 깊이 각인되어 악몽의 장면처럼 무시로 되살려지곤 한다. 불노을을 뒤에 두고 무너진 건물의 잔해들, 숯등걸이 돼버린 뜨락의 나무들, 메마른 겨울바람이 잿개비를 날리고 넋이 나간 사람들이 검댕이를 쓴 모양으로 길고양이처럼 울담 구석에 웅크리고 있는 광경도 눈에 밟힌다. 굴속의 뼈 조각을 남늦게 목격한 사람들은 왜 체수없이 법석을 피우는가. 이쪽이 당한 참화엔 눈을 감으면서 왜 굴속의 뼈 조각에 대해선 귀물이라도 발견한 듯 호들갑을 떠는가. 반세기만에 산중귀물을 찾았다는 여탐굿인가.
 한세는 그곳엘 가봐야 한다고 생각했다. 그곳에 어떤 공기가 떠돌고 있으며 무엇이 변했는지 직접 눈으로 보고 확인하고 싶었다. 사건 당시는 어린 시절이어서 그곳엘 가보지 못했다. 그때 벌써 굴속의 주검에 대해서 소문이 파다하게 퍼졌는데, 굴속에서 그들과 동거하며 활동했던 입산자가 토벌 직전에 자수하여 목숨을 보전하고 유골의 존재를 세상에 알렸는데 이제 와서 첫 발견이라도 한 듯 생풍스럽게 떠드는 자들이 있는 것이다. 그들은 왜 값싸게 추모 노래를 부르고 싶어 하는 걸까.

　낮에는 안개가 끼고 밤에는 가랑비가 흩뿌려지는 날들이 지나갔다. 살바람에 멈칫거리던 봄은 빗물에 스미고 안개 속으로 숨어 들어와서 어느새 계절의 반절을 넘기고 있었다. 이내 속에 묻혀 아득했던 산들은 눈앞으로 바싹 다가와 보이고 시골 농가의 뒤꼍에는 복숭아꽃이 더러 피기 시작했다.

　구름 사이로 비치는 햇살이 등덜미에 따습게 느껴지던 어느 날 한세는 어린 시절 그가 살았던 S마을 위뜸 합전동(合田洞)을 한 바퀴 돌아보고서 팻동산 언덕길을 올라갔다. 그의 아버지가 짐을 실은 마차를 몰고 흙먼지를 일으키며 오르내렸던 길이다. 석주네 아버지도 마차를 끌고 이곳을 와르릉다르릉 지나다녔다. 한세는 석주와 동산의 반석 위에 앉아서 누구 집 말이 힘을 잘 쓰는가, 누구네 마차가 짐을 더 많이 실었는가 내기를 걸고 억지 주장을 버쩍 세워 입싸움을 하곤 했던 기억을 잊을 수 없다. 그때 두 사람은 일곱 살, 학령에 이른 나이였다.

　옛날의 길은 모습이 다 사라졌으나 가닥은 그대로 남아있었다. '긴마루 언덕' 고갯길을 넘자 '꿩동산' 앞에서 길은 Y자로 갈렸다. Y자의 왼쪽 가지는 '개통곶'이라는 곶자왈로 통하는 길이다. 마을 사람들은 땔감을 하러 나왔다가 이 근처에서 낯선 사람을 보면 기겁해서 달아났다고 한다. 이 곶자왈은 지금 축산단지가 되었지만 지난 4·3 당시에는 마을로 침투하는 산사람들의 은신처였다. Y자의 오른쪽 길은 언덕을 오르는 가파른 농로로서 바로 다랑쉬오름(月廊峰)에 이르는 도로다.

　한세는 길나그네가 되어 아직 밤이슬이 덜 마른 비탈길을 다리가 파근파근하도록 걸었다. 힘센 4륜구동차로 이 길을 달렸다면 그때의 사건을 먼먼 옛날의 일로 아슴푸레하게 느낄 수밖에 없었을 것이다. 그는 아직도 헤어나오지 못하는 현실을, 들이배기기만 하는 괴로움과 아픔을 만드는 곳을 간격 없이 온몸으로 만나기 위해 걷기로 작정한 것이다.

산길은 물이 오르기 시작한 옻나무 산딸나무 찔래넝쿨이 길섶을 덮고 있었다. 수많은 농부들이 오르내렸던 길, 쇠테우리 말테우리들이 지나다니고 산사람들이 오가고 토벌대가 트럭을 타고 달리던 길, 그 길 위로 한세도 한 뼘짜리 발자국을 찍어놓으면서 타박걸음을 걸었다.

다랑쉬굴은 큰 월랑봉과 작은 월랑봉 두 오름의 남쪽, 여인의 가슴골처럼 패인 곳에 있었다. 한세는 풀덤불을 밟아 자국을 남겨놓은 자취를 따라 계곡 안으로 들어갔다. 저지대에 가시덤불로 덮인 암석 틈에 오소리굴 같은 구멍이 있었는데 꽤나 은밀하였을 이곳을 누구들이 지나다닌 건지 풀덤불을 짓밟아 으츠러 놓은 길이 여기까지 이어져 있었다.

한세는 굴로 접근하면서 타인의 시선이 없는지 누가 뒤밟아온 건 아닌지 주위를 살폈다. 그럴 필요가 없을 것인데도 그는 숨이 눌리며 가슴이 뛰었다. 나뭇가지 사이를 빠져나가는 바람소리가 먼 곳에서 들려오는 손가락휘파람소리처럼 귀를 스쳤다. 풀줄기조차 바람에 크게 바스락거려 주위를 에워오는 무리들의 발소리처럼 들렸다.

굴은 누가 그랬는지 입구를 바위로 막아놓고 있어서 안으로 들어가는 것은 물론 들여다보는 것 조차도 불가능하게 했다. 그는 굴 구멍 앞의 바위를 몇 번 밀어보다가 뒷목이 땅기는 듯 하여 돌아서고 말았다.

바로 이곳에서 한라산 무장대 잔당들이 마을 습격을 내려온 것이다. 1948년 12월 초순, 그들은 광기에 찬 마을 습격을 감행하고서 그 대가로 이곳에서 참혹한 최후를 맞았다. K지역 당위원회와 중대규모의 유격대원들이 산 주위에 은신해 있다가 토벌군에 포위되어 일망타진된 것이다.

토벌은 무자비하게 전개되었다. 겨울 건기에 말라버린 초원과 가막덤불꽃에 불을 지르고 뛰어 달아나는 자들을 쏘아 죽였다. 손을 들고 불 속을 걸어 나온 자들은 포승으로 묶였다. 다랑쉬굴에 숨어있던 자들은 오소리들처럼 안으로 깊이 들어가 몸을 숨기고 밖으로 나오지 않았다. 토벌대는 굴 입구에 삭정이와 생나무가지를 쌓아놓고 불을 질렀다. 저들이 기어 나오기를 기다리며 아궁이에 군불을 넣듯 불을 피웠다. 그러나 굴 구멍이 불가마처럼 달았는데도 저들은 꿈쩍을 하지 않았다. 불은 해넘이에 이를 때까지 내운 연기를 피워냈다.

　바로 하루 전, 정확히는 12시간 전인 밤 자정 무렵, 인근 야산에 집결해 있던 K지역 무장대가 S마을을 전격 기습한 것이다. S마을은 무방비상태로 기습을 당하여 처절한 비명과 뜨거운 화염으로 생지옥이 되었다. 악귀들처럼 한밤에 나타난 무장대원들은 사람을 닥치는 대로 살상하고 마을의 관공서와 민가에 불을 질렀다. 시장거리에는 경찰지소가 있었으나 산사람들의 위력에 놀라 근무자들이 달아나버린 건지 저항의 기미가 없었다. 무장대는 불노을 아래서 흉측한 위장을 드러내고 선봉 홰잡이를 따라 골목길을 휘달리면서 처마가지에다 불을 댕겼다.

　윗동네에서 문창을 밝힌 밤 노을에 놀라 먼저 잠을 깬 것은 기관지 천식을 앓고 있던 당집 매인 무당이었다. 무녀는 문밖에 나와 서서 불빛과 불빛의 반사로 땅도 하늘도 붉게 타고 있는 것을 보았다. 매운 연기를 뿜고 있는 화염과 목을 찢는 것 같은 사람들의 아우성이 무슨 사태를 말하는지 그녀는 단번에 알아차렸다. 여인은 손나발을 하고 미친 듯이 소리쳤다.

　―불이야 불. 불났다!

　긴 겨울밤, 덧들었던 사람들이 또 잠귀 빠른 사람들이 창문을 젖히고 나왔다. 그들은 동네 골목굽이에서 화급하게 움직이는 검은 그림자들을 보았다. 간이 떨어진 사람들이 부르짖었다.

―폭도다. 폭도가 들어왔다!

같은 외침이 이곳저곳에서 반향처럼 일어났다.

S마을 위뜸인 합전동 사람들은 외투 저고리를 껴입을 새도 없이 홑옷 바람으로 노친네를 곁부축하여 울담을 넘거나 아이를 두리쳐 업고 고샅길을 달렸다. 위뜸 마을은 뒷울타리를 넘으면 바로 들녘이었다. 사람들은 묵정밭 풀덤불 속에 엎드리거나 잔솔밭 솔포기 아래로 몸을 웅크리기도 하였다.

―아, 불길이 다가온다. 마을이 탄다.

―저거 우리 동네 아니가. 우리 집 아니가.

뻗쳐오르는 불기둥과 뜨겁게 끼쳐오는 열기에 놀란 사람들이 숨었던 자리에서 기어나와 캥거루처럼 목을 올렸다.

―탄다 탄다. 옷도 밥도 다 타버린다!

여인들이 가슴을 치며 발을 굴렀다.

불길 속에서 소 울음소리 말 울음소리가 들려왔다. 울숲에서 까마귀들이 날아올라 불노을 속에 까만 흑점을 찍어놓고 있었다.

그때 누가 먼저랄 것도 없이 사나이들이 동네를 향해 뛰었다. 불타고 있는 집의 불길을 잡으려 했거나 아니면 잊고 나온 물건이라도 있었던 모양이다. 한세 아버지도 뛰고 석주아버지도 뛰었다.

무장대의 방화는 무자비하게 자행되어 마을이 거즘 소진되었을 때에야 그들은 철수했다. 여명이 왔을 때 피신하였던 사람들은 거처로 돌아갔다. 잔불이 연기를 피워 올리고 있는 집자리는 무너진 숯굴처럼 검은 잿더미가 쌓여 탄내를 풍기고 있었다.

갑자기 이곳저곳에서 가슴을 찌르는 통곡소리가 들려왔다. 비통한 울음소리는 한세네 집에서도 나왔다. 한세 아버지는 뒤뜰에서 산사람들과 마주쳤는지 옆구리에 창을 맞고서 울타리 밖으로 떨어져 무너진 돌담 아래 깔려 있었다. 불을 끄러 간다고 가장 앞서 뛰어 내려갔던 남자의 집에서는 마당에 떨어진 신발짝을 주워들고 아범이 폭도들에게 끌려가 죽임을 당한 것이라고 땅을 치며 울었다. 석주네 아버지는 처마 아래 쓰러져 죽었는지 불타는 처마도리와 서까래에 덮여 시신이 숯덩이가 되어있었다. 가슴에 찬결을 느끼게 하는 통곡소리는 동네의 먼 구석에서까지 들려왔으며 마을의 사상자 수는 수십 명에 이르렀다. 창을 맞은 한세 아버지는 상처의 출혈이 심해 이틀 후에 죽었다. 시체는 들것에 실려 나가 들녘의 공지에 봉분도 없이 묻혔다.

집을 잃은 사람들은 동네에서 하나둘 사라졌다. 봇짐도 없이 그들은 거렁뱅이 꼴새로 아이를 끌고 어딘가로 떠나갔다. 한세네도 텃밭의 무를 뽑아다 삶아 먹는 생활로서는 앞날을 바라볼 수 없었으므로 집터를 떠나야 했다. 바닷가에서는 해초를 뜯어다 삶아 먹고 바다우렁이와 좁쌀소라 같은 것도 식량이 될 수 있었으므로 자연히 그쪽 동네로 내려가게 되었다.

사건발생 반세기가 지난 어느 겨울날 조오지가 마을회관에서 사람들의 난해한 언쟁을 보았다. 이때 그는 눈꺼풀을 입사발만큼 벌린 모양으로 해묵은 사건을 초들면서 목줄띠를 세우는 사람들의 괴이한 모습에 놀랐는데 사태가 험악해져서 편싸움으로 전개될 찰나에 귀화인인 그가 몸을 던져 양편을 떼놓았던 것이다. 그러지 않았다면 큰 불상사가 일어날 뻔하였다.

마을회의는 정기총회였으며 본 의제만을 토의하고 기타사항은 개발위원들에게 일임되었으므로 해당되는 사람들은 엉덩이가 배기는 대회의실의 딱딱한 의자에서 빠르게 일어나 푹신푹신한 소파가 놓여있는 소회의실로 자리를 옮겼다. 석주와 한세는 반(班) 대표로써 여기에 끼었다. 조오지는 마을 재정의 후원자로써 또 축산법인의 한 사람으로 이장이 위촉한 개발위원이었다.

선거 때마다 진보정당의 지지자로 활동하는 대서소 사서 이택이 쪽지를 들고 상정 안건에 대한 제안 설명을 했다. 전체회의에서 입심을 너무 뽑아 관자놀이가 붉어진 얼굴로 그는 반대론을 미리 차단하려는 듯 목대를 세웠다.

"다랑쉬굴에서 과거의 아픈 역사였던 4·3 당시 유골이 반세기 만에 발굴되었습니다. 비록 죽은 사람들이 우리 마을 주민은 아니라고 해도 유골이 발견된 곳이 경내이므로 우리가 뒷정리를 맡아야 할 것 같습니다. 이일을 어떻게 처리하는가를 세상 사람들이 관심을 가지고 지켜보고 있을 것입니다. 우리 마을은 읍 소재지이면서 자존심을 가진 선진마을 아닙니까. 일제의 수탈과 외세지배 하에서 핍박과 모멸을 받아오던 갈옷짜리들이 불의에 저항하다 죽은 것인데 그래서 역사는 이미 그들의 봉기를 숭고한 항쟁으로 기정사실화하고 있는데 우리는 시침히 왼고개를 틀고 앉아있는 모양이라니. 다른 마을 사람들이 우리를 어떻게 보고 있을까요. 쇠아들이라고 욕하고 있지 않을까요. 때가 늦었지만 그동안 폐지되었던 마을제를 부활하여 그들의 죽음을 자연스럽게 애도하고 추모하는 의례를 행하는 게 좋을 것 같습니다. 그럼으로써 우리 주민들의 덕행을 높이고 의식이 깨어있음을 세상에 알려야 하겠습니다…"

이때 터벙한 머리를 긁어 올리며 눈살을 꼿꼿이 세우고 듣고 있던 뺏마른 사나이 한세가 자리에서 불쑥 일어났다. 그의 초들초들 마른 입술이 실그러지면서 박죽코가 벌름거리더니 막바로 대받는 것이었다.

"뭐라고? 당신 굴속 귀신 씌운 거 아냐? 할 일 없으면 오금이나 긁고 앉았지 당찮은 일로 사람을 엿먹이려는 건가? 우리 아버지들의 죽음은 하찮고 저쪽 사람들의 뼛조각은 곱게 보인다 이거지?"

이택은 반론이 있을 것을 미리 예상하고 있었는지 딴눈을 하고 상대를 마주보지 않았다.

그쪽이 사람을 무시하는 모양을 보이자 한세는 발을 탁 내리찍으면서 침발을 날렸다.

"어이, 여보시오. 당신 굴속 치들과 동배 아냐? 저쪽 사람들은 이쁘고 커 보이고 우리 아버지는 개똥쇠란 말이지? 당신은 먼장에 살아 피해를 모른다고. 쥐뿔도 모르면서 남의 가슴에 못질을 하지 말라고. 지금은 사실을 말할 때지 군일을 만들 때가 아니야. 우리는 그때의 사건 속에서 지금도 헤어나지 못하고 있어."

이택은 딴눈을 팔던 얼굴을 은근슬쩍 한세 쪽으로 돌리고 제안자다운 체모를 보이느라 안색을 낮추었지만 쟁퉁이 입살은 어쩌지 못하였다.

"뭔 소리를 하는 거지? 똑바로 들어요. 그 사람들은 반외세, 통일 지향적이었어. 일제강점기, 민족분단, 미군정하에서 두동진 사회를 바로잡기 위해 행동한 민중들이라 이거야. 그래서 산으로 들어간 것 아닌가. 당신네는 그 사람들의 투쟁을 방해하는 공권력 쪽에 붙어 있었기 때문에 당한 거지. 기미가 안 통했기 때문에 당한 거라 이거야."

저쪽은 말꼬리를 힘주어 꾹 누르면서 한세 쪽을 쏘아보았다.

"웃기고 앉았네. 공권력 쪽이라고? 머리빡을 외로만 굴리는 떡대가리로군."

한세 옆에 앉아 있던 석주가 한 손으로 친구를 밀치고 대신 나섰다.

"그때 우리 아버지는 산사람들과 터럭만큼도 틈이 없었다. 조끔도 적대 관계나 감정이 없었다 이거야. 밤에 산사람들은 우리집 울담을 넘어 들어와서 음식을 만들어달라고 조르거나 고구마 같은 걸 얻어 부대자루에 넣고 갔지만 식구들은 그런 일을 누구에게도 말하지 않았어. 알어? 그쯤은 이웃 사람들도 알고 있어. 그런데 왜 산사람들은 우리들에게 행악을 부렸을까? 우리가 저들에게 무슨 잘못을 하였나 엉?"

이택의 옆에서 눈을 짜그리고 듣고 있던 운수업자 전은이 벌떡 자리에서 일어섰다.

"여보시오. 당신은 산사람들을 불악당으로 보는가. 그 사람들 왜 산으로 갔겠나. 가슴에 무엇을 싸안고 갔겠어? 그들은 불의에 항거하려고 목을 내놓고 입산한 사람들이라고. 의인들이라고."

"주워들은 소리로 얼치기 하지 말어. 입내 내지 말란 말이여."

석주는 맞은편에 한 패거리처럼 붙어 서 있는 이택, 전은 쪽으로 팔을 쭉 뻗어 손가락으로 두 사람을 찍어 가리켰다.

"이 친구들 쌍방아를 찧는군. 어이 이봐. 산사람들의 생명은 귀하고 우리 아버지들의 목숨은 똥금이란 말이지? 입내쟁이가 아니라면 좀 더 공정한 소리를 내야 할 거 아냐. 악당들의 행위를 없던 일로 하려는 건가. 사건이 그냥 묻혀지기를 바라는가."

석주가 내민 손끝을 탁 내리치고는 발 아래로 떨어지는 것이 있었다. 전은 옆에 앉아 있던 신문보급소 소장 강민이 폼새로 들고 다니던 신문 두루마리를 메어친 것이다.

"어이 석주씨. 아무리 무식이지만 세상 돌아가는 것은 감지해야 할 게 아녀. 그리고 이걸 알아야 해. 마을 습격 사건은 중요한 게 아니란 말이지. 중요한 것은 큰일을 위해선 작은 일은 희생될 수밖에 없다는 거야. 그래서 역사라는 건 중요한 사실만 드러내고 해석하는 거 아닌가. 시시콜콜 다 나열하는 게 아니란 말야. 중요치 않은 사건은 얼마든지 눈 감아 버릴 수 있어. 알겠어? 큰 흐름을 알고 살아야지."

"똥 어지러운 소리 하고 있네. 해까닥한 소리 하지 말라고. 어이, 내 하나 묻겠는데 큰일을 위해서라면 나약한 사람들을 얼마든지 죽이고 재산을 소진해도 좋단 말인가. 아무리 대의를 세운 일이라고 해도 하여야 할 일과 하지 말아야 할 일이 따로 있는 법 아닌가. 저쪽 사람들은 다 망해가는 과정에서 항쟁과는 거리가 먼 만행을 저질렀다. 경찰서에 심어놓은 프락치 이발사 서용각의 자수로 숨어 있는 조직이 다 드러나 버리자 K지역 당 조직이 자포적 행위를 한 것이지."

이번에는 저쪽의 손가락이 석주의 가슴을 향했다.

"어이 옹생원, 당신은 왜 자꾸 거꾸로만 가려고 하는가. 그런 식 사고를 가진 사람들이 있으니 우리 마을은 한 발짝도 앞으로 나가지 못하는 거야. 구닥다리들이 사는 미개마을이라고 비웃음을 사고 있어."

저쪽은 원체 코가 세어 '왕코'로 불리는 사나이지만 석주도 한 성질 있었다. 그 석주가 발딱 눈살을 세우며 말했다.

"어이, 안다니. 사람을 함부로 씹지 마. 너희들은 저쪽 사람들을 도덕적으로 깨끗하다고 주장하고 싶은 거지? 그래도 좋아. 그 사람들을 우위에 놓으려면 저들의 잘못도 책임져야 한다고 말해야 할 게 아닌가. 그게 극복이고 넘어서는 길 아닐까. 그게 더 진보적이지 않으냐 말여. 어쨌든 이 사건에 대해서 저쪽 사람들과 같은 편에 선 사람들은 다른 항쟁자들의 순의를 명예롭게 하기 위해서라도 솔직한 견해를 밝혀줘야 할 의무가 있어. 그러지 않는다면 우리마을 습격자들에 붙여진 폭도라는 오명은 떨어지지 않을 거야."

"뭐라고? 자식, 참새 새끼를 볶아 먹었나. 왜 이리 입이 싸."

그때 석주가 억 소리를 내며 두 손으로 얼굴을 감쌌다. 그는 몸을 구부려 옴치면서 어깨 속으로 목을 묻었다. 강민이 주먹 쥔 손을 쳐들어 다시 내리칠 자세를 취하였다. 한세가 재빠르게 밀치고 들어가 저쪽의 멱살을 움켜잡았다. 강민 옆에 서 있던 이택, 전 은 두 사나이가 달려들어 한세의 어깻죽지를 잡아채면서 손찌검을 가했다. 한세는 맞으면서도 콧김을 불어내며 상대방의 멱살을 놓지 않았다. 입 구석에 배어 나온 피를 손바닥으로 찍어본 석주가 이를 앙다물고 저쪽에 몸태질로 부딪쳐 갔다. 그때 토박이들의 작은 손과는 비교가 안 되는 솥뚜껑 만한 시꺼먼 손이 엉겨붙은 사나이들의 팔을 억센 힘으로 잡아떼었다. 그리고는 콧숨을 뿜는 사나이들의 몸을 뒤로 밀쳐 버렸다. 이쪽과도 저쪽과도 닮은 데가 없는 거구의 깜상 조오지였다.

"회의를 해야 할 게 아니오? 회의 끝 아니잖아요?"

마을 사람들과는 전혀 다른 이상한 억양의 목소리가 숨을 헐떡거리는 사나이들의 동작을 멈칫거리게 했다.

"다수결을 해야지. 주먹싸움으로 할 건가요. 이건 완전히 깍두기판이잖아요."

조오지도 감정이 고조됐는지 이상한 억양은 더욱 이상해져서 푀푀거리는 소리를 내었는데 그래서 왁자하던 소란은 무춤해져 버렸다. 싸움 당사자들은 나이를 먹은 반늙은이들로서 조금쯤은 셈이 들어 있었는지 몸싸움을 그 정도로 자제했다.

회의는 속개되지 않았지만 마을제는 봉행하기로 결정되었다. 이장이 개발위원 개개인의 뜻을 물어 다수가 찬성하고 있음을 확인하고 결정을 본 것으로 공고해버린 것이다. 그러나 이 결정은 실행되지 못하였다. 그해 겨울에 마을 회의가 소집되어 제비(祭費) 수렴계획을 논의할 때 뜻밖의 사고가 발생했다. 포제단을 둘러본 마을 서기가 발견한 일인데 신위(神位)를 새긴 신주 빗돌이 파괴되어 있었던 것이다. 당시 준비위원으로 선정되었던 사람들은 '아는 놈의 짓이다' 하고 짚이는 사람이 있음을 비쳤으나 그가 누구인지 이름을 밝히지는 않았다. 그리고 어느 누구의 피해도 없었으므로 숙덕거림은 곧 잠잠해지고 마을제는 부정한 사유가 발생하였다 하여 무기연기 돼버렸다.

신위 빗돌을 새로 만들어 복원한 것은 다시 마을제 부활 얘기가 나올 무렵이었다. 마을 쟁퉁이들 가운데서 머리가 깨었다고 자처하는 사람들이 주민 의식을 비판하면서 근시안적 사고와 낡은 현실이 마을 발전을 저해한다고 지적하였다.

―살아 있는 사람도 죽은 사람도 우리 지역 안에 있는 사람들이다. 해묵은 갈등 원한 상척을 청산하고 건강한 새 공간으로 바꿔야 한다. 그 첫 과정이 마을제를 통한 공동체 의식 고취일 것이다.

매끄러운 연술로 마을제 부활의 필요성을 역설했다. 말새와 다른 속내를 숨기고 있는 게 아닐까 하는 의심이 없지 않았으나 어희(語戱)를 한다고 설불리 입을 뗐다가는 신경 가늘다고 입덕을 보게 될 것 같아 한세와 석주는 반론을 내지 못했다. 저쪽의 주장을 뒤트는 사람이 없었으므로 그들의 제안은 다수의 찬성이 돼버렸다.

"잔미운 사람들이야. 딴 주머니를 차고있어."

한세는 심사가 편치 못했다. 적어도 마을제 부활을 초들 때에는 언제 무슨 까닭으로 이 마을 제례가 끊겼는지 4·3때 마을 습격 사건의 참화를 말머리에 올리지 않을 수 없었을 터인데 그들은 얄망궂게 이 얘기는 고개를 돌리고 피해갔다. 입에 오르지 않는 일은 사람들의 관심에서 멀어질 수밖에 없는 것이다. 한세는 저들이 바라는 게 바로 이것이며 그래서 모르는 채 내버려 두는 것은 의도적이라고 생각되었다.

　사라져 버린 합전동 윗동네의 비극은 사람들 입에서 점점 묻혀져 갔으며 과거의 사건으로 인해 앞날을 그르쳐 버린 사람들만이 나이를 먹으면서 가슴 속의 비애가 피멍으로 굳어갔다. 다랑쉬굴의 유골 이야기는 끊임없이 입에 오르내리면서도 그들이 무슨 일을 저지르고 죽었는지 구체적인 사실 확인은 차치하고서 감성적인 이야기로 재구성되어 사건을 모르는 사람들의 연민을 불러일으켰다. '갈옷 입은 전사' '무죄한 양민' 하고 숭고한 희생자로 미화된 사람들의 뼈가 남아 있었던 바위굴에 대해서 이제는 성역화 해야 한다는 소리까지 노골적으로 나오기 시작했다.

　마을제를 들고 나온 저의에 의심이 가면서도 석주와 한세는 벙어리처럼 입을 다물고 있어야 했다. 석주는 지난날 포제단 파괴의 장본인으로 의심받아 입을 조심하고 있었으며 한세는 상대 쪽에서 숨긴 뜻을 드러내지 않는데 이쪽에서 먼저 설건드렸다가는 졸보라고 비웃음을 살까봐 입을 열지 못했다. 제사 자체는 문제가 되지 않았지만 축문 내용이 제의(祭儀) 성격을 말하는 것이어서 독축(讀祝) 제관을 머리가 외로 돌아간 저쪽에 맡길 것이 뻔하고 보니 양민 어쩌구 하는 사설을 읊는 소리가 장황하게 귀에 들리는 듯하여 심사가 꼴렸다. 그렇다고 해도 이쪽도 제관으로 선정되었기 때문에 마을 행사에 협조하지 않을 수 없어 의가 난 속마음을 숨기고 합숙 재계에 참가하지 않으면 안 되었다.

　마을 제청(祭廳)에서 숙식하며 3일간 부정을 피하는 동안 묘한 현상이 목격되었다. 점잖을 것 같던 사람들이 화투를 치거나 건전치 못한 TV화면을 보며 농지거리를 주고받는가 하면 실없고 가볍게 보이던 조오지가 수도자처럼 몸가짐을 조심하여 신중하고 점잖게 처신하였던 것이다. 말을 삼가고 우리에 갇힌 짐승처럼 얌전히 구석을 지킨 또 한 사람이 있었는데 그는 언제나 아귀세어서 목곤이로 불리는 신문보급소 소장 강민이었다. 그는 평소 과묵하거나 기가 약한 사람은 아니었으나 입재기간 동안 축문 초안이나 들여다볼 뿐 입을 다물고 시무룩이었다. 조오지에 대해서는 본디 외국인이라 몸에 밴 습관이 달랐을 터이니 그렇다치고 목곤이 강민의 경우에는 제관으로 선정된 후부터 달라진 모양이어서 저쪽의 눈치를 살피는 한세와 석주의 눈에는 의아하게 비쳤다. 석주는 한세의 귀에 대고 '저 친구, 딴전을 피우는 것 같지 않나? 꿍심을 숨기려고 잔머리를 굴리고 있을 거야.' 하고 말했으나 나중에 얻어들은 바로는 턱없이 빗나갔다.

"저 왕코가 말이야, 각시한테 코를 떼었대. 납작코가 된 거지."

제청에서 합숙하는 제관들을 위해 음식을 만드는 부녀회 회원 가운데서 누가 마을 서기에게 흘린 말이 돌고돌아 한세의 귀에까지 닿은 것이다. 강민은 장가처와 이혼한 후 한동안 독신으로 살다가 베트남 처녀와 재혼했다. 불청객처럼 벽에 기대앉아 혼자 머리를 빠뜨리고 있었던 것은 이 베트남 여자와의 사이에 불화가 있었기 때문으로 밝혀졌다. 사회주의 국가에서 교육을 받아 영리하고 올차다고 아내 자랑을 서슴지 않던 그가 여자에게 쇼크를 먹은 것이다. 이방인 여자가 발딱한 성질을 보여 목곤이 촌놈을 매몰하게 걷어찼다는 소문이다.

"개자식. 힘들고 괴로워도 종년처럼 참고 살았더니 자신밖에 모르는 돌탱이였어. 이 나라에는 민주주의가 없는가. 그 작자는 자기가 하고 싶은 대로 사람을 종속시키려는 봉건주의 마초야. 잠자리에서도 지 맘대로만 하려고 해."

여자가 베트남의 친정 식구들에게 새해 선물을 보내겠다며 지출을 요구했을 때 남편이 며느리는 시댁을 잘 챙겨야지 친정으로 맘이 가서는 안 된다고 거절했다는 것이다. 그래서 여자 쪽이 감정이 오른 것인데 이 말은 이방인 여자가 집을 나가면서 내뱉은 소리를 이웃집 아낙이 듣고 전한 것이다.

베트남 여자는 집을 나가 제주시로 가서 종교단체가 운영하는 이주여성들의 피난처 '쉼터'에 숨었다. 숨었다고는 해도 시설에 수용된 사람의 신원은 확인이 가능했으므로 강민은 이틀간 배짱으로 버텨보다 여자가 돌아올 기미를 보이지 않자 배알을 접고 쉼터로 찾아가 아내에게 머리를 숙여 사과했다. 간신히 그녀를 데리고 왔는데 그때 여자 쪽에서 뿌리쳤다면 이 사나이는 홀아비 신세가 되어 제관 자격 같은 것도 갖지 못할 뻔했다.

"저 작자는 여자가 다시 토껴버리지 않을까 걱정하고 있을 거야. 그렇지?"

이렇게 짚었던 한세의 추측도 빗나갔다. 그런 일이라면 사람들과 눈맞춤을 피하면서까지 머리를 빠뜨리고 야코 팍한 모양을 보일 일은 아닌 것이다. 뒤에 안 일이지만 이자는 지금까지 자신이 자존심으로 그려온 자화상이 한낱 여성에 의해 무참히 무너져 버린 충격 속에서 헤어나오지 못하고 있었던 것이다. 그는 재계기간 동안 내내 시르죽은 모양을 보여 화투판 뒷자리에서 꽁짓돈을 대거나 뒤걸이를 하지도 않았다. 사람들의 농지거리에도 슴슴하게 응대했고 술 생각이 나는지 이따금 침을 삼키면서 주방 쪽을 살필 뿐이었다. 한세와 석주는 제청의 주방에서 제찬물과 제관들의 먹을 음식을 만들고 있는 부녀회 회원들 틈에서 강민의 아내 말총머리 여인을 발견했다. 그녀는 풀이 죽은 남편 모습과는 달리 이상하게 활달한 모양으로 분주살스럽게 움직이고 있었다.

"전사관은 어디 있느냐. 화투방에서 뒤턱 대는 거냐?"

쟁퉁이들 사이에서 졸고 있던 존장이 화들짝 눈을 뜨면서 사람들을 휘둘러보더니 난로를 껴안을 듯이 팔을 벌리고 서 있는 마을 서기를 발견하고 대뜸 잔입을 열었다.

"제물을 확인하였느냐. 빠뜨린 건 없지?"

"모두 확인했는 걸요."

전사관인 서기는 늙은이의 잔소리에 곁목소리를 내었다. 빠뜨린 게 있든 없든 제수를 만드는 쪽에서 알아서 할일이었다.

"빠진 게 있으면 제가 안 되는 법이여. 어디 물목을 한번 말해 봐."

전사관은 마지못한 듯 제상에 올릴 음식을 적어놓은 장부를 펴들고 꿍얼꿍얼 소리를 내었다.

"검은 돼지 한 마리, 폐백 무명 열다섯 자, 쇠고기 포, 조기어수, 청감주, 오과…, 모두 읽어요?"

"너 이놈! 술 한잔 마셨구나."

"아니에요."

"코가 발갛지 않으냐."

"날씨가 추워서 그래요."

젊은 서기는 코끝을 매만지면서 낯을 붉혔다. 그는 마을 심부름꾼이나 다름없었으므로 자리를 유지하고 월급을 받자면 좋든 싫든 주민들에게 꾸벅거려야 했다. 존장 영감은 서기의 대답을 곧이 믿지 않는 눈치였다.

"제 지내는 날인데 술 마시면 안 된다이. 알았지? 너 저기 과수원집에 가서 개 단속 잘하라고 이르고 와."

"벌써 말했는걸요."

서기는 살짝 미간을 찌푸렸으나 곧 안색을 폈다.

"다시 가서 단단히 다짐을 주란 말이여. 밤에 개가 짖으면 마을신이 안 와. 이놈아 웃지말고 잘 들어. 네가 귀신이라면 개가 컹컹거리는 마을에 들어가고 싶겠냐. 옛날부터 내려오는 이야기니까 그대로 지켜야 해. 옛사람들 말 하나도 틀린 거 없어."

전사관은 헌관이 아니었으므로 개똥냄새 나는 곳을 돌아다녀도 되었다. 서기는 고개를 절레절레 흔들면서 제청을 나갔다.

재계를 마친 열두 제관들은 자정시간에 맞추어 마을의 들녘 어귀에 있는 옛 활터 포제단으로 자리를 옮겼다. 포제단에는 신위를 새겨놓은 빗돌 앞으로 천막이 처져 있고 천막 안에 제상을 세워 제물을 진설했다. 인근의 과수원 집에서 전기를 당겨 천막기둥에 전구를 몇 개 매달아 불을 켜고 제상 위에는 촛대도 놓았다. 제상을 마주보면서 배석(拜席) 뒤로 제관들이 도열해 섰는데 모두 완두콩 빛깔의 도포를 입고 꼭지가 높은 유건을 썼다. 한밤의 냉기가 몸속으로 파고 들어와 숨이 턱턱 목에서 끊겼다. 제터 밖의 수리대밭을 훑고 지나가는 바람소리가 여울물 넘치는 소리처럼 들렸다. 그 소리는 전부터 있어온 소리인데도 한세는 처음 듣는 것처럼 느껴졌다. 이날에 보는 제터의 담장도 여느 때 보던 돌담이 아니었으며 견고한 성처럼 보였다. 털을 튀하고 내장을 빼낸 통돼지가 제상 위에 올려졌는데 그 모양은 괴기스러운 광경이기까지 했다.

존장 영감이 밤하늘을 올려다보고 팔목시계를 내려다보더니 시계를 손가락으로 톡톡 치면서 집례(執禮)에게 제를 행할 시간이 되었음을 알렸다. 진행자인 집례가 곧 홀기(笏記)를 불렀는데 추위로 입술이 곱아 어버버하는 소리가 되었다.

"알자인축급제집사입취배위(謁者引祝及諸執事入就拜位)—."

인도자인 알자(謁者)는 귀머거리처럼 선 채 움직일 줄을 몰랐다. 집례(執禮)는 제 목소리가 수리대밭을 훑고 오는 바람에 쓸리고 입술이 곱아 푀푀 소리가 돼버린 줄을 모르고 알자 쪽을 향해 연신 턱짓을 보내는 것이었다. 저쪽이 움직이지 않자 발을 텅 구르면서 팔짓을 보냈다. 알자의 눈에는 집례가 서 있는 곳이 어두웠는지 찬바람에 눈물이 어린 건지 이쪽의 몸짓을 알아보지 못하고 뻥하니 서 있을 뿐이었다.

"알자, 나가란 말이여! 대축과 집사를 끌고 나가!"

집례 허문용이 버럭 소리를 질렀다. 제식에 어울리지 않은 높은 목청이 튀어나왔으므로 도열하고 있던 제례 참례자들의 시선이 일제히 진행자 쪽으로 몰렸다. 목곧이인 허문용이지만 이때는 움찔하더니 얼른 제 입을 틀어막으며 목을 움츠렸는데, 알자가 곧 대축(大祝)과 집사의 도포자락을 끌고 나갔으므로 시선들이 그쪽으로 옮겨져 집례는 가슴을 쓸어내릴 수 있었다. 집례는 큰 숨을 내쉬고 한문으로 된 홀기문(笏記文) 아래에 한 행을 띄어서 누군가 닭발글씨로 적어놓은 번역문을 읽었다.

"대축 이하는 북쪽을 향해 서시오. 무릎을 꿇고 네 번 절하시오. 공손하게 서시오—."

도포를 입은 제관들이 엎드려 절하고 향탁에서 피어오르는 실연기가 배배 꼬여 휘돌아 오르면서 향불내가 천막 안을 채웠다. 담장을 스쳐가는 바람소리가 스산하게 들리는 밤에 국궁배례와 헌작을 행하는 제례를 바라보면서 한세는 옛날에 아버지가 뒤뜰의 감나무 아래서 혼자 제문을 읽고 꾸벅꾸벅 절을 하며 토지신에 향화하던 모습을 떠올렸다.

제사란 이 세상이 인간들만 사는 곳이 아니라는 것을 보여주는 증거 같았다. 현상의 이면에는 보이지 않는 것, 알 수 없는 것들이 그득한 것이고 깜깜한 어둠 속에 있는 것과 만나려는 시도가 향사(享祀)일 거라고 한세는 생각하였다. 그의 아버지는 음력 정월 초 이랫날 밤에 가정의 길흉화복을 맡아보는 신에게 식구들의 무사안녕과 마차를 끄는 말의 건강을 빌었다. 그 간절한 기원은 한세네 식구들 모두의 마음속이기도 하였다. 그러나 그해의 토신제를 한 달 남겨놓고 아버지도 말도 마차도 산사람들의 습격을 받아 한순간에 사라지고 말았다.

한세의 귀에는 철선이 우는 것 같은 귀울음에 섞여 어디에선가 끊임없이 흐느끼는 여인의 울음소리가 들려온다. 석주네 아버지도 죽고 그네의 말도 마차도 없어졌다. 한세네가 텃밭의 무로 곯은 배를 달래고 있을 때 한세네 집터의 움막으로 다가오는 여인의 울음소리, 그 소리는 새끼달이처럼 자식을 끌고 다니는 석주 어머니의 통곡소리였다. 그녀는 울음이 나올 때면 한세네가 사는 움막으로 찾아오곤 했다. 같은 처지의 과부가 사는 움막으로 들어오면 한세 어머니도 명치 아래 눌러두었던 울음덩어리를 쏟아놓고 만다. 여인들의 울음이 계속될 때 이번에는 아이들의 볼따구가 실룩실룩해지면서 눈구석이 붉어지는 것이다. 결국 애들까지 얼섞여 악머구리통 같은 울음바다를 이루었다. 어야태야 넋을 놓고 섧게 울던 여인들이 제풀에 지쳐서 목이 잦아들 때면 아이들도 울음을 그쳤다. 어른도 아이도 울면서, 가슴을 찌르는 울음소리를 들으면서 한맺힌 세상을 살았다.

"알자는 헌관을 절할 위치로 안내하시오. 서쪽을 향해 서시오".

"헌관은 네 번 절하시오".

집례의 목청엔 슬슬 가락이 붙었다. 그는 진행자라기보다는 지도자처럼 알자 쪽이 알아보지 못하는데도 거침없이 저쪽에 손짓을 보냈다. 헌관들이 제상 앞으로 나갔을 때 한세는 등을 웅숭그리고 성성이처럼 서 있는 조오지를 보았다. 그는 종헌으로 제사에 참가하고 있었는데 삼헌(三獻)이 제상 앞에 나가 섰으므로 깜상의 덩치는 다른 헌관들에 비해 엄장해 보였으며 제복은 너무 치수가 작아 뒷자락 아래로 행전을 두른 다리가 세 뼘이나 네 뼘쯤 나와 있었다. 목깃 위에는 당연히 검은 피부의 얼굴이 얹혀 있을 터이지만 야음과 피부색 구별이 안돼 얼핏 보기에 담록색 유건만이 공중에 떠 있는 것처럼 보였다. 표정이 눈에 띄지 않았으나 조오지의 모습은 의연할 것으로 상상되었다. 눈알을 좌우로 굴리고 두 손을 가슴에 모아 잡고 윗몸을 구부슴히 굽힌 모양일 터이나 그 자세는 나름대로 경험자인 윗자리 헌관들의 가눔새를 흉내내려는 단중한 모양새일 것이다.

"저팔계(豬八戒)가 하늘에서 내려온 것 같군."

등뒤에서 농을 까는 소리가 들렸다.

"자식아, 신령을 부르는 제사에 요괴 얘기를 하면 어떡해."

제례 진행 때는 불경한 소리를 못하게 되었지만 한세는 바로 곁에서 참관자들이 귓속질 하는 발만한 소리를 들었다.

"앞에 놓고 보니 저건 넉사구야. 다른 헌관과 너무 구별되지 않나?"

"귀신도 저런 어간재비를 보면 놀라겠지? 시골 귀신이야 땅꼬마 아니겠어?"

"야야, 개소리 치워. 늙신네들이 눈꼴을 보이고 있지 않나."

그래도 등떠리를 간질이는 숙덕 소리는 계속 들려오고 있었다.

"마을 신은 개소리만 들어도 달아나 버린다던데 저 친구를 보면 어떨까. 해까닥 놀라서 눈이 화등잔이 돼버리지 않을까."

"등을 뵈고 달아나지는 않을 거야. 깜상의 모양이 어째 좀 눈에 설다 해도 도포짜리가 되어 제상 앞에서 상제 하고 있지 않은가. 조금 혼란하긴 하겠지만 눈을 씻고 자세히 볼 거야."

촐랑이들의 입방정을 귀신이 다 듣고 있을 걸, 하고 한세는 생각하였다. 그는 이처럼 생각되는 자신도 입이 가벼워지려 했던 충동을 내심 나무라면서 제 볼따귀를 쳤다. 그는 고개를 들어 별하늘을 올려다보고 희미한 음영으로 지평선을 그리고 있는 산등성이를 바라보면서 딴눈을 팔았다.

눈을 돌리자 제장 울타리 구석에 신목처럼 서 있는 종가시나무 이파리가 바람을 싸안고 사르락거리며 전등빛에 반들거렸다. 천막기둥을 당기고 있는 나일론줄과 전기를 끌어온 전선이 얽혀 있는 고목의 무성한 잎가지 속에서 보이지 않는 눈이 이쪽을 주시하고 보이지 않는 귀가 은밀히 사람들의 경망한 소리를 감청하고 있는 것 같았다. 나무귀신이란 어디에고 있는 것 아닌가. 어둠 속에 우뚝 서 있는 나무를 보며 귀기(鬼氣)를 느껴보지 않은 사람이 있을까.

한세는 방정꾼들의 귀신 얘기를 듣고 자신도 함께 묻어가다보니 매미소리가 쏟아져 들어오는 것 같은 귀울이가 생기면서 나무의 잎가지를 쓸고 가는 밤바람 소리가 귀곡새 울음처럼 추추하게 느껴졌다. 나뭇가장이 사이로 반딧불처럼 날아다니는 귀신불까지 희끄므레 눈에 어려 등줄기에 찬기가 돌았다.

한세는 언제나 귀신이 나온다는 곳 '연대동산'을 잊지 못하고 있었다. 지금도 비 내리는 밤에 몸을 으스스하게 만든다는 그곳에는 솔가지 사이에 눈알이 불거지고 몸이 비쩍 마른 귀신들이 웅크리고 있을 것 같았다. 그것들은 먼 곳으로 떠나지도 않고 '연대골'이라고 부르는 외통길을 지키고 있다가 지나가는 사람을 끌어간다고 떠버리들은 거침없이 말했다. 끌려가서 어찌되느냐 하면 허구렁으로 떠밀려 죽거나 설사 살아 돌아왔다 해도 넋을 잃어 몽중몽설 괴소리를 한다고 어깨를 앙당그리면서 새침한 입심을 보이는 것이다.

귀로 들은바 그러하거니와 한세는 그 자신 이 연대동산에 살고 있는 귀신이 어떤 망령인지 나름의 어방짐작을 갖고 있기도 했다. 그랬기 때문에 그는 쓸개자루가 더욱 작아져서 겁보가 돼 버린 것인지도 몰랐다.

한세가 이 겁나는 길을 밤에 드나들어야 했던 경우는 이웃마을 하도리(下道里)에 친척집이 있어서가 아니었다. 이때는 웬만하면 제삿집에 다니는 것조차 삼가고 있을 때라 밤마을 다닐 일은 거의 없었다.

빰빠라 바앙— 하는 나팔소리, 찌이잉— 하는 확성기 잡음이 시장 거리에서 들려올 때면 아이들은 단번에 무엇이 찾아왔는지를 알아채고 가슴이 뛴다. 유랑극단이 순회공연을 온 것이다.

유랑극단은 S마을에서 공연을 마치고 다음은 하도리 마을로 넘어갔는데 아이들은 한번 더 관람해야 했다. 그래야 또래들과 대화할 때 손짓 발짓을 섞어가면서 입심좋게 말거리를 줄대어 가오를 잡을 수 있는 것이다. 사실 그런 재미가 없었다면 남의 밭에 몰래 들어가 고구마를 캐먹은 얘기밖에 꺼내놓을 게 없었을 것이다.

한세와 석주는 밤길을 걸어서 이웃마을로 가고 '눈물 없이 볼 수 없는' 신파극을 관람하고서 늦은 밤길을 걸어 귀가했다. 동행이 더 있긴 하였지만 형아들은 보폭이 커서 앞서가 버리고 꼬맹이 연갑들만 도마뱀 꼬리처럼 뒤로 떨어져 뒤축이 찰딱거리는 고무신을 끌며 종종걸음을 쳤다.

연대골을 통과할 때 그곳에 왔다는 생각만으로도 간이 올라붙으면서 목덜미가 축축해졌는데 머리카락이 쭈뼛 일어서는 걸 느낌과 동시에 호오익— 하고 날카로운 소리가 귀를 찌르는 것이다. 소나무가지 사이로 너울 쓴 여인이 뒷자락을 날리며 검은 구름에 흰 새가 날아가듯 빠르게 눈앞을 지나갔다. 이어 히이잉— 하고 야생마 우는 소리를 내며 발 구르는 소리 바람 가르는 소리가 뒤를 따랐는데 아이들은 이때의 광경을 실제 증험으로 뇌리에 새겼다. 한세는 눈어리게 속에서 단정하는 것이다.

"너울짜리는 여자 귀신일 거야. 다음 것은 그때 대장으로 보였던 귀얄잡이 사내가 방방뜨는 소리지."

연대골의 처형 장면을 함께 목격한 석주도 동감이었을 것이다. 그들은 훌떡거리는 신발을 벗어들고 놀란 망아지들처럼 발이 안 보이게 달렸다.

"저눔 귀신들에게 잡혔다가는 구덩이에 묻히고 말거야. 코뚜레를 꿰어서 끌고 다닐지도 몰라-."

아이들은 단숨에 달려서 마을로 들어서는 것이다. 여기서 마을까지는 길바닥에 흰 모래가 깔려서 밤이지만 발이 다치거나 길을 잃을 우려는 없었다. 그저 달리고만 있으면 마을까지 닿는 것이다.

옛날 연대(煙臺)가 있었던 모래동산 연대골의 귀신 얘기는 입에서 입으로 퍼져나가 모르는 사람이 없을 정도였다. 한세네가 본 귀신은 앞서 생긴 세간 얘기와는 조금 다른 것이다. 듣기로 중산간 곶자왈로 삭정이를 주우러 갔던 여인네들의 입에서 덤불 속을 헤매는 사람들을 보았으며 누더기에 감발친 사람들이 먹을 것을 달라고 손을 내밀었다고 전했다. 그때 보았던 누더기 가운데 한사람이 어느 날 연대동산 솔숲에 나타났는데 온몸이 피투성이가 돼 있더라고 뒷말을 덧달았다.

맹무식인 촌부의 말을 사람들이 귓등으로 흘렸으나 시국이 시국이니만치 신경이 가늘어진 사람들은 그댁잖은 빈말에도 뱀 발을 붙여 엄범한 큰일로 부각시켰다. 이입 저입으로 전해지는 사이 촌부가 본 솔장수는 귀신으로 둔갑돼 사람들의 입에 오르내리게 된 것이다.

한세네가 근경에 목도한 장면은 초부(樵婦) 여인의 파설과 일맥 상통하는 바가 없지 않았다. 장소가 그러하고 나타난 대상이 유사하였다. 가슴살이 오무라드는 생겁을 먹으면서 눈에 씌었던 연대골의 귀신은 저쪽이 떠벌렸던 말을 방증해주는 것 같기도 하였다.

그러나 당시 학동이었던 한세네는 사람들의 입에 회자되는 초부아지매의 말을 맞을 거라고 뒤받치지 못했다. 그들은 복장속에서 꼴랑거리는 속소리를 씹으면서도 그 소리를 입 밖에 내지 못하고 지르눌러 놓아야 했다.

그때 그 사람들, 귀신이 된 사람들은 누구였을까. 애젊은 아낙으로 보였던 여자와 놉일꾼처럼 광대뼈가 두드러진 사나이, 꺽정이처럼 움펑눈에 텁석부리였던 장골 사나이가 눈에 삼삼 떠올라 그들은 더뻑 입을 열고 싶은 충동으로 혀끝이 간질거렸다.

한세와 석주가 다녔던 초등학교는 산사람들의 마을 습격 때 불탔기 때문에 학생들은 없어져 버린 건물 자리에서 공부랄 것도 없이 선생님으로부터 옛날얘기나 듣고 출석 확인을 마치면 운장에 버려졌다가 정오 무렵 자동 하교되었다. 아이들은 집에 돌아가 본대야 먹을 점심도 없었고 오락거리도 없어 길바닥생활을 했다. 한세와 석주의 어머니는 습격 피해가 없는 갯가 동네로 내려와 셋방살이를 하며 잠수일을 하였는데 원래 해녀가 아니었으므로 일새가 보잘것없어 소득은 쥐꼬리였다.

학교에서 일찍 하교시켜 버리는 게 조금도 반갑지 않은 아이들은 운동장 구석에 남아 짝패들끼리 땅따기 놀이를 하거나 제기차기를 하면서 시간을 죽이고 고픈 배를 잊었다. 딱지치기 구슬치기 공기놀이를 하며 장난에 열중하였으나 그것도 매일없이 하는 짓이고 보니 항시 재미있는 것도 아니었다. 한동안 장난에 정신을 팔고 있던 석주가 슬슬 주니가 나는 모양을 보이더니 처진 눈꺼풀을 비비면서 한세에게로 다가와 좁쌀눈을 깜박거렸다.

"우리 총뽀랭이 주우러 갈까?"

한세는 입술이 배질배질 마르고 얼굴에 마른버짐이 핀 석주의 가칠한 얼굴을 눈을 동그랗게 뜨고 바라보았다. 손안에서 달그락거리던 공깃돌을 떨어뜨리면서 저쪽의 좁쌀눈을 말끄러미 바라보자 석주는 어색하게 허리춤을 올리면서 낯을 붉히는 것이었다. 석주는 자신이 생급스레 내놓은 제안이 너무 엉뚱하다는 생각이 들었는지 관잣놀이를 붉히는 모양이었다.

"총뽀랭이? 어, 그거 좋지."

한세가 싹둑 호응하고 나서자 석주의 배질배질 마른 입술이 벙시레 열리면서 한번 더 얼뜬 소리를 내었다.

"총까라도 있을 거야 그지?"

한세는 울보딱지라고 놀림받아온 저쪽의 머리 구석 어디에서 그런 발상이 나왔는지 놀라고 감탄스러웠다. 자기는 왜 머리가 돌지 않았을까. 왜 흙장난 따위에 빠져 그런 뾰족한 수를 떠올리지 못했을까. 그런 곳이라면 매일 찾아간대도 싫지 않을 것 아닌가. 한세는 자신이 저쪽에 꿀리는 기분이 들었으나 그 기이한 곳에 가보고 싶은 유혹은 자존심 따위를 하찮게 팽개쳤다.

"지금 갈까? 공깃돌 같은 건 버려야 해."

한세는 호주머니를 까뒤집어 공깃돌을 냅다 던져버리면서 초싹거렸다. 폼 잡고 다니던 상급생들이 대개 그 총뽀랭이 하나씩은 가지고 있지 않던가. 주머니칼에 매달고 다니는 그 보리장나무 열매만한 노리갯감이 얼마나 깜찍하고 갖고 싶었던가. 자기들 손으로 깎아 만든 팽이에 쇠구슬 심 대신 그것을 박아 놓으면 얼마나 깔쌈하던가.

총까라(彈皮)도 아이들이 갖고 싶어하는 물건 중의 하나였다. 찌그러지고 녹슨 것까지 땅에 문질러 샛노랗게 닦고서 몽당연필에 끼워놓으면 얼마나 멋이 있던가.

그것들을 이전부터 감질나게 넘겨다봤지만 젠체하고 다니는 상급생들은 어디서 구했는지 말해주지 않았다. '너희들은 안돼 임마. 꼬맹이들은 못가는 곳이야.' 이런 식으로 퉁겨버리지 않던가.

석주와 한세는 짤끔짤끔 주워들었던 단편적인 말들을 모아놓고 짜맞추기를 하여 '귀물'이 있는 곳을 알아냈다. 연대동산, 구멍이 뻥뻥 뚫린, 소나무둥치 아래, 모래를 긁어 파면….

"가자—"

한세와 석주는 선화지를 접어서 만든 공책에 몽당연필 하나를 넣은 책보자기를 단단히 허리에 묶고서 이웃 마을과의 경계가 되는 연대동산을 향해 곧바로 달렸다. 낮에는 귀신이 나오지 않았으므로 가슴이 뛰는 고동소리가 들리는 것은 허깨비 때문이 아니었다. 마음이 먼저 달리는 것이다. 연대동산은 남북으로 길게 누웠는데 한가운데가 잘려 이웃 마을과 통하는 길이 되어버렸고 북쪽 해안 방향은 바람에 쓸려서 납작한 둔덕으로, 남쪽의 반쪽은 자연림으로 덮여 예전의 산세를 유지하고 있었다.

한세와 석주는 총상을 입은 나무를 찾으면서 모래동산을 기어 올라갔다. 상처 입은 나무는 보이지 않았으며 큰 양산처럼 가지가 퍼진 소나무에는 송충이들이 굼실거리고 있어 밑동을 굽어살피는 그들의 머리 위로 떨어지기도 하였다. 땅바닥은 띠와 쑥대가 비죽비죽 솟아나 손으로 긁어 파기에 쉽지 않았다.

한세와 석주가 단숨을 뿜으며 산머리까지 이르렀을 때 그들은 와뜰 놀라 숨을 들이긋고 말았다. 귀신이 있으면 있었지 사람이 있으리라고는 예상치 못했던 그들은 다복솔 사이로 산정 뒤편에 험상한 사람들이 무리져 있는 것을 보았다. 산정 반대쪽은 사태가 났었던 듯 모래가 쓸려 내려가 완만한 경사를 이루고 있었는데 그 모래판 위에서 군장을 한 사람들과 누더기를 입은 사람들이 움실거리고 있었던 것이다. 희치희치 낡은 누더기를 입은 사람들은 막삽을 들고 있었으며, 누더기들 속에는 긴 머리를 흩뜨린 여자도 끼어있었다. 저쪽 사람들과 한세네가 있는 산머리까지는 불과 삼십 보 정도의 거리. 귀를 세우면 지껄이는 말소리까지 다 들을 수 있었다.

갑자기 꽥 하고 저쪽에서 내지르는 소리가 들렸다.

"새끼들, 시간 끌구 있네. 구덩이 하나 파는데 짐짓구 흘쭉대기 할 거야!"

소총을 엇맨 군바리 하나가 누더기들이 움씰해지도록 땡고함을 치는 소리였다. 소리치는 사람의 등뒤에는 뒤를 받쳐주듯 권총을 찬 군인이 팔짱을 끼고 턱을 잔뜩 당긴 모양으로 서 있었다. 우두머리로 보이는 이 사나이는 이따금 돌아서서 몇 걸음 옮겨보다가 휙 몸을 돌리곤 하였는데 그런 모양은 사나이를 무척 냉갈령으로 보이게 했다.

미어져 기운 자국이 더덕더덕 드러난 남루를 걸친 사람들이 족쇄된 몸을 뒤뚱거리면서 막삽으로 땅을 파 모래를 구덩이 밖으로 내던졌다. 입은 것 하나로 야숙을 한 건지 꿰입은 누비는 땟자국으로 번들거렸으며 철에 맞지 않게 덧입었다. 살집이 좋아 보이지는 않은 사람들의 얼굴은 깜부기가 되어 볼때기의 광대뼈 아래로 그늘이 깊게 보였다.

"개밥이 되지 않으려면 깊게 파란 말이여. 팔다리가 삐져 나오면 어찌 되는지 알지?"

총을 엇맨 군바리가 딱딱거렸다. 누더기짜리들이 공사판에서 일하는 막일꾼들처럼 수걱수걱 땅을 팠다. 구덩이가 넓게 그리고 깊게 파이면서 파 올린 모래더미가 땅을 파는 사람들의 키 높이가 되었다.

뒷전 구경을 하던 권총 찬 사내가 혁대에 손을 걸면서 앞으로 나섰다. 그는 누더기짜리들에게 턱짓을 하면서 말했다.

"모두 올라오라구. 날래 마쳐야지."

기신기신 구덩이 밖으로 나온 사람들이 몸을 잔뜩 오그리고 지켜서 있는 군바리들에게 빌었다.

"살려주세요. 제발, 목숨만 살려주세요…."

누더기짜리들은 무릎을 꿇고 곱작대며 두 손을 머리 위로 올려 파리 발을 드렸으나 군바리들은 개잖게 쏘아볼 뿐이었다.

허리에 찼던 권총을 뽑아든 전투모의 사나이가 총부리로 구덩이 쪽을 가리키며 꼬붕 군바리들에게 구령했다.

"일렬 횡대로! 거총!"

꼬붕들이 어깨에서 총을 벗어 내렸다. 노리쇠를 튕겨 장전하는 소리, 때깍 하고 소총의 안전장치를 푸는 소리, 그 뒤로 울부짖는 소리가 들릴 때 한세와 석주는 뒤꽁무니를 뺐다. 그들은 엎드러지고 미끄러지면서 모래 산을 뛰어 내려갔다. 연발하는 총소리를 들으며 쫓기는 짐승처럼 혼쭐빠지게 달렸다.

연대골 모랫길을 나오자 간신히 뒤를 돌아볼 여유가 생겼다. 이쯤이면 군바리들에게 잡혀 개머리판으로 맞거나 구둣발에 차여 정강이가 부러질 일은 없을 것 같았다. 그러나 쓸개주머니가 작은 그들은 벌렁거리는 가슴을 잠재우지 못해 다급하게 집게손가락을 입술에 대고 입조심 하도록 서로 경계를 보냈다. 자신들이 목격한 일은 보아서는 안 될 비밀한 일 같았으며, 출랑이 입을 놀렸다가는 단박에 잡혀가 경을 칠지도 모른다고 두 사람 공히 광겁을 먹은 것이다. 군바리나 짜부들이 이쪽에 산사람 끄나풀 노릇을 한다고 죄를 씌운다면 학교 퇴학은 물론이고 구치소로 끌려가 매타작을 당할 게 뻔했기 때문이다. 세상은 어른 아이 구별치 않고 뻔적하면 잡아다 족치는 비상시국이었다. 그들은 서로간에 입을 맞추고 목격한 일에 대해서 함봉키로 하였다.

 석주와 한세는 이때부터 자신의 다리가 짤막해서 아무리 쿵당거려도 위기에서 벗어나지 못하는 지질한 꿈에 시달렸다. 엎드려 질질 짜던 긴 머리 여자 귀신, 낯바닥이 등갑처럼 검은 꺽정이 귀신, 인상이 무닥데기인 귀얄잡이 사나이 귀신은 군바리와 함께 한세의 내면에 갈등을 빚는 폭력자들이어서 그는 이들과 조우할 때 무조건 들고튀지 않을 수 없었다. 그자들이 연대골을 지날 때 밤눈에 어리는 귀신이 되었다. 누더기짜리들은 총을 가진 포수들에겐 보잘 것 없는 약자였으나 한세네 식구들에 대해선 무자비한 포식자들이었다. 한세는 악몽으로 식은 땀을 흘리며 가슴이 뛰는 긴밤을 새울 때 아버지 귀신도 함께 보는 것이다. 한겨울 깊은 밤에 뒤뜰의 감나무 아래서 토지신에 제사를 드리며 집안의 안녕을 빌던 초쇠한 마차꾼의 모습, 가슴 저미도록 측연함이 간장속으로 스며들었다.

 "알자는 술 따를 위치로 가시오."

 "서쪽을 향해 서야 하오. 잔을 채우시오."

 공동체의 발전을 기원하는 마을제는 집례의 홀기에 따라 찬찬히 그리고 이따금 제기(祭器) 부딪치는 소리를 내긴 하였으나 귀신에 결례가 되지 않도록 곱송그리며 조심조심 손이 갔다. 지금까지 전폐례(奠幣禮)를 끝내고 이제 본제(本祭)로 들어가 초헌례를 시작할 참이었다. 한세는 술항아리에서 젯술을 떠내 잔을 채우고 집사에게 넘겨주는 사준(司罇) 역을 맡고 있었으며 석주는 관세위(盥洗位)를 맡아서 제관이 손을 씻는 일을 돕고 있었다. 술을 따르는 준소와 손을 씻는 관세 자리는 헌관들이 서 있는 배석(拜席)의 측면 후방에 있었으므로 이들은 삼헌관 뒤에서 대기하고 있는 소제관들과 관람자들의 숙덕질도 다 들을 수 있었다.

집례가 홀기를 불렀다.

"삼헌은 몸을 구부리시오. 국궁―. 공손히 절하시오, 흥―배 흥―배―."

"알자는 초헌을 모시고 관세위로 가시오. 초헌은 홀을 꽂고 관세 하시오. 알자, 술 따를 위치로 가시오."

초헌인 이장은 공수를 하고 학다리 걸음으로 간이탁자 앞으로 가서 놋대야 위로 몸을 수그렸다. 그럴 필요까지는 없었는데도 아니면 실수였는지 향물을 두 손으로 떠올려 양볼을 적셨다. 지켜보던 석주가 입을 중긋하는 듯했으나 저쪽이 곧 손을 내밀어 수건을 청했으므로 그의 입은 열리지 않았다.

한세는 집례의 지시에 따라 탁반의 빈 잔에 술을 따랐다.

들녘의 겨울 야기를 쫓으려고 드럼통에 피워놓은 장작불에서 불티가 어지럽게 날아올랐다. 불이 있었으나 의례 중에 돌라서서 불을 쬘 수는 없었다. 들녘을 휘달리는 밤바람이 참례자들의 낯가죽을 훑고 가면서 목을 움츠리게 했다. 한세는 나오려는 재채기를 누르면서 흐르는 콧물을 훌쩍거렸다.

"초헌은 신위전으로 가시오. 북쪽으로 꿇어앉으시오. 홀을 꽂고 술을 드리시오."

집사가 헌관이 엎드려 올리는 술잔을 받아 신위 앞으로 갖다 놓았다. 집례는 집사가 고사리나물 위로 젓가락을 걸어놓고 돌아서자 목소리를 높여 다음 홀기를 불렀다.

"집사자는 향을 피우고 축문을 드리시오. 헌관은 엎드렸다가 일어나 조금

물러서서 다시 꿇으시오. 축관은 신위 우측으로 꿇어앉아 축문을 받으시오. 받았으면 고하시오."

대축(大祝)을 맡은 강민은 낮게 기침소리를 내어 목다심을 하고서 제 손으로 작성한 축문을 읽어내려갔다. 처음에는 언문풍월로, 다음은 서당글 외듯, 후반부로 가서는 종결어미를 꾹꾹 누르는 연설조가 되었다.

"재앙을 다스리시는 동대부시여, 엎드려 비나이다. 신령님은 우리 마을을 보살피시면서 무슨 일이 생겨 저희들이 소원을 빌 때 반드시 이루어지게 하셨나이다. 지금 주민들의 삶이 밝지 못하여 서로 안부를 물으면 옛날에는 이름조차 들어보지 못한 병에 걸렸다 하고 건강을 유지하는 일이 힘들다고 합니다. 난치병이 많아 돈 있는 사람은 살아남지만 가난한 사람들은 죽어가고 있으니 세상이 병 때문에 걱정하고 신음소리가 그치지 않고 있으며, 사람이 사용하는 여러 가지 물건중에 바퀴 달린 것이 있어서 이것이 만들어내는 사고 또한 적지 않사오니 통절할 일 불행한 일이 일어나지 않도록 방예하여 주시옵소서. 몸을 정결히 하고 잔을 드리오니 그득한 도움으로 저희들의 바람을 이루게 하여 주소서. 새해 첫 길일을 택하여 지극한 정성으로 제물을 올리나이다."

집사가 향로 속으로 실향을 비벼 넣었으므로 우유빛 연기가 용틀임하듯 구불구불 떠 오르면서 그윽한 향취가 제장을 채웠다. 고축자(告祝者)는 여유부림인 듯 목을 돌려 주먹으로 입가림을 하면서 군기침을 하고는 내리읽어 갔다.

"제사를 못 받은 많은 혼령들이시여. 사람의 생과 사가 만가지로 달라 예로부터 오늘까지 편히 죽지 못한 이들이 오죽 많사옵니까. 억울 한 죄명으로 감옥에서 죽기도 하고 재물에 마음을 쓰다 실패하여 자진하기도 하고 여자 때문에 목매달아 죽기도 합니다. 가장 큰일은 사람끼리 싸워서 죽이고 죽고 하는 일이니 사삼사태 때 목숨을 잃고 아직도 구천을 떠도는 혼령들이 얼마나 많습니까. 간원하오니, 원통하게 죽어 이를 옥물고 사는 영혼들이시여, 가슴을 열고 여기 오셔서 좋은 음식을 드시옵소서. 죽인 사람은 죽은 사람에게 용서를 빌고 죽은 사람은 죽인 사람의 죄를 용서하며 그 사람들의 수난과 의분을 일말 헤아려 주시옵소서. 원한을 풀고 화해하여 다시는 이 마을에서 다랑쉬굴 같은 비극이 일어나지 않게 하소서. 후대 후생들이 이 일로 찌그럭거리고 토라지는 일이 없게 하시어 모두 마을 발전에 힘을 모으게 하소서—."

"들었어요? 저게 뭔소리예요?"

강민의 고축이 끝나자 관람으로 나왔던 석주의 조카 춘배가 한세 쪽으로 붙어서면서 귓속말을 하였다.

"죽은 사람끼리 해결하라는 소리 아니에요? 문제는 살아있는 사람들에게 있을 텐데."

"머리를 감추고 꼬리를 꿍쳤어. 재주를 부렸지만 속성은 숨기지 못한다."

한세는 저쪽의 식설을 가증스럽게 느끼면서도 그만 일로 뜬적거렸다가는 트레바리 소리를 들을까 봐 성질을 눌렀다. 입안이 쓰거웠다.

이편을 힐끗 곁눈질한 집례가 잡소리를 뭉개버리려는 듯 목소리를 높였다.

"축관은 엎드렸다가 일어나시오. 알자는 축관을 제자리로 인도하시오."

축관의 퇴석을 지켜보면서 집례는 서둘러 다음 제차로 넘어갔다.

"알자는 바로 아헌을 모시고 관세위로 가시오."

공수방관으로 서 있던 석주가 제 역할을 깨닫고 얼른 대야로 향물을 부어 넣었다.

아헌이 손을 닦고 준소를 향해 돌아서자 한세는 석주 조카를 등쳐 밀어냈다. 조역을 하는 우집사(右執事)가 탁반을 들고 다가오자 한세는 옷소매를 걷어잡고 술동이로 술구기를 담갔다. 좌집사가 사준이 쳐준 술잔을 탁반에 올려놓고 고양이 걸음으로 돌아가자 한세는 참례자 자리로 들어간 강민 쪽으로 눈이 돌려졌다.

저쪽은 이상하게 펴진 얼굴이었다. 배앓이를 하는 사람처럼 굳은 얼굴로 축문을 펴 들던 그가 제단 앞에 웅숭그리고 서 있는 다른 소제관들과는 달리 윗몸을 번듯이 젖히고 서 있는 것이다. 아귀가 센 그에게도 굴속에서 죽은 자들을 위령하고 찬양하는 일은 부담이 되었던 것일까. 그래서 이쯤의 터치로 충분하다고 생각하고 있는 걸까. 그는 홀가분한 마음으로 입꼬리를 올린 것처럼 보였다.

저쪽의 허리는 펴졌지만 이쪽 한세의 허리는 펴지지 않았다. 저편에서 막가는 게 아닐까 하고 신경을 세웠던 우려는 빗나갔지만 엉이야벙이야 매동그려 놓은 축원에는 분명 제 쪽을 윗자리로 놓으려는 고집통이 드러나 보였다. 저들이 고통의 현장에 있었던가. 아니다. 그들은 재앙을 피한 안전지대에 살았던 자들이다. 고통의 현장 밖에 있어 참상을 쥐뿔도 모르는 개살구들이다. 저쪽은 그만한 변설로 양쪽을 모두 위무한 것으로 치부하는 모양이나 한세의 아픔은 그런 얍삭한 소리 따위로 감쇠될 수 있는 것이 아니었다. 그의 아픔은 바닥을 모르는 구새통 같은 것이었다. 그 어둡고 깊은 상처는 혼자만의 것이 아닌 어머니의 것이기도 하였다.

한세는 콧물을 들이켜며 입술을 잘기잘기 씹었다. 그의 어둔 가슴속으로 지잉징 바람에 전선이 우는 소리가 지나갔다. 먼 곳에서 밤새 우는 소리가 사람의 옹알이처럼 꿍얼꿍얼 들리면서 밤은 깊어가고 한세의 귀에 먹이를 찾아 헤매는 야조의 울음소리는 소싯적 자신을 끌어안고 흐느끼던 어머니의 넋

두리처럼 들렸다. 그 소리는 언제나 한세의 귀에 못박혀 지워지지 않고 가슴을 태우는 병적인 환청이 되었다.

모래바람이 얼굴을 치는 바닷가 동네로 이사 간 후 옛날 이웃이었던 석주 어머니는 어디서 찔찔 짜고 있을 터이나 한세의 집을 찾아오지는 않았다. 한세 어머니는 혼자서 시도 때도 없이 발작적인 울음을 터뜨리는 것이었다.

"얘야 어디 가서 팍 죽어버리까이—."

어머니는 울음 끝에 콧물을 짜던지며 자포적으로 말하는 것이 입버릇이 되었다. 한세의 귀에는 정말 덧정없이 들리는 소리이기도 했다. 어머니가 정말로 죽어버리고 싶어서 그러는 건지 아니면 살기가 어려워 짐짓 해보는 푸념인지 참속을 몰랐다. 한세는 어머니의 장탄식이 나올 때마다 자신이 무능태이기 때문에 그녀가 극고생을 하는 것이라고 생각돼 간이 마르고 피가 마르는 마음이었다. 홀어머니가 변변찮은 노동력으로 잘금잘금 벌어오는 쥐벌이 수입을 자신이 좀벌레처럼 까먹고 있다는 죄업망상에 사로잡혀 그는 고개를 내려뜨리고 살았다.

그가 적빈무의한 처지에서도 고등학교를 마칠 수 있었던 것은 당시 국책으로 조림사업이 실시돼 이 지방 출신 의원이 조림수 묘목을 재배하여 국가에 납품하는 사업을 하고 있었기 때문이다. 마을 주민들이 노동력으로 동원되고 있었는데 여기에 한세도 주말과 공휴일에 담꾼으로 끼어 날품을 받은 것이다. 품값이 얼마되지 않았지만 일 년에 두 번 내는 등록금은 마련할 수 있었다.

그가 허드렛일의 뒷일꾼으로 밥벌이를 하고 있을 때 어머니는 세상을 떠났다. 그녀의 입정에서 떠나지 않았던 가고 싶은 세상으로 간 것이다. 지은 죄 없이 지아비를 잃고 가옥을 잃고 팔자에 없는 해녀가 되어 애옥살이를 하다가 잠수병의 일종인 육가(肉苛)라는 병을 얻어 근육마비로 세상을 떠났다. 한세는 어둔 밤에 홀로 우는 밤새 울음처럼 영혼이 우는 소리를 들으며 고개를 떨어뜨리고 험난한 세월을 살았다.

"알자는 종헌을 모시고 관세위로 가시오—."
홀기 부르는 소리가 높은 가락으로 들렸다. 제례는 종반으로 들어섰다. 집례는 뭐가 미심했는지 다시 한번 목소리를 올렸다.
"알자는 종헌을 인도하여 관세자리로 나가시오—."
종헌인 조오지가 그의 둥근 머리통에 올려놓고 있는 유건이 떨어지지 않도록 한 손으로 누르고 돗자리가 깔린 제상 앞으로 나갔다. 뒤따르던 알자가 그의 팔꿈치를 당겼는데 저쪽이 홀기 부르는 대로 하지 못했다고 판단한 모양이었다. 집례가 홀기를 입말체로 바꾸어 불렀다.
"그쪽 말고 물 있는 곳으로 가시오. 홀을 옷가슴에 질러 넣고 먼젓사람이 하던 것처럼 옮겨 하시오."
조오지는 황새걸음으로 대야가 놓여있는 관세자리로 가서 다른 헌관들이 했던 것처럼 손에 향물을 찍어 바르고 석주가 내미는 수건을 받았다.
"알자는 종헌을 안내하여 술 따를 위치로 가시오. 서쪽을 향해 서시오. 사준은 잔에 감주를 부으시오."
한세는 준소의 탁상 위에 따로 놓인 감주 단지에서 단술을 떠내 골싹하니 잔을 채우고 그걸 집사에게 넘겨주면서 한 눈으로 조오지의 손에 들려있는 구두주걱 같이 생긴 홀(笏)이 상아빛으로 유난히 희게 빛나는 것을 보았다. 그것은 오직 조오지의 손에서만 아름답게 희고 윤이 나 보였다. 저쪽은 큰 손아귀에 자막대보다 살짝 작은 나무조각을 소중한 물건처럼 두손으로 꼭 쥐고 있었다.
"종헌은 홀을 꽂고 엎드려 잔을 드리시오."
조오지는 잡고 있던 홀을 제복 가슴 속으로 질러 넣었다. 나무조각 홀은 조오지의 검은 턱밑에서도 장신구처럼 아름답게 빛났다. 조오지는 홀이 꽂힌 제 가슴을 턱을 당겨 내려다보고서 곧 엎드려 절했다. 그는 꿇은 자세에서 우집사(右執事)가 내미는 잔을 두 손으로 받아 그것을 좌집사에게 넘겼다. 그때 한 손으로 누르고 있던 그의 유건이 수그렸던 머리에서 떨어졌다. 잔을 들고 제상 쪽으로 돌아서던 좌집사의 발부리에 그것이 걸려 끌려갔다. 워낙 가벼운 물건이라 그런 줄도 모르고 집사는 살금살금 걸어 제상 위로 잔을 놓고 돌아섰다. 그의 발부리에 걸려 끌려가던 조오지의 유건은 발에서 분리됐는지 보이지 않았다. 마침 바람이 불어와 천막 안으로 감아들면서 촛불이 심하게 깜박거렸다.
잔을 올린 집사가 물러서자 듬직하게 엎드려 있던 조오지가 코모도 도마뱀처럼 앞으로 기어나갔다. 조오지는 곧바로 제상 아래로 윗몸을 디밀었다.
"홀을 잡으시오. 종헌은 일어서시오."
저쪽이 응하지 않자 집례가 목청을 돋우었다.
"알자, 헌관을 인도하시오—."
제상 아래로 기어들어가 다라이만한 궁둥이를 이쪽에 보이고 있는 조오지의 뒤에 대고 알자가 목청을 높였다.
"제자리로 돌아가라고 하지 않소. 조오지, 뭐하고 있는거요?"
조오지 쪽이 부동으로 반응이 없자 알자는 성깔이 들어간 소리를 내었다.
"안 들려요? 조오지, 뭣하는 거냐고?"
집례도 소재관들도 눈이 화등잔이 되면서 얼떨한 소리를 내었다.

"저 곰탱이, 무슨 짓을 하는 거지? 머리가 돈 거 아냐?"
"깜상, 뭐하는 거야? 나와요 얼른! 캄온 컴백!"
"어어. 엉덩이 낮춰요 엉덩이. 빠꾸 빠꾸—."
 조오지의 몸이 움찔 뒤로 후퇴하는 것 같더니 제상이 들썩 떠올랐다. 곧 덜컹하고 내려앉았는데 제찬기들이 부딪치는 소리를 내며 튀어 올랐다가 떨어졌다. 그것들은 기이하게도 나동그라지지 않고 제자리 부근에 안착하였다. 촛대 하나가 쓰러졌을 뿐이다.
 제상 아래로 들어간 조오지의 몸이 납작 아래로 엎드려지더니 땅에 배를 깔고 옴죽옴죽 뒤로 밀려 상 밑을 빠져나왔다. 그는 자신의 실수를 잘 아는 모양 두 어깨를 잔뜩 움츠리면서 고개를 절레절레 내둘렀다. 그는 모여서 있는 제관, 관람자들에게 허리를 꺾어 꾸벅 꾸벅 절하면서 '미안해요 죄송해요' 하고 거푸 사과했다. 그리고는 제상 밑에서 찾아낸 찌그러진 유건을 짱구 머리 위로 올려놓았다. 소제관과 배제관 모두 입을 벌리고 닫지 못했으나 제사 진행중에는 악언(惡言)을 못하게 되었으므로 혀를 찼을 뿐 야단때리는 소리는 내지 못했다.
 "음복례를 하겠습니다. 알자는 초헌관을 음복할 자리로 안내하시오."
 집례는 가슴을 내리쓸면서 바르게 말했다.

 "집사는 술을 받아 헌관에게 드리시오. 헌관은 잔을 비우시오."
 어깻숨을 몰아쉬는 집례에 못지않게 집사도 서두는 모양을 보여 헌관이 마시고 난 술잔을 딱 소리가 나게 준상으로 내려놓고 돌아섰다.
 "대축은 폐백과 축문을 불태우시오."
 망료위(望燎位) 구덩이 속에는 불쏘시개를 미리 깔아놓고 있어서 한지 축문과 폐백으로 올렸던 무명을 얹어 넣고 불을 댕기자 대번에 불꽃이 사람키 높이로 치솟았다. 흰연기가 고소롬한 냄새를 풍기면서 바람에 말려 풀풀 날아 돌았다.

"배례를 합시다. 헌관과 참가자 모두 네 번 절하시오."

집례는 종헌인 조오지의 크고 둥근 앞짱구 머리통 위에 한손으로 눌려있는 찌그러진 유건을 바라보며 저쪽이 나머지 한손만 짚고 어색한 동작으로 절하는 동안 눈을 떼지 않았다.

"제향이 끝났으니 모두 퇴장하시오. 알자는 초헌관을 제장 밖으로 인도하시오."

집례는 휴우—하고 흰 김이 뿜겨 나오는 큰 숨을 내쉬었다. 집사와 배제관들이 제장에서 물러나는데 종헌을 섰던 조오지는 제상 앞에 머리를 숙이고 서서 돌아서지 않았다. 그는 머리에 맞지 않은 유건을 벗어서 겨드랑 밑에 끼고 제 머리에 문제가 있었다는 듯 고개를 저으며 튀어나온 이마를 퍽퍽 쳤다. 그는 두 손을 합장 하듯 모아 잡고 허리를 굽혀 제단에 절하고는 또렷한 목소리를 내었다.

"신령님이시어. 좋은 음식과 큰 돼지를 바쳤으니 우리 마을 사람들 건강하고 화목하게 살도록 만들어 주시요오. 죽은 사람들보다 산 사람들 마음을 푼푼하게 고쳐주시고 통이 큰 사람 되게 만들어 주시요오. 그리고 우리 다문화 가정 아이들 말이요, 알지요? 바닥나기 아이들이 차별하지 못하게 하시고 왕따 만들지 않게 하시고 편을 갈라 싸우는 일 없게 신경써 주시요이. 사람들 다 사이좋게 살게 하여 주시요오—."

조오지는 땀이 배는지 손등으로 이마를 쓸며 물러났다. 그가 제터를 나가는 뒤에서 한세는 준상의 제기들을 정리하며 제장 뒷정리를 맡은 소제관들이 지절거리는 소리를 들었다.

"깜상은 안 되겠지? 너무 커. 어울리지 않아."

"뭘, 잘 어울리던데. 조랑말 속에 대마가 한 마리 낀 거야. 그게 보기 싫어?"

한세가 말하는 사람들을 돌아보자 젊은 소제관들 속에 청년회장이 끼어있었다. '별로'라고 말했던 자가 회장 쪽으로 물었다.

"보기 좋았다는 거야? 정말?"

"그래 진짜 좋았어. 이건 뭐랄까. 우리 제장이 훨씬 넓어진 느낌이야."

다른 목소리가 끼어들었다.

"나는 어라 하면서도 눈이 시원해지더라고. 저쪽이 깜상인데도 말야."

"실수투성이었지 않나. 완전 꽝이었는데도 말야?"

"아 그거. 마을 사람들이 등한시해서 그래. 준비위원회에서 제복이나 유건이 깜상에게 맞지 않는다는걸 알면서도 고쳐주지 않은 거야. 쟁퉁이들 입질이나 잘했지."

그때 봉고차가 제터 입구에 도착해 사람들이 뛰어내렸다. 컨테이너바구니를 든 아낙들이 왁자글 떠들며 제장 안으로 들어갔다. 제상의 음식물을 거두어갈 사람들이었는데 아낙네들 가운데는 말총머리 베트남 여인도 끼어있었다.

악마는 숨어서 웃는다

 추리닝 복장에 땀수건을 목에 걸고 하천변 언덕배기 수재민 천막에서 임시 거처하고 있는 내게 다짜고짜로 찾아오겠다는 사람이 있었다. '나야 나' 하는 당돌한 어투에 이쪽이 어무른 소리로 이름을 물었더니 옛 이웃이었던 박지술이었다. 자원봉사자도 아닌 부동산 중개인이 개인 위문으로 나를 찾아오겠다는 것이다. 준 것이 없고 받은 것이 없는 구면이지만 저쪽의 이력을 아는 나로서는 그가 마음에 들지 않았다. 다른 사람의 의뢰를 받고 상행위를 대리하는 중개사 자격으로 기만과 농간 사술을 써서 이득을 취한 중간상(中間商) 이상으로 비치지 않는 것이다.

 사파리 재킷을 입고 허리에 견대를 두르고 어깻짓을 하며 등기소 문을 들락거리는 부동산 거간꾼 박은 외지의 재욕자(財慾者)들을 호려 땅을 되넘기기하고 차액을 남겨 폭부(暴富)가 된 사람이다. 처음 개업 간판을 내걸 때 얽보인 그의 얼굴을 아는 사람들은 작자가 깨진 쪽박이 될 것이라고 냉소하였으나 어찌어찌 일이 잘되어 돈을 모으자 그의 별호를 '소보루빵'에서 '부골(富骨)'로 바꾸어 불렀다.

 투기바람에 한몫을 챙긴 사람들이 꽤 있어 나도 한때는 견대 속에 개발계

획도며 토지대장, 지적도, 합성사진 따위를 넣고 다니면서 돈부자들에게 알짱거려 이익을 꾀해 보려 하였으나 끼가 없는 공무원 퇴물이라 들썩하게 재주를 부리지 못하고 무능태란 뼈아픈 자각만을 얻고 물러났다. 눈은 시렁 위에 있는데 손은 부처 손으로 뒷방공론이나 잘했지 남이 쉽게 하는 알랑수를 흉내내지 못하였다. 퇴직금을 다 날리고 빈손을 털었으니 이제 더해볼 짓도 없어 궁색이 극에 달하면 주차요원이나 아파트 관리인쯤 구직하게 될 것이다.

되거리장사를 하자면 밑천이 있어야 하는 법이다. 박지술이 어떻게 돈을 벌었느냐 하면 그가 장사치 천품을 타고났다는 평을 들을 정도로 수법이 영악했다. 할아버지 대에 먼 친척뻘 되는 게으른 농사꾼에게 빚돈을 준 게 있던 모양이다. 그걸 손자 대에 와서 변제를 요구한 것인데 저쪽은 채권 시효가 이미 지났다 하고 왼고개를 틀었다. 법을 깜깜 모르는 지술이 아니었으므로 그는 송사(訟事)를 만들지는 않았으나 목을 높여 부채주(負債主)의 재산을 상속한 자가 빚물이를 하는 게 도리라고 억지를 세웠다. 옛 교분을 따지며 무리꾸럭해 줄 것을 요구하던 그는 일이 뜻대로 되지 않자 지근덕거리던 모양을 싹 거두었다. 그는 낯을 바꾸어 묵은빚 따위는 막설하겠다 하고 대신 버려둔 산밭을 팔아달라고 졸랐다. 지술이 끈질기게 감아붙었으므로 농부의 자손은 마지못해 땅을 내놓았다. 이때 저쪽이 마지못한 얼굴을 보인 것은 지술을 밉보았기 때문이기도 하지만 실은 마음에 전혀 없는 흥정도 아니어서 지가를 올려보기 위한 면색 바꾸기였다고 말하는 사람도 있다. 이때 시세라면 그도 밑지는 장사가 아니었던 것이다.

지금은 목축의 사료로 억새나 띠를 채취하지 않는다. 그러므로 저쪽의 돌자갈밭은 거둘 게 없는 황무지가 되어 있었다. 더욱이 이 땅은 맹지(盲地)여서 도로변의 남의 땅을 가로질러 드나들어야 했고, 당시는 도로변의 땅이 철조망으로 경계선을 둘러놓는 바람에 아주 통행이 막혀버린 상태였다.

지술은 약 2만여 평의 임야를 매기(買氣)가 없던 시기에 헐가로 사게 되었는데 이 땅이 후에 돈을 버는 밑천이 된 것이다. 지역 종합개발이 시행되어 산업용 도로를 개설할 때 소롯길의 굴곡이 펴이면서 지술의 밭은 도로에 연접하게 되었고 중산간 초지가 밭으로, 황무지 벌판이 목장으로 변하면서 땅값은 사십, 오십 배로 뛰었다.

튀어나온 배퉁이를 가리면서 멋거리 좋게 입고 다니는 사파리 재킷 차림으로 박지술이 나를 찾아왔다. 슈퍼집 아이에게 술병을 잔뜩 들리고 찾아온 땅장사 사나이는 아이고 아이고— 하고 곡소리를 내면서 청승을 부렸다.

"물벼락 맞고 쪽박신세가 되었구나. 밤 노을을 보면 속눈물 나겠어 —."

저쪽은 천막 속을 휘둘러보고 호안이 무너져버린 하천이 발아래로 내려다보이는 언덕배기 반석 위로 나를 끌고 가서 앉혔다.

"천막생활에 술벗 없으면 떨꺼둥이 신세지. 보이는 게 모두 처량할 거야."

그는 넋타령을 한 번 더 흉내 내고는 입을 히쭉 찢어 보이면서 내게 물었다.

"그 사람 안 왔었나?"

"누구?"

"여기서 만나기로 했는데."

지술은 뒤를 돌아보고 손목시계를 내려다보더니 고개를 갸울이면서 내 앞으로 다가앉았다. 그가 물었다.

"자네 법률 좀 아나? 국가보상제도에 대해서 아는 게 있으면 말해 봐."

"그거야 국가가 잘못한 게 있으면 변상해 주는 제도지."

"어떻게 요구해야 되는 거야?"

"그런 건 변호사한테 물어보면 잘 알겠지."

"맞아."

저쪽은 한쪽 콧방울을 납작 짜부리면서 비웃는 웃음을 보이고는 잔에 술을 따랐다. 한 잔을 이쪽으로 내밀고 자신의 잔을 머리 위로 쳐들면서 건배! 하고 외쳤다. 그는 한입털이로 잔을 비우고는 마른안주를 집으면서 무람없이 말했다.

"공무원은 공술에 취한다지? 자네도 그랬었나?"

"……"

"자네 공무원 할 때 공짜배기술 많이 먹었겠지? 나는 술을 사기만 한 사람이야."

"무슨 소린가?"

"세상사람 누구나 쉽게 하는 말이지만 자네도 공무원 할 때 업자의 등을 한 번쯤은 긁었겠지."

"엉? 내보고 뭣을 했다고?"

"딱 그런 말은 아니야. 단정하는 건 아니지."

"이봐. 긁은 게 있다면 나도 자네처럼 높은 집을 몇 채 지었을 거야. 먹은 게 없어 이처럼 헐렁해졌다 인마."

나는 들었던 잔을 저쪽의 무릎 앞으로 탁 내려놓고 자리에서 일어섰다. 저쪽의 이마빼기 앞으로 집게손가락을 쑥 뻗고 관자놀이가 뜨거워지는 걸 느끼면서 침방울을 날렸다.

"이봐 자네. 자네는 백주에 나다니는 낮도둑 아닌가. 시효가 지난 채권으로 얽어서 남의 땅을 꿀꺽한 사람 아니냔 말여. 세상 사람들의 입은 못 속인다고."

"이런. 뭔 소리 하는 거야."

저쪽은 까끄름해지는 눈꼴로 이쪽을 올려다봤다. 그는 이마에 골개천을 그리면서 말했다.

"뭔 개방귀소리를 하는 거야. 공술 얘기에 발딱한 거야? 공무원 외통을 냄비바닥 아니랄까 봐서?"

"외통이라고? 나는 똑바로 보고 있어. 산업도로변의 묵정밭 말야. 농부에게서 억탈하지 않았나? 꿈에 본 돈도 찾아먹을 사람이 자네란 말야."

"허, 이 사람 보게. 그래그래 좋아. 일단 엉덩이를 낮추고 얘기해."

저쪽은 굴러먹은 장사꾼답게 으등그렸던 이맛살을 싹 펴면서 이쪽의 바지자락을 당겨 앉혔다.

"세상 사람들이란 남의 일이 잘되면 으레 마른 입질로 뒷소리를 만들어낸다고. 뭐, 남의 땅을 억탈했다고? 하 참, 환장하겠구만. 들어보라고. 길게 얘기 안 할게. 요약하면 이런 거야. 내가 매입한 밭의 바깥쪽 땅이 누구 것인지 아나? 외지인 거야. 그 외지인이 중간에 사람을 놓아 저쪽 농부의 땅을 팔아 달라고 엉너리를 치기 시작했어. 철조망을 둘러 안쪽 밭의 통행을 막아버린 건 계략이었지. 무슨 말인지 알겠나? 땅이 봉쇄되자 이 맹지는 이용가치가 없게 되고 값을 쳐주지 않았을 뿐만 아니라 사려는 사람도 없게 되었지. 철조망으로 통로를 가로막은 외지인만이 브로커를 시켜 땅을 사려고 했을 뿐이야. 이걸 내가 알고 뛰어들게 된 거라고. 저쪽에 갯값으로 땅을 넘기느니 내게 팔아 달라, 이렇게 나온 거지. 나는 부르는 대로 값을 쳐줬다고. 등기 이전비 정도를 깎았지. 생각해보라고. 내가 뭐 파렴치한 짓을 했나? 나는 그런 사람 아니야. 다른 사람이 내게 억탈 어쩌고 했다면 따귀를 날렸을 거야. 바로 알고 얘기해야지."

저쪽이 참말을 하는 건지 거짓말을 하는 건지 말수가 워낙 그럴싸해서 나는 분별 구멍이 막히고 말았다.

"……"

내가 머쓱해 있자 저쪽은 잔에 술을 따르고 한 개를 내게 내밀면서 건강을 빈다고 겉말을 지껄였다. 나도 저쪽에 사업이 잘되기를 빈다고 공소리를 했다.

 나의 살던 고향으은은….저쪽은 발끝을 토닥거리면서 무슨 소린지 쑹얼거리다가 소매 끝을 올려 시계를 내려다보았다.

"왜 안 올까."

저쪽의 시선이 내게로 향해지면서 눈을 슴벅거리더니 슬쩍 웃음을 흘렸다.

"자네 돈을 벌게 해줄까? 물난리 맞고 왕창 망했지? 나도 수재민 아닌가. 나도 보상받을 게 있어."

나는 저쪽의 꺼드럭거리는 품 때문에 뻥치는 소리 이상으로 들을 수 없었다.

"보상이라니? 지원금 의연금 다 받아먹었는데."

"그거 말고 말야. 받은 것 정도로는 안 되지. 이번 물난리는 천재지변이 아닌 거야….."

"그러니 어떻단 말인가?"

"그러니 틈은 있다 이런 얘기지."

"그런가?"

"그런데 말야….잠깐 물어볼 게 있어. 자네 우리 묵은 집에 살던 과부여자 어디에 숨었는지 알지? 이웃에 살았으니 자네는 알고 있을 거야."

"숨었다고? 왜?"

"모르나?"

"몰라."

"그럼 그 얘기는 치우고….처음 얘기를 하겠어. 그 사람이 와야 한다고. 물난리를 몸으로 겪은 자네와 재산을 잃은 나와 이번 재난의 원인을 잘 아는 그 전문가가 함께 의논해야 해."

"기다리는 그 전문가라는 사람, 지난번 기자들 틈에 끼어 왔던 그 사람인가? 박식을 자랑하던 사람?"

"그래. 토목교수야. 대학에 출강하고 있을 걸."

나는 이 사람의 복심이 무엇인지를 대충 알았다. 이 사람이 기다리는 작자 또한 여우란 것도 알아냈다. 지술은 그들과 나를 한통으로 묶겠다는 기교한 구상이었다. 저자들은 그날 폭풍우 속에서 무엇을 보고 무엇을 생각하였을까. 어디에 있었을까. 물난리가 지난 다음에 슬며시 나타나서 쓰레기더미 속을 뒤지는 도적고양이 모양 아닌가.

나는 박지술에 쥐똥만큼도 정분을 느끼지 못했다. 그는 옛날 우리집 바로 아래 슬레이트집에 살던 이웃이었다. 그러나 지금은 묵은 집을 놔두고 멀리 떨어진 새 주택으로 옮겨간 지면일 뿐이다. 나는 아직도 그날의 폭우 속에서 혼자 뇌성을 들으며 허우적거리는 환상 속에 살고 있다. 현실은 흐리마리해 보이고 과거는 짙은 어둠으로 나를 덮싸고 있다. 나는 흙탕죽 같은 어둠 속에서 몸을 빼내지 못하고 숨을 고고 있는 것이다.

나는 벌떡 일어서서 발아래 내려다보이는 하천을 향해 어푸푸 —하고 기성을 냈다. 목구멍으로부터 명치 아래까지 쩍 갈라지는 것 같은 통증이 나를 가만있지 못하게 했다.

"어흐 어흐. 자네 물에 빠진 사람 봤어? 사람 떠내려가는 거 봤어, 엉?"

나는 허리로 두 손을 걸면서 발 앞에 쓰러져 있는 빈 술병을 걷어찼다.

"높은 집에 사는 사람들, 멀리서 재미있는 구경 한 거 아냐? 아닌가, 엉?"

"이 사람 뭐하는 거야. 뭔 소리 하는 거야."

저쪽은 궁둥이걸음으로 뒤물러 앉으면서 팔을 올려 이쪽의 발길이 날아오지 못하도록 앞을 가렸다.

"어어 흐흐—.자네 사람 죽는 거 봤어? 사람들 울부짖는 소리 들었어? 어디 대답해봐."

나는 내 눈 속에 남아있는 그때의 참상을 저쪽의 눈 속으로 이입시켜주고 싶었으나 그것은 불가능한 일이었다. 눈 속의 그림을 보여줘서 뭘 어찌해달라는 마음은 아니고 어떤 우애의 뜻으로 말하려는 것도 아니며 저쪽과 나 사이에 느껴지는 거리 그 짬새를 메우고 싶은 것뿐이었다.

2007년 9월 16일. 일요일이었다. 이날 박지술의 묵은 집에서 비명소리가 들려오지 않았다면 나는 내가 지은 죄를 감쇠하지 못하고 뜬귀신이 따라붙는 것 같은 가공망상에 시달릴 뻔했다. 그렇다고 내가 자신의 아픈 자책을 덜기 위해서 의식적으로 내뛴 것은 아니었다.

태풍 '나리'가 오는 날 우리 문중은 벌초를 나갔다. 왜 이날 벌초를 가게 되었느냐 하면 문중벌초 날짜를 미리 잡아놓은 데다 서울에 사는 종손이 이날에 맞춰 항공편으로 귀향하기 때문이다.

어제 지방 기상센터는 태풍이 오고 있으며 호우가 예상된다고 발표했다. 그러나 예로부터 이 지방 토양은 물 빠짐이 좋아 홍수피해가 없었으므로 주민들은 큰 경계심을 갖지 않았다. 우리는 별 걱정 없이 벌초길에 나섰다. 줄기차게 내리는 빗속에서 우리는 오전 반나절 동안 쑤걱쑤걱 풀을 베었다. 문장 어른의 달고침을 받으며 뇌성에 옴츠리면서 일을 해치운 우리는 묘지 주위로 파충류의 가죽처럼 번쩍거리는 흙빛 물이 에워오는 걸 보았다. 급속히 부풀어 오르는 수면을 바라보면서 우리는 허위허위 묘역을 빠져나갔다.

개골창이 돼버린 자드락길을 나가 지방도로 진입했을 때 이 중산간 산업도로 역시 중앙분리대의 떨기나무 우듬만을 간신히 남겨놓은 채 도로와 노변, 주변 땅이 모두 물에 잠겨 수평을 이루고 있는 상태였다.

승용차를 모는 사촌은 자갈돌을 쏟아붓듯이 차 지붕을 때리는 빗소리를 들으며 얼굴을 찡그리고 '어어 이봐라, 기어 변속이 안 되는데, 차가 왜 이리 달싹거리지' 하면서 연신 툴툴거리는 소리를 내었다.

우리 차가 경사진 내리막길로 들어서며 서행하고 있을 때 클랙슨 소리를 요란하게 울리면서 트럭 한 대가 옆을 지나쳐 갔다. 트럭이 이쪽의 차창으로 흙탕물을 튀겼기 때문에 우리는 잠시 시야가 가렸다. 양 날개를 편 듯이 물줄기를 솟구쳐 올리며 질주하던 트럭은 내리막길의 끝쯤에 이르자 갑자기 차체가 옆으로 휙 돌려지면서 길 밖 배수로 쪽으로 뒤집혀 들어갔다.

"어어, 아아—."

사촌도 나도 경악하였다. 사촌은 벌떡 몸을 뒤로 젖히면서 차의 브레이크를 밟고는 바람이 일도록 핸들을 돌렸다. 우리 차가 뒤돌려졌을 때 나는 빗소리보다 더 크게 울리는 심장의 고동소리를 들으며 뒤를 돌아봤다. 둔덕과 도로 위로 먹구름처럼 층상(層狀)을 이룬 물이 넘쳐흐르고 있었다. 빗물이 흐르는 뒤창 유리 저편으로 꼬나박힌 트럭의 후부가 한구석 쳐들려 미등을 깜박거리고 있는 게 보였다.

우리 차가 우회도로로 나왔을 때 수위는 낮았으나 도로는 이쪽도 역시 물탕 속이어서 차는 기는 속도로 운행하였다. 뇌성 번개가 하늘을 찢는 호우 속을 뚫고 가까운 경찰 파출소를 찾아가 차량사고를 신고하고서 우리는 넋빠진 사람이 되어 귀가하였다.

　그 사람 살았을까. 내가 목격한 장면은 사실일까. 폭풍우 속에서 돌연히 목견된 광경이 왜 내 뒤를 따라와 꼭뒤를 누르는 걸까.

　나는 머리통을 싸쥐고 얼굴을 방바닥에 박고 엎드려 지붕을 때리는 빗소리를 들었다. 황황급급 촉박한 상황이라곤 해도 위기에 처한 인명을 버려둔 채 몸을 뺀 우리의 행위는 역륜이 되는 것 아닐까. 전도된 트럭의 뒷바퀴가 비오는 하늘에서 아직도 뺑뺑이판처럼 돌고 있는 모양이 왜 눈앞에서 지워지지 않는가. 엔진소리는 왜 꺼지지 않고 자꾸 쿠릉거리는가.

　운전석은 좁다. 운전수는 꼼짝없이 갇혀 있을 것이다. 발과 장딴지가 짜부라진 차체 바닥과 핸들 축 사이에 끼고 핸들 손잡이가 가슴을 눌러 몸을 빼지 못하고 있을 것이다.

　나는 몸을 움직이기가 두려워 엎드린 채 이마를 방바닥에 박고 머리털을 잡아 뜯었다. 전복된 차체의 바닥이 위로 쳐들려 희읍스름하게 물결짓고 있는 모양이 여전히 눈을 떠나지 않았다. 미등이 아직 깜박거리고 있었다. 계기반의 불빛 하나가 물속에서 비쳐 나오고 있다. 계기반의 푸른 불빛은 나를 지켜보는 눈처럼 빛을 쏘아 섬뜩한 느낌을 금할 수 없었다. 나는 비열하고 무력한 겁쉬인가.

　그때 철판을 갉는 것 같은 새된 소리가 귀청을 찔렀다. 목청을 찢는 그 소리는 몸이 오싹해지도록 절박하게 들렸다. 나는 배를 깔고 엎드렸던 몸을 일으켜 방을 나갔다. 윗집으로부터 물이 흘러들어와 마당 안은 발목물이 되어 있었다. 나는 가랑이를 걷고 발목물을 잘박거리며 아랫집이 되는 박지술의 묵은 가옥으로 달렸다. 과부가 세들어 사는 집은 우리집보다 부지가 낮아 마당 안의 물이 무릎 높이로 차오르고 대문과 울타리가 무너졌다. 집기들이 물위를 떠돌고 하수구 구멍에서 오수가 솟아오르면서 악취를 풍겼다.

저쪽은 대피 준비를 하고 있었는지 박스며 끄나풀들을 마루에 흩뜨려놓고 있었는데 너절한 물건들 속에 과부 여자가 중학생인 딸을 껴안고 퍼질러앉아 있었다. 소녀는 목을 뒤로 젖히고 물에 젖은 머리칼로 얼굴을 덮고 있어 마치 버려진 인형 같았다. 옴짝 않는 딸애의 몸을 껴안고 있는 여자가 턱을 달달 떨면서 목멘 소리로 울고 있었다. 나는 사태를 짐작하고 소녀 애를 빼앗아 둘쳐업고서 빗속으로 뛰었다. 물이 넘쳐흐르는 복개도로를 건너 인근 의료원으로 달렸다. 여인이 물속에서 두 팔을 휘적거리며 내 뒤를 쫓아왔다.

응급실에서 과부여자가 끄억끄억 숨찬 소리로 의사에게 말했다.

"낡은 문짝이 바람에 떨어지면서 애의 가슴팍을 탁 쳤지 뭡니까. 애가 뒤로 넘어지면서 머리빡을 바닥에 받친 겁니다. 제발 살려주세요 선생님. 아이고 아이고—."

여인은 주저앉아 두 손으로 얼굴을 싸고 울었.

의사가 아이의 눈꺼풀을 뒤집어보고 입속의 점막을 살피고 목을 짚어보더니 호주머니가 더러운 가운을 입은 수련의에게 심폐소생술을 실시하도록 지시했다. 간호사가 아이에게 산소마스크를 씌우고 심장모니터의 유도코드를 접속시켰다. 수련의는 아이의 가슴에 두 손을 올려놓고 퍽퍽 압박을 가했다.

"심장의 고동이 나타나지 않는군."

의사가 말했다.

"적외선 등과 저체온용 담요를 가져와요. 체온을 올려 봐요."

의사가 간호사에게 명했다. 간호사는 숙련된 동작으로 빠르게 움직였다. 나는 소녀의 코와 입에서 피와 점액이 조금씩 흘러나오는 걸 보았다. 심장 모니터에서 미세한 변화가 나타나는 것 같았다. 의사의 등뒤에 서서 먼발치로 바라보는 내 눈에 일직선이 아닌 불규칙한 곡선이 파상으로 물결치고 있는 게 보였다.

"맥박이 뛰는데요!"

나는 의사 쪽으로 다가서며 입 가벼운 소리를 내었다. 아이의 심장이 마침내 고동치기 시작한 것이다. 의사는 내 쪽을 흘끔 돌아다보고서 손을 떨며 돌아섰다.

"우리는 할 수 있는 일을 다 했습니다."

의사가 간호사에게 환자를 맡기고 병실을 나가자 나도 젖은 몸을 달달 떨고 있는 과부여자와 아직 의식을 되찾지 못한 아이를 남겨놓은 채 황급히 응급실을 나갔다.

세찬 바람이 휘몰아쳐서 병원 앞뜰의 나무들이 미친 듯이 날뛰고 있었다. 굵은 빗방울이 나뭇잎을 치고 번개가 하늘을 가르고 천둥소리가 목을 움츠리게 했다. 검은 구름이 낮게 쳐져내려 세상은 흑백의 그림처럼 침침했다.

나는 셔츠의 목깃을 올리고 머리통을 두 손으로 누르고서 비바람 속으로 뛰어들었다. 장애물을 넘듯 다리를 겅정겅정 들어 올리면서 물탕길을 걸었다. 내가 달려왔던 길을 되짚어가서 수위가 한층 높아지고 온갖 잡물들이 덩이로 엉켜 떠내려 오고 있는 복개도로로 들어섰다. 곧장 길을 건너려고 했지만 물살에 밀리는 발이 제대로 땅을 밟지 못해 옆걸음질을 쳤다. 수위가 목을 넘지 않는 한 안전할 거라고 생각했던 나의 판단은 큰 오산이었다.

나는 도로 한가운데에 이르러 앞걸음도 뒷걸음도 할 수 없는 양난에 빠졌다. 그때 도로를 하천으로 만들어버린 급류 위로 두루마리구름 같은 물결이 달려오더니 내 몸을 월컥 떠밀었다. 바람이 굉장한 소리를 내며 물면을 내리쳐서 물보라가 안개처럼 피어올랐다. 나는 발밑의 지면이 쑥 빠져나가는 걸 느끼며 갭직하게 떠들려서 옆으로 쓰러졌다. 순간 나는 가슴 속에서 고동이 뚝 멎는 것 같은 소리를 들었다. 매우 명료한 의식으로 나는 이제 죽는구나, 익사자들은 이렇게 죽어갔구나 하는 생각이 죽음을 눈앞에 둔 자의 마지막 회오로 떠올랐다. 나는 숨길이 막혀 몸을 뒤치면서 버르적거렸다.

나는 뒹굴리며 버르적거리며 흙탕물 속을 떠내려갔다. 부유물에 섞여 떠내려가던 나는 견고한 물체에 부딪쳐 몸이 뒤로 튕겼다. 나의 꿈트럭거리던 생명이 반짝 불티를 올리면서 실가닥 만큼 남은 의식을 깨워 일으켰다. 나는 반사적으로 팔을 뻗어 몸에 닿는 돌출물을 그러안았다. 그러안은 물체로 몸을 괴면서 흙탕으로 뒤발한 머리를 들어올렸다. 나의 몸은 뒤엉킨 차들의 틈새에 걸려 있었다. 복개도로의 양편은 지정 주차구역이었으므로 떠내려가던 차들이 길이 구석진 곳에 엉켜 있었던 것이다. 나는 검덕귀신이 된 모양으로 엎어지고 둥그러지면서 뒤엉킨 차들의 덮개 위를 기어 급류 속에서 나왔다.

나는 물웅덩이동네까지 들어가지 못했다. 우리 동네의 하천 복개 입구에서 시꺼먼 물기둥이 솟구쳐 오르며 호안을 넘치는 물이 동네 전체를 물바다로 만들고 있었기 때문이다. 어디서 사람이 아우성치는 소리가 들렸다. 나는 기신없이 서서 물에 잠긴 집들을 바라보았다. 돌조개껍질처럼 도색이 벗겨져 주름이 보이는 슬레이트지붕 몇 개가 물위에 떠 있었는데 우리 집은 지붕 한 구석이 날아가 하늘로 아가리를 벌리고 있었다. 나는 세상이 기울거리는 현기증을 느끼며 끊어질 뻔하다가 간신히 붙어 남은 숨길이 배를 불룩거리게 하는 내 모양을 내려다보면서 고개를 숙였다.

누운벼락 같은 재난으로 목숨을 잃은 우리 동네 사람은 모두 3명이었다. 한 명은 실종되었다. 나의 가족은 위기를 모면했다. 근린에 살던 고철장수 영감이 홍수의 위험을 모르고 집에 박혀있던 사람들을 언덕배기 위로 내몰았기 때문에 희생자가 적은 것이다. 이렇게 사람들을 안전지대로 몰아낸 영감은 어디로 갔는지 다시 보이지 않았다. 행정관청에서는 그를 실종으로 처리했다.

내 눈에 비치는 삶의 모습에는 비애가 서린다. 나는 그때 하늘을 우러르고 고개를 숙였던 심정으로 지금 살고 있다. 살아있는 생명이 어쩔 수 없이 겪는 고통이 이런 것이라면 나는 할 말이 없을 것이다. 나는 그 슬픔을 끌어안고 살 수밖에 없는 것이다.

내가 박지술에게 발딱한 것은 저쪽이 내가 겪은 슬픔의 근처에도 못 가봤으며 너무 치뜬 모양을 보였기 때문이다. 그러나 나는 곧 자신의 이마빡을 치면서 발딱 성질을 내 가슴의 비애 속으로 눌러 담아야 한다고 생각했다. 나는 저쪽의 무릎을 다독이면서 발딱한 과오를 미안풀이했다.

"자네는 돈 주고 뜯으려던 묵은 집을 지금은 돈을 받고 뜯게 된 것 아닌가. 하, 그거 참. 될 집은 수탉도 알을 낳는다고 하던데…."

"맞어. 뭐 내야 머리 하나로 사는 거지. 머리 없이는 못살아. 자네도 돈을 벌게 해줄 거야."

"그 전문가란 자가 안 오는데도?"

"아냐, 와. 지난번에도 왔었잖아. 기자들이 현장 취재를 할 때 말야."

박과 나는 둘이서 술을 네 병 비웠다. 지술은 잔에 술을 따를 때마다 이쪽의 건강을 빈다는 축수 시늉을 하면서 한 잔을 내게 내밀고 다른 잔을 제가 들어 올려 지친 빛 없이 마셨다.

"……."

"자네 방금 나보고 될 사람이라고 했나? 사람을 볼 줄 아는군. 될 사람은 가지나무를 심어도 수박을 딴다고. 그런 말 들어봤지? 지난날 우묵동네 묵은 집에 살 때 나는 가난으로 배를 곯았지. 자네 집에서 풍기는 반찬 조리는 냄새가 사람 죽이더군. 자네는 가난 때문에 고생한 걸 몰라. 나는 언제나 공무원 하는 자네가 부러웠지. 자네 정도는 사는 형편이 돼야한다고 속다짐을 하며 살았어. 자네는 몰라. 공무원은 앉아 놀아도 월급이 나오지 않는가. 그렇지?"

"뭔 냄새를 맡았다고? 우리 집에서는 성찬을 만들어본 일이 없어. 코머거리 코 가지고 말을 짓지 마. 옛날에 배를 곯지 않았던 사람 있는가."

"그래그래. 자, 건배!"

저쪽은 넉살부려 웃었다. 나는 저쪽이 사람을 쉽게 낮잡아보는 졸부 행투에 구역질이 났다. 나는 꿀꺽 삼켜서 참았지만 나의 입에 살짝 가시가 돋는 것은 어쩔 수 없었다.

"자네는 땅장사할 때부터 개발 찬성자였지? 이번 재난은 하나만 알고 둘은 모른 그런 뻥짜들 때문에 일어난 거야. 알겠어?"

"개발 찬성자들 때문에? 자네는 지금도 옛날 노래를 부르고 싶은가? 지겟짐을 지고 우마의 길마에 짐을 싣고 수레를 끌고 어랴어랴 어서가자 두메산골 내 고향으로… 못살아도 나는 좋아, 이거야?"

"자네가 개발을 따라다니는 속마음을 다 안다고. 개발을 해야 투기바람이 일고 투기바람이 일어야 자네가 뛰어들 구멍이 생긴다 이거 아냐? 그거 아닌가?"

"개발 덕을 본 사람은 많아. 자네 사촌도 대단한 수혜자일 걸."

"우리 종형 말인가? 지금 울고 있어. 그놈의 개발 때문에 망했다고."

"망하긴 왜? 자네 사촌은 개발 덕분에 과수원 하나 얻었는데. 도로 개설이 안됐다면 그런 산골짝 땅에 농기계, 차량이 드나들 수 있겠어? 컨테이너 창고를 만들 수 있겠어? 안 그래 응?"

"자네는 한쪽 면만 보고 있어. 그 개발이란 것 땜에… 사촌은 울면서 말하더라고. 산으로부터 내려온 물이 밭 가득 모였다가 물 흐름을 막는 곳을 부수었는데 그 자리에 새로운 하천이 만들어졌다고. 마치 지뢰가 터진 것처럼 아스팔트도로가 끊기고 그곳으로 원래 도로 넓이의 두 배가 넘고 깊이가 어른 키만한 계곡이 생겼다는 거야. 이곳으로 과수원 밭의 흙과 과수가 모두 쓸려가 버리고 돌바닥만 남았는데 이웃 밭과의 경계선마저 지워져버려 제 밭이 어디까지인지조차 모른다는 거야. 기가 막힐 노릇 아닌가. 형은 기가 막히다는 말을 열 번도 넘게 하더라고. 추석에 과일을 딴다고 꿈에 부풀었던 종형은 지금 몸져누워 있어."

"그거 안됐군. 그런 땅이라면 지적도를 빼주고 팔아버리면 되지. 내가 팔아줄까?"

"형은 절대 안 팔걸. 흙을 사다가 담아 넣어서 다시 과수원을 만든다고 했어."

"자네도 냇가 집을 팔고 싶지 않은 모양이지? 집을 수선하는 게 여기서도 잘 뵈는데. 그래봤자 다시 물난리 나면 그만 아닌가."

"그런 우려는 자네의 묵은 집도 마찬가지야. 집자리를 조금 높여봤자 우묵 땅에서는 별 수 없을 걸."

"나는 값을 받고 팔려는 거지 내가 살려는 게 아니야. 보상이 나오면 곧 새로 지을 거야."

"자네는 보상 보상하고 꼬시롬한 냄새가 나는 것처럼 말하는데 나는 이해가 안 가."

나는 고개를 저었다.

"이해가 안 간다고? 왜? 그럼 이해가 가도록 얘기해 주지. 시청은 제삼지구

개발사업을 진행하면서 이번 물난리를 키운 것으로 드러나 충격을 주고 있어. 개발사업 시행을 앞두고 재해영향평가가 있었을 터인데도 어찌된 일인지 사업지역 안의 빗물과 토사 유출을 막는 침사지를 만들지 않은 거야. 때문에 인근주민들이 물난리 때 막대한 피해를 입었다고 들고 일어난 거지. 시청을 상대로 소송을 제기했는데 모 인사가 뒤에서 거들고 있다는 얘기를 들었어. 공무원이란 사람들 아니 행정관청이라는 데서는 주민의 눈을 속여 일을 음흉하게 처리하는 게 예사라고. 우리 우묵동네도 마찬가질 거야. 복개공사 때 무엇을 잘못했는지 하자를 일일이 밝히려고 해. 당시 공사내용을 잘 아는 전문가가 협조하기로 했거든."

말하는 사례는 매우 그럴듯하여 즐거운 일이 될 듯도 싶었으나 나는 저쪽의 행투에 온당함을 느끼지 못하고 있었으므로 당초의 내심을 굳히기로 마음먹었다. 박지술이 원군으로 기다리는 그 전문가란 사람이 어떤 인물인지 나는 잘 알고 있다. 나는 그걸 밝힐 필요가 있는지 없는지를 생각중이었다. 내가 아는 한 그는 신뢰하기 어려운 인간이다. 박지술은 그걸 아는지 모르는지 그쪽을 할아비처럼 믿는 눈치였다.

그 전문가에 대해 내가 알고 있는 부정적인 면을 박지술은 왜 모르고 있을까. 내가 건정 짚어본 바로는 지방신문이 사람 이름을 익명으로 적고 있기 때문인 것 같았다. 사건기사에서 'A씨' '김 모씨' 'B 모 교수' 따위로 표기하면 알아보는 사람도 더러 있겠지만 대부분 사람들은 실제인물을 깜깜 모르는 것이다. 그때 'C 교수'가 바로 지금의 토목전문가인 것이다. 인격과 지식이 단절된 사이비 학자로 매도되었던 사람이 왜 물난리 속에서 덕살좋게 얼굴을 내밀었을까. 나로서는 알 수 없는 일이지만 얕은 머리로 추측해 보건대 물난리의 혼란 속에서 명예회복 방법을 찾았거나 아니면 자신의 지식을 써먹을 기회가 온 것으로 판단한 것 같다. 그는 탕약에 감초처럼 취재기자들이 찾아가는 현장으로 달려가 소위 전문가 의견이란 것을 발표하고 행정관청을 비난했다. 맷가마리를 만드는 데는 행정 쪽이 가장 만만했던 모양이다.

그가 매장될 당시 나는 현직 공무원이었다. 공무원은 신문 구석구석을 살피고 부서에 해당되는 기사가 있으면 신속히 대응해야 했다. 그때 내가 본 기사 중에 이런 보도가 있었다.

—정책이나 산업개발 인허가(認許可) 판단기준이 되는 환경영향평가를 심의하는 위원들이 용역대행기관이나 평가서를 만드는 일에 참여할 수 없게 되었는데도 이를 무시하고 심의위원직과 영향평가용역을 번갈아 맡으며 엄청난 용역비를 챙긴 사실이 확인되었다. 모 대학에 적을 두고 있는 'C 교수'와 'D 교수'는 심사위원으로 참여하여 평가서 내용을 반대하거나 보완토록 만들고 보완작업에 자신들이 끼어드는 수법을 썼다. 이들이 만든 환경영향평가서 내용은 베껴 쓰기이거나 행정 입맛에 맞추기로 작성되어 문제가 되었는데 사법당국이 조사에 나섰다.

이 기사 내용은 우리 업무와는 상관없었으나 해당 부서에서는 검찰 수사에 대비하여 회계 관계를 점검하는 등 편안치 못한 상태가 되었다. 수사를 받은 익명의 교수들은 벌금형을 선고받고 교단을 떠났다는 뒷얘기가 있었다.

그런데도 사법처리 된 자가 발막하게 우리 앞에 나타나 휘젓고 다니는 것은 이유가 어떻든 철면피해 보였다. 박지술은 그를 행동하는 지성으로 추어올리면서 마음속으로 휘파람노래를 부르고 있는 모양이었다.

"하, 요즘 세상은 말야…."

저쪽은 이쪽의 술잔을 가득 채워주면서 자, 건배! 하고 잔을 들어 올렸다.

"자네, 술맛 좋지? 술 센데?"

그는 어깨를 들먹이면서 너털거렸다. 나는 저쪽의 덩그럭거리는 모양새에 조금도 호감을 느끼지 못했다.

"자네가 권해서 먹는 거야."

나는 슴슴하게 대답했다.

"그런데 세상은 말야, 이건 소송문제와는 다른 얘긴데."

저쪽은 여유를 부려 잠시 이야기를 곁가지로 흘릴 모양이었다.

"세상은 요지경단지더라고. 수재민이 집안을 건조시키느라고 숟가락 밥그릇 냄비 조리기 등 집기를 집 밖에 내놓았는데 눈 깜짝할 사이에 훔쳐가 버리는 사람이 없나, 떨어진 대문을 들어가 버리질 않나, 수재민 돕기 바자회를 연다고 광고해 상품을 팔고 돈벌이를 한 땡처리업자가 없나…. 그뿐인가."

"……"

"수재민에게 내주는 주택 복구지원금을 먹튀한 사람도 있는 거야. 내가 당했지 않나. 알고 있지? 세입자가 들어있는 주택의 경우 돈이 세입자에게 전달되었는데 그 돈은 건물 복원에 사용하라는 것 아닌가. 그런데도 우리 묵은 집에 살던 과부년은 복구지원금 이백만 원을 꿀꺽하고 튀어버렸다 이거야. 내가 그 여자에게서 받은 것은 사글세 몇십만 원뿐이라고…"

"뭐 그만한 걸 가지고. 자네는 큰 주머니를 차고 다니는 사람 아닌가. 그녀의 사정은 억판일 거야."

"아냐, 안 돼. 그런 인간은 바로잡아놔야 해."

"바로잡는다고?"

"자네, 그 여자가 숨은 곳 알지? 옆집에 살았으니 알고 있을 거야."

"……"

나는 그녀를 물난리 때 본 이후로 다시 보지 못했다. 저쪽은 내 눈 속을 엿

살피듯 들여다보면서 말했다.

"지난번 붙잡았을 때 좀 더 내리족치는 건데. 야, 그년 신음소리 한 번 안 내고 이를 악다물던데."

"자네 여자를 팼나?"

나는 들었던 잔을 내려놓으며 눈살을 찌푸렸다. 나는 상대방에게 모멸을 담은 눈총을 보내면서 물었다.

"그 여자를 붙잡았는데 왜 내보고 사는 곳을 물었지?"

"마트 앞을 지나다 우연히 맞닥뜨린 거야. 그녀는 어느 구멍에 숨어 사는지 조가비처럼 입을 다물고 말하지 않았어. 그래서 마구 팬 거지. 입을 열 때까지 패줄 작정이었지. 그런데 사람들이 몰려들어 여자를 떼어놓아 버리지 뭐야. 여자는 올무에서 벗어난 짐승처럼 절뚝거리면서도 바람같이 뛰어 달아나더라고."

"달아났다면 끝난 거야. 여자를 아무리 족쳐봐야 돈이 나올 구멍이 없을 걸."

"나는 받아내고 말거야. 사채를 빌려서래도 물어내도록 해야지. 그런데 그 여자 말야, 이상하지 않나. 예사 때라면 빽빽 소리를 질렀을 여자가 엎눌러놓고 녹신하게 패는데도 한마디 찍소리가 없어. 끙끙 땅을 긁으며 달아나려고 할 뿐이야. 패는 것쯤 얼마든지 좋다, 어디 해봐라, 이런 각오 같았어. 괴상하지 않은가?"

"개 패듯 했단 말인가."

"그렇지."

"그것으로 자네 빚은 끝이야. 다 받은 셈이야."

"아냐. 끝이 아니야. 빚은 받아야 해. 받아낼 때까지 언제 어디서든지 잡아서 패줄 거야."

"자네는 폭력으로 고소될 걸. 그녀가 가만있겠나?"

"하, 이 퇴물 양반. 여자가 왜 맞을 때 비명을 지르지 않았겠나. 절대 고소 안 해. 고소하면 자기도 사기죄로 철창신세지고 꼼짝없이 돈을 물어내야 할 텐데. 그걸 알고 있는 거야. 그래서 피해 다니는 거지."

"야, 이 얼뜨기야. 여자는 사채도 빌릴 수 없어. 물어낼 능력이 없지 않나."

"이런. 자네는 몰라도 한참이야. 채무 이행을 못 할 경우 몸을 내놓겠다, 맘대로 해라, 이런 이면계약을 해놓으면 얼마든지 된다는 거 모르고 있었나?"

"뭐라고?"

나는 술잔을 들어 박살나게 내던지고 말았다. 나는 벌떡 일어나서 하수가 흘러들어 두엄냄새를 풍기는 하천을 바라보며 손나발을 만들어 불었다. 끄어어—.무엇이 심장을 긁으면서 목구멍을 짜부라들게 하여 나는 막히는 숨을 괴롭게 트지 않을 수 없었다. 터뜨리는 소리는 게사니목청 같기도 하고 길짐승이 울부짖는 소리같이도 들렸다. 나는 미친 듯이 뒤질렀다.

"끄어어—."

"어? 이 사람 술 취했나? 술주정하는 건가?"

박지술의 얼굴에 홍조가 비꼈으나 곧 사라졌다. 그는 눈가를 씰룩거리며 땅을 짚고 몸을 물렸다. 내가 대질렀다.

"그래. 나 취했어, 응. 어쩔 거야. 내가 술 취한 거 잘못됐나? 너는 몰라 자식아. 너 사람 죽는 거 봤어? 물에 빠진 사람 살려달란 소리 들어봤어? 병원에 간 사람 어찌됐는지 알어?"

저쪽은 굴러먹은 이력이 있어 억누른 어조 속에 날을 세웠다.

"어어. 너 수해당하고 머리가 이상해졌구나. 순한 양 같은 사람이 왜 조금

하면 꽥꽥 멱따는 소리를 내고 캥거루새끼처럼 발딱발딱 일어서려고 하는 거지?"

"뭐? 발딱발딱이라고? 나보고 냄비바닥이라는 거야?"

나는 잠시 어리벙벙해진 머리로 머쓱히 서서 금방 무슨 일이 일어났는지를 생각해보려 하였다.

저쪽이 내 바짓가랑이를 잡아당겼다.

"이리 앉아봐. 내 재미있는 얘기 해줄게."

나는 끌리는 대로 마지못해 박지술의 무릎 앞으로 내려앉았다.

"그래 어디 해봐!"

나는 개꼴이 돼버린 체면을 어질러 넘기려고 눈방울 굴리는 모양을 보였다. 저쪽은 웃지 않고 말했다.

"우리가 돈을 버는 건 틀림없어. 그 토목교수는 이렇게 말하더라고. 우리 고장은 땅이 한쪽으로 경사져서 모든 하천이 내천(川) 자를 그리며 바다로 흐르고 있지. 그런데 도로는 모두 해안선을 끼고 달려서 석삼(三) 자를 그어 등고선을 만들고 있다는 거야. 그러니 하천과 도로는 모두 우물 정(井)자로 얽혀서 서로 잘릴 수밖에 없지 않겠어? 얽히는 것까지는 그렇다 해도 물길을 제대로 터주지 못한 게 문제라는 거여. 그는 자연의 길을 잃은 하천을 자연으로 돌려보내야 한다, 하고 구호를 외치더라고."

지술은 메모를 해놓은 쪽지를 꺼내 보았다. 그는 빠뜨렸던 게 있었던지 덧붙여 말했다.

"산에서 바다까지 하천 기울기가 심해 물이 조금씩만 늘어도 지형의 기울기가 달라지는 곳에서는 홍수해를 커지게 한다는 거지. 하천을 곧게 뽑아놓은 곳도 물흐름이 빨라지면 곧 물이 넘치고 하천 주변의 시설물을 쓸어버릴 수 있다고 했어. 이런 위험이 존재해 왔는데도 좁아진 하천 폭과 복개, 불합리한 배수 구조로 물길이란 하천 환경을 완전 무시해 버렸다, 이런 지적을 했지. 어때, 전문가다운 시각 아닌가?"

나는 점점 감정이 뜰뜰해져갔다. 그 사람이 이렇게 말했다면 자신이 저지른 일을 남에게 넘겨씌우는 것이다. 사실대로 말한다면 지방자치단체의 하천정비 기본계획수립 당시 저쪽은 환경영향평가에 참여한 사람이다. 그 사실은 작자가 사법처리 될 때 이미 밝혀진 일이다. 그는 많은 영향평가에 관여하고 당시의 이기적이고 전시행정적인 자치단체장의 요구에 따라 그럴듯한 말로 발라맞춘 용역보고서를 낸 사람일 뿐만 아니라 사후관리 감시단에도 끼었었다. 그가 지적한 사업들은 그가 뒤재주를 부릴 때 이루어진 것이며 그래서 그가 전혀 무관한 것으로는 볼 수 없었다. 설사 무관하다 해도 그의 과거 행태로 볼 때 입싸게 뒤까불 처지는 못 되는 것이다. 법정에서 지적받은 대로 지식과 인격이 단절된 사람이 아니라면 말이다.

"그 사람은 안 올 걸. 자네가 기다리는 사람."

나는 참았던 말을 꺼냈다.

"그 사람은 법정에 서주지 않는다고."

"왜?"

"왜는 왜야. 그 사람 속은 알 수 없어. 지금 시간이 지났는데도 안 오는 것처럼 나타나지 않으면 그만이지."

"아냐. 온다고. 내말 들어봐. 토목교수는 아는 게 더 있지, 하고 말하기도 했어. 중요한 걸 아직 다 밝히지 않았다는 암시였는데 그건 나중에 얘기하겠다는 뜻 같았어. 그리고 이때 실은 나도 속으로 그런 복안을 가지고 있던 터이기는 했지만 저쪽이 제삼지구 얘기를 띄우며 소송을 제기해보라고 옆구리

악마는 숨어서 웃는다 185

를 지른 거야. 승산이 있다는 얘기였지. 자기가 협조해줄 수 있대요. 고마운 얘기 아닌가. 그 사람만 도와준다면 우리는 이길 수 있어. 자네에게도 좋은 일이지."

"자네는 개발 찬성자라고 자칭하더니 박쥐구실을 하는 건가? 지금 문제는 인재라는 것 아닌가. 차라리 기상 이변이라고 말해야 자네에게 맞지 않겠어?"

"개발이라고 해서 다 오케이는 아니야. 잘못된 건 잘못된 거지. 부실공사를 해달라고 요청한 적은 없어. 이것이 골자야. 자네 잘 듣게. 인재라고 한 것은 보상을 받기 위해 그쪽으로 몰고 가는 거지. 자네 돈 버는 거 싫은가. 자네는 물난리 때문에 망해서 귀뚜라미신세가 돼버리지 않았느냐 말여."

"지술이 자네, 지난날에는 복개를 해달라고 청원서까지 낸 사람 아닌가. 복개 덮개를 앞내까지 올려달라고 청원서를 만들어 시청을 드나들지 않았나. 묵은 집터의 지가를 올리기 위해서 그랬던 건가? 그냥 내버려 뒀어야 옳았던 거 아닌가."

"뭔 소리 하는 거야. 하천에 탁한 물이 흐르고 모기가 앵앵거리고 악취가 코를 찌르는 거 좋았어? 약 치러 가야 하고 풀 베러 가고 쓰레기 치워야 하는 거 좋던가? 덮어버리니 얼마나 좋았는가. 보기 싫은 거 없고 위생적이고 주차 공간 넓고. 이제 와서 그런 소리 꺼내지 말게. 복개를 해달라고 청했대서 대충해버렸다면 그게 말이 되는가. 지금 당한 일만을 문제로 봐야 해."

"……."

"그 친구 왜 안 올까?"

"안 올 거야. 시간이 많이 지났어."

나는 저쪽의 걸쌈스러움에 반감이 일어 시들먹하게 받았다.

"오기로 했어. 현장을 보면서 의논하기로 했지. 틀림없이 온다고. 그 사람

입으로 협조해준다고 말했으니까. 실은 내가 조금 질러 준 것도 있지…."

"그자는 법정에 서려고 하지 않을 걸."

"아니야. 여기 와서 구체적으로 얘기한다고 했어. 법정까지 가 주겠지 뭐. 못가겠다면 동그라미를 더 바라는 거야. 요거 또 얼마 집어주면…. 그리고 소송이 성공할 경우의 사례도 미리 약속해 놓는 거지. 돈맛을 본 현학들은 돈으로 사기 쉬워. 그 친구만 협조해주면 일은 얼마든지 잘되게 되었지. 복개공사의 어느 부분이 잘못됐는지 그는 알고 있을 것이므로 자세히 밝히는 거야. 전문가가 직접 증언하게 되는 거지."

"곧 소송으로 들어갈 건가?"

"그래. 그 준비를 하는 거야."

저쪽은 손가락 끝을 딱 튕기면서 싹둑하게 말했다. 나는 애바른 장사꾼의 여유부리는 언행에 역정이 나서 그에게서 눈을 돌렸다. 나는 할 말이 없었다. 저쪽이 끄는 대로 나의 마음은 그쪽으로 다가가지 않았다.

나는 반석 위에 허리를 구부리고 앉아서 참혹하게 부서져버린 하천 복개구조물을 바라보았다. 복개 초입에 철골이 드러나 빗살처럼 하늘로 쳐들려 있었다. 복개 상판은 떠들려 부풀어 오르고 군데군데 함몰되어 검은 구멍이 생겼다. 어디서 수채물이 썩는 냄새가 풍겼다. 박지술은 부서진 하천의 덮개 구조물과 찌글텅한 묵은 집을 보며 돈벌이 궁리를 하였다. 토목전공자는 피해 지역을 순람하면서 웅변조의 연설을 하고 주민에 무차별 악수를 청하고 아녀자의 어깨를 다독여주며 마치 선거에 입후보하려는 사람처럼 처신했다. 명줄을 간신히 연장한 나는 인간의 이기적이고 오만한 개발이 불러온 재앙에 몸을 떨었다.

내 눈에는 아직도 도로를 덮친 물속으로 처박혀버린 트럭의 후부가 물 위에 떠서 간닥거리고 있는 게 보인다. 미등도 아직껏 깜박거리고 있다. 저쪽은 나와 사촌이 빠져 들어갈 위험을 먼저 막아준 은인이기도 했다. 그러나 이렇게 생각하자 나는 또다시 죄를 짓고 있는 느낌이 들었다. 착잡한 마음이 엉킨다. 나는 눈을 감고 나의 역륜을 하늘에 대죄해야 할 것이다. 우리 집 바로 아래 오막집에 살던 고철장수 영감은 복개하천 어느 바닥에 침사물과 함께 묻혀버린 걸까. 굽은 등으로 리어카를 끌고 다니며 더운 숨을 몰아쉬던 깜장이 영감 모습도 눈에 밟힌다.

과부 여인의 딸은 건강을 회복했을까. 오래 실신상태로 있던 환자는 설사 생명을 구한다 해도 식물인간이 되어버린다고 하던데….

나는 삼장 근처가 다시 졸아드는 느낌이었다. 나는 아직도 물속에 빠진 채 헤어나오지 못하고 있었다.

물난리가 난지 며칠 후 당국이 수재 원인을 파악하기 위해 외부의 전문가들을 초청했는데 모두 한마디씩 한 것으로 신문에 보도되었다. 그들은 책임을 사업시행자가 아닌 시공자 쪽으로 넘기는 듯한 두루뭉술한 주장을 했다. 상식선을 크게 넘는 지적이 아니어서 겉핥기라는 인상을 주었다. 일테면 높은 곳을 깎아 도로의 지반을 높이면서 소하천을 뭉개버려 물의 법칙을 무시했다, 하천의 양안을 높였지만 폭을 좁혀 병목현상을 만들었으며 결과 물이 한꺼번에 넘쳐흐르게 되었다, 복개하천은 준설통로가 없거나 침사지를 만들지 않아 잘못됐으며 복개와 박스형 다리를 설치한 입구에는 유목 방지장치가 없다, 복개단면의 통수공간이 너무 좁아 유수를 다 담아내지 못했다…. 이런 식이었다. 왜 그렇게 되었는지 근본 원인에 대해서는 부러진 언급이 없었다. 상식 있는 사람들은 당국이 책임을 면하려고 어용 전문가들을 데려왔다고 비꼬았으며 공사를 맡은 시공자 쪽에서는 자신들은 하라는 대로 했을 뿐이라고 잘라 말했다.

  섞갈리는 뒷소리를 들으며 나는 사업시행으로 인한 환경영향을 사전에 조사해야 하는 전문가들이 전시행정을 좋아하는 사업발주기관에 영합했거나 아니면 수준미달이었다고 단정하였다. 우리 서민들을 울리고 죽이는 인재의 발단은 그쪽 사람들에 의해서 시작된다고 결론지었다. 나의 시각으로 볼 때 토목교수와 박지술의 의도에는 순수성이 없어 보였다. 토목교수란 자는 전문가에 맞는 도덕의무를 갖지 못한, 앞뒤가 맞지 않은 위인이며 박이란 사람은 이욕에 눈이 먼 얼치기일 뿐이다. 나는 그들과 함께 소송을 행하고 싶은 생각이 없었다.

  나는 특권층처럼 방자하게 노는 소위 권위라는 것에 대하여 비판을 가해야 한다고 생각되었다. 전문가라는 자들이 우리를 속이고 있다. 그들은 얼마든지 우리를 속일 수 있고 공익을 해칠 수 있는 자들이다. 재앙의 숨은 범인은 그들임이 틀림없다.

  내 마음이 역심으로 끓고 있는 줄도 모르고 박지술은 내 어깨를 언건하게 치면서 말했다.

  "자네는 옛날 공무원 했으니까 자네 천막집에 플래카드를 걸어야 쓰겠어. 좋지?"

  "무엇을 건다고?"

  나는 화들짝 놀라 눈꺼풀을 올렸다.

  "현수막 말야. 무엇 무엇을 보상하라! 이렇게 쓴 플래카드를 사람들 눈에 잘 띄게 자네 천막 앞에 거는 거야. 자네는 공무원 하다가 이번에 피해를 보고 들살이를 하고 있으니 충분히 사람들의 동정과 주의를 끌 수 있어."

  "안돼. 나는 낼 모레 천막을 걷고 집으로 내려갈 거야. 집수리가 다 되고 있어. 집수리를 마쳐놓고서 뭘 보상하라고 플래카드를 내거는 건 우스운 일 아닌가. 아직 찌글텅이로 놔두고 있는 자네 옛집이 알맞겠군. 거기다 걸라고. 소송제기자 중 장두는 자네가 될 것 아닌가."

"아냐. 자네가 배운 사람이니 이름을 첫머리에 올려놓겠어. 공무원 했으니까 진술도 잘할 거야."

"치워!"

나는 울컥 낯가죽으로 열이 오르는 걸 느끼면서 강퍅하게 말했다.

"나는 소송에 참여하지 않을 거야."

"어? 왜?"

"그것은 자네가 할 일이지 내가 할 일이 아니야. 내가 할 일은 따로 있어. 돈을 더 받기 위한 소송은 안 할 거야."

"어라. 뭔 말을 하는 거지? 우리는 당연한 요구를 하는 거야. 이상하게 생각지 마."

저쪽은 이쪽이 농판을 하는 게 아니라는 것을 직감하고서 뻘쭘한 모양으로 낯을 붉혔다.

나는 다시 솟구쳐 일어날 기세로 허리를 쭉 펴면서 말했다.

"사이비 위선자들을 바로 세우고 싶어. 죄책을 모르는 자들에게 경각심을 주고 책임지는 만큼만 권위를 인정하는 세론을 만들어 보려고 해. 언제나 인재가 발생할 때마다 파리 죽듯 하는 건 우리 서민들 아닌가. 서민들과 함께 그 방법을 찾아보겠어."

"너 술 취했구나. 술 취해서 꼭지가 돌아버렸구나."

나는 술에 취하지 않았다고 강변하지 않았다. 나는 그와 얘기를 끝낸 것이므로 조용히 내가 할 일을 도스르면 되는 것이다. 우리 나약한 파리들은 권위라는 갑옷을 입은 전문가들에게 처음부터 높은 목을 낼 수는 없을 것이다. 우리는 약자이므로 약자다운 소리를 먼저 저쪽에 보내야 한다. 대의와 자존, 사명을 가슴에 단단히 묻고서 과제를 수행해 주도록 공손한 전언을 보내는 것이다. 우리의 발신은 계속될 것이며 반응에 따라 다음 행동 방향을 정할 것이다.

나는 낯으로 열기가 올라 숨이 찼다. 이상하게 산다는 것의 비애가 가슴으로 괴어올랐다. 나는 박지술 쪽을 보며 이죽거려 말했다.

"그래. 취했어. 하늘이 돈짝만해 보여. 낮술을 마시니 보이는 게 다 처량해."

"자네 집수리하면서 빚진 거 다 알아. 걱정하지 마. 내가 빚 갚게 해줄게."

"……"

"토목교수는 내가 직접 찾아가서 만나보겠어. 잘 될 거야."

저쪽은 입귀를 비트는 모양으로 말하고 일어섰다. 그는 곧 이쪽에 여유를 보이느라 얼굴을 펴면서 원숭이가 웃는 것처럼 윗입술을 들어 보였다.

중편소설

강정(江汀) 길 나그네

原題—맹꽁아 너는 왜 울어

1

성당 사무실 소파에 걸때가 크고 낯판이 툽툽하게 생긴 사내가 등을 구부리고 앉아 콧부리를 만지면서 탁자 위의 신문을 들여다보고 있었다. 군턱살이 처져 목통이 굵고 층이 센 머리카락이 뻗두룩하게 일어선 눈에 익은 사나이였다. 전직 경찰 강권호 마르코였다.

저 풍장이가 왜 여기에 와 있는 걸까. 오늘은 본당 미사가 없는 날이니 술잔을 같이할 꾼들도 없을 것이고 주태를 받아줄 만수받이도 나오지 않을 텐데 말이다. 단골 주점의 구석자리에 앉아 드나드는 술꾼들의 면면을 살피고 세평이나 주워들으면 될 펄꾼이 무슨 일로 새손님처럼 털수세를 깎고 맨드리를 내고 나왔는가.

오후부터 가랑비가 내릴 것이라고 기상청이 예보했는데 아침부터 국숫발 같은 빗줄기가 술술 쏟아졌다. 석우는 비가 내린다고 성당에 나가지 않을 수 없었다. 지난주에 강정마을 미사에 나간다고 사무장에게 참가 신청을 해놨기 때문에 비가 내린다고 궐하는 것은 짓쩍음이 남을 것 같아 마음을 바꾸지 못했다. 그는 성경이 든 멜가방을 어깨에 걸고 클린하우스에서 주워다 놓은 박쥐우산을 펴들고서 집을 나왔다.

석우가 사무실로 들어서자 구부리고 앉았던 마르코가 고개를 들었다. 석우는 턱인사를 보냈다. 턱인사 만으로는 민둥하여 한마디 보탠다는 것이 새퉁스런 소리가 되었다.

"그곳엘 가는 건 아니겠지요? 당신은 무관심그룹이니까요."

"아니야. 나는 강정에 가는 거야."

"왜 당신이 그곳엘 가요? 말 갈 데 소가 가는 것 아닌가요?"

"가고 싶어서 가는 거지. 옵데강 주점은 갈 곳이 없을 때 들앉는 곳이야."

"미사 장소가 그곳이니만치 우리가 구호를 직접 외치지 않아도 기지 건설을 반대하는 집회가 될 텐데요. 알고 가는 건가요?"

"나는 반대 시위에도 참가할 셈이네. 나보고 폭도라고 불러도 좋아. 불온세력으로 몰아도 좋아. 나는 기지 건설을 반대하러 가는 걸세."

"당신은 지금까지 밖에서 돌지 않았나요?"

"뭐, 그랬지. 지난해 강정마을이 시끌벅적했을 때 말이야. 육지부에서 지원경찰이 들어왔다는 소리를 듣고 나는 몸이 오싹해지더라고. 옛날 혼란시국 때 아사리판 속을 살아온 사람으로서 이건 아니다 하는 생각이 들었어. 그래도 나는 당시 물먹은 사람이었기 때문에 죽은 체하고 살았지. 식당 옵데강에 앉아 있으면 군사기지 건설 찬성자로 보이는 사람들이 뻔질나게 드나드는 걸 보게 된다고. 그들이 지껄이는 소리도 듣게 되지. 그쪽 사람들은 성당이 신도들을 강정 해군기지 반대운동으로 내몰고 있다고 성토하는 거야. 열두 번을 들어도 그 소리지. 나는 고민했어. 사회가 짜글찌글 갈등하고 있는데 나는 외지밭으로 달아나 손뒤짐을 지고 있어도 되는 건가. 이건 불구경을 하는 모양 아닌가. 이 허벌렁한 생활에 대해서 어떤 보속을 받아야 하는가. 나는 고해한 거야. 신부님은 싹싹하게 말하더라고. '해군기지 건설을 찬반 하는데 나서지 않는 것은 죄가 아닙니다. 형제님의 자유의사로 결정할 일이지요.' 하고 말이야. 나는 이 말을 듣고 세상을 잘못 보고 살아왔다는 생각이 들더라고. 나는 마침내 주먹을 쥐고 자유로운 마음으로 몽그렸네. 지난날 우리의 모든 것을 뒤바꿔놓고 쓸어버린 전쟁과 반대쪽으로 내 의사를 보태기로 말이야."

"오, 첸이 하라쇼(잘한다)!"

석우가 손뼉을 딱 쳤다.

"그게 무슨 소리야?"

저쪽의 눈이 둥그레졌다.

"아, 아무것도."

석우는 쓱싹 얼버무리고 고양이 소리를 내었다.

"알고 보니 당신은 동지였구려. 헤헤."

석우가 히죽비죽하는 낯을 보이지 않으려고 손바닥으로 입을 가리고 있는데 빗속에서 성당 사무장이 달려와 어서 나오라고 손짓했다.

그들은 대기하고 있는 버스에 탔다. 서귀포 강정마을 미사에 참가하는 사람들은 신심단체 회원들과 구역반장이 대부분이었다.

빗물이 차창으로 귀얄질하듯 흘러내려 바깥 풍경이 수조 속처럼 어른거렸다. 석우는 물속에 잠긴 풍경 속에서 맹꽁이 우는 소리를 들었다. 그가 차창으로 바싹 귀를 대자 그 소리는 실음이 아니었다. 기억이 재생해내는 환청이었다.

석우는 빗살이 뿌려지는 차창 밖을 바라보며 비 내리는 날에 맹꽁이들이 꿍얼꿍얼 울고 있는 소리를 들었다. 그 소리는 이제 애곡소리로 들렸다. 돌

공원의 맹꽁이 이식이 너무 허망하여 공기관이 강정마을을 속인 것처럼 느껴졌다.

고향을 떠나면 서럽다. 거북이도 제 살던 바위를 떠나면 오래 살지 못 한다… 석우는 숙부의 동탕한 얼굴과 가마솥만한 웅덩이에서 포식자들에게 잡아먹히며 바동거리는 맹꽁이들 모양이 비에 젖은 창문에 얼섞여 보여 눈시울이 뜨거워졌다. 그는 여린 눈을 뵈지 않으려고 동승자들의 시선을 피해 머리를 떨어뜨리고 눈구석을 찍어냈다.

날씨가 누지면 늙은이 마음도 허우룩해져서 마음의 감기가 들곤 한다. 차창 밖으로 추적추적 내리는 빗발을 타고 가슴으로 스며드는 건 세상일이 다 그러지 않을 텐데도 시름겹고 비절한 기억들이며 잊었던 일들이 옴씰옴씰 기어 나와 마음의 앞자리를 차지하는 것이다. 산속의 굴에서 육지의 감옥에서 혼란한 전쟁 속에서 목숨을 지키고자 움츠리고 살았던 지난날들이 되살아나는 것은 물론 별별 잡념들이 다 눈에 떠오르고 별별 소리가 다 귀에 들렸다. 무관한 일이 기억에 남아 있는가 하면 어느 옛적 갑인날에 얼핏 들었던 일들까지 지워지지 않고 엊그제 본 것처럼 고물거리는 것이다.

한 시간 반을 달려서 강정마을에 도착했다. 공사장 관리소 정문 앞 근린공원 주차장에는 경찰 차량이 주차해 있고 노란 조끼를 입은 경찰들이 눌러쓴 모자챙 아래로 눈빛을 번득이며 셰퍼드를 끌고 다니는 게 보였다. 저 사람들은 빗속에서 무슨 작전을 펴려는 걸까.

석우는 검은 바위로 덮인 구럼비 해안으로 내려가 보고 싶었으나 내려갈 수 없다는 것을 알았다. 지난봄 구럼비 바위를 깨부술 때 해군은 반대 운동자들이 결코 기지 공사를 방해할 수 없도록 방벽이 없는 곳에 곧 펜스를 설치하겠다고 발표했기 때문이다. 아마 지금쯤은 울타리를 다 만들었을 게 틀림없었다.

　해군기지 건설을 찬성하는 보수단체들은 방책을 치든 길을 열어놓든 그쪽으로 돌진할 일은 없었으며 어디서든 집회를 열고 기세등등이었다. 그들은 지금도 어느 곳에서 기지 건설에 박수갈채를 보내는 집회를 열어 웨웨치고 있을 것이다. '너희는 집으로 돌아가라, 남의 마을에 오지 마라!' 시민운동가들을 질욕하는 구호소리가 귀에 들리는 것 같았다.

　그 사람들은 지난번에 국가안보 문화제를 강정 해군기지 공사장 안에서 개최하기도 하였다. 상이군경 지부, 안보 보훈 예비역단체 회원 5백여 명은 제주 해군기지 건설을 반대하는 외부세력이 강정에 들어와 마을을 술렁술렁하게 만들었다고 성토하면서 종북 좌파 불순세력들이 만행을 저지르고 있다고 목대를 세웠다. 석우는 그때 TV 뉴스에서 맨 앞장에 피켓을 들고 서 있는 본당 교도 필립보를 보았다. 그는 붉은 명찰에 얼룩무늬 전투복을 입고 있어서 대번에 눈표가 났다.

　비 내리는 날씨 때문에 석우네 때가 낀 성당 천막은 포장마차처럼 허줄해 보였다. 성당 천막은 공사장 입구 강정천 지류의 물소리가 들리는 도로 길섶에 있었는데 신도들은 이 찌붓한 천막을 볼 때마다 자신들의 외로운 싸움에 비장감을 느끼며 하늘을 우러러보곤 하였다.

　천막 안에는 제대(祭臺)로 쓰는 합판 탁자와 1인용 플라스틱 꼬마의자 몇 개가 놓여 있고 바람막이 안쪽 벽에는 구호와 성서 구절을 쓴 편액, 그리고 걸개그림들이 걸려 있었다. 석우는 이 성당이 세비야, 노트르담 대성당 못지않은 훌륭한 성전이라고 생각하였다. 겸손과 약자의 모습으로 하느님과 이웃을 격의 없이 만나고 사랑할 수 있는 아늑한 곳으로 생각되었다.

　성당과 마주 보는 길 건너편 공사장 입구에는 불밤송이처럼 머리가 푸하게

서고 헐쭉하게 살이 빠진 젊은이 두 사람이 길바닥에 꿇어앉아 무릎 위에 깍짓손을 얹고 땅바닥을 내려다보고 있었다. 젊은이들은 곧 쓰러질 듯이 초쇠한 모습이었는데 지난날 이곳에 올 때 눈에 띄었던 젊은이들 같았다. 그 사람들이 맞다면 이들은 여름 뙤약볕에 마르고 장마철 장대비에 젖으며 줄곧 자리를 지켜온 질기둥이들이었다. 두 수녀가 큰 우산을 받쳐 들어 젊은이들 뒤에서 비를 가려주고 있었다.

— 대중국 해군기지 반대!
— 전쟁기지 짓지 마라!
— 노우. 네블 베이스(해군기지 절대 반대)!

저쪽 사람들 옆에 세워놓은 입간판의 글씨가 선명하게 이쪽 사람들 눈에 들어왔다. 다섯 걸음을 걷고 한 번 절하는 1인 시위자도 보였다. 베옷을 입고 두건을 써서 상주 차림을 한 사람은 뚜벅뚜벅 정문 앞을 왔다 갔다 했다. 그도 비에 흠씬 젖어 머리에 쓰고 있는 두건꼭지가 빵모자처럼 아래로 납작 내려앉았다.

성당 천막 지붕에 물이 고여 천장이 솥궁둥이처럼 아래로 처졌으므로 복사(服事)가 막대기를 들고 와서 처진 부분을 힘껏 밀어 올리자 물줄기가 폭포처럼 사방으로 떨어졌다. 제대 위로 성물을 올려놓던 전례수녀가 깜짝 놀라 몸을 움츠렸다.

다른 차량 속에 있었는지 신도들이 여럿 빗속에서 뛰어와 천막 안에 자리를 잡자 입당송이 울리면서 색이 바랜 제의를 입은 신부가 제단 앞에 섰다. 미사는 가톨릭 전통 예식대로 말씀전례와 성찬전례로 진행됐다.

마르코는 석우 옆에 똑바로 앉아 미사집을 보면서 예식을 따랐다. 참회기도가 시작되어 모두 자리에서 일어섰을 때 석우는 저 혼자 꼬마의자를 밀어

내고 젖은 바닥으로 내려앉아 두 손을 깍지 껴 가슴에 대었다.
"전능하신 하느님과 형제들에게 고백하오니 생각과 말과 행위로 죄를 많이 지었으며…"
기도가 진행되고 있을 때 합송과 협화되지 않은 딴소리가 들렸다. 중얼거리는 소리는 제법 커서 주위사람들의 눈을 그쪽으로 돌리게 했다.
"주님, 저를 사악한 분노에서 건져주소서. 기우뚱거리는 마음을 단단히 잡아매게 하소서. 그리고 저에게 큰 벌을 내려 주소서. 제 가슴에는 사람에 대한 증오심이 가득 들어있습니다. 감옥에 갔다 와서 세상이 가시덤불로 보이고 잘 헤쳐 나가지 못하여 행세본이 어긋난 사람이 돼버렸습니다…"
"자네, 무슨 짓을 하는 건가?"
석우의 어깨를 흔드는 것은 마르코였다.
"자네 식전술을 마셨나? 무슨 소리가 그리 크지?"
사람들이 벌써부터 이쪽을 흘깃거렸으나 누가 말리거나 핀잔주는 사람은 없었다. 신부마저도 조금 놀란 눈으로 이쪽을 바라보았을 뿐 미사를 그대로 진행하였다.
"잘못됐나? 내가 실수했나?"
석우가 마르코를 올려다봤다.
"그만하면 됐네. 무슨 헛소리를 하는 거야."
석우는 마르코가 당기는 대로 끌려 의자로 몸을 올렸다. 석우는 해까닥한 행동을 하는 와중에도 신부의 강론은 놓치지 않고 들었다. '공사가 진행되어 기지가 완성되더라도 평화를 위한 우리들의 구체적 노력은 절대 없어지지 않을 것입니다' 하고 말할 때 신부의 목소리는 결연하게 떨렸다.
회중이 성체 배수를 위해 앞으로 나가기 시작했다. 영성체를 하는 석우는 숨을 들이켜면서 하느님께 제발 자기 가슴속으로 들어와 용심을 만드는 잡것들을 몽땅 쓸어내 주십사고 빌었다. 중얼거리는 소리가 입 밖으로 나가지 않도록 신경 쓰면서 이쪽의 마른 가슴으로 항아리에 물을 붓듯 평화를 가득 내려 주십사고 거듭 간구했다.

원장수녀는 전례수녀의 도움을 받아 둘이서 한 우산을 쓰고 성체를 나누어 주러 공사장 정문 앞으로 나갔다. 꿇어앉아 농성을 벌이고 있는 젊은 신자와 정문 앞에 지켜서 있던 사람들의 손으로 밀떡을 놓아주었다.

천막 안에 있는 사람은 적었으나 성체를 배수하고자 하는 사람은 많았다. 우산을 쓰고 비옷을 입고 저쪽 관리소 정문 부근에 서 있던 사람들이 그 자리에서 미사에 참례했는지 영성체를 하려고 성당 천막 앞으로 모여들었다.

그때 길 건너편에서 비를 흠씬 맞으며 공사장 정문 앞을 왔다 갔다 하던 두건 쓴 사나이가 이쪽으로 건너왔다. 천막 어귀로 다가서더니 옆모습을 보이고 서서 공손하게 손바닥을 내밀어 주임신부로부터 직접 성체를 받는 것이었다. 석우의 머릿속에 반짝 빛을 내며 지나가는 것이 있었다. 석우가 펄쩍 일어서며 소리쳤다.

"어, 윤 선생—"

저쪽이 뒤를 돌아봤다. 석우가 팔을 번쩍 쳐들면서 외쳤다.

"어느 헛딴 데를 보고 있나? 이쪽이야 이쪽. 나를 잊었나?"

저쪽은 고개를 돌려 석우 쪽을 바라보았다. 석우는 아, 하고 비명을 지르며 내려앉고 말았다. 그 사람은 시민운동가 윤씨가 아니었다.

"아, 또라이짓을 했군. 눈에 풀칠을 했어."

석우는 얼른 몸을 구부리며 무릎 사이로 머리를 빠뜨렸다. 그는 무릎 사이에 얼굴을 묻고 고개를 들지 못했다. 허리를 구부린 채 등을 들썩이며 목멘 소리를 내었다.

"주님, 저를 벌하옵소서. 눈을 버름히 뜨고 또라지게 살겠다고 다짐하였는데 하루를 못 넘겨 죽을 쑤고 말았군요. 이 또라이를 눈물 빠지게 하옵소서. 다시는 왔다 갔다 하는 사람이 되지 않겠습니다. 정신줄을 바짝 죄고 살겠습니다, 하느님—"

석우가 자벌레처럼 구부린 허리를 움씰거리는데 등 뒤에서 마침기도를 외는 합송소리가 들렸다.

"풍성한 바다와 아름다운 오름, 돌과 숲으로 제주를 빚어주신 하느님 찬미 받으소서. 모진 바람과 파도와 역사의 아픔을 겪고도 좌절하지 않고 인고의 삶을 살아오도록 저희 조상들을 다시 일으켜 세우시고 지켜주신 하느님 찬미 받으소서. 제주가 지난 세월의 고통을 딛고 일어나 참된 평화의 섬이 되게 하여 주소서…"

신도들이 성호를 그을 때 석우는 벌떡 구부렸던 허리를 펴며 하지 않아도 좋을 응송을 하였다.

"제대로 된 평화의 섬이 되게 하여 주소서—"

남늦게 성호를 긋는 석우를 보고 마르코가 야즐거렸다.

"자네, 스포트라이트를 잔뜩 받는군. 더는 수떨지 말게. 지나치면 망신 산다고."

석우가 눈을 짜그리고 마르코의 푸냥한 얼굴을 마주 바라보았다. 저쪽이 눈맞춤을 피하면서 다짜고짜 석우의 팔을 잡아당겼다.

"어서 가자고. 일행을 놓치겠어."

석우가 저쪽의 팔을 팩하게 뿌리쳤다.

"먼저 가. 나는 따로 볼일이 있어."

마르코가 벌쭘히 서 있다가 피식 입술을 터뜨렸다. 그는 입안으로 술잔을 털어 넣는 시늉을 했다.

"쫄쫄이 한잔 빨러 가는 거지? 다 알어."

"아냐 아냐. 사람 구실을 하러 가는 거야."

석우는 마르코를 어물쳐 떨어내고 빗속으로 들어섰다. 그는 뒤를 돌아보았다. 못 믿는 도둑개처럼 가다 서다 하면서 뒷눈질을 했다.

이 비오는 날에 맹꽁이 소식을 전하러 먼 마을에 왔다면 저 대포쟁이는 사람을 어떻게 헐어 말할 것인가. 드러난 또라이라고 방방 불어대지 않을까.

그자는 굴치야. 사람에게 죄를 씌우던 말짜 인간은 가태를 부리는 데도 능할 거야. 그자는 세상을 속이고 사람들을 농치고 자신을 감춘 변색동물이 틀림없어. 사람의 운명을 부질러놓은 게 그자가 아니었던가. 그자가 아니었다면 왜 이쪽이 쪼그랑박이 되었겠는가.

이미 달포가 지났지만 그와 한판 벌인 일이 엊그제만 같았다. 아직 옳고 그름이 가려진 것은 아니며 전후시말(前後始末)을 우물물처럼 맑히는 일이 남아 있다고 석우는 생각하였다.

고승록이 죽자 마르코 혼자 남았는데 석우는 구수(仇讐)를 놓치지 않으려고 이악하게 앙기를 달구었다. 저쪽이 실토정을 하고 엎드려 대죄하게 만들자면 댕돌같은 기세로 덜미를 잡아 눌러야 했다. 석우는 상대를 압도하려고 주먹을 부르쥐고 입술을 사리물며 가상 연습을 하기도 하였다.

막상 일을 벌였을 때 이쪽의 시도는 황을 그리고 말았다. 옴짝달싹 못하고 불강아지처럼 달달 떨 것으로 예상했던 저쪽은 죄책감이나 당혹감이 꼬물도 없었으며 사과 같은 건 사과나무에나 가서 물어보라는 식의 뻔뻔이 낯으로 일관하였다. 석우가 팔대짓을 하며 고래고함을 질렀으나 개구리 낯짝에 물

붓기였다. 굴치 사나이는 뿡뿡 콧방귀를 뀌더니 되잡아 흥으로 나왔다. '짐승도 은혜를 안다는데 당신은 얼치기로군. 누구 때문에 따라지목숨을 구했는지 아는가.' 하고 댕댕하게 맞받은 것이다. '큰절을 받아야 할 사람이 누구겠느냐고, 엉?' 하는 식으로 낯을 달구고 나오자 석우는 콧방을 맞은 듯 주체가 막히고 말았다. 머릿속 필름이 끊기고 귀가 먹먹해져 버려 자신했던 말주벅은 종없는 소리를 버벅거리다 시그러졌다.

　석우는 이마로 흐르는 비지땀을 닦으며 접질린 심기를 힘들게 부축하였다. 세력이 없고 정보에 어두운 그는 입을 쭝긋거리며 울걱거리다가 미적미적 물러나고 말았다. 그는 사람이 만든 세상이 사람을 죽이는데 얼마나 영악한지를 새삼 깨닫고서 귓불을 붉히며 고개를 떨어뜨렸다. 그래서 이제 한다는 짓이 뒤를 보고 쭝쭝거리는 군둥짓 뿐이었다.

　피해자는 있고 가해자는 없었다. 이름을 모르는 목두기 귀신에 당한 건가. 석우는 세상이 아무리 알량꼴량하다고 해도 모든 일은 반드시 바른길로 돌아가는 법이라고 믿으려 했다. 하늘이 머리 위에서 꼼꼼 내려다보고 있잖으냔 말이여. 기다리고 있으면 자초경위가 다 밝혀져 체면을 찾을 때가 올 것이다, 하고 그는 뱃굽을 달래었다. 그러나 그 사필귀정이라는 것이 언제 어느 개날에 올지 속절없는 기대가 돼버리지 않을는지 속고 속아온 석우로서는 마음이 허수해지는 것도 감출 수 없었다.

　　　　　＊　　＊　　＊

　가해자는 없고 피해자만 있었다. 이제 남은 건 맷자국뿐이었다.
　석우는 잡념이 시글시글하여 잠이 안 오는 날밤을 새웠다. 풋잠이 들었다

하면 어둔 밤에 음충들이 기어 나오듯 온갖 잡생각들이 다투어 밀려들었다.

석우는 지난날 흉흉한 시국의 혼란 속에서 아닌 벼락을 맞고 얼입은 상처를 다스리지 못해 명치끝이 꾹꾹 눌리는 병증을 안고 살았다. 산속에서의 생활은 지질하게 계속되어 지금도 숲속에서 길을 잃고 헤매는 환각상태가 되곤 한다. 또 취조실에서 고문당하는 꿈은 누룩냄새 같은 악취까지 맡아지면서 귀청을 찌르는 비명소리, 살려달라고 개개비는 애끊는 울음소리가 환청으로 들렸다.

철창신세가 되면서 사람의 고유한 이름은 사라지고 네 자리수의 번호로 불리던 수형생활은 아직도 쇠사슬에 묶여 벗어나지 못하고 있다. 밤을 새우며 길을 걸어 인민군으로 끌려가던 악몽까지 뒤를 물면 몽중방황은 날이 훤히 샐 때까지 지질하게 계속되었다. 꿈속에서 깨어나 막혔던 숨통을 트면 뒤이어 밀려오는 공황상태, 속이 두려빠진 것같이 휘영해지는 가슴 또한 사람을 죽이는 것이었다.

석우는 몸도 마음도 쇠약 증세를 보여 시르멍한 상태로 베개를 베고 누워 지내는 시간이 많아졌다. 기껏 집 밖으로 나간대야 문앞에서 허리에 두 손을 걸고 하늘을 올려보다 들어오는 정도였다. 사람들 앞에 나가는 것이 싫고 자신은 무능한 밥병신으로 느껴지고 세상은 이쪽에 등을 돌린 쌍간나처럼 몰정하게 생각되는 것이다.

그는 성당 장례식의 연도(練禱)에 나가는 일조차 의지가 없어지고 기도에 주의가 모아지지 않고 현실과 꿈이 혼동돼 기억이 흐리고 공연히 불안하고 무시로 우울해졌다. 조금만 일을 해도 각다분하고 까닭이 없는데 사소한 일들마저 기피하려는 맘이 생기고 세상일이 시들프고 객쩍게 느껴졌는데 이 모든 증세가 잠을 못 이루는데서 오는 현상이라고 그는 판단했다.

입꼬리가 아래로 축 처져 팔자주름이 더욱 깊어지자 쌀집영감이 농을 던졌다.

"양식이 모자란가. 몸이 많이 까졌어."

"속머리가 편해야 살이 붙지요."

건강원 주인도 입정을 놀렸다.

"천초만화탕이라는 게 있어. 천 가지 풀을 먹인 흑염소에다 만 가지 꽃에서 모은 꿀을 넣고 달여 낸 즙인데 한번 먹어볼탸? 몸을 불리는 데는 그게 제일이지."

"주머니가 비었는걸요."

뒷집에 사는 연갑은 막역간처럼 잔정을 보였다.

"집안에서 구류를 살고 있나. 속에 또 가시가 들었나 보군. 바깥바람을 쐬어 보게나. 운동과 작업을 하면 잡생각이 덜어질 거야."

석우는 운동을 한답시고 집을 나가 사라봉 공원 입구에 서서 펭귄처럼 팔을 벌리고 앞배를 내밀며 심호흡을 하였다. 공원 입구는 오르막길과 내리막길이 분기하는 지점으로 오르막 쪽은 등대 옆으로 하여 산기슭을 도는 산책로이고 내리막길은 국제선부두로 내려가는 임항로 곁길이었다.

석우는 내리막길이 시작되는 층계참에 앉아 항구를 내려다보는 것이다. 가숙이 떠난 항구, 자신이 먼 감옥으로 끌려가던 항구, 응원경찰이 들어오던 항구가 발아래 있고 하늘경계선으로 수평선이 보여 땅에서 한숨짓고 수평선 너머 흰 구름 피어오르는 이역으로 꿈을 띄워 보냈던 지난날을 돌이켜보면서 바람을 쐬었다.

지상에서의 생활은 찌그러지고 박살이 났지만 하늘로 띄워 올렸던 간절한 소원들은 어찌되었는가. 그 기원은 아직도 유효한가. 저 멀리 낙원이 있는 곳에 사리살짝 떨어뜨려 주기를, 호박이 넝쿨째 떨어져 주기를 얼마나 빌었던가. 하늘은 눈두껍을 내리고 태연 무심히 뒤 물러앉아 지상의 좀스런 인간들의 앙앙불락을 모른 체 귀를 돌려버린 모습이다.

이곳은 연륙 연락선이 드나들던 제1부두를 한눈에 바라보는 동대머들 동네와는 큰길 하나를 사이에 둔 근린이기 때문에 칠머리동산 언덕이 올레동산처럼 가까이 보였다. 석우의 눈이 그쪽으로 자주 간다고 하여도 숙부의 기제일(忌祭日)이 아닐 때는 동향사람 양동주네 집이 있는 언덕이고 칠머리당굿 자리일 뿐이었다. 혹시 다시 못 돌아올 곳으로 떠나 버린 혈육이 그리워질 때면 그쪽으로 시선이 가는 것만으로도 눈이 여려지겠지만 그러나 이제는 흘릴 눈물마저 받아 버린 것 같았다. 버글버글한 사념은 끝 간 데 없는데 사는 일이 구기고 막혀 웃어야 할 일도 울어야 할 일도 하염없이 느껴지는 것이다.

석우가 막힌 코를 풍풍 불고 있는데 뒤에서 코타령 소리가 들렸다. 돌아다보니 미화원 차림을 한 사나이가 길섶을 살피며 터벅터벅 산책로를 내려오고 있었다. 그의 손에 부집게와 비닐봉지가 들려 있었는데 눈여겨 모양새를 보니 양동주였다. 저쪽도 이쪽을 알아본 듯 군짓으로 부집게를 핑핑 휘돌리면서 곧장 내려왔다.

"자석 봐라. 변화불측이로군."

석우가 저쪽의 복색을 올리훑고 내리훑었다.

"자네 맨드리가 영락없이 개 조끼를 입은 강아지 모양이야."

"너는 어쩌다 그리 휘늘어졌냐. 영락없이 큰스님 모양인데."

"자식. 입싼 놈."

저쪽은 부집게와 비닐봉지를 던져놓고 갓돌 위로 내려앉았다.

"보면 알겠지? 나는 공원 관리인 하고 있어. 세 사람이 한 조가 돼서 교대로 청소하고 한 달에 삼십만 원 받는다. 벌이가 공사장만큼은 못하지만 시원한 공기 마시며 죽벌이하는 거야. 제게 맞게 앞을 닦아야지."

"자네는 건강하고 깐져서 명태알처럼 탱탱하군. 삭은 가지 꺾듯 편케 사는 모양이 좋아. 알깍쟁이 같은 놈."

"자네는 생활하는 모양이 눈먼 두더지 같아. 사는 모양이 답답해. 마음 쓰는 게 딱해. 금년에도 귀신 모시는 동산에서 절하고 끄억끄억 곡소리를 내며 울었다지? 자네는 무슨 소원을 빌고 있나?"

"누구에게 들었어?"

"영이 접하던가? 춤추고 타령도 불렀다면서?"

"뭐라고? 내 죽데기 조카가 그러던가? 신세타령은 했지만 춤은 안 췄어."

"내가 사는 동네 연립주택 사람들은 동산 아래를 훤히 다 내려다본다고. 소리는 눈으로 봐도 다 알아."

"제사하러 갔던 거야. 옛날 바다에서 죽은 내 작은아버지 있잖아."

"아무래도 자네 이상해졌어. 들놀이했다고 말하는 게 맞지 않을까. 쫄쫄이 한잔 빨고 싶어서 구실을 만든 거라고."

"아냐 아냐. 자네가 나왔으면 같이 한잔 하려고 했어."

"왜 내 집이 곁인데 찾아오지 않았지? 한잔 없을까봐서?"

"듣고 보니 그렇군. 미처 생각이 떠오르지 않았어. 자네가 내 있는 곳으로 찾아올 때를 기다렸지."

"내가 미리 말해줘야 하겠다는 생각이 들어서 그러는데 자네 건강이 나빠지는 거 아닌가. 머리가 이상해지는 거 아니냐고?"

저쪽은 손가락을 들어 귀퉁머리 위에서 뱅뱅 원을 그렸다.

"뭔 소리여. 무슨 뚱딴지 같은 소리를 하는 거여. 고사 지내고 술 한 모금 들이켜고 그러다보니 신세 한탄이 절로 나온 것뿐인데. 목 한번 내본 걸 가지고—."

"병원에 가봐. 이상 있다면 조기에 치료를 받는 게 좋지."

"겁주는 소리 치워. 나는 아무렇지도 않아. 썽썽하다고."

"자네 우리 집에서 어찌했는가. 군관나리 오셨다, 하고 마루 위를 쿵쾅거리며 흙신발로 올라오지 않았나. 그런 이상 행동을 하는 사람은 자네뿐이야. 이 나라가 그런 행동을 하여도 되는 나란가. 저쪽 땅에 가서 군관이 돼보긴 했는가. 졸때기 했던 놈이 뭐, 썩 나와서 모셔라? 윗사람이 돼보고 싶어서 그런 거지? 지금 같은 바닥쇠에서 벗어나고파 우쭐해 보이는 거 아닌가?"

"자식, 무슨 소리가 그리 꺼럽냐. 나는 찰떡같이 믿는 친구를 찾아갔을 뿐인데."

석우는 빈 입을 쩝쩝 다시더니 한쪽 주먹으로 다른 손 손바닥을 퍽퍽 쳤다.

"뭐, 윗사람이 되고 싶어서 그런다고? 하긴 그때 군관이 될 뻔하기는 했지. 왜 진작에 그 생각이 떠오르지 않았을까. 내가 왜 자형 얘기를 못 꺼냈을까. 북에 끌려갔을 때 말이야. 자형이 빨치산 했다면, 그래서 내가 감옥에 갇혔다면 거기서는 배리 굿 아닌가. 내 신분이 확 달라지는 거 아닌가 말이다. 말단 내무서원이 아니라 금딱지 계급장을 단 군관이 될 뻔하지 않았느냔 말이여. 왜 뚜리처럼 어리석었단 생각이 이제 와서 드는가. 나는 자형과 그렇게까지 멀리 떨어져 있었던 걸까. 바가야로(바보)였어."

석우는 주먹으로 제 머리를 툭툭 치면서 고개를 저었다. 그의 눈에 은빛 이파리를 차양에 수놓은 군모 같은 작업모를 쓴 양동주의 모양이 꼴같잖게 비쳤다.

"그땐 농으로 한 거 아니냔 말이여. 내가 조금 입이 가벼운 것뿐이지."

"정상이라는 거야? 소가 웃을 일로군. 자네 머릿속의 시계는 고장이 났거나 많이 늦은 모양이야."

"그럼 내가 병자란 말이야?"

"성당에서 경찰이 왔을 때 어쨌지? 그 얘기를 들을 때 좀 통쾌하긴 했어. 그렇다고 자네가 온전한 정신으로 행동했다고 보는 건 아니야."

"어떻게 알았어?"

"네 조카에서 들었지."

"그놈은 뭘 몰라. 그 코찡찡이는 까막바보야. 엇듣고서 장님소리 하지 마."

"두 놈을 상대로 싸워서 이긴 건가. 앞수갑을 채우고 끌고 가지 않아서 천만다행이군. 어진 짭새를 만난 모양이야. 그날은 대길일이었다고 생각하게."

"자네는 예사로운 일을 비뚜로 보고 있어."

"왜 그렇게 퉁기는 거야. 너를 위해서 하는 말인데."

"자네도 이상한 거 아닌가. 자잔 일에 골딱지를 보이고 병 주둥이가 돼버리는 골집 아닌가."

양동주의 입이 샐쭉해지더니 성깔이 오르는 모양 붉은 얼굴이 되었다.

"자네는 경찰 앞에서 뚝별씨 된 것 아닌가. 범법자들에게 양식을 줬다, 그래 어쩔 거냐, 그랬다지? 그 말이 사실이면 사실인대로 거짓이면 거짓인대로 탈이 될 거야. 입을 조심해야지. 경찰을 모욕한 거 아니냔 말이여. 그리고 맹꽁이 같단 소리는 뭐여? 아무리 뚝별씨지만 그런 답변이 어디 있어. 이거야말로 진짜 모욕죄 아닌가. 저쪽의 불집을 건드려 놓은 게 틀림없어. 정상적인 머리가지고 그런 일을 할 수 있어? 이제 인정하겠나, 머리에 이상이 있다는 거."

"신경증 때문에 그런 거야. 우울증 때문에 머릿속에 있는 게 현실과 바뀌어 보일 때가 있지. 나의 대부 이명진 아오스딩도 이렇게 말하더라고. 이따금 눈앞의 광경이 지워지고 대신 혼란한 그림이 나타나 보인다는 거야. 저 멀리 오름이 보이고 자드락에 길찬 숲이 있고 숲속 빗물골에서 총을 든 사람, 패랭이를 쓰고 신들메를 맨 사람, 갈옷 입은 사람들이 나타나 뛰고 기고 엎드러지면서 아우성치는 지옥도가 펼쳐진대. 이 장면이 단골로 돼 있다는 거야. 듣고 보니 나도 그랬어. 내 머리 속에도 시글시글한 게 있다고. 여기서 불뚝소리가 만들어지고 튀어나오는 거지. 아오스딩에게 맛이 갔다거나 장애인이라고 말하는 사람이 있던가. 없어. 내게도 그래줘야지."

"자식, 그래도 못 믿겠단 소리로군. 그게 문제야. 그따위로 말을 두루치니 계속 희떠워지는 거지. 문제는 뚜렷해. 자기 행위를 모르는 거야. 마르코에게 당한 것 한번 생각해 봐. 너는 머릿속에서 혼자 굴리고 그 머리통 속에서만 키워서 그래. 맞지도 않은 일을 혼자 매둥그려서 튀밥을 만드는 거야. 결과는 영 풀떼기가 되지 않았어?"

"어어, 뭔 소리야. 그자의 말을 자네가 들었는가. 알지도 못하면서 장님 막대질하듯 하는군. 그 사람은 아직 무죄가 아니야. 그자야말로 그럴듯한 말로 거짓말을 만들어 놓고 그게 제법 그럴듯하게 되었기 때문에 자신 있게 써먹고 있는 거라고. 저쪽은 미리 뒷구멍을 준비해 놓은 거야. 그걸 이쪽에서 밝히지 못하는 것뿐이지. 전쟁 전쟁. 그놈의 전쟁이라는 것이 증거를 싹 쓸어버린 거야. 전쟁은 그의 책임이 아니라는 거지. 모든 것은 전쟁의 책임이고 전쟁이 죄라는 거지. 자기도 그 전쟁 때문에 애먼 피해자가 됐다는 거 아닌가. 아 아, 머리 어지러워. 나는 그 사람 때문에 이상해져 버렸어. 뭐가 뭔지 모르게 돼 버렸어. 자네까지 생사람 병신 만들지 마."

"어쩐지 나도 머릿살이 이상한 거 같다. 자네 말을 들으니 천둥인지 지둥인지 모르겠다."

양동주는 머리를 절레절레 흔들고 말을 이었다.

"자네 기분 상했나. 내가 심한 것 같은가?"

"자네 정말 내가 이상한 거 같나? 내가 왔다 갔다 하는 사람 같냐? 솔직히 말해줘. 맛이 간 사람 같냐고?"

석우는 눈을 까박거렸다. 양동주가 그의 얼굴을 마주 바라보더니 어름적거려 말했다.

"이따금. 아주 조금이야. 온전하단 사람도 그럴 수 있는 거지 뭐."

"그래 고맙다. 그쯤으로 충분한 거야."

석우는 눈시울을 붉혔다. 자네가 옳다는 것을 구겨서 말하라고 내가 생떼했구나. 생억지인 내가 이래서 틀린 거지? 이 생억지에 문제가 있는 거지? 하긴 자네도 내가 보기엔 사삼사태 후에 마음이 어딘지 찌그러져 주접이 든 것 같다만 그런 소리 안 하겠다. 병신끼리 건드려봤자 아픔만 더해주는 것 아니니.

석우는 가슴 한구석이 접치고 눌린 듯하여 쓰리고 아픈 느낌이었다. 석우는 자신의 가슴속을 내보이지 않으려고 양동주가 돌아갈 때까지 병신이 아닌 예사 낯을 보이려고 입꼬리를 올리면서 선웃음을 흘렸다.

다음날부터 석우는 공원 입구에 나가지 않았다. 층계참에 서서 팔을 벌리고 가슴을 벌렁거리는 운동을 하지 않았다. 대신 제주항 외항으로 통하는 임항로를 거쳐 국제선부두 방파제까지 왕복하는 보행운동을 하였다. 양동주가 순행꾼 같은 모양으로 텁석텁석 산책로를 내려왔으므로 층계참 부근에서 다리쉼을 하는 일도 피했다.

강정(江汀) 길 나그네

새벽 걷기운동은 아침잠이 없었기 때문에 그럭저럭 잘 되었다. 운동을 계속하였지만 수면 불안은 여전히 떨어지지 않았다. 지병인 허리 통증도 개선되지 않았고 좌골신경통도 고질병인 채로 남았다. 단지 배가 안으로 꺼지고 몸이 가벼워진 것은 운동의 효과라고 생각되었다.

거기엘 가봐야 해. 정신이 왔다 갔다 한다는 머릿속 상태에 대해서도 물어봐야겠어.

석우는 이제 양 동주의 까진 입을 그대로 받아들이지 않을 수 없었다. 사삼 피해자 후유장애 신청이 반드시 승인될 것으로는 기대할 수 없었지만 최근에 추가 신청을 받는다는 말이 있어 석우도 한번 이걸 내보고 싶은 마음이 들었다.

그걸 하자고 마음먹자 곧 그의 냄비성질이 달떠서 오금을 다몰아쳤다. 그에겐 망설거리거나 지체할 이유가 없었다. 그는 뒷날로 병원엘 달려갔다.

뼈와 관절의 질환을 치료하는 정형외과 진료실 앞에는 팔다리를 붕대하거나 목발을 짚은 사람들이 고개를 떨구고 앉아 진료 차례를 기다리고 있었다. 석우는 환자들을 건들지 않도록 조심하면서 사람들 틈에 끼어 눈을 휘돌리면서 순번을 기다렸다. 너무 오래 기다렸기 때문에 진료실로 들어갈 때는 다리가 굳어 절름거리는 걸음이 되었다.

"어디를 다쳤어요?"

머리털이 나슬나슬한 대머리 의사가 석우의 찌글텅한 구두를 내려다보면서 물었다.

"이쪽 허리요."

석우는 잔뜩 미간을 찌푸리면서 허리를 비틀어 좌골 쪽을 가리켰다.

"저기로 가서 누워보세요."

석우가 진료실 구석에 붙여놓은 침상으로 가서 드러눕자 의사는 석우의 바지를 엉덩이 아래로 북북 끌어내렸다. 석우를 엎쳐놓고 엄지손가락으로 여기저기를 꾹꾹 눌러보더니 퍽 소리가 나게 엉덩이를 쳤다.
　"단층촬영을 해봐야겠는데요."
　석우는 간호사가 써주는 메모를 들고 영상의학과로 가서 방사선 사진을 찍었다.
　의사는 석우를 가까이 불러 세우고 컴퓨터 모니터의 화상을 여기저기 볼펜 끝으로 가리키면서 척추골이 어쩌고 뼈마디가 어쩌고 하며 전문지식을 팔았다. 석우는 어른거리는 화상 속에서 무엇이 어떻게 되었는지 도무지 식별이 안 되는 눈으로 매달린 해마처럼 휘어진 뼈 모양을 바라보았다.
　"언제부터 증상이 나타나기 시작했지요?"
　석우는 이때다 하고 준비된 대답을 내놓았다.
　"오래됐어요. 사삼사건 계엄령 때 어마막지하게 얻어맞고 묵주머니가 되게 짓밟히고 고춧가루까지 들이켜다가 감옥에 처넣어졌지요. 감옥이라는 데가 요 진료실 반쪽만도 못한 방인데다 열 사람 스무 사람씩 담아 넣으니…"
　"산에서 활동했나요?"
　의사가 말을 걷지르고 히쭉 입을 찢었다.
　"……"
　"그럼 폭도?"
　"워시 빙부술 꿍찬당(나는 공산당이 아니다)!"
　"뭐라고요?"
　"아니, 아무것도 아니에요."
　석우가 진료실을 나올 때 그의 등 뒤에서 의사가 높은 목소리로 말했다.

강정(江汀) 길 나그네　215

"정신과에 들러봐야겠어요."

신경정신과 진료실 앞에는 문병 온 사람들처럼 겉보기가 멀쩡한 사람들이 대기 의자에 앉아 눈을 내리뜨거나 먼산바라기를 하고 있었다. 석우도 그들 틈에 끼어 진료실을 들락거리는 간호사의 얼굴을 힐끔거렸다.

다리의 저림이 종아리로 뻗쳐올 때 그리고 졸음이 살살 밀려올 때 그의 차례가 왔다.

"어떻게 오셨어요?"

컴퓨터를 들여다보던 의사가 회전의자를 돌려 앉으면서 물었다.

"악몽 때문에 죽을 지경이에요. 나는 아직도 난리통에 빠져 있다고요. 그때의 일이 지금도 꿈에 보이고 그때의 고통이 그대로 되살아나 사람을 괴롭히지 뭐예요. 그때가 어느 때냐 하면…"

"뇌파검사를 해볼까요."

석우는 머리 여기저기에 전극이 달린 반창고를 붙이고 컴퓨터 검사를 받았다. 그는 후유증명을 받는 일과 관계없이 두려운 생각이 들었다. 정신줄이 왔다 갔다 한다는 소리를 들어온 그는 뇌파 변화를 나타내는 그림에서 철조망같이 생긴 그래픽 줄이 중간 어디쯤에서 뚝 끊겨 횅한 구멍으로 나타나는 게 아닐까 하고 가슴이 조릿조릿해졌다. 그런 모양으로 나타난다면 만사가 끝장일 것이라는 두려운 생각이 들었다.

의사가 컴퓨터 모니터에서 여러 겹의 파동치는 선을 가리키면서 알파파니 베타파니 십 헤르츠니 이십 헤르츠니 하고 어지러운 소리를 내었다. 석우의 머릿속이 하얗게 비었는데 잠시 후 제정신이 돌아오게 하는 또렷한 목소리가 들렸다.

"뇌신경엔 이상이 없는데요."

석우는 원무과로 가서 진단서를 발급받았다. 정형외과는 '추골간연골반 탈출증' 신경정신과는 '양극성 기분장애'로 진단하고 있었다. 어쩐지 갭직한 느낌이 들어 진단이 미상(未詳)하다고 이의를 제기하고 싶었으나 의사들이란 완고불통이라 꽝하고 발노할 것 같아서 그는 감히 입을 떼지 못했다.

석우는 난리를 겪으면서 끽고한 체험을 육하원칙으로 적어 소정 양식을 갖추고 심사위원회로 제출했다.

그날 밤 꿈에는 악몽이 하나 더 추가 되었다. 그가 꾸어온 잡꿈이야말로 확실한 내외상(內外傷)의 후유증인데 그걸 지난 사태와 관련짓는 인과성이 부족하여 신청이 빠꾸되는 꿈을 꾼 것이다. 꿈이 그러하자 잠을 깨고서도 후유장애자로 인정받는 기대는 물거품이 됐다고 사실처럼 믿겨버리는 것이다.

석우는 실망할 사람이 자신만은 아닐 것이라고 마음을 달랬다. 피해자 인정 범위가 워낙 인색하여 심사 통과가 쉽지 않을 것이라는 소리를 많이 들어 왔으므로 땡처리 된 사람이 자신만은 아닐 것이라고 자위했다. 죽을병을 얻지 않아서 다행이지. 시들병쯤이야 이겨내야 할 거 아닌가.

* * *

여전히 잠이 오지 않았으며 후유증을 인정받아 치료비를 지원받고자 했던 기대도 물 건너간 것 같았다. 의사가 좀 얼짜라는 생각이 들었으나 중병이 아니라는 진단은 이쪽에 그닥 나쁠 것만도 없었다. 석우는 수면불안이 기분상태 즉 생활습관 난조에서 오는 것이라고 해도 그것은 극복할 수 있을 것이라는 생각이 들었다. 좀처럼 잠들기가 어렵고 일단 잠들어도 숙면이 되지 않는 두통으로 인해 집중력이 약해지고 우울함이 나타나고 일찍 깨는 것이라고 해도 이 점은 마음속이 찹찹치 못한데서 오는 증상일 터이므로 자연치유가 가능하다고 스스로 진단을 내렸다. 문제는 항상 뻘망둥이처럼 기어 나와 귀살쩍게 만드는 잡생각을 어떻게 처사하느냐 하는 과제였다.

마음을 옹글게 먹고 정리해야 해. 이것저것 산만하게 널어놓아 속이 서떰벌해져서는 누가 살짝 건드리기만 해도 정신이 어뜩해져 버릴 수밖에 없지. 눈에 안치는 일들을 나름에 맞게 가름하고 욯짝 가르듯이 판단을 분명히 한다면 머릿속이 산란해지는 일은 없을 것이고 헐렁한 가슴도 여물게 할 수 있을 것이다. 신경이 느슨해진 게 문제지. 그럭저럭 사는 게 문제야…

석우는 안개가 낀 것 같은 머리를 흔들어 떨고 헝클어진 봉발을 긁어 올렸다. 팔을 올려 기지개를 켜고는 문기둥에 기대서서 먼눈을 팔다가 흐리마리 잊었던 일을 생각해 내었다.

그곳엘 한번 가보자. 아픈 머릿속에 볕을 쬐고 바람을 쐬는 일은 잠자리를 괴롭히는 잡생각을 떨어내는데 나쁘지 않을 것이다. 왜 지금 와서 내싸둔 일이 생각나는가. 밀쳐놓았던 일이 중요한 일처럼 다가드는 것은 너무 안에서만 미닥질하여 단조한 생활이 시들폤기 때문일까. 삭막한 사람들과 좁은 틈새에 쫍쳐 살아서 옆으로 새 나가고 싶은 맘이 든 걸까.

맹꽁이 안부를 알고자 하는 강정 노인의 진의도에 의심이 가기도 하였으나 실없는 노인 같지는 않았다. 영감탱이가 좀 헬렐레한 구석이 있긴 하였어도 노망난 사람으로 보이지는 않았다. 맹꽁이를 닮은 노인이 말말끝에 던진 가벼운 말이 식은 소리로 들리기도 하였지만 지금은 그게 아니다. 자신도 하는 일이 깨지고 뒤틀어져 속이 새까매졌을 때 마음이 어디로 외돌던가. 사람이 신산해질수록 천운(天運) 기수(氣數)로 맘이 기우는 건 상정 아닌가.

맹꽁이가 잘 살고 있다는 소식을 들으면 맹꽁이를 닮은 딸보 노인은 어떤

징후로 받아들일까. 좋은 징조가 좋은 일을 만든다는 속설을 오롯이 받아들이려는 것일까.

 석우는 자신도 영감과 같이 궁세에 처한 미력한 존재라고 생각되면서 맹꽁이의 건재를 바라는 마음이 되었다. 맹꽁이가 자신을 끌어당기는 것같이 느껴졌으며 그 개떡수제비같이 못생긴 놈들이 있으나마나한 목을 올리빼면서 이쪽으로 올롱한 눈을 깜박거리는 앙증한 모양이 눈에 그려졌다.

 눈에 어리는 모양이 그러하자 말재기들의 입 또한 가만히 놔둘 것 같지 않은 생각이 들었다. 꼬리를 잡는 데는 똥파리인 그들이 이쪽의 길나들이를 모를 리 없으며 입을 뗐다 하면 사람의 면목을 깎는 그들인지라 제 눈 귀로 봤다 들었다 하고 무슨 주작을 만들어낼지 알고도 남았다. '영감은 이제 개구리 구경을 다닌대요. 어른이 늙어 아이가 된 거지요.' 싸가지들이 지껄거리는 소리가 귀를 자그럽게 긁어 입안을 쓰겁게 했다.

 그는 정류소에서 노선버스를 기다리는 동안 제자리걷기를 하면서 빈 입을 쉬지 않았다. 상대와 마주했을 때 코를 세우지 못한 말들에 임의로 뒤를 다는 것인데 혼자이고 보면 막혔던 목이 탁 트이고 혀뿌리가 잘 돌아갔다.

 그의 귀먹은 푸념은 언제나 상대를 생각해 준다는 뭇방치기들을 향했다. 양동주, 마르코, 조카 녀석이 다 미웠다. 그들 때문에 생사람이 구겨지고 어중이가 되고 있는 것 아닌가.

 어디 한번 얘기해 보자고. 아는 사람 간에는 더러 잘못이 있더라도 눈감아 주고 입단속 하는 게 의리 아닌가. 입단속은 고사하고 요리조리 티를 뜯고 사람을 헐어 말하면 어찌되는가. 아무것도 아닌 일을 방귀 뽕한 일까지 제 성질과 다르다고 틀렸다 안됐다 사람을 마구 숙보고 재단하면 어찌되느냐 이거여. 자신만 똑똑이로 보이고 싶은 거지? 들앉아 있는 생각이 바로 그거 아닌가.

　어디 경찰이 왔을 때를 생각해 보자고. 그 작자들은 전설적인 악한 고승록의 후계자, 막치기들이었어. 사람을 꿰잡으려고 까분까분하지 않았느냔 말이여. 애쬐한 녀석들의 본데없는 짓은 내싸두고 나만 글러보였는가. 이치에 맞게 주둥이를 까야지.

　양동주, 녀석 참 얄밉지. 뭐 내보고 잘못을 인정하지 않는 게 문제라고? 잘못을 못 느끼는 게 문제라고? 그 말 참 밉게 들리는군. 옛날 학교 다닐 때도 자식은 남의 답안지를 슬쩍슬쩍 훔쳐보면서 제 것은 팔굽 아래로 잔뜩 감춰 놓는 놈이었어. 지금도 바로 그 꼴로 사는 거야. 그자는 고향 놈이어서 이쪽의 속을 너무 잘 알아. 그러니 남 말하는 데는 송곳이지. 내 숙부의 제사에 대해서도 놈은 다 알만한 일인데 사람을 우습게 보지 않는가. 작은아버지가 내 가슴속의 우주까지 잃어버린 걸 충분히 이해할 텐데도 지금 세태가 어떤 때냐 하고 윽살리지 않던가. 나로서야 가숙을 잊을 수 있겠는가. 타계한 사람에 대한 봉사(奉祀) 행위에 설사 지나침이 있다 해도 사람이 가슴 아픈 일을 반대로 나타낼 수도 있는 거지. 헛헛하고 슬픔을 하늘로 날려 버릴 수도 있는 거 아닌가. 그래서 약간 넋타령이 됐는가본데 그만 일을 가지고 파설하고 다니면 어찌되느냐 이거여.

　마르코, 그자는 경계해야 돼. 그 호랑말코는 속이 시커먼 인간이야. 작자에 대해선 아직도 의문이 풀리지 않아. 동주 놈은 나보고 뚱딴지같은 짓을 했다고 나무라지만 결론은 간단히 단정해 버리지 못해. 알지도 못하면서 주먹치기 하지 마. 나를 뭉꾼으로 보는가. 그렇게 보는 작자는 대포쟁이 마르코 사촌이야. 눈이 어떻게 된 사람이지. 사람들은 자기 자신에 대해서는 눈이 삐는가 보더라고. 자기 자신은 티 없이 잘났다고 생각하는 거야. 니들 말이지 나를 만만더기로 흉보는 머리는 기똥차게 잘 굴리더라고. 내가 만났던 시민운동가 윤씨나 이씨라면 절대 그렇게 입부리를 놀리지 않을 거야. 그 사람들은 점잖아. 훌륭해. 니들처럼 허접스럽지 않아. 지금 감옥에 있지만 석방되면 내가 한번 만나게 해 줄게. 좀 배워야 쓰겠어.

　석우는 집을 나오기 전에 여기저기에 전화를 걸어 조천읍 어디에 돌 공원이 있는지를 문의해 봤다. 대답인즉 하나같이 일주도로를 지나다 보면 이정표가 나올 거라는 얘기였다. 그곳쯤 못 찾아가겠는가 하고 집을 나왔는데 동회선 버스로 15분쯤 가자 조천읍 경계에 이르렀다. 서우봉을 넘어서자 곧 북촌마을 입석이 나타나고 첫 정류소 맞은편에 '돌조각공원'이란 이정표가 나왔다.

　석우는 너무 빨리 도착해 버린 게 아닌가 하고 초름한 느낌이 들었다. 먼지와 잡음으로 타분한 곳을 벗어나 심신을 새 공기로 싹 수세할 수 있는 곳으로 떠나고 싶은 충동이 간질거리고 있을 때 하차 지점에 도착해 버린 것이다.

　석우는 여긴가 하고 이정표가 가리키는 농로 진입로로 들어섰다. 초입에서 염소처럼 키가 작은 농부를 만났는데 근처에 밭이 있는지 질빵을 건 비료부대를 내려놓고 다리를 쉬고 있었다. 패랭이 아래로 보이는 농부의 얼굴은 볕에 그을려 말린 쇠고기처럼 검고 딱딱해 보였다. 석우는 옷가슴을 풀어헤쳐 가슴살을 내놓고 있는 농부에게로 다가가 말을 걸었다.

　"한마디 물어봐도 되겠소? 돌 공원까지는 얼마나 걸어야 되오?"

　"돌 공원? 그런 것 나는 모르오."

　"여기에 이정표가 붙어 있지 않소?"

　"우린 그런 것 안 보고 다녀요."

　"들어본 일도 없소?"

"생태공원이니 무슨 수련장이니 하는 곳은 있는 모양이던데. 한참 가다보면 그런 게 나올 거요."

길은 좁고 구불구불했으며 울퉁불퉁 패여 있었다. 길 양켠에는 밭뙈기를 두른 돌무더기 잣담이 옛날 쌓은 그대로 남아 있었으며 그 돌무더기 위에 하늘타리 으아리 꽃이 무더기로 피어 향기를 뿜고 있었다.

석우는 농부의 데면데면한 말투를 떠올리면서 돌 공원을 찾아 들길을 걸었다. 제주해협의 물마루 아래로 조개껍질처럼 흩어져 있는 해변마을 인가들이 눈에 들어왔다. 바다 건너에서 둥글둥글하게 덩어리진 양떼구름들이 밀려와 머리 위를 지나면서 그림자를 던져 이쪽의 걸음을 도와주었다.

꼬불꼬불 계속되는 길의 고팽이를 돌아가자 소나무 숲속에 쇠살문이 나타났다. 안내판을 보니 '이곳은 돌 조각품을 친환경적으로 전시한 생태공원'이라고 적혀 있었다.

이곳이 돌 공원 또는 돌 조각공원으로 불리는 곳 아닐까. 석우는 매표소로 가서 작은 창구에 눈을 대고 맹꽁이 소재를 물었다. 매표원은 껌을 씹는 입으로 '맹꽁이요?' 하고 말끝을 쳐들었다. 석우는 허리를 굽히면서 짓죽인 소리를 내었다.

"여기가 돌 공원이지요? 강정마을에서 맹꽁이를 이곳으로 보냈다던데요."

"맹꽁이라니요? 잘못 오신 것 같은데."

저쪽은 시뚱한 소리로 받았다.

"잘못 왔다니. 여기가 돌 공원 아닌가요? 생태공원 맞잖아요."

"우린 맹꽁이 같은 거 안 길러요. 저기 숲속으로 가면 개구리는 볼 수 있을 거예요"

매표원은 무슨 새빠진 소리를 하는 거냐고 되양되양 대답했다. 석우가 창구멍에 대고 있던 눈을 물리고 매표창 앞에 말뚝처럼 서 있자 저쪽은 신경이 거슬리는지 볼퉁한 소리를 내었다.

"교래리에 있는 공원으로 가 보세요. 거기도 돌 공원이니까요."

석우는 얼른 창구로 낯을 붙이면서 헤벌쭉한 표정을 지었다.

"그곳으로 가자면 어떻게 길을 잡아야 하지요?"

"대흘마을로 가서 조천목장 쪽을 향하면 돼요."

"예, 감사합니다."

석우는 이쪽에서 무슨 밉꼴을 보여 문전박대를 받은 건지 영문을 모른 채 얼른 몸을 돌렸다. 그는 쪽팔린 기분으로 이마의 땀을 닦으면서 고팽이를 돌아 큰 길로 나섰다

어찌한다? 길은 외웠지만 바로 교래리까지 가기에는 먼길 차림이 아니거니와 결심도 서지 않았다. 어찌할 것인가. 죽도 밥도 나오지 않을 일을 다음으로 미루어 날을 지울 것인가.

석우는 그냥 돌아설까 하다가 이왕 나온 김이라 욱하고 산간도로 정류소로 발을 돌리고 말았다. 선흘마을에서 버스를 타고 대흘마을까지 가고 거기서 길이 갈렸으므로 도보로 걸었다. 아침에 입맷거리를 하고 나온 배가 허출하였으나 허리띠를 졸라매고 욱질러 걸었다.

해는 하얗게 달아올라서 머리 위를 지나고 있었다. 구름을 밀고 가던 바람이 한 무더기 떨어져 길섶의 산딸나무 가지를 키질하듯 까불거리게 했다. 석우는 자신도 모르게 십팔번 단골노래를 부르고 버릇된 혼잣소리를 쭝쭝거렸다.

지나온 자국마다 눈물 고였네… 그때 그 사람들 지금 어디에 있을까. 모두 죽고 영혼만 떠돌고 있는 건 아닐까. 토벌대에 목이 잘린 시체들을 우리가 묻

어 주었으나 머리가 없는 시신은 누구의 것인지 알 수 없었지. 그 시신이 귀신이 되었다면 지금도 산속을 헤매고 있을 것이다. 귀신이 이쪽을 본다면 아무개 아니냐고 꺽꺽한 목소리로 묻지 않을까. 그때 테우리 모양을 하고 살쾡이처럼 덤불 속을 숨어 다니던 연락원 아무개 아니냐고 이쪽의 얼굴을 구멍 나도록 바라보지 않을까.

아니다. 그들은 머리가 없으니 아무것도 기억하지 못할 것이다. 바라보지도 못하고 듣지도 못할 것이다. 앞을 못 보니 고향집을 찾아가지도 못하겠지. 그저 투덕투덕 막대를 짚고 혼자 산속을 헤매다니고 있을 거야. 행방불명된 사람들….

석우는 산길을 걸으며 옛날 사람들이 다졌을 땅 위에 제 발자국을 찍었다. 그가 지나다녔던 자욱길들은 지형이 변하긴 하였어도 뚜렷한 동선으로 그릴 수 있을 것 같았다. 석우는 그때 사람들의 찌겁찌겁한 얼굴까지도 떠올려보는 것이다.

외촌 사람들은 12월, 적설이 키 높이로 쌓일 때까지 귀순하지 않고 산속에 숨어 살다가 소식이 끊겼다. 석우와 만났던 곳이 바로 이곳에서 멀지 않은 검은오름이었으니 그들도 목이 잘려 지팡이를 짚고 이 산자락을 헤매는 귀신이 되지 않았을까.

바농오름 아래쪽에 조천목장으로 가는 시멘트포장도로가 있고 위쪽에 돌 공원으로 가는 후문이 있었다. 석우는 오름의 동쪽 자락을 돌아서 돌담으로 성을 두른 돌 공원으로 갔다. 입구에는 옛날 시골집을 옮겨 놓은 것 같은 초가들이 있었는데 단체 손님이 없어서 그런지 초가집 안내소 창구는 한산했다. 창구 앞이 비었기 때문에 석우도 서둘고 싶지 않아 큰 숨을 들이쉬면서 갓돌 위에 퍼더앉아 신발을 벗어 놓고 달아오른 발바닥을 식혔다.

대가족을 이식했다니 연못에 가득하여 뽀글뽀글 꾀고 있겠지. 그 배불뚝이 바보 맹꽁이들이 아이들을 모아 놓은 어린이집처럼 연못 속에서 올끈볼끈 옹잘이를 하고 있을 거야. 맹이야 꽁이야 입싸움질을 하면서 법석이겠고나.

석우는 맹꽁이들이 자신을 보고 눈두껍을 발롱 올릴 것 같아서 그러면 이쪽도 요놈 보래, 하고 뻥시레 입을 찢지 않을 수 없을 것 같아서 혼자 히죽 웃어보는 것이었다. 환경영향평가 회사가 법적 보호생물을 이곳으로 옮기고 이식에 성공했다고 발표했으니 이놈들 복가마를 탄 셈 아닌가.

숨을 고른 석우는 옷가슴을 여미고 매표창구로 가서 매표원에게 맹꽁이 소식을 물었다. 저쪽은 석우의 추레한 행색을 눈여겨보면서 어디서 왔느냐고 물었다. 저쪽의 눈꼴이 호의적으로 느껴지지 않았으므로 석우는 거짓말을 했다.

"강정마을에서 나왔어요. 맹꽁이를 이리 보냈다고 하기에 확인하러 나온 거예요."

"맹꽁이 박사가 자리에 없는데요."

예상했던 대로 안내원은 말꼬리가 꼿꼿했다.

"없으면 안 되나요?"

석우는 성질을 안추르면서 무눅은 소리를 내었다.

"안 되지요. 안내를 맡을 분이 없는데."

그때 안내소의 안쪽에 앉아 있던 경비원인 듯한 사나이가 창구로 얼굴을 보이면서 '제가 대신할까요?' 하고 물었다.

"그 사람은 돌아오지 않을 것 같거든요."

"맹꽁이 박사? 그런 사람도 있나요?"

석우가 물었다.

"맹꽁이가 있는 곳을 안내하던 사람이에요."

사나이는 자기가 안내 일을 대신해온 것처럼 슬슬 책상 사이를 비집고 나왔다.

"맹꽁이가 있는 곳을 보여주세요."

석우가 안색을 낮추며 말했다.

"따라오세요."

경비원은 포석이 깔린 매표소 뒷길을 돌아 앞서 갔는데 멀지 않은 곳에 평지가 꺼져 들어간 구덩이가 있었다. 구덩이 안에는 억새와 개망초가 듬성듬성 나 있고 바닥은 말라 검은 흙이 드러났다. 경비원은 구덩이를 가리키며 '물장오리를 상징해서 만든 연못'이라고 설명했다.

"맹꽁이가 여기 있다는 거요?"

석우가 물었다.

"맹꽁이는 다 죽어 뿌렀는디요."

"죽었다니? 강정에서 옮겨온 것 말이오."

"맞아요. 갖다 넣는 걸 봤어요."

"연못은 여기뿐인가요?"

"한 곳 더 있어요. 따라오세요."

구릿대 사이로 뚫린 소로를 걸어 경비원을 따라가자 멀지 않은 곳에 오백장군 석상이 나타나고 그 앞에 연못이 또 하나 보였는데 이곳도 평지에 구덩이를 파서 만든 것이었다. 연못 이름을 '죽솥을 상징한 연못'이라고 표석에 새겨 놓고 있었다. 석우는 물이 고여 있는 것을 보고 '여기는 맹꽁이가 살 수 있겠는데' 하고 물었더니 경비원은 고개를 절레절레 흔드는 것이었다.

"낮에는 매와 까마귀가 밤에는 해변에서 날아온 비오새 가마우지들이 연못바닥을 샅샅이 뒤지고 다녀요. 먹이를 찾느라고 흙바닥까지 쑤시고 헤쳐서 맹꽁이를 잡아먹어 버리는 거지요. 남아 있대도 한두 마릴 거예요."

경비원이 당연한 일인 것처럼 슴슴하게 말하자 석우는 그쪽의 얼굴을 한참 바라보다가 고개를 저으며 돌아섰다. 그는 주위를 둘러보면서 물었다.

"까마귀는 한 마리도 안 보이는데?"

"하, 선생님도. 인제는 잡아먹을 게 남아 있지 않다니까요."

저쪽은 귀먹은 사람에게 말하듯 불쑥 목소리를 높였다.

2

차라리 모르고 있는 편이 나을 뻔했나. 남의 입을 빌어서 그저 잘 살고 있더라고 강정 노인에게 한마디 전하면 그만인 걸 그랬나. 이쪽이 코가 석자나 빠져서 약속을 잊었다고 뭉그려 놔도 되지 않았을까.

세상은 비단 보자기 속의 개똥이었다. 믿지 못할 썩뎅이가 되었다. '다 죽어 뿌렀는디' 한마디로 법정보호생물은 포식자의 먹이로 살뜰히 제공돼 버린 게 확인됐고 그 약자들의 죽음은 누구의 관심도 끌지 못하고 있다.

석우는 지난날 고향 마을에서 함께 살다 시국사태 때 끌려가 생명을 잃은 많은 얼굴들을 떠올렸다. 그들이 떠나 버린 마을의 무너진 집터가 맹꽁이들이 사라져 버린 마른 흙구덩이와 겹쳐 보이면서 풀줄기만 간닥거리는 무몰한 땅이 죽음의 현장인 듯 가슴을 참담하게 만들었다. 억울하기까지 한 감정이 가슴 깊은 곳에서 차올랐다. 모든 생명은 언젠가는 죽기 마련이지만 그 생명을 빼앗아간 상대는 무도했다.

석우는 자신을 둘러싼 세상이 더없이 무작할 뿐만 아니라 하는 일마다 꼴을 먹이는 헤살꾼처럼 느껴지기도 하였다. 보고 들은 일이 지끈 한 대 맞은 듯 마음을 쓰리게 한 경우는 맹꽁이 일만이 아니었다. 석우는 너름새가 없어 늘 쫄막하다고 나무람 받으며 살아온 사람으로 낯가죽이 꽤 두꺼워졌는데도 얼마 전 마르코에게 찔린 일은 지금도 가슴이 찌릿하여 혀를 내밀고 있다.

그가 형제처럼 애중히 여기는 시민운동가들을 석방해 달라고 탄원하는 연판장에 이름을 올리지 못한 것은 치욕적인 수치였다. 그 많은 사람들 속에 이름 석 자를 올리지 못했다니 머저리 병신 아닌가. 이제는 신용도 의리도 없는 비겁자가 되고 말았다.

석우는 오늘도 군사기지 반대 시위자들이 붉은 글씨로 쓴 플래카드를 들고 구호창을 외치며 물밀듯이 행진하던 그 길을 걸으면서 지난날 군중 속에서 머리가 우뚝 솟아보였을 설릉한 사내들의 모습을 떠올렸다. 아침 미사 때 천막 성당에서 그 사람 얼굴이 눈에 어려 달싹 소리를 질렀다가 개코망신을 당했지만 이 빗길에서 제대로 만나지 말라는 법은 없지 않은가. 사람은 언제든 만나는 법, 젖은 땅을 딛는 찰박거리는 발소리가 들려올 때마다 석우는 우산을 올리고 앞을 살폈다. 등을 보이고 지나가 버린 사람들까지 눈을 사무리고 한참씩 바라보곤 하였다.

없는 사람이 이렇게 눈에 매달리는 것은 무엇에 썬 탓일까. 마음이 착 가라앉지 못하고 건공에 떠서 날아다니는 건 무슨 증상일까. 혹여나 파랑새처럼 찾아온 사람들을 누가 혼돌림하여 멀리 쫓아버리지 않을까 우려되는 때문일까.

먼저께 '생명 평화 기원 미사'가 열리는 날에도 석우는 자원하여 이곳에 왔었다. 시민운동가들을 찾아다니는 마음은 그에겐 찜찜한 실수를 통회하는 보속 행위였다.

"은총과 평화를 내리시는 하느님 아버지와 주 예수그리스도께서 여러분과 함께—.

"—또한 사제와 함께."

언제 어디서든 들려오는 것 같은 사제의 인사와 교우들의 합송 소리. 여기에 더하여 강정 바다에서 찰락이는 파도 소리와 바닷바람 소리. 확성기 소리와 실음이 한데 섞여 강정마을 해안에 울려 퍼졌을 때였다. 운동모 등산모 썬캡 벙거지 사파리 모자를 쓴 사람들이 검은 바위를 덮었다.

"형제 여러분, 구원의 신비를 합당하게 거행하기 위하여 우리 죄를 반성합시다."

사제의 선도에 따라 교우들이 합송하였다. 자신의 잘못을 쥐똥만큼도 인정하지 않는 세상에서 자신의 잘못부터 돌아보자는 자성문을 외우며 사람들이 가슴을 퍽퍽 치는 소리가 들렸다. 석우는 시민운동가들의 얼굴을 떠올리며 물방치소리가 나도록 가슴을 두드렸다. 그랬다고 저들에 대한 죄민함이 사라지겠는가마는 석우는 가슴 속이 너무 알끈하여 마구 치고 싶은 심정이었다.

시운불행을 겪은 후 처음 만나는 정이 가는 사람들이었다. 이쪽의 가슴엣말을 하품치지 않고 딴전 팔지 않고 지기지심(知己知心)으로 귀를 기울여 준 아름다운 사람들이었다. 석방 소식도 없는데 얼간이처럼 그들과 조우를 바라고 두릿거리는 것은 참으로 어리석은 행동이었지만 시간이 지날수록 그들을 못 만날 것 같고 그런 생각이 들수록 그 사람들이 눈에 밟히며 아수한 마음이 깊어졌다.

공사장 펜스 안에서 암반을 깨부수는 포크레인 소리, 뚜르레기 소리가 탈탈거리고 호안용 블록 제작장에서 콘크리트를 운반하는 믹서차가 **빽빽** 경적을 울렸다. 물결이 출렁이는 바위코지엔 괭이갈매기들이 모여 앉아 애들처럼 왜자기면서 사람들이 들꾀고 있는 육상 쪽을 바라보았다.

석우는 TV 카메라에 잡혀 조카의 야죽거리는 소리를 듣게 될까봐 회중의 뒤편에서 목을 낮추며 미사를 보았다. 신도들이 계속 모여드는 바람에 그의 옆은 지참자들로 빡빡 채워졌다.

"우리가 서 있는 땅도 꽝 해버리는 건가요? 이곳이 다 결딴나는 건가요?"

신도인지 구경꾼인지 윈드자켓을 입은 멋객이 얄을 깠다.

"열에 아홉 바다가 되든지 부두가 되든지 방파제가 되겠지요."

저쪽의 시선을 받은 사람이 코를 문지르면서 진지하게 대답했다.

"마지막으로 밟아보는 땅인가요?"

"고별 행사를 하는 거야. 서운 섭섭해."

"이곳저곳 다녀봤다만 새것이 잃은 것만큼 할까?"

"어이, 잡음 꺼. 여기 우물 공사 하는 데 아니야."

일행인 듯싶은 사람이 앞사람의 등떠리를 퍽 소리가 나게 쳤다.

"가슴 아파서 그래. 어쩐지 오그랑장사 하는 것 같지 않니?"

까진 입들이 쉬지 않고 너불대었다.

석우는 사제가 집전하는 소리를 한쪽 귀로 듣고 다른 쪽 귀로는 옆에서 실떡거리는 새빠진 소리를 들었다.

"저기 하얀 갈매기들 봐. 저것들도 농성하는 거겠지?"

갈매기들은 사람들이 무엇을 하고 있는지 자세히 내려다보는 듯 제대(祭臺)가 있는 천막 앞까지 바싹 날아가서는 고개를 갸웃거리다가 돌아가곤 했다. 그것들은 이곳을 떠나고 싶지 않은 건지 아니면 시위하는 건지 근처 바위자리를 고집하면서 다시 내려앉는 것이었다.

"갈매기들은 군사기지 건설을 적극 반대할 걸."

"아니야 찬성도 많아."

맨드리를 빼고 나온 윈드자켓이 억보소리를 내자 황당한 소리에 곧 뒤를 받는 사람이 있었다.

"개소리괴소리. 뭐 찬성이 많다고?"

"항구가 되면 먹을 찌꺼기가 생기거든. 거지 같은 갈매기들도 많은 거야."

석우가 지참 교우들의 새살거리는 소리에 귀를 팔고 있을 때 군중의 배후에서 어름거리던 본당 신도 필립보가 사람들 사이를 비집고 지나가면서 석우의 팔등을 툭 쳤다.

"운동하는 떠돌뱅이들을 만나러 왔소? 대기소에 다 모이고 있을 텐데."

저쪽이 입꼬리를 실쭉 일그러뜨리며 빈정거리자 석우가 뺨을 붉히면서 눈살을 찌푸렸다.

"뭉꾼. 뭘 살피러 다니는 거야!"

구역반장이 저쪽의 도랑한 행동을 거니챘는지 석우의 팔굽을 당기며 귀엣말로 곁들었다.

"어젯밤 옵데강 주점 앞에서 저들 패거리를 보았지요. 바람을 잡는 꼭지가 저 작자더군요. 생명 평화 기원 미사는 군사기지 건설을 반대하는 집회라면서 거기 참석하는 사람들을 다시 보겠다고 주먹을 휘둘러 보였어요. 자기네 동아리들은 여차하면 모두 냉담자가 돼 버릴 각오가 돼 있다나요. 국가 안보를 모르는 사람들과 같은 성당에 다닐 수 없다는 거예요."

"후회 짓을 만드는 거지."

"녓보야요. 녓보."

미사는 민족의 화해를 위한 기도와 묵주신공으로 끝났다.

석우는 멜가방을 치켜 올리면서 통물로와 말질로를 걸어 마을회관으로 갔다. 회관 마당에서는 해군기지 건설을 반대하는 사람들이 모여 문화행사를 열고 있었다. 놀이판 하늘에는 오색천이 걸리고 고깔모자에 무복을 입은 무당이 댓가지를 들고 깡충깡충 깨춤을 추는 게 보였다.

―무자년 동지창월 섣달 계월에 생목숨 일백을 운하여 산천의 객귀가 되게 하였으니 세시가 온통 서러웠더라…"

맺힘새 있는 소리가 청청하게 울렸는데 아마도 60여 년 전의 이 고장 비극을 사설하는 모양이었다.

춤꾼이 끼어들어 어름새를 놓았다. 춤꾼은 낭창낭창 허리를 꼬면서 어깨를 우쭐거리고 한쪽 손을 쳐들고 다른 손으로 치맛자락을 거머잡아 발부리를 살짝살짝 들어 올리거나 머리를 젖히고 몸을 뒤틀었다. 쿵덕쿵덕 북치는 소리에 맞추어 지나가던 사람들이 어리얼씨 흥을 내었다.

넋을 팔고 있던 석우는 와글와글 웅성거리는 소리가 가까워지는 것을 들었다. 플래카드와 피켓을 든 한 무리의 사람 떼가 길고팽이를 돌아 이곳으로 행진해오고 있었다.

"해군기지 결사반대, 전쟁기지 짓지 마라!"

"―짓지 마라, 짓지 마라!"

"강정아 일어서라, 우리 함께 하리라!"

"―일어서라, 일어서라!"

석우는 목을 올리고 손바닥으로 눈썹차양을 만들어 떼지어 몰려오는 사람들을 눈여겨 살폈다. 사람 떼가 차츰 가까이 오면서 앞장선 사람들의 얼굴이 플래카드 뒤로 어릿어릿 떠올랐다.

석우는 눈에 쌍불을 켜고 그들의 얼굴을 짯짯이 살폈다. 나이가 다르고 용색이 다른 사람들 속에서 표가 나게 머리가 우뚝한 사내, 댓잎처럼 마르고 설렁한 사내들의 모습은 눈에 들어오지 않았다.

춤판에 모여 있던 사람들이 놀이 동작을 멈추고 출정가를 부르면서 대열 쪽으로 떼떼이 몰려갔다. 대열은 큰 무리를 이루었다.

시위대 앞장에서 벤티지모자를 쓴 사내가 메가폰을 들고 웅굴진 소리로 외쳤다.

"무기를 들고 사랑할 수 없다!"

"―사랑할 수 없다, 사랑할 수 없다!"

"강정평화 지켜내자!"

"―지켜내자, 지켜내자!"

시위대는 길을 가로막고 있는 방패 벽을 향해 엉성엉성 걸음을 옮기면서 숨을 고르더니 저지선에 이르러 멈추어 섰다. 구호와 노래를 한바탕 고창하고서 그들은 다시 앞으로 나가려고 했다. 방패를 든 경찰 삥들이 방패 벽을 치고 막았다. 피켓을 든 사람들은 널빤지 팻말을 흔들며 들춤질을 하고 장대 잡이는 플래카드를 풀렁풀렁 흔들면서 상대방의 처사에 항의했다. 길을 열어달라는 시위대의 요구가 욕설 반지기를 만들면서 공기가 험악해지더니 대오의 앞줄에서 젊은이들이 돌격대처럼 뛰쳐나갔다. 그들은 길을 막고 있는 방패 벽을 몸으로 들이받고 밀어댔다. 뒤이어 달려 나간 시위대원들이 모다 붙어 견벽을 만든 방패 끝에 드럼드럼 매달렸다.

시위가 일어나고 있는 곳은 이곳만이 아니었다. 해군기지 공사장 정문 앞에서도 반대단체 회원들이 경찰과 대치하였다. 시위자들은 일제히 땅바닥에 누워 팔짱을 끼고 공사 차량의 출입을 막았다. 경찰이 공권력을 행사하겠다고 줄방송을 하였으나 시위대가 움쩍도 않자 의경들이 달려들어 한 사람씩 들어내 버리기 시작했다. 틈새가 생기자 공사장 안에 갇혀 있던 콘크리트믹서차들이 얼른 밖으로 빠져 나갔다.

그때였다 땅을 울리는 진동과 함께 분진이 하늘로 치솟았다.

"아, 다시 부수고 있다. 강정이 깨지고 있다. 구럼비가 모두 사라지고 있다!"

해안 암반을 발파하는 다이너마이트 폭발음이 시위자들의 농성을 조소하듯 굉렬한 폭음을 내었다. 시위자들이 두 손으로 얼굴을 감싸고 빈 자루처럼 땅바닥에 무너앉았다.

해변 암반이 들썩이며 부서지는 소리를 듣고 석우의 가슴도 휑하니 구멍이 뚫려버렸다. 바위가 부서지는 이곳에 있어야 할 사람들, 이쪽이 눈에 심지를 올리고 찾고 있는 사람들은 어디에 있는가. 석우는 사람들이 모인 곳을 찾아 주변을 감돌며 사방팔방을 눈살폈으나 그때의 주동자 지도자들은 코끝도 보이지 않았다. 구속되었다는 시민운동가들이 혹시 나오지 않았나 하여 이리저리 돌라보는 것이지만 저쪽이 들이껴 있어야 할 자리는 골싹하니 이가 빠져 있었다.

석우는 가슴과 옆구리가 자부라지고 머리가 어지러워 돌아섰지만 이상하게도 자신의 걸음이 헛벌이라고는 생각되지 않았다. 누가 뻘짓을 한다고 나무라도 그는 허텅지거리며 웃어줄 수 있을 것 같은 생각이 들었다. 말재기들이 혹시 맛이 아주 가버렸다고 시룽거리더라도 무탈하게 끄덕거려 줄 배짱이 생긴 것 같기도 하였다.

석우는 눈을 어리게 하는 환상 속을 두루 걸으면서 시민운동가들이 아직 곁에 있으며 잠시 떨어져 있을 뿐 그들은 머잖아 이곳 강정마을로 다시 돌아올 것이 뻔하다는 믿음을 얻었다. 그들은 그들이 사랑하는 이곳을 결코 떠나지 않을 것이며 이곳으로 어서 빨리 돌아가기를 학수고대하고 있을 게 분명하다는 확신이 들었다. 그들을 찾아다니는 발품 속에서 그 사람들과 각근해지는 정을 느꼈으며 그래서 석우는 시민운동가들이 자신에게 남겼던 말까지 더욱 소중한 약속으로 간직하였다. 그들은 '다시 만나게 될 거예요. 눈물자국 얘기는 그때 마저 듣도록 하지요.' 하고 속언약을 하고 떠났었다.

시민운동가들은 아직 미결수일 터이지만 석우는 저쪽이 푸른 옷을 입은 기결수가 되는 상황은 머리에 그리지 않으려고 했다. 저쪽을 수형자로 보게 되면 이쪽의 신세타령까지 얼섞이는 마음이게 되고 그러다보면 자연 눈뿌리가 뜨거워질 게 뻔하기 때문이다.

그 얘기를 마저 하지 못했던가. 고목사회(枯木死灰). 몸은 마른 나무와 같고 정신은 식은 재와 같다—. 감옥살이 눈물 나지. 감옥살이는 삶이 아니야. 사회가 없으니까. 경계 밖 아웃 볼이 되고 마는 거지. 내가 산에서 귀순했을 때 취조관은 나를 감옥에 넣기 위해 넙치가 되도록 패더라고. 그 사람들은 죽은 시체도 입을 벌리게 한다는 무지막지였어. 나는 얼친 상태로 무복하여 장기수가 되고 말았지…

* * *

1949년 12월. 한라산에 적설이 깊어지고 유령의 울음처럼 칼바람이 음산한 소리를 내며 골짜기를 휩쓸 때 석우는 누더기로 몸을 싸고 눈구멍이 푹 꺼진 몰골로 산에서 내려왔다. 귀순한 그는 제주농업학교에 설치된 수용소에서 심사를 기다렸다. 다음해 1월 경찰국 1구서로 이송돼 특별 수사과에서 본 심사를 받았다.

　유치장은 매일 조사받고 고문당하는 사람들로 불러터지고 있었다. 취조실에 들어가면 고문당하는 장면이 눈에 보였는데 도살된 가축처럼 매달린 사람들이 있고 매달린 사람 가운데는 더운물에 젖은 건지 몸통에서 흰 김이 무럭무럭 피어오르는 사람도 있었다.

　석우를 조사실로 끌고 간 경찰관이 손바닥에 침을 퉤퉤 뱉고 가죽채를 휘둘러 한바탕 채질을 하더니 덧거리로 발길질을 얹었다. 전단에는 귀순자에게 관용을 베푼다고 하였는데 막상 손들고 들어가자 사로잡힌 포로나 다름없이 맷가마리로 만들었다. 연락활동을 한 것은 목숨을 부지하기 위한 사세부득의 선택이었는데도 무장 세력에 적극 가담한 혐의를 적용하여 가혹하게 굴었다.

　석우는 자신이 한 일을 땀직땀직 토정했다. 자신의 활동은 중간과 중간 새에서 선을 잇는 역할이었으며 그것도 입산 초기의 약 삼개월 간이고 그해 겨울에 계엄령이 선포돼 군의 토벌이 강화되면서 조직이 와해되자 자신은 끈 떨어진 주머니가 되어 난민들 속에서 1년을 부접한 것이라고 진술했다. 저쪽은 귀머거리가 아닐 텐데도 무반응으로 일관하고 귀지를 파면서 딴전을 부렸다.

　"새끼야, 바른대로 대. 산으로 누굴 찾아갔지? 뭘 협조했어?"

　"그런 일은 없는데요. 제가 한 일은…"

　"나잘한 소리 치워. 뭘 갖다 줬느냐고 엉?"

　같은 질문에 같은 대답이 반복되었다. 대답이 틀리지 않는데도 저쪽은 무슨 갈고리를 속에 품은 건지 싱둥겅둥이었다.

　체머리를 돌리며 깨나른한 몸짓을 보이던 저쪽이 갑자기 꽝 소리가 나게 탁상을 내리쳤다.

"잘 들어. 너는 산에 협조했어. 산사람들은 입칠 안 하고 사냐. 너는 양식을 나른 거야. 담부꾼 한 거야. 알았어?"

"……"

석우는 입을 열지 못하고 여짓거렸다.

"간이 아직 덜 든 모양이야. 한손 더 얹어야 쓰겠어."

낯가죽이 얽족얽족 얽고 눈 밑에 검은 사마귀가 붙은 수사관이 턱을 옆으로 비껴 올리면서 눈을 찡긋하자 뒤를 지키고 있던 고문경찰이 곧 채찍을 감아쥐었다. 석우는 눈이 사발만해지면서 그쪽의 얼굴에서 눈을 떼지 못했다. 볼편이 푸릇푸릇하고 눈꼬리가 위로 째진 취조경찰의 상판을 본 석우는 아주 혼맹이가 나가버렸다.

그는 사정없이 답새김을 당하고 얼친 상태에서 혐의를 인정했다. 저쪽은 석우의 확인 수장(手章)을 받고 진술서를 군사법정으로 넘겼다.

군사재판은 죄목을 확인하는 것으로 끝났으며 석우는 생죄가 붙어 5년 징역형을 선고받았다.

두 달 후 장기수들이 끌려 나와 경찰서 뒷마당에 집결하고 두름 엮듯 긴 포승줄에 묶였다. 소총을 든 외지인 짭새들이 수형자들의 어깨를 휙휙 잡아채면서 포승의 매듭을 확인하고 죄수들을 제주항으로 끌고 갔다.

죄수들은 가축을 실어 나르는 화물선에 실려 선복에서 한없이 궁굴리다 저물녘에 목포항에 도착했다. 죄수들은 다시 다리를 끌며 역으로 가서 화물열차에 실리고 감감한 곳으로 떠났는데 이튿날 내린 곳은 서울이었다.

죄수들은 고개를 숙이고 지척거리며 먼길을 걸었다. 종렬의 양측에는 소총을 든 짭새 호송원들이 5,6보 간격으로 따라붙어 걸핏하면 얼굴을 구기거나 으르딱딱거렸다. 기진하여 쓰러지거나 다리를 절며 지뻑거리는 죄수들 때문에 대열이 구불텅이가 되든가 멈추어질 때면 호송 짬새들이 사정없이 죄수들에 발길질을 하고 총대를 휘둘렀다.

배를 탈탈 곯고 딱따거리는 소리에 들볶이며 타불타불 발을 떼어놓던 죄수들은 높은 망루와 철대문이 있는 옹성 같은 담벽을 보았다. 죄수들은 그곳이 자신들을 기다리는 '큰집'이라는 것을 직감했다. 서대문형무소였다.

형무소 마당으로 끌려들어간 그들은 철통같고 삼엄한 분위기에 주눅이 잡혀 할쑥해진 얼굴로 붉은 벽돌 건물이며 담장 감시탑으로 눈을 휘돌렸다. 긴 노정의 피로와 굶주림 그리고 형량의 무거움으로 죽지가 처진 그들은 기운이 다 빠져 머리를 빠뜨렸다. 그러나 실망하건 낙담하건 죽어 자빠지건 병아리 눈물만큼의 동정도 없는 냉혹한 곳에 와 있다는 사실을 잘 아는 그들은 한숨을 토해내면서 간힘으로 자신을 추스르려 했다.

장압관(長押官)으로부터 이감자를 인계받은 형무소 쎄리들이 흐늘흐늘한 수인들을 끌고 다니며 살차게 몰아쳤다. 신체검사와 목욕을 시키고 죄수복을 입히고 형무소 생활에 대한 규율을 교육시켰다. 식기를 지급하고 쇠창살 문안으로 밀어 넣어 철꺽 쇠통을 잠가 버리자 이제야말로 먼먼 세상에 끌려와 옴쭉할 수 없는 막장에 구어박혀 버렸다는 절망감이 눈앞을 까맣게 했다.

경봉을 찬 쎄리들이 팔을 벌리고 화장걸음으로 거드럭거리며 휑한 복도를 내왕했다. 이따금 근처 방에서 산 짐승의 멱을 따는 것 같은 소리가 자그럽게 귀청을 찔렀다.

"나는 죄인이 아니야. 아무 짓도 안 해서—"

울부짖는 소리는 단말마의 비명처럼 석우의 가슴을 서늘케 하였다. 어머니를 부르며 소 울음소리를 내는 사람도 있었다. 호각 소리가 나고 쎄리가 달려가 창살문을 탕탕 두들기면서 쏟아붓는 악담 소리가 족족히 들려왔다.

이곳 쎄리들은 섬에서 난리가 왜 일어났으며 어떤 양상으로 전개되고 있는지 깜깜 모르는 깡통들이어서 섬사람들을 좀팽이, 불량배 이상으로 보지 않았다. 그들은 사정없이 경봉을 휘둘러 죄수들을 납작 오그리도록 족대겼다.

석우도 느닷없이 불끈불끈 치솟는 억분을 참지 못해 악장칠 뻔하였으나 숨을 들이그으며 억눌렀으니 망정이지 그러지 않았다면 방망이를 맞고 머리를 깨거나 다리를 절었을 것이다.

석우는 무릎깍지를 끼고 앉아 머리 깎은 중처럼 하염없이 몸을 부라질하였다. 쇠고랑을 허리에 찬 쎄리가 복도를 지나며 일없이 죄수들을 째려보고 역한 짐승을 보듯 감궂게 인상을 찌푸릴 때면 그는 얼른 저쪽의 눈딱지를 피해 목을 돌리곤 하였다. 이럴 때 그는 정신을 후딱 딴 곳으로 내띄워 장면 도피를 하고 비위난정을 달래는 것이다. 경찰서 유치장에 있을 때 선참에게서 배운 요령인데 눈을 뜨고 있어도 시야를 가로지르는 벼락불이 떨어지지 않는 한 눈길을 건공중에 걸고 잔뜩 말뚝귀를 하고 있으면 고통을 얼마간 잊을 수 있었다.

뚜벅거리는 화장걸음 소리가 들려 그는 시선을 돌리고 눈의 초점을 지운다. 시야가 곧 흐릿해지고 머리가 멋대로 돌기 시작한다. 그가 이곳에 와서 신경을 쓰며 바라본 것은 곳간처럼 외따로 떨어진 목조건물이었다. 가시철망이 두 겹으로 둘러쳐지고 옥사로부터 이어지는 통로에 흰모래가 깔려 잘 비질되어 있었다. 목조건물 주위로 높은 벽돌담이 둘려 있고 그 뒤편에 회색 페인트칠을 한 철골 감시탑이 우뚝 솟아 형무소 안을 한눈에 내려다보고 있었다. 탑 안에는 밤마다 불줄기를 번뜻거리는 탐조등과 시도 때도 없이 왕왕거리는 나팔 모양의 확성기가 걸려 있기도 했다.

담장 안의 작은 건물은 갇힌 사람을 저세상으로 보내는 막장집 아닐까. 사형장이 맞다면 사형실 안은 지하로 통하는 마룻바닥으로 되어 있을 것이고 마루 밑은 허방일 것이며 시체를 내다버리는 시구문(屍柩門)도 뚫려 있을 것이다. 마루 한가운데 도려빠지는 곳을 개폐식 마루판으로 살짝 덮어 나무의자 하나를 올려놓고 있겠지. 여기에 결박당한 죄수를 끌어다 앉히고 머리를 검은 보자기로 씌운 다음 집행인이 천장에서 흔드렁거리는 동아줄 올가미를 사형수의 잘록한 목에 바짝 걸어놓으면… 석우는 자신의 목을 쓰다듬어 보면서 오르르 몸을 떨었다.

그는 부질없는 공상으로 하루하루 해를 지웠다.

형무소의 일과는 같은 일의 반복이었다. 기상 사이렌이 울리면 시작 점호를 받고 취침 전에 오후 점호를 받으며 저녁 아홉 시에 잠자리에 들었다. 점호는 지겹도록 반복되는데 시간은 가지 않았다. 시간이 가지 않으니 하루는 길고 하루가 느리니 일주일은 곱 더뎠다. 형기를 마칠 때까지 끼룩거리며 시간을 밀어내야 할 생각을 하니 절로 맥이 떨어졌다.

형무소 생활 3개월째. 어느덧 복중으로 들어서서 나락 패는 6월이 되었다. 똥을 퍼서 전작지에 뿌리는 외역을 나갔다 돌아온 죄수들이 덕밭의 딸기가 앙그러지게 익었더라는 말을 군입을 다시며 전하였다. 패려한 쎄리들은 콧등을 으그리고 땀 냄새 발 냄새 겨드랑 냄새가 난다고 죄수들을 몰아쳐 여름나기가 걱정되는 복달임으로 접어들었다.

끈끈하고 불쾌한 날씨가 계속되던 6월 하순의 어느 날, 이날은 어찌된 셈인지 오전 운동시간을 끝으로 기계처럼 돌아가던 일상이 멈추어 버렸다. 옥사 안은 너무 조용해 이따금 죄수가 질러대는 고함소리만 턱없이 크게 들릴 뿐 달려오는 쎄리의 발소리도 욕악담을 퍼부으며 쇠창살을 치는 소리도 들려오지 않았고 똥통을 지우러 가는 외역도 없었다.

정오가 조금 지났을 때 뚜벅뚜벅 우등우등 어수선하게 뒤섞이는 발소리가 들리더니 누런색 군복에 그물을 씌운 모자를 쓰고 탄창이 따리 모양으로 생긴 기관총을 맨 병사들이 열쇠꾸러미를 든 수위를 앞세우고 복도로 들어왔다.

부스럭거리던 감방 안이 갑자기 찬물을 끼얹은 듯 조용해졌다. 메고 있던 기관총을 내려 앞에총으로 거머쥔 병사들이 쇠창살 문 앞에 떡떡 버티고 서자 죄수들은 눈이 주먹만 해졌다. 지휘자로 보이는 군관이 카랑카랑한 목소리를 내었다.

"죄수들은 모두 손을 들고 벽으로 붙어 서라우!"

얼떨떨한 죄수들이 저쪽의 무장에서 눈을 떼지 못하며 행동을 미적거렸으므로 총을 든 병사들의 눈초리가 까끄름해졌다. 그러나 그들은 입술을 옴질거릴 뿐 팍성을 보이지는 않았다.

"죄수들은 모두 밖으로 나가라우. 날래 움직이지 못 하간!"

군관으로 보이는 자가 어세를 높이며 턱질을 하자 병사들이 총개머리를 흔들면서 죄수들을 내몰았다. 병사들은 북에서 내려온 인민군들이었으며 얼굴이 햇볕에 그을려 험상했으나 행세는 그닥 데거칠지 않았다.

죄수들은 변란이 일어난 것을 직감했다. 인민군이 이곳까지 들어왔다는 사실은 나라가 뒤집혔다는 얘기 아닌가. 죄수들 가운데서 누가 '인민군 만세―' 하고 외쳤다. 석우 옆에 서 있던 사람들이 얼떨결에 두 팔을 올리며 따라서 했다. 어리벙벙한 것은 제주도 사람들이었다. 거짓에 속고 인민공화국 만세를 부르다 죽고 대한민국 만세를 부르다 당하고 대량학살 사태 속에서 구명도생해왔기 때문에 이런 경우 어떻게 처신해야 할지 몰라 눈을 뚜릿거렸다.

강정(江汀) 길 나그네

서로 형색을 살피며 망설거리는데 빽 하고 야지러진 목소리가 들렸다.
"동작을 빨리하지 못 하간. 흘쭉대기 할 끼가."
 달고치는 소리에 뒤 밀린 죄수들이 발을 잦추어 축구골대가 있는 형무소 마당으로 떼몰려 나갔다.
 쓸려 나온 죄수들로 가득 찬 운동장에서도 형무소 쎄리들은 보이지 않았으며 허리에 가죽띠를 매고 군복에 풀 가지를 꽂은 인민군들이 땍땍거리며 죄수들을 노소로 분리하여 노틀들을 어디로 끌고 갔다.
 큼지막한 금딱지 계급장에 붉은 줄이 그어진 군관복을 입은 장교가 지휘대 위로 올라서더니 거세찬 목소리를 내었다.
 "여러분은 우리와 함께 북조선으로 갑니다. 오늘부터 우리 인민공화국의 의용군이 되는 거라요. 동지들이여 대동단결하라!"
 쇠창살문을 열어줄 때 반득거리기도 했던 죄수들의 눈이 북조선으로 간다는 말에 자빠진 쇠눈깔이 되었다. 서로 마주보며 술렁거렸으나 입술이 하얘졌을 뿐 누구도 내놓고 좋다 싫다 의사 표시를 하지 못했다. 죄수들은 피복 창고에서 누구의 것인지 알 수 없는 사복들을 꺼내 입고 호송원의 지휘를 받으며 형무소 철문을 나갔다.
 죄수들은 가는 도중에 지붕이 내려앉은 가옥과 허물어진 담벽, 끊어진 전선줄, 붉은 기를 내걸고 있는 건물들을 보았다. 욕악담을 먹으며 밤낮을 걸어 죄수들이 도착한 곳은 인민군 6사단이 주둔하고 있는 개성의 군사 학교였다.
 군사 학교는 신병 훈련소인 듯 더벅머리에 헐렁헐렁한 한복 차림을 한 젊은이들이 트럭에 실려 이곳으로 들어오는 것이 보였다. 심한 사투리를 쓰는 것으로 보아 외경(外境) 쪽에서 모집된 젊은이들 같았다.
 죄수들은 이곳에 따로 수용되어 한 달간 훈련을 받았다. 날마다 사회주 토지개혁 여성해방 계급투쟁 등을 주제로 한 강의나 연설을 들었다.

육체훈련은 군사 학교의 언덕 위에 설치된 장애물 돌파지대에서 반복 실시되었다. 각종 방책 통나무다리 목마 나무벽 사다리 그물 등의 시설에서 뛰고 기고 굴렀다. 전투 훈련은 쌍방이 대항하는 백병전 형태로 기술을 익혔는데 기합소리를 빽빽 지르면서 치고 찌르는 창격술을 적용하여 가상 싸움을 흉내 내었다. 교관은 매우 가혹하여 훈련을 잘 받으면 소련 고문관의 흉내를 내는 듯 하라쇼(잘한다)를 연발했고 성적이 부진하면 허리춤에 두 손을 걸고 서서 '개자식! 간나위 새끼!' 하고 쌍소리를 퍼부었다.

1개월간의 속성 훈련을 마치고 죄수들은 군용트럭에 실려 남행하였다. 죄수들은 전투병이 아닌 경찰군인이었으므로 인민군 점령 지역으로 가서 치안을 담당하고 계급투쟁을 돕는 임무를 부여받았다. 무기는 지급받지 못하였으나 주임에게만은 모양으로 차고 다니도록 소련제 권총 한 자루를 내주었다.

경찰병들이 내려간 곳은 전라남도 구례였다. 현지에 도착하였을 때 그들은 사냥모나 레닌모를 쓴 사람들이 내무서를 찾아와 서로 '김 동무' '박 동지' 하고 거침없이 부르는 소리를 들었다. 이전부터 조직 생활을 해온 당원들로 보였는데 그 사람들은 새로 내려온 경찰병들에게도 굽히는 데가 없이 버젓한 태도를 취하였다. 경찰군인들은 그들과 경원한 관계를 유지하면서 질서 보안과 토지개혁 임무를 수행하였다.

북쪽이 결정적으로 유리하던 전황은 석 달 만에 역전돼 세상이 다시 뒤집혔다. 9·15 인천 상륙 작전으로 보급편이 차단된 인민군이 퇴각하기 시작한 것이다. 먼지와 때 묻은 군복을 입고 가슴과 모자에 풀 가지를 꽂은 병사들이 긴 행렬을 만들며 북으로 돌아갔다.

석우네 내무서 주임에게도 백두대간을 타고 월북하라는 지시가 내려왔다.

"이러고 있을 때가 아니오. 짐을 꾸리고 대기하기요."

"어디로 가는 겁니까."

서원들이 물었다. 레닌모를 쓴 당원들도 조마스럽기는 마찬가지로 기색이 죽은 얼굴이었다.

"추풍령 쪽은 벌써 차단됐다는데 빠져나갈 수 있을까요?"

"뭐가 뭔지 통 모르겠당이."

"일단 산중으로 대피하는 게 낫지 않을까요?"

경찰병들은 밤밥을 먹고 쥐 숨듯 내무서를 떠났다. 그들이 지리산 자락에서 밤을 새웠을 때 달아난 건지 앞서 떠난 건지 일행의 절반이 사라지고 없었다.

산줄기를 타고 반대로 내려오는 병사들이 보여 서원들이 물었다.

"이거 어이 된 일입메. 동무들 어디로 가는 길입메?"

얼굴이 벌겋게 달고 모자를 비뚜로 쓴 병사들이 다리를 끌며 숨을 씨근거렸다.

"선진 중대가 육십령에서 적의 공격을 받아 뿔뿔이 흩어졌당이."

그들은 길이 막혀 다른 길을 찾고 있다고 말했다.

산길이 막혀 월북이 곤란하게 되었는데도 내무서 주임은 이성을 잃고 서슬을 돋우었다.

"하여간에 가긴 가야겠지비. 뒤처진 놈들은 모두 직무태만에 걸어 처단하겠다!"

주임은 발을 구르며 권총을 들어 공포를 쏘는 시늉을 했으나 그의 말발은 먹혀들지 않았다. 그는 이미 권력을 잃은 패잔병 낙오자에 불과했다.

"이 간나위 새끼들. 살겠으면 전진하고 죽으려면 뒤로 돌아갓!"

주임은 부하들이 가재걸음을 하자 분을 삭이지 못하고 정신줄을 놓은 사람처럼 고래고함을 쳤다. 그는 제자리에서 맴을 돌며 광기를 보이다가 혼자서 터벅터벅 앞서 걸었다.

석우는 배가 결린 듯 허리를 싸안으며 쫓음걸음을 늦추었다. 끙끙 앓는 소리를 내며 소걸음을 걸었다. 다리를 끌다가 옆으로 비켜나 소변을 하고 구역질 소리를 내면서 자지러지는 꼴로 주위를 엿살폈다. 사람의 눈을 피했다고 생각되자 땅다람쥐처럼 수풀 속으로 뛰어들었다. 기고 뒹굴어서 동떨어졌다고 생각되자 그는 납작 엎드려 숨을 눌렀다. 죽은 듯이 옴짝 않고 주위의 동정을 살폈다.

후군(後軍)의 퇴각을 확인하고서 석우는 고개를 들었다. 허리를 펴고 무릎을 싸안았다. 이제 어찌해야 하는가. 버드러진 나뭇가지 아래서 무릎을 주무르며 그는 하염없이 흐르는 구름조각을 바라보았다. 이리저리 눈을 돌리고 셈을 쳐 집으로 돌아가는 방향을 대중해 보았다. 남지(南枝)로 어림하여 동쪽으로 진로를 잡고 산허리를 외로 돌면 하동이나 횡천 지역에 이르지 않을까. 그쯤에 이르면 전선에 투입된 국군과 맞닥뜨릴 수도 있을 것이다. 그 이상은 머리가 돌지 않았으므로 그는 한 가닥을 안쫑잡고 몸을 솟구쳐 세웠다. 뒷눈질을 하면서 갠걸음을 놓았다.

석우는 집이 눈앞에 보이는 듯하여 숨이 달아오르면서 오금이 들떴다. 그는 나뭇가지를 휘어잡아 발끝을 제겨 디디며 미끄러운 벼랑을 기어 내렸다. 덤불을 헤치며 산굽이를 돌자 사람의 자취인지 짐승의 종적인지 풀줄기가 으츠러진 궤적이 나타났다. 자국을 따라 몇 시간 길을 죄니 뒤에는 높은 산들이 그악하게 서 있고 앞으로는 멀리 눈부신 햇살이 내리쬐는 개활지가 눈에 들어왔다. 들판에는 곡식이 익어 황금빛 논밭이 돗자리를 펴놓은 듯이 폭신하고 아늑한 풍경으로 보였다.

석우는 실오리처럼 드러난 밭구길을 따라 가슴이 쿵덕거리는 소리를 들으면서 가파른 비탈을 지쳐 내려갔다. 멀리서 포성이 울리는 소리를 듣고 용오름처럼 솟아오르는 포연을 보았으나 한쪽이 일방으로 쫓기는 전장은 격전장 같지 않게 조용했다. 석우는 단숨을 몰아쉬면서 쉬지 않고 휘달렸다.

쪼뼛이 솟은 작은 산 뒤편짝에 이엉이 파삭 삭은 초가집들을 가운데 두고 천막 몇 동이 서 있는 게 보였다. 부근에 군부대가 진을 치고 있다는 증거였다. 국군이 벌써 강을 건너 서진하고 있는 형세였다.

석우는 셔츠를 찢어 막대기 끝에 매달고 깃발처럼 흔들면서 둔덕길을 내려갔다. 파근파근한 다리를 끌며 지척거리고 있을 때 칡덩굴이 우거진 덤불 속에서 몸을 뜰썩 떠오르게 하는 고함소리가 들렸다. 매복초소에 몸을 숨긴 초병이 수하한 것이다. 소총의 격발장치를 튕기는 소리를 듣고 질겁한 석우는 '귀순, 귀순―' 하고 우짖는 소리를 내었다.

그가 두 손을 번쩍 쳐들고 가슴을 벌렁거리고 있을 때 헐렁한 군복에 철바가지를 눌러쓴 초병이 금방 총을 발사할 듯이 잔뜩 웅크린 자세로 접근해 왔다.

"깃발 던지고 손을 더 올려! 뒤로 돌앗!"

초병은 석우를 이저리 돌려세우며 몸을 올리훑고 내리훑더니 허리띠를 빼서 내던졌다.

초병은 총부림을 하면서 석우를 전초(前哨)로 몰고 갔다. 석우는 바지허리를 움켜잡고 엉거주춤히 서서 경계병들의 구경거리가 된 다음 막사로 끌려가 선임하사로 보이는 자로부터 심문을 받았다.

"저쪽이 치고 올 때는 좋았지? 놈들이 달아나자 이쪽으로 목을 돌렸나?"

선임하사는 영 달갑지 않은 표정으로 사람을 개잖게 다루었다.

"저는 강제로 끌려갔습니다. 기회만 엿보고 있었습니다."

"묻는 말에 대답해. 적은 어디에 있나? 어디를 공격해야 하나?"

석우는 파리 발 드리며 목멘 소리로 대답했다.

"저는 그런 걸 모릅니다. 저는 전투병이 아닌 말단 내무서원이었습니다."

"새끼야, 귀순하려면 뭘 하나 갖고 와야지. 안 그래?"

"예예 맞습니다."

석우는 잔뜩 목을 낮추었다. 심문자는 허리춤에 지르고 있던 손을 빼더니 석우의 머리통에 알밤을 먹이고는 엉덩이를 걷어찼다.

"네놈에게 말해두겠다. 건방지게 자유를 택했다느니 귀순했다느니 하는 말은 입 밖에 내지 마. 너 같은 쓰레기는 너무 많아!"

"예예. 알겠습니다."

심문을 받는 동안 저쪽에 연락이 된 건지 미군 트럭이 막사 앞으로 달려왔다. 짙은 초록색 군복을 입은 두 사람의 군인이 석우를 인도받았다. 석우는 귀순자가 아닌 사로잡은 적(pow)으로 취급돼 포로수용소로 인계되었다.

석우가 귀향하였을 때 사람들은 이렇게 말하였다.

"용케 살아 돌아왔군. 그러나 자네를 반겨줄 사람은 없을 걸세. 산에 갔다 온 사람들은 모두 전쟁을 일으킨 저쪽과 한패라는 거야. 많은 사람이 죽었어."

세상이 변하면서 다소 누그러지긴 하였으나 그는 폭도 전과자란 패호(牌號)를 달고 몇십년 간을 사회의 뒤편에 밀려 살았다. 오랜 세월 속에서 피맺힌 설움과 눈물은 앙금으로 굳어 치유되지 않는 상처가 되었으며 통한을 안고 살아오는 동안 옥맺힌 한은 병집으로 굳어졌다.

숨이 산 사람은 언젠가 만나는 법. 마침내 그는 바로 등하(燈下)에서 선량 행세를 하며 어슬렁거리는 구수(仇讎)들을 발견하였다. 석우는 이쪽의 찢기고 밟힌 영혼에 반 턱이나마 위로를 줄 기회를 잡고 이를 옥물면서 마음을 도사렸다. 그러나 일 처리를 다그지 못해 미적거리는 바람에 첫 대상으로 삼았던 전직 짜부 고승록을 놓치고 말았다. 그자는 병사(病死)하여 이쪽의 표적을 빠져나간 것이다. 다음으로 겨냥댄 것이 악질 수사관 강권호 마르코였다.

아무리 시운불행을 겪었다 해도 사람의 운명을 생잡이로 뻐개놓은 무뢰들까지 관용할 수는 없었다. 석우는 악한에게 죗값을 물리는 건 천리(天理)라고 생각하고 유사한 피해를 본 대부(代父) 이명진의 도움을 받아 저쪽을 내리 조기기로 마음 굳혔다.

* * *

"여러분은 여러분의 집으로 돌아가 여러분의 일을 하십시오. 대한민국 정부는 산에서 내려오는 분을…. 빨리 걸어랏 이 반동새끼들 멈추면 총살이닷…. 투항했다는 말은 꺼내지 마 쓰레기 같은 놈…."

석우가 지우지 못하고 오장 속에서 망울로 구르는 말들을 흉내질 하고 있을 때 제 입짓과는 다른 소리가 끼어드는 것을 들었다.

"잘한다—."

석우가 밖을 내다보자 이명진 아오스딩이 대문 안으로 들어서고 있었다. 저쪽이 넉살을 떨었다.

"자네 시조를 하는가?"

"뭔 소리. 내 헛소리가 귀에 들리던가? 입버릇이 돼놔서…"

"이런 날은 사람이 좀 떨렁거려. 오늘도 덥겠지?"

저쪽은 모자를 벗어 부채질하며 문지방으로 걸터앉았다.

"가만있는 것은 내가 공범이 되는 것 같았어. 잘못을 잘못이라고 말하지 못하고 악에 부딪치지 못하고 움츠리는 것은 양심을 어기는 거 아닌가. 악을 키우는 거지."

저쪽은 이쪽에 동조하는 모습이었으나 내면에는 망설임이 있었던 듯 약간 공뜬 소리를 내었다. 석우는 자신이 꾀하는 일에 번지르한 명분을 붙이고 의기를 보이고 싶었으므로 언중하게 말했다.

"나는 하느님께 기도했지만 다른 해결책을 찾지 못했어. 나는 영혼의 책고를 받기로 하고 저쪽이 저지른 만큼 갚기로 마음을 도슬렸다."

아오스딩이 마른 침을 삼키면서 물었다.

"몽둥이를 안기려는가. 개심봉 같은 거 말이야."

석우는 준비가 있었던 듯 즉답으로 받았다.

"나는 이렇게 생각해. 멱살을 움키고 끌어내는 거야. 귀뿌리를 잡고 끌고 다니는 거지. 놈이 엎드려 개개빌 때까지 걸터타든지."

"놈이 들이빼지 못하도록 나들문도 지켜야 할걸."

그들은 서로 통하는 사이였으므로 못할 소리가 없었다. 아오스딩은 잔말이 많긴 하였으나 마음은 바로 놓인 사람이었다. 그가 저쪽에 관해 얻어들은 소리를 털어놨다.

"안장코 고승록과 풍장이 마르코의 다른 점은 안장코가 재물까지 갈취했는데 풍장이는 풍풍 광을 치다 빈 깍지가 되었다는 거야. 이쪽엔 딸이 둘 있는데 막냇사위가 용채를 댄다는군."

"사위가 뭘 하는데?"

"비행기 탄댔어."

"어쨌든 저쪽은 활개치며 사는데 우리는 옴츠리고 사는 모양 아닌가."

"문제가 있는 거지. 그렇다고 에잇 해서는 안 되네. 우리는 정당성을 확보해야지 성질을 보이면 밥지랄이 되고 만다고. 이점 명심해야 돼."

"그래."

"내가 퇴직 경찰에게 들은 게 있어. 그 사람은 옛날 경무과에서 사무를 봤던 사람인데 마르코에 대해서 조금 알더라고. 마르코는 육이오전쟁 직전에 경찰을 그만뒀다는 거야. 무엇 때문인지는 모르지만 상관에 항명하여 관복을 벗었을 거란 얘기야."

"그때 누가 상관이었지?"

"윗자리는 육지서 내려온 경찰들이 차지하고 있었어. 누구 직속이었는지는 몰라. 마르코는 불명예 퇴직을 했대요."

"충신으로 잘 나가다가 역신이 되었군."

그들은 마르코가 날소일하는 것으로 알려진 교우 순배네 식당 '옵데강'으로 갔다. 가슴이 뛰었지만 아무도 약한 소리를 내지 않았다. 아오스딩이 귀띔을 했다.

"첨부터 다그치지 말고 슬슬 나가자고. 돌아가는 걸 보고서 꼬투리를 잡았다 하면 그때 혼구멍을 내는 거야. 술로 정신을 팔아서는 안 돼. 알았지?"

"나는 조금만 마실 거야."

"좋아. 세상 사람들이 다 보는 데서 악업을 공표하고 고두사죄시키자고."

아오스딩이 입을 꾹 다물면서 결의를 보였으므로 석우도 험한 길목에서 막대기를 얻은 듯 어깨가 올라가는 기분이었다.

풍장이 마르코는 이날도 식당 홀의 구석자리에 앉아 드나드는 주객들의 면면을 살피며 눈가늠을 하고 있었다. 그는 불판에 고깃점을 몇 조각 올려놓고 그걸 집게로 뒤집으면서 술을 홀짝거렸다.

석우가 떨리는 목소리로 말꼬를 텄다.

"혼잔가요? 오늘도 덥겠군요."

"더우니까 더 잘 마시게 되는군. 시간 보내기지."

"공원에는 시원할 텐데요. 새로 지은 파고라 안에는 맨탕 장기판 화투판일 거예요."

"알고 있어. 그런 사람들과 같이 놀 수 없지. 내 생활이 남루해 보이겠지만 나는 떳떳해. 혼자면 혼자인대로 좋아. 나는 나만큼 사는 거야."

석우는 가슴에 눌러놓은 일을 입속에서 둥그리고 있었기 때문에 혀놀림이 순조롭지 못했다. 아오스딩도 촐랑이는 되고 싶지 않은 듯 기껏 붙이는 말이 '불판을 갈 때가 되었군요.'였다.

마르코는 술벗이 생겼다고 봤는지 웃통을 벗어 놓으며 술을 더 불렀다. 그는 이쪽의 잔에 술을 따르면서 '자 들게.' 하고 병실거리면서 술을 권하였다. 그는 거들빼기로 잔을 비우고서 주특기인 입심을 보이기 시작했다. 그는 옛날 사람들의 생활을 이야기하고 황소만 한 노루를 잡아 혼자서 등에 지고 산에서 내려와 동네잔치를 벌였다는 아버지 얘기를 했다.

"우리 아버지는 정말 호탕했다고."

"거짓말. 황소만 한 노루가 어디 있는가?"

"그래. 내가 들은 얘기는 그렇다는 거지. 아마 송아지만 한 놈이었을 거야."

석우는 저쪽의 허황한 말을 엇걸고 나왔다.

"나는 들어서 알고 있는데 당신 아버지는 개장수 했다던데. 내 말이 틀린가?"

"자네는 뭘 모르는데."

저쪽이 정색을 하고 나왔다.

"세상이란 게 장마철의 하늘 아니냔 말이여. 살다 보면 좋은 날도 있고 궂은 날도 있는 거지. 산이 평지가 되고 평지가 오름이 되고 곧은길도 가다 보면 고팽이가 된 곳이 있는 거 아닌가. 한마디로 변화난측이지. 우리 아버지가 개를 데리고 다닐 때는 일제 강점기였는데 그때는 모든 포수에게서 총기를 압수해 버렸어. 법으로 총기 소지를 금한 거야. 그 후의 이야기를 누군가 지어낸 것 같은데 개장수 같은 거 안 했어. 떡심이 좋던 아버지는 총을 빼앗겨 버리자 낙담하고 세상 사는 일이 마냥 시들퍼졌지."

마르코는 몸을 외틀더니 그답지 않게 손수건을 꺼내 콧물을 훔치며 눈가장을 닦았다.

"울 아버지는 행방불명이야. 항일운동을 하다가 만리타국에서 돌아가셨어. 그런데도 국가에서는 유공자로 쳐주지 않아. 증거가 모자라다는 거지. 그때 사람들 대부분이 타계하고 생존자가 있대도 타국으로 떠났다는 것 외에는 아는 사실이 없다니 증거가 모자랄 수밖에. 당시 이 고장에는 해운업을 하는 사람들이 많았다고. 주로 함경북도 청진과 어대진에서 정어리를 실어 부산으로 가져오는 일을 했는데 연말에는 작업이 없었으므로 선박들이 제주로 귀향했어. 이들 배가 다시 나갈 때 아버지는 일자리를 구한다며 청진으로 떠난 거야. 거기서 선부들과 헤어졌는데 두만강을 넘어 북간도로 간다는 말을 남겼다는군. 그것뿐이야. 내 추측인즉 아마도 만주로 가서 항일 투쟁에 참가했다가 산속에서 숨진 게 아닌가 하는 생각이 들어. 항일을 맘먹지 않았다면 왜 국경을 넘었겠어?"

얼라. 이 풍장이가 대포를 놓는군. 조상치레로 꽁을 까려는가. 씨알 자랑을 하는가 본데. 석우는 이마에 번데기주름을 잡고 눈을 거들떴다.

"당신은 그때 몇 살이었지?"

"지지 먹고 쉬를 가리지 못할 때였으니 젖내기였지. 들은 얘기를 하고 있는 거라고."

석우는 상대방의 속을 뽑기 위해 흠구덕을 했다.

"그런데 말이오. 당신은 거짓말을 너무 많이 해서 죄업이 빡빡 찼기 때문에 크게 참세해야 한다고 말하는 사람이 있더군."

"누가 그런 말을 해?"

"성당 요셉회 늙은이들이 그러더군. 당신의 전력을 모두 알고 있더라고."

"그 사람들은 모두 머리에서 짐작하고 상상으로 지어내는 거야. 경찰이란 막상 그만두고 나면 욕악담을 양푼으로 얻어먹는 존재지. 그건 일제 경찰들 때문이야."

"당신은 그들보다 나은가요? 민중의 경찰이었는가요?"

"알알 샅샅이 뜯어보면 그렇지 못한 점도 있겠지. 그러나 나는 항일 가문의 아들이야. 근본이 다르지."

이때다 하고 석우는 몸을 앞으로 쑥 밀었다. 그는 속맘으로 굴려오던 소리를 벽력같이 내질렀다.

"서청과 손잡고 그 사람들 하수인이 되어 앰한 사람 죄 씌우고 뒷거래를 한 게 누군데? 된장 토박이가 육지서 내려온 응원경찰 행세를 하며 농갓집 소를 끌어다 도살한 건 누구고? 발쇠하는 사람이 다 있는데 본인은 숨길 건가?"

"그런 점은 더러 있었을 거야. 그러나 조직 안의 사정도 있고 뇌물 요구도 지금과는 전혀 달랐어. 그때는 서청 경찰의 월급이 없었거든. 그래서 기관단체의 지원을 받지 않을 수 없었지. 그런 일과 관계가 있었을 거야."

목기침으로 목을 틔우고 있던 아오스딩이 석우에 가세하여 곁들었다.

"그런 사정을 미리 알았을 텐데 무엇을 바라고 경찰에 들어간 거지? 주민의 등골을 우리려고?"

"나는 어렸을 때 경찰이 되는 게 꿈이었어. 수사를 하고 불한당을 잡는 게 근사해서 나는 경찰이 되고 싶었지. 나는 경찰을 가장 좋은 사람이라고 생각했댔어."

"방금 당신은 근본이 다르다고 얘기했지? 어이, 이봐요. 당신 우리 마을에서 일어난 고문치사 사건 알지? 봉기 전해에 일어난 사건 말이야."

"삼일사건 때 말인가?"

"그래. 불법 집회와 상관없는 애들까지 경찰서로 끌어다 놓고 매타작을 해서 벌금형 징역형을 받도록 만들지 않았나. 마을 청년들이 다시 들고 일어난 게 그 때문 아닌가. 당신들은 피의자들을 때려잡는다 하고 마을을 쑥밭으로 만들었어."

상대가 고성대질로 침을 튀기는데도 살집이 투실한 사나이는 둔팍해 보일 정도로 동요의 빛을 보이지 않았다.

"그런 것 몰라. 그 일은 내와 상관없어. 나는 그때 신삥에 불과했다고."

"당신 쌍순경 아닌가. 쌍순경이 했다고 전하는 사람이 많은데. 인상도 떼부짱이고 행세도 어기뚱한 게 들은 그대로야."

"허, 이런. 모든 경찰들이 다 쌍 아무개란 별호를 달고 다녔지. 패려한 주민들이 그렇게 불렀어."

"뭉그리지 말고 바로 대답해. 당신은 경찰의 혹독한 처사에 대해 어떻게 생각하나?"

"다른 동료가 한 걸 내가 뭐라고 하겠어. 허지만 잘했다고는 말할 수 없을 것 같군."

아오스딩의 어세가 조금 처진 틈새를 타 마르코는 재빠르게 석우 쪽으로 말머리를 돌렸다.

"왜 자네는 원숭이처럼 입을 쭝그리고 있나? 무슨 소리를 까려고 여짓거리고 있나?"

"당신, 내 몸의 흉터를 보겠어? 고문 흔적 말이야."

석우가 줄통뽑으며 윗도리를 벗어젖히려 했다.

"그건 또 무슨 소린가. 어느 고릿적 얘기를 하려는 건가."

"당신이 신문 수사관 하며 손가락을 까땍거릴 때의 얘기지. 눈 한번 찡긋으로 사람을 생지살지 하지 않았나? 당신이 나를 산에서 담부질 했다고 바가지를 씌우는 바람에 내 인생은 박살이 났다. 나는 작살난 신세 쪼가리들을 눈물로 맞춰보면서 오늘까지 살고 있어. 듣고 있나?"

석우는 무릎 위에서 두 주먹을 불끈 그러쥐었다. 저쪽이 대수롭잖게 퉁겼다.

"뭔 소린지 대강 짐작이 가. 사상범이 안 됐다면 낮은 등급을 받은 거지. 백 번 유리하게 된 거야. 식량을 자발로 바친 사람은 없어. 그때는 단순 범죄라면 징역 가는 게 좋았다고. 밖으로 나가면 무슨 덤터기를 쓰게 될지 모르잖아. 큰집에 들어가면 일단 생명은 보장받는 거 아닌가."

"뭐라고?"

석우는 몸을 앞으로 굽히면서 주먹으로 탁자를 내리쳤다.

"여보슈. 그렇다면 왜 매질을 하고 물고문 전기고문을 시켰지. 그만한 진술을 받아내는 게 그리 어려웠나?"

"하, 이 친구. 간도 모르면서 입이 질군. 우리가 했던 공사는 색채움이었어. 구색을 맞추려면 곁들이가 있어야 할 게 아닌가."

"가면을 쓰고 짓거리를 놀았군. 당신은 법 밑에서 법을 어긴 중범자야. 간물이야."

"이 사람 보게. 나는 산에서 활동하다 내려온 출가자들을 보고 혀를 내둘렀네. 이런 굴왕신들이 어디 있는가. 이런 몰골이 되어서야 살고 싶은 맘이 들었는가. 나는 화통이 터져 고개를 돌렸어. 약하면 어리석지나 말 것이지. 이런 사람들을 나는 어찌하란 말인가."

석우는 갑자기 눈앞이 아른아른해졌다. 천장의 네 귀퉁이와 매달린 형광등이 자신의 머리 위에서 빙글빙글 돌았다.

"그럼, 이쪽은 어찌해야 했단 말이냐. 이 엉터리 막떡 같은 놈아. 그따위 소리가 어디 있어."

석우는 몸을 퍼들퍼들 떨면서 눈알을 곤두세웠다.

"뭐 우리를 살려주려 했다고? 이 뻥짜 꽁쟁이놈!"

석우는 월컥 왕게의 엄지발처럼 손아귀를 펴서 저쪽의 목을 쥐려 하였다.

"어, 이게 뭐야."

마르코가 흠칫 놀라 몸을 물렸다.

"뭣 하는 짓이야?"

석우는 빈 술병을 넘어뜨리면서 윗몸을 구부려 앞으로 나가려 했다. 그때 아오스딩이 석우의 팔을 휘잡아 몸을 뒤로 밀쳤다.

"아직은 아니야. 더 들어봐야 해!"

아오스딩이 돌진하려는 석우의 뒷자락을 잡고 내리 당겼기 때문에 몸의 중심을 잃은 석우가 휘뚝거렸다. 넘어질 뻔하면서도 그는 마르코 쪽을 향해 팔대짓을 하면서 마구 왜장쳤다.

"저런 인간은 혀뿌리를 뽑아 버려야 해. 주둥이를 무질러 버려야 해. 이 방귀벌레 같은 자식아. 우리를 살려주려 했다고? 전쟁에 모두 죽어 버리지 않았나. 죽어도 좋다고 육지 감옥으로 보낸 거 아니냐."

마르코는 뒤 물러앉으면서도 여간한 목곧이가 아니었다.

"다 죽지는 않았어. 북으로 간 사람들도 많아. 그때는 전쟁 같은 건 누구도 예상치 못했지. 이것만은 알아둬. 여기에 남아 있던 사람들 어떻게 됐나. 사상에 문제가 있다고 또는 산에 협조한 전력이 나타났다고 전향한 자들까지 모두 보도연맹에 묶여 있지 않았나. 자네도 흑표에 이름을 올리고 싶었나. 그 사람들 어찌될 것 같았어? 전쟁이 아니었대도 말이야. 그것을 전쟁이 대신해준 것뿐이지…"

석우는 다시 몸을 초싹이며 일어서려 하였으나 아오스딩에게 밀려 주저앉혀지고 말았다.

"가만. 저 친구 괴상한 소리를 하는데. 놀라 자빠지겠어."

아오스딩이 휘둥그런 눈으로 저쪽과 석우를 갈마보았다.

"좀 더 들어보자고. 이건 처음 듣는 소리야."

"치워. 전쟁 탓으로 슬쩍 돌리려는 거야. 얼뜨리는 소리를 하는 거라고!"

석우는 말리는 손을 떨어내면서 숨이 턱에 닿게 고아댔다.

"기껏 생각해 낸 게 그거야? 뒷걱정은 당신이 할 일이 아니었어. 남 걱정을 한 사람이 그리 살푸둥이가 되겠나? 이 음흉주머니 늙은 쥐야."

석우가 눈을 하얗게 뜨고 옷가슴을 헤치면서 까질렀으나 저쪽은 웬일인지 조금도 주눅이 잡히지 않았다. 굴러먹은 이력이 있어서 그런지 이빨이 짱짱하게 세웠다.

"자네는 그때 먼 곳에 있어서 고향땅을 보지도 듣지도 못했겠군. 당연한 일이지. 차차 깨닫게 될 거야. 지각이 나면 내게 큰절을 하게. 짐승도 은혜를 안다잖아."

석우가 쉰 목이 되도록 마구발방을 하였으나 저쪽은 상대의 입살에 눈썹 하나 까딱하지 않고 술잔을 들어 쭈욱쭈욱 들이키면서 안주를 집는 것이었다. 저쪽은 석우의 달랑거림 쯤 술자리에서 흔히 있는 가벼운 취행 정도로 보고 천연덕스럽게 상대의 빈 잔에 술을 부어주면서 건강을 빈다고 말하였다.

석우는 저쪽의 유들유들함에 헛심이 팽겨 기세가 시그러졌다. 저쪽의 무반응에 맥이 식고 수가 빠져서 얼밋얼밋하다가 제풀로 주저앉고 말았다. 그는 코 후리는 소리를 내면서 빈손을 비비적거리다가 마르코가 부어준 술잔을 덥석 당겼다. 꿀꺼덕꿀꺼덕 목울대를 울리며 잔을 비웠는데 그래도 싸움은 싸움인지라 상대를 칩떠보는 눈은 낮추지 않았다.

그러건 말건 마르코는 수돗물의 물통처럼 채워지는 술잔을 금방금방 비워내면서 분위기를 내려고 호기부려 떠죽거렸다.

"공산주의를 잡는다면서 공산주의 만들고 사람을 살린다면서 사람 죽였네. 나는 눈을 가지고도 힘이 없었지. 나는 옷을 벗은 거야. 퇴직하고 나니 이렇게도 편한 걸. 아니야. 사람 사는 일이 편할 수 있겠어? 편한 것처럼 사는 거지. 나물 먹고 물 마시고…"

"……"

"자네들 어떻게 살고 있나. 나는 오늘 아침에 서명했어. 거기서 필립보를 만났는데 한방 먹였지."

"서명을 했다니요?"

아오스딩은 두루뭉술 무던이여서 속이 활딱 뒤집히지는 않았던 모양 금방 안색을 고르잡고 무눅은 소리를 내었다.

"무슨 일이 있는 건가요?"

"성당 앞에서 받고 있더라고. 강정 해군기지 반대운동을 하다가 구속된 시민운동가들을 석방해 달라는 탄원서에 붙일 연판장이었지."

"그래요?"

석우와 아오스딩은 눈꺼풀을 쳐들고 서로 얼굴을 마주보았다. 그들은 얼떨떨한 표정이었다. 마르코는 눈치 하나는 귀신이어서 이쪽의 뻘쭘한 얼굴색을 제대로 읽은 건지 곧 뒷말을 달았다.

"아침 미사에 나가다가 성당 정문 앞에서 보았어. 청년회에서 책상을 내놓고 서명을 받고 있더라고. 필립보가 그걸 보고 책상을 걷어차 버린 거야. 안보 어쩌고 하면서 청년들에게 딱딱거리고 있길래 이건 안됐다 하고 내가 그걸 말렸지. 그랬더니 놈이 사람을 가시눈으로 빗떠보는 게 아닌가. 볼때기를 한 대 올려붙였어. '주차 정리나 잘할 일이지 남의 의사표현을 발길질로 막으면 쓰나.' 하고 앙다물면서 한 대 더 먹이려는 참인데 마태오란 놈이 내 앞을 막아서지 않겠나. 녀석 제법이더군. 필립보를 보고 하는 소리가 '남자가 쩨쩨하게시리 뭘 막는 거여. 내버려두지 그래.' 하고 핀둥이를 주잖아. 필립보가 낯짝을 잃었어."

부루퉁해 있던 석우가 날름 말을 받았다.

"내 조카 마태오가 좀 더덜거리긴 해도 할 말은 한다고요."

"다른 사람들도 많이 서명을 하더군. 자네들도 벌써 했겠지? 잘한 거야. 구속된 사람들은 양심수들 아닌가. 서명자가 많으니 곧 석방될 거야."

"······"

"왜 갑자기 벙어리뻐꾸기가 돼 버렸나. 자네들이 출입하는 성당 후문에서도 많이 서명했겠지?"

후문은 골목으로 통하는 작은 출입문이었다. 서명 같은 걸 받을 수 있는 곳이 아니었다.

두 사람은 말길을 잃어버렸다. 그들은 마르코를 찾아간 일이 무엇이 되었는지 알 수 없었다. 둘은 뒤가 급한 사람들처럼 벌떡 일어서서 의자를 밀치며 식당을 나왔다.

쨍글쨍글한 햇볕과 뒤틀린 심사로 열통이 올라 석우는 이마에서 땀이 빠작빠작 솟았다. 그는 옷가슴을 활까닥 젖히고 콧등이 부은 듯한 얼굴로 땅을 보며 걸었다. 그는 자신의 불찰보다 마르코의 고약한 행사에 더 감정이 뒤틀렸다. 미운 놈 고운 데 없어. 간나위. 남의 여린 데를 찝어 은근슬쩍 건들다니. 석우가 빈 입을 두덜거리며 걷는데 이명진이 그의 어깨를 툭툭 쳤다.

"마르코는 술부대만이 아니었어. 벌써 서명했다니 제대로 앞을 보고 사는 사람이야. 그지?"

석우는 대부의 해시시한 얼굴을 가자미눈으로 갉겨보고 시선을 돌려 버렸다.

입이 열 개라도 할 말이 없었다. 석우의 짓쩍은 마음속으로 시민운동가들의 얼굴이 그려지고 목소리까지 또랑또랑 들려왔다. '우리는 먼지를 떨고 훔쳐서 도리에 어긋난 일을 고쳐 주는 사람들이라요.'

멀리서 찾아온 막역한 벗들처럼 벙긋거리며 문안으로 들어설 것만 같은 그들의 얼굴을 마주할 낯이 없게 되었다. 이쪽이 소처럼 둔하여 민망한 꼴이 되고 말았다.

3

　석우는 자박자박 젖은 땅을 밟는 제 발소리를 들으며 강정 마을길을 걸었다. 그는 물안개 속에 우련히 떠 있는 바위섬을 무슨 초표처럼 바라보면서 지난날 다녔던 길의 연장선을 안쫑잡고 걸었는데 한참 가다보니 바위섬이 비뚜름해지면서 방향이 바뀌었다.
　그는 길을 잘못 잡았다 생각하고 순환도로 쪽을 되짚었다. 보도에서 행인들과 우산이 걸리고 블록이 내려앉은 곳에서 발을 헛디뎌 넘어질 뻔하였으므로 그는 찻길로 내려섰다. 물바닥이 된 빗길을 멜가방을 엇바꿔 메면서 터벙걸음을 쳤다. 길을 죄어야 하는데 길눈이 어두우니 가로닫지 못하였다.
　비껴 뿌리는 비를 피해 우산을 어슷하게 받치고 내처 걷는데 갑자기 뽕 하고 이마빡을 치는 것 같은 경적소리가 울렸다. 우산을 비키고 앞을 보니 경광등을 번쩍이는 경찰 백차가 발부리 앞에 다가와 있었다. 석우는 와뜰 놀라 몸을 돌리고는 근처의 정류소 비가림막 안으로 뛰어 들어갔다. 사람들 속으로 들이끼면서 그는 뒤를 돌아보았다. 백차가 스르르 움직이기 시작했다.
　그는 숨을 들이그으면서 밀집한 사람들의 얼굴을 살폈다. 벤티지모자 썬캡 야구모를 쓴 젊은이들이 석우 쪽을 흘끔거렸는데 어디서 무엇을 하던 젊은이들인지 까맣게 볕에 탄 얼굴들이었다. 그들 속에 팔굽을 싸맨 사람, 손등에 반창고를 붙인 사람, 마스크를 귀에 걸고 있는 사람들이 있었다. 젊은이들 속에서 석우가 낼 뻔한 소리를 대신 내깔기는 사람이 있었다.
　"짜식들 봐. 이쪽을 야리는데."
　야구모를 쓴 젊은이가 사람들 새로 목을 내밀면서 백차 쪽에 대고 악담을 뱉었다.

"우리를 뒤 붙고 있어. 비오는 날까지 개들이 쫓아다녀."

다른 사나이도 같은 쪽을 할기면서 입장단을 맞추었다.

"폰을 들고 있는 것 봐. 계속 쏘알거리고 있잖아. 우리를 감시하는 거야."

"과민 과민. 신경 꺼."

한 사람이 담배갑을 꺼내자 다른 사람들이 손을 다발로 내밀어 한 개비씩 뽑아갔다. 석우는 뒤에서 그들이 입술을 오므리고 혀끝으로 가락지 연기를 퐁퐁 띄워 올리는 것을 바라보았다.

팔굽을 싸맨 젊은이가 담배연기를 내뿜는 어간에 말했다.

"그 애 말야. 철조망 안에서 죽게 맞았다지?"

다른 소리가 입 싸게 받았다.

"우리를 미친놈이라고 부르고 있으니 미친개 패듯 했겠지."

"쳐들어간 애는 코만도였어. 나는 군대에서 철조망통과 훈련을 받았지만 돌부리 위에선 안 돼."

"실은 들어가 봤잔데 말이야. 경비병에게 잡히기 딱이지."

한숨 돌린 석우가 촉새 입으로 끼어들었다.

"자네들 절대 울타리 안으로 들어가서는 안 돼. 거기는 번지수가 틀려."

젊은이들이 석우 쪽으로 눈알을 돌렸다. 마주보는 자가 입을 떼려고 여짓거릴 때 석우가 먼저 막질렀다.

"들어갈 때는 쉬워도 나올 때는 어려워. 걸렸다 하면 똥바가지 쓰고 징역 간다이."

저쪽의 뎅그런 눈들이 석우 쪽을 향한 채 본디로 돌아가지 않았다. 그 눈들이 조금도 호의적으로 보이지 않았으므로 석우는 머쓱한 모양이 되었다. 하던 말이 중간에서 끊겨 흐지부지 돼버리자 석우는 열없이 서 있다가 빗속으로 들어섰다.

"자식들, 담배질부터 배웠나. 골초 냄새가 물컥거렸어."

석우는 콧살을 찡그리면서 바람 부는 쪽으로 우산을 비껴댔다.

"저런 용고뚜리들을 보자고 지난밤 꿈이 방잡하지는 않았을 것이다. 그러나 울타리를 넘지 말라는 말은 진담이었어."

악몽 속에서 석우는 고승록을 까엎는다 하고 저쪽의 울타리를 넘었었다. 울안에서 개가 뛰어나왔는데 그것을 미처 대비하지 못한 게 실수였다. 그는 꼼짝없이 경찰에 끌려가 되지게 욕을 당했는데 정말이지 꿈에서 깨어나지 못했다면 아주 미쳐버릴 뻔했다. 그뿐인가. 맹꽁이영감 얘기를 섣불리 꺼냈다가 짜부들의 분노를 산 일이 탈이 되어 검정개들이 밤마다 사람을 잡으러 울타리를 넘어들어 오지 않는가. 문고리를 재그락거리는 소리가 그치지 않아 석우는 잠을 잃고 건밤을 새우곤 한다. 경찰 백차를 보고 깜짝 놀란 것도 그 때문이었다. 전생에 짜부들과 무슨 악연을 지었기에 업원이 이리도 지리한가.

석우는 질금거리는 요의를 골목 뒷담에서 해결하고 옷 단속을 하였다. 비에 젖은 바짓가랑이를 걷어 올려 허리춤을 추스르자 모양이 영락없이 모잡이 꼴이었다.

상관없었다. 언제는 모양내고 살았는가. 사람을 거르고 쳐내 무거리로 내몰아 버린 세상에서 쪼그리고 휘어 살아온 사람이 무슨 눈치레를 할 것인가. 그제나 이제나 그 신세 그 꼴 아닌가.

지난날의 여분을 곱씹는 것은 묵은 상처를 다시 덧내는 일 이상이 아니었다. 그렇지만 누가 하고 싶어서 하는가. 억다물고 눌러도 자꾸 애나고 한이 나서 그런 거지. 두 눈 사이에 찌글찌글 주름골이 깊어지는 게 무엇 때문이겠는가.

　석우는 세상이 너무 꼬드러져 이런 곳에서 안정 따위를 바라는 것은 연목구어(緣木求魚)라고 생각하며 살아왔다. 삶이 팍팍해져서 세월없이 계속되고 있을 때 이웃들은 한 마디씩 말부조를 하기도 했다.

　"산다는 건 낡은 것을 버리고 새 것으로 갈아세우는 사업이지. 묵은 물 대신 새 물을 먹어봐요."

　케케묵어도 한참 케케묵은 소리를 무슨 신효약을 팔듯 권하는 것이었다. 석우는 흘려듣곤 하였지만 면숙들까지 사람을 얼려먹듯 도와주듯 같은 소리를 진찮게 불어넣는 데는 귀가 솔아 견딜 수 없었다. 석우는 고집통을 죽이고 궁량을 내보았는데 그게 종교 쪽으로 관심을 돌린 것이다.

　술꾼들과 지팡이를 든 할머니들까지 헝그럽게 드나드는 성당 쪽이 눈뿌리를 끌었으므로 그는 그쪽으로 걸음발을 옮겼다. 정말이지 입쌀개들을 미워하면서 마지못한 마음으로 주밋주밋 뾰족탑이 서 있는 천주당으로 들어간 것인데 하루하루를 다니다 보니 자신도 모르는 새 굳었던 마음이 스르르 풀렸다. 사람대접을 받고 사람 구실을 하는 느낌이 들면서 다닐만하다는 마음이 생겼다. 그는 가슴속 깊은 곳에 자신은 누가 봐도 갈옷짜리 인간일 것이라는 열등의식을 눌러놓고 있어서 사람을 대하는데 저어함이 있었으나 성당 안에는 사람을 훌케 보거나 낯을 가리는 사람이 없어 웬일인가 싶을 정도였다. 그는 예배에 나가는 사람들이 서로 형제라고 부르는 호칭을 좋아했으며 동기간 같은 정분을 소중히 여겼다. 그는 공동체의 삶에 끼어 몸에 찌든 구태를 벗고자 열심히 기도문을 외우면서 달과 해를 보냈다

* * *

　석우는 이명진의 권고에 따라 좀 더 정이 붙는 신앙생활을 하기 위해서 봉사단체인 위령회에 가입하고 의로운 교우들과 친분을 쌓기도 하였다.
　위령회에서 하는 일은 크게 두 가지였다. 타계한 교우의 시신을 염습하고 장례식을 치러주며 천주께 기도를 바치는 것이다. 사람이 눈을 감으면 수의를 입히고 손에 묵주를 쥐어주고 장례가 끝날 때까지 연옥에 있는 미혼(迷魂)의 구원을 하느님께 간구한다. 이 일이야말로 마지막 가는 사람에 대한 으뜸의 봉사로써 최고의 보람이 될 것이라고 석우는 생각하였다.
　누이가 죽었을 때 석우는 비로소 사람다운 사람을 보았다. 사람다운 사람이란 남의 시신마저도 산 사람처럼 안아줄 수 있는 사람이었다. 석우는 그 사람들 마음의 훌륭함을 이루다 표현할 길이 없다. 쓸개자루가 크다고 할까 용하다고 할까 거룩했다고 할까. 만일 그때 이런 표현을 썼다면 저쪽은 무슨 매화타령을 하는 거냐고 어이없는 낯을 보였을지도 모른다. 그 사람들은 입이 아니라 가슴으로 사는 사람들이었다.
　죽이는 자와 죽는 자 사이에서 단순 무지한 핫바지들이 용직하게 살고 있었다. 그 사람들은 크게 혐톡을 먹을지 모르는 위험을 무릅쓰고 빨갱이란 죄목으로 처형당한 사람들을 도리를 갖추어 매장해 주었다.
　그날 하늘은 닦은 듯이 맑았으나 마을 안은 귓것이라도 나올 듯 잔뜩 무겁고 괴기스런 공기가 흐르고 있었다. 아침부터 총을 멘 경찰과 둥글 넙적한 사냥모자를 쓰고 제 키를 넘는 죽창을 든 괴청년들이 마을 길목을 막았기 때문이다. 이 사람들은 가난한 농사꾼 집에서 시부(媤父)와 애젊은 며느리를 잡아내어 동구 밖으로 끌고 갔다. 머지않은 곳에서 총성이 울렸는데 마을 사람들은 그 총성이 무엇을 말하는지 잘 알았다.

적나절이 지나 해가 뉘엿거리기 시작할 때 동네 촌맹들이 석우의 사돈댁으로 수레를 끌고 왔다.

"날이 저무는디 사람을 내버려두고 개밥이 되게 하려는가."

사나이들이 끌고 온 수레에는 가마니짝 덮인 시체가 실려 있었다.

"왜 쥐 소리 하나 없냐. 왜 사람 그리메가 안 뵈냐."

집안에는 시모인 할머니 혼자 남아 며느리가 떼놓고 간 젖먹이를 껴안고 마루 구석에 달팽이처럼 오그리고 앉아 있었는데 그녀는 혼맹이가 나가버린 듯 눈을 뒤솟구고 멍하니 허공을 바라보고 있었다.

"이러다가 늙신네도 가겠구만. 죽은 사람은 죽은 사람이고 산 사람은 구실을 해야 할 게 아니여. 할망, 얼른 애를 맡기고 염습 준비 해여."

그러나 할머니는 움쩍도 하지 않았다. 수레꾼 수장이 동행자들에게 명하여 가마니로 덮싼 시신을 텃밭 구석으로 옮기게 했다. 객사자(客死者)는 집안에 들여놓지 않는다는 속설 때문에 시신을 마당 안으로 들여놓지 못했다.

온통 흙투성이가 된 시신은 얼굴이 퉁퉁 붓고 입술은 자주빛으로 변하고 피부는 느릅결처럼 거무칙칙하였다. 시체는 손이 닿을 때마다 총알이 뚫고 간 구멍에서 붉은 피를 꿀렁꿀렁 쏟아냈다.

얼친 할머니가 미동도 하지 않았으므로 수장이 모여든 동네 아낙들에게 목청을 높여 뒤질렀다.

"자네들 군말뚝처럼 서 있지 말고 쑥 뜯어다 탕물 좀 끓여 놔. 할망 정신없으니 자네들이라도 손을 보태야 할 거 아니여!"

여인들이 화들짝 놀라 허둥지둥 분주살을 피웠다.

"상포는 준비해 놓은 게 없을 것이고 누가 옷가지들을 꺼내 와."

수장은 이마의 땀을 팔소매로 훔치면서 쉰 목으로 다몰아댔다.

홋이불로 간막이 하여 시신을 가리고 여자 시신은 여자 시자(侍者)가 남자 시신은 남자 시자가 몸을 닦아내고 옷을 바꿔 입혔다. 여자 쪽을 염하는 간막이 안에서 콧물을 홀짝이며 흐느끼는 소리가 들렸다. 시신에서 손톱 발톱을 잘라내 오낭(五囊)을 만들던 외고모가 혁혁 울음을 터뜨린 것이다.

"아이고 애야. 하도 땅을 긁어서 손톱이 다 떨어졌구나―."

울음소리가 계속되자 이불 간막이 저편에서 남자 쪽 시자가 버럭 소가지를 내었다.

"지금 곡소리 할 땐가. 어서 손이나 빨리 보라고. 재게 묻어 주고 와야지 밤길 다니다가 다시 영장 내려고."

관이 없었으므로 시신을 거적으로 싸서 수레에 실었다.

"임시로 가매장해 놓을 테니 사태가 갈앉거든 자리를 잡아 잘 묻어 주도록 해."

수장은 손오가리를 하고 마루 구석의 할머니에게 큰소리를 내질렀다.

염습을 맡았던 사람들이 손등으로 이마의 땀을 닦고는 수레를 끌고 밀었다. 상여도 없이 영구차를 대신한 수레는 거적송장을 싣고 바퀴에서 미어지는 소리를 내며 마을 밖으로 나갔다. 석우는 먼발치로 따라가 사돈과 누이의 시신 위로 흙이 덮이는 것을 바라보았다.

돌이켜보면 석우는 그 자신 봉사라는 것을 해본 일이 없었다. 봉사가 무엇이며 그것이 이쪽의 삶과 무슨 관계가 있는지 생각해 본 적이 없었다. 그가 위령회에 가입하면서 이 일을 해보고자 마음먹은 것은 냉담자란 말이 듣기 싫어서 배교자란 말을 듣지 않기 위해서 자신을 종교에 단단히 잡아매고자 동임줄을 찾는 데서 관계된 일이 기억에 와 닿은 것이다.

위령회의 모임은 자주 있는 건 아니었다. 그러나 사람이 죽어 다른 세상으로 보내는 고별식은 참가자의 진실하고 정성된 마음을 요구했다. 특히 가난한 교우 집에 장사가 났을 경우 회원들은 장지까지 따라가 무덤축복을 해주고 하관예절까지 참가하기도 하면서 흙에서 나와 흙으로 돌아가는 나약한 사람들의 편안한 안식을 가슴으로 빌어주곤 하였다.

이러한 활동은 헛것이 만연한 속세를 새로운 눈으로 바라보게 하였으며 '형제들의 삶의 현장'으로 관심을 돌리게 하였다. 석우는 회원들이 생명 존중의 복음을 실천하는 사회활동에 참가하는 것을 보고 자신도 서민 대중의 삶을 농하는 관업 민업에 반대하는 집회나 시위에 나가 구호창을 부르는데 한몫을 보태었다.

순조롭게 나가던 생활에 천장판이 떨어진 것 같은 얼떨한 일이 일어났다. 석우는 뜻밖의 일에 가슴이 뜨끔하여 벌린 입을 다물지 못했다. 그가 혐오하고 기피하던 인물이 예상치 못한 형태로 그가 있는 곳으로 찾아온 것이다. 전직경찰 고승록이 숨을 거두고 장례식을 성당에서 치른다는 전언이 연도회를 통해 회원들에게 전달됐다. 신자가 운명하여 연미사를 청해 오면 그 준비와 진행을 연도회가 맡지 않으면 안 되었다.

석우는 저쪽을 기피하는 모양으로 살아왔지만 때로는 토요미사에 나가지 않으면 안 될 경우가 있었다. 이런 때는 저쪽의 뒷전에서 민둥머리 뒤통수를 바라보며 눈에 칼을 세우곤 하였는데 그 모양은 아무래도 숨어 보는 꼴이어서 석우는 자신의 담약함에 자괴심을 씹지 않을 수 없었다. 자신의 우유부단함과 싸우는 동안 그의 가슴에 홍두깨가 자랐다. 등골이 떨리는 걸 억제하면서 혼띔할 준비를 하고 있었는데 뜻밖에 저쪽이 저승객이 돼버린 것이다.

영영 죽을 것 같지 않던 사나이가 저세상으로 갔다는 소식을 듣고 석우는 허거픈 마음이 들기도 하였으나 세상을 독세상처럼 알고 코를 쳐들고 살아온 사나이가 제 세상을 잃고 다른 세상으로 갔다는 사실은 하늘이 준 보응이라고 생각되었다. 일전까지 쩡쩡 흰소리를 쳤다는 뚝집 사나이도 저승사자가 덜미를 끄는 데는 어쩔 수 없었던 모양이다. 적시(敵尸)나 다름없는 시체가 위령회로 들어온다니 왜 그와 이곳에서 다시 만날지도 모른다는 생각을 미처 하지 못했을까. 석우는 속이 응등그러져 심사가 편치 못했다.

성당 장례식장에 빈소가 마련되었다. 제상 위에 황초를 켜고 향을 피웠을 때 단정한 복장을 한 신자들이 위령기도에 참가하려고 빈소 앞에 모여 앉았다.

영안실에서는 입관절차가 마무리 되고 있었는데 시체 염습은 염쟁이라고 부르는 장례지도사가 맡았으므로 조력자로 뒤를 돕는 석우는 이날 영안실에 들어가지 않았다. 그는 복친들의 뒷자리로 물러나 기도에 참가하려는 레지오들 틈에서 두 가달을 오그리고 손거스러미를 뜯으며 남 눈을 살피곤 하였다.

묵상을 하고 있는 건지 애도를 하고 있는 건지 향상 앞에 구부리고 앉아 눈을 내리감고 있던 주례가 고개를 들었다. 그는 기도자들 쪽으로 자리를 옮겨 앉고서 성호를 긋더니 목청을 가다듬어 기도문을 읽었다.

"우리는 그리스도 신앙공동체의 한 가족인 고승록 그레고리오의 죽음을 슬퍼하고 있습니다. 그러나 그리스도인에게는 죽음이 삶의 끝이 아니라 영원한 생명의 시작이므로 주님 안에서 다시 만나리란 희망을 갖습니다… 기도합시다."

주례는 시편을 선창하였다. 신도들이 후창으로 합송하였다.

"하느님 저의 하느님 당신을 애틋이 찾나이다."

"―제 영혼이 당신을 목말라 하나이다."

"깊은 구렁 속에서 주님께 부르짖사오니 주님 제 소리를 들어주소서."

"―제가 비는 소리를 귀여겨 들어주소서."

석우는 자신의 목소리가 합송에 맞추지 못하고 따로 처지는 걸 느꼈다. 마음이 겉놀면서 시들픈 소리가 나왔다. 다른 사람의 기도 소리 또한 그의 귀에 공소한 소리로 들리기 시작했다. 지금까지 늘상 해온 기도와는 다르게 신비도 감동도 느낄 수 없는 빈 소리로 들렸다.

자신은 지금 누구를 위해 기도하고 있는가. 화해하지 않는 자를 구원해달라고 조아려 비는가. 석우는 자신에게 반문하면서 머리를 저었다. 그는 제자리에서 맴을 돈 것처럼 머릿속이 혼혼했다. 땅이 이리 비뚝 저리 비뚝 기울거리면서 머리가 어질거리고 사리분별이 흐렸다. 세상은 왜 엇된 사람 쪽으로 기우는가. 왜 약자에게 등을 보이고 선한자의 것을 들어먹는가. 세상을 지배하는 것은 승냥이법칙인가. 석우는 혼잣소리를 응얼거렸다.

"저런 개종에게 자비를 베푼다면 승냥이들이 다 모여들걸. 개승냥이는 절대 양이 될 수 없어."

석우는 신도들을 따라 찬가를 화창하는 모양새를 보이면서도 속마음은 따로 나갔다. 좀팽이 날도적 다 좋다 하여도 그 사람은 절대 안 돼. 마음을 풀 수 없어. 망나니를 건져 달라고 하느님께 소리 내어 빈단 말인가.

"주님 저를 마음이 꽁하다고 욕하지 마옵소서. 마음이 외지다고 나무라지 마옵소서. 저런 날속한이 구원을 받는다면 말도 안 되는 소립니다요. 그자는 명이 다할 때까지 자신의 죄를 숨겨놓았을 겁니다. 우리들이 눈을 버름히 뜨고 있는데 그자는 눈가림으로 일관하였습니다. 그래서는 안 되지요. 우리는 그자와 아무런 화해가 없이 한 하늘 아래서 살아왔습니다."

석우는 꺾고 있는 목을 도리질하면서 혼잣소리를 쭝쭝거렸다.

"그 사람은 우리와 형제 되기를 거부했습니다. 뉘우치지 않는 자를 용서하지 마옵소서. 그가 저지른 일이 입교 전이라고 하여도 죄는 평생 남는 것이므로 당연히 지금 마음을 고해해야 한다고 생각합니다. 주님, 들어 보십시오. 어찌 인간이 하느님의 모상으로 만든 인간을 파리 죽이듯 팡팡 해버린단 말입니까. 그놈은 끝까지 거짓 탈을 쓰고 주님께로 도망쳐 간 개아들 놈이 확실합니다요. 그놈은 오야붕으로부터 절대 입을 잠그고 말하지 말라, 모든 비밀은 고스란히 묘지로 가지고 가라, 이런 지령을 받은 게 분명합니다요. 안 그러면 왜 죄를 짓고도 떡 먹은 입 쓸어버리듯 할까요."

향냄새가 빈소 안을 가득 채워 영이 접할 것 같은 신비가 느껴지기도 할 터이지만 석우의 마음은 쇠막대처럼 굳어지면서 먼 곳으로 달아났다.

저쪽을 용서해 준 것은 성당의 신부라고 석우는 생각되었다. 신부는 하느님의 이름으로 사람을 용서할 때 이렇게 말하곤 하였다.

"주님은 사람의 겉모습이나 살아온 지난날을 보지 않으십니다. 예수님은 사람에게서 회심의 눈물과 정성 어린 사랑만을 보십니다."

그렇다면 망자는 예수님께 진심어린 회개를 하고 극진한 사랑을 드렸을까. 드렸다면 그자의 행세는 크게 달라져 보였을 게 아닌가. 사람들은 저쪽에서 조금쯤은 온유돈후한 냄새를 맡을 수 있었을 것이다. 그러나 눈에 들어온 저쪽의 됨새는 뻐드름한 관료 퇴물 이상이 아니었다.

악에 절은 사람이 관후한 하느님이나 신부를 속이는 일은 누워서 떡먹기지. 손바닥 뒤집기일 것이다…

석우는 고승록의 눈을 피하며 가슴속에 몽둥이를 키워오는 동안 저쪽의 신상에 관한 얘기라면 귀를 세우고 들었다. 작자가 관료주의 시대에 호가호위

했던 경찰이고 보면 그에게 주어진 사법권을 어떻게 행사했을까. 석우가 물었을 때 아오스딩은 입을 벌쭉해 보이고서 대답했다.

"당시 검정개들은 바짝 마른 영양가 없는 민중의 지팡이를 도깨비들이 갖고 다니는 부닥방망이와 바꿔 먹었다네. 그쪽이 사람을 후리는데 딱이었으니까."

고승록은 저택이라고 할 수 있는 벽돌 기와집에 방범울타리를 두르고 살았는데 대문은 항상 잠겨 있었으며 방문객이 있을 때는 안에서 사람이 나와 개를 단속하고 문을 열어 주었다. 성당에 상근하는 사무장은 해마다 가정방문 기간에 신부를 모시고 교우의 집을 찾아다녔으므로 신자들에 대해서 무엇이든 잘 알았다.

석우가 성당 사무실에 교무금을 납부하러 갔을 때 저쪽은 고승록 영감도 방금 다녀갔다고 묻지도 않은 일을 말하였다.

"그분도 지로를 이용하지 않는 분 가운데 한 사람이에요. 그분은 이렇게 말하더군요. 손가락 끝에 침을 퉤 묻혀서 빠작빠작 소리가 나도록 돈을 세어 마지막 장을 딱 튕기고는 옜다 하고 상대방에게 건네주는 게 돈 쓰는 맛이라고요. 지로? 그런 거 재미없어, 하고 말하는 거예요."

석우는 흥 하고 콧방귀를 뀌었다. 그리고 눈살을 세웠다. 사무장은 콧방귀를 뀌든 눈살을 찌푸리든 석우의 표정 따위엔 신경을 쓰지 않았다. 그는 신도라면 누구에게나 사근사근 대해야 했으므로 입놀림이 가벼웠다. 그는 말을 이었다.

"그분은 사생활이 좀 특이해요. 대문에서 식솔의 안내를 받아 집안으로 들어서면 현관 앞에서 일본식 큰 석등을 보게 되지요. 일층 마루에는 고풍하게 장마루를 깔았으며 이층 방은 격자 천장에 방바닥 둘레를 한단 높게 만들어

수석 난 도자기 등을 놓았는데 이것을 도코노마라고 부르더군요. 모든 게 왜풍이었어요. 그런데 이 집에 드나들 때마다 이상하게 느껴지는 게 한 가지 있거든요. 문패가 없는 거예요."

"바로 그거야!"

석우가 좌탁을 탁 내리치면서 출렁쇠가 튕겨 오르듯 몸을 일으켰다.

"사람을 똑바로 보고 얘기해야지. 그자가 왜 울타리를 높이고 마당에 개를 풀어 놓고 문패를 없애고 살겠어. 숨어 사는 게 아니냔 말이여. 숨길 게 없는데 숨어 살겠어?"

사무장이 얻어맞은 좌탁과 석우의 붉은 얼굴을 번갈아보면서 얼떨한 표정을 지었다. 석우는 개의치 않고 목청을 돋우었다.

"나는 시내의 대주택들이 문패가 없는 걸 보며 이상하게 생각하곤 하지. 왜 궤짝만한 집에 사는 사람들조차 떳떳이 이름을 밝히고 사는데 큰 집을 가진 사람들은 이름을 숨기고 사느냐 이거여. 이상하지 않나?"

"형제님. 왜 갑자기 목을 높이세요? 제가 잘못한 게 있나요?"

사무장이 눈을 끔벅거렸다.

"제가 뭘 어쨌는데요?"

저쪽이 되묻고 나오자 석우는 벌컥 목소리를 곤두세웠다.

"내가 만만하다고 그 사람에 대비하는 거지? 나를 궁바가지라고 낮보는 거 아니냔 말이여. 사람을 서럽게 만들지 말라고."

"아니 무슨 말씀을 하는 거예요. 누가 누구를 서럽게 했단 말씀이에요? 왜 사무실에서 딱딱거려 쌈판으로 보이게 하는 거예요?"

"딱딱거린다고? 쌈판이라고?"

"아닌가요?"

강정(江汀) 길 나그네

"그렇다면 내가 실수했군. 오버했어. 자네에게야 무슨 잘못이 있겠나. 미안하이."

석우는 한 손을 펴서 저쪽의 눈앞에 대고 살래살래 흔들었다. 그리고는 도리머리를 하면서 무죽은 소리를 내었다.

"이 골통이가 가끔 잘못 돌아갈 때가 있어. 아 그래. 미안해."

"교우 얘기를 들려주는 게 잘못됐나요?"

사무장이 눈꺼풀을 올리면서 붉은 얼굴을 보였다.

"아니야 아니야. 잘못된 거 없어. 교우에 대해서는 알아두는 게 좋지."

석우는 안색을 낮추고 고양이 소리를 내었다.

"그 사람에 대해서 좀 얘기해 줘. 그 안장코에 대해서 나도 조금 아는 게 있지."

사무장은 직책이 직책이니만치 심사가 꿰졌다고 강벽으로 일관할 수는 없어 감정을 억지하고 어세를 눅였다.

"그레고리오 영감이 사무실을 다녀간 며칠 후 그가 몸이 편찮아 병원에 입원했다는 소식이 그쪽 공동체에서 들려왔지요."

"얘기해. 그자에 대해서는 나도 알아둘 게 있어."

"저는 신부님을 모시고 병자 위문을 갔어요. 영감은 대학병원 특실에서 침상 등받이를 세워 몸을 기대고 망연히 앉아 있더군요. 신부와 저는 병자 옆으로 가서 침상 가까이 붙어섰지요."

신부는 환자에게 위로의 말을 건네고 위문지침에 따라 기도를 했다고 한다.

"지극히 자비로우신 하느님 아버지, 당신이 사랑하는 고승록 고레고리오 형제의 병환이 완쾌되기를 간절히 기원하며 기도드리나이다…."

신부가 기도하는 동안 병자는 침상 등받이에 기댔던 몸을 세우고 어깨를 움쩍거리면서 허리운동 죽지운동을 하더라는 것이다. 신부는 기도를 계속했다.

"고승록 그레고리오 형제가 누워 있는 동안 특히 주님과 더욱 많이 사귐을 갖도록 하여 주시고 건강할 때 주님께 충실하지 못 하였다면 고요히 누워 있는 이 시간에 주님과 더욱 가까이에서 인생의 새 출발을 하는 계기가 되도록 도와주소서…"

기도가 끝나자 영감은 링거가 없는 다른 팔을 들어 손아귀를 쥐었다 폈다 하면서 너털거렸는데 자신의 기력을 과시하려는 장난짓으로 보였다면서 사무장도 죄암질 흉내를 내었다.

"이 정도는 대수롭지 않은 병이지. 대단한 게 아니야. 나는 지난날 알심장사란 별명을 들으며 살았다고."

영감은 자신의 병증이 별것 아니라고 호기부려 장담하고 나서 병상에서 혼자 무슨 생각을 굴려온 건지 누가 말을 끄당겨 준 실마리도 없는데 뚜벙 생소리를 내더라고 했다.

"무슨 소릴 하였는데?"

"왔다 갔다 하는 소리 같았어요."

사무장은 손짓을 섞어 저쪽의 말을 그대로 옮겼다.

"나는 나라를 어지럽히는 폭력에 적극 대항해온 사람이오. 혼란과 폭력은 사회질서를 문란케 하는 중대 범죄가 아니겠소? 나는 공직자로서 앞장서 그것과 싸운 사람이오. 나는 떳떳하게 살아왔다고 자부하오."

석우는 이맛살을 찌푸렸다. 그는 입술을 실그러뜨리더니 '개자식!' 하고 상소리를 뱉었다.

사무장은 병자에게서 목청을 높인 소리를 더 들었으나 자신은 머리가 흐려 무슨 소린지 말속을 모르겠고 신부는 소상한 분이었기 때문에 짚이는 게 있는지 고갯방아질을 하며 귀끝을 세웠다고 한다. 긴말을 들은 신부가 뜬직이 입을 떼었는데 그때의 표정은 눈살에 살짝 주름을 잡고 건공중을 바라보는 마뜩찮은 얼굴이었다고 사무장은 말했다.

　"재판관은 정의로써 말하지만 성직자는 연민의 눈으로 사람을 보지요. 연민은 정의보다 훨씬 높은 데 있는 것입니다."

　그레고리오 영감은 이 말을 어떻게 들었는지 난딱 받기를 '자기를 연민으로 보아 달라, 사람이란 버러지 같은 존재 아닌가' 하고 두루뭉술했는데 이때는 영감의 목이 잠시 숙어 말귀를 아는 듯싶었으나 곧 언제 그랬느냐는 듯이 목곧이로 돌아가더라고 얘기했다. 마치 생명줄을 검잡고 놓지 않으려는 듯 '자신은 정의를 위해 싸운 사람이다, 나라가 어려울 때 어쩌고.' 하면서 목대를 세우더라는 것이다.

　"내게 다시 직임을 준다면 나는 사회질서를 교란시키는 불온세력을 뿌리뽑는데 앞장설 거요. 법을 거슬고 외돌아가는 사람들 때문에 국민이 고통을 받는 것 아니겠소."

　고승록은 지난날 권력의 등세를 탔던 사람으로서 짓이 난 품새를 보이려는 깜냥 같았는데 우적우적 주장을 밀고 나가는 행세가 몹시 히살스럽고 완고불통 해 보였다고 말하면서 사무장은 비식거리는 웃음을 보였다.

　"법을 지키는 사람을 앞잡이로 보아서는 안 될 것이오. 우리를 개로 부르는 사람들이 있소. 공권력을 무시하는 폭도들 말이오."

　영감의 말에 고개를 끄덕거리던 신부는 성직자다운 땀직한 소리를 내었는데 사무장이 그 소리를 들은 대로 입내 내었다.

"단지 산에 있다는 행위만으로 집을 떠난 사실만으로 그 가족에게까지 죄를 씌운 일은 없었던가요? 이 문제에 대해 과오를 시인하는 공권은 없었소. 교우님의 이름이 어슴푸레 내 귀에 들어온 적이 있는데 사실대로 말하자면 그것은 나쁜 평판만도 아니었소. 무리 속에는 악인도 끼어 있었을 거란 두호 말이지요. 정말 나는 교우님이 어떤 사람인지 자세히 모릅니다. 하느님만이 아실 거예요."

이 말을 들었을 때 노인은 잠시 쭝한 모양새였으나 곧 떡심으로 돌아가 거센 목소리를 내었다고 사무장은 전했다.

"국가가 나에게 나랏일에 봉사하도록 명령했을 때 나는 귀때기가 새파란 나이였소. 그러나 나는 우리의 적들에게 가혹하게 군 것 만은 아니오. 나는 내가 할 수 있는 관용이라는 것도 적잖게 베풀었소. 세월이 지나자 나는 공직에서 물러났고 사람들로부터 조소와 배척을 받는 입장이 됐소. 적잖은 사람들이 나를 멸시할 권리를 가지고 있다고 생각하는 것 같았소. 나는 분노를 느끼오. 별것 아닌 좀팽이들까지 사람을 빗떠보는 데는 젖뱉이 뒤집히지 않을 수 없소."

영감은 한참 마른기침을 하고서 앞말에 한 번 더 발을 달았는데, 사무장은 무슨 거북함이 있는지 씨그둥한 얼굴을 외틀면서 저쪽의 말을 옮기는 것이었다.

"요즈음도 옛날과 같은 현상이 일어나고 있는 것 같소. 국책사업을 반대하는 폭도들 말이오. 우리 성당 안에도 법을 경시하는 사람들이 꽤 많은 모양이던데…"

영감의 기침이 딸꾹질로 바뀌어 오래 계속되었으므로 더는 말을 나누지 못하고 병 위문은 이것으로 끝났다는 것이다.

"검은 놈이 흰 체하는 거여. 오그라진 개꼬리지."

석우가 투덜거렸으나 사무장은 알은 체하지 않았다.

"검둥개 멱 감는다고 센둥개 되겠나. 사람을 바로 봐야 해!"

석우는 사무실 문을 활까닥 밀고서 성당을 나왔다.

석우가 입교(入敎)하고 2년차가 되던해 석우는 안장코 그레고리오가 죽었다는 소식을 들은 것이다. 그의 죽음은 석우의 손위누이의 참사를 다시 떠올리게 하여 저쪽에 대한 증오심을 끓게 만들었다. 그자가 아니었다면 왜 밤도주를 하였겠는가. 왜 내 명운이 이처럼 뒤틀렸겠는가.

누이를 잔살하는 장면을 목격한 석우는 얼갱이가 나가 버려 식음을 잊고 골방지기로 날을 보내다가 산으로 피신하였다. 이때는 섬사람 거반이 불순분자의 선동에 뇌동하는 적민(賊民)으로 낙인찍혀 미군정의 치안총수가 엄히 다스리겠다고 성명을 발표하였을 때라 짜부들의 눈에 살기가 뻗쳤다. 위로 충성을 보이려는 자들이 아래로 하명에 충실하노라는 자들이 권력의 비호를 받고 포악무도해진 것은 이 때문이었다.

누이는 죽지 않았어도 되었다. 석우가 후에 안 일이지만 같은 처지에 있던 부녀자들이 생존한 경우는 여럿 있었다.

남편이 단선정부 수립을 반대하여 5·10선거를 거부하는 입산 투쟁에 참가하였기 때문에 누이는 시아버지와 함께 자택에 연금되었다가 처형장으로 끌려갔다. 경찰과 부역자들이 누이를 구인하러 왔을 때 그녀는 갓난아기에게 젖을 물리고 있었다. 부역으로 따라 나온 대청단원들이 누이의 덜미를 잡아 끌자 그녀는 아기를 떨어뜨리고 통곡했다. 젖먹이도 어머니의 젖가슴을 바라보면서 고사리 손을 내뻗고 몸부림치며 울었다.

석우는 숨을 삼키면서 먼빛으로 경찰을 따라가 사돈과 누이가 총살당하는 장면을 지켜보았다. 서낭동산 당밭에서 사돈과 누이는 뒤로 꿇어앉혀져 총을 맞았다. 사돈은 단방에 빈 자루처럼 풀썩 쓰러졌고 누이는 총을 맞고도 몸을 세운 채 기울거렸다. 총성이 다시 울렸다. 그러나 그녀는 죽지 않았다. 그녀는 몸을 뒤재비꼬면서 한사코 팔을 뻗었다. 총성은 연방으로 울렸으며 누이는 두 팔을 내던진 채 흙바닥에 얼굴을 묻었다. 이때 그녀의 나이 방세(芳歲) 스물 하나였다.

지서에는 상급청에서 내려 보낸 특별경찰이 증원돼 있었다. 석우는 누이의 총살을 집행한 경찰이 그들 중 꼭지라는 사실을 알았다.

동네 정미소에서 일하며 대청단원으로 활동하는 이종형이 지서 협조요원이 되어 밤마다 경비를 서고 마을 순찰을 돌고 있었는데 그가 석우의 누이를 총살한 경찰이 콧등이 잘록하여 안장코로 불린다는 사실과 인정사정없는 불악귀로 불린다는 점을 알려 주었다. 그는 못할 소리를 하듯 손가락을 세워 쉿 하고는 뒤를 살피며 석우에게 귓속질했다.

"누설하면 안 되네. 내가 지서에서 들은 바로는 자네 매형이 산에서 무장대 간부가 되었다네. 자네는 몸을 피하는 게 좋아. 자네 매형이 말이야. 만일 인근에 한번 나타났다고 해봐. 결과가 어떻게 되겠어. 자네 집안과 접선이 있었다고 의심하지 않겠어? 이런 경우 자네 운명은 끝장나는 거지."

"뭔 소리야. 누이를 죽였으면 됐지. 나까지도 폭도로 만들 것인가?"

"내가 지서에서 목격하는 일인데 안장코 고승록은 피도 눈물도 없는 천격이야. 멀쩡한 사람도 옭아매거든. 그 사람은 상부의 지시라면서 사상이 뭔지 맹문모르는 사람도 닥치는 대로 쓸어버릴 인간이야. 그는 모가비이기 때문에 다른 순경들은 그의 지시를 따라야 해. '이 사람은 이렇게 저 사람은 저렇게 보고해.' 하면 그만이야. 죄 없는 사람이 잡혀와 가족들이 울고불고 파리

발 드리고 빚져온 돈을 뒷손으로 쥐어주곤 하지만 어림없다고. 안장코는 받을 건 다 받고 생죄를 씌우는 거야. 닳아빠진 악종이라고. 한번 걸려들었다 하면 죽었다고 복창해야 해. 내말 알아듣겠어?"

"나는 누이가 죽는 걸 보고 가슴이 쭉 찢어져 버려서 속이 깜깜하다. 될 대로 되라지 뭐."

"숫배기로군. 똥뱉을 쓰지 말라고. 열여섯 살은 어린 나이가 아니야. 지금은 비상시국 아닌가."

"이건 망판세상이로군. 집을 나가라고 떠미는 꼴 아닌가."

"때를 놓치면 날이 없을 거야."

"그럼 형아. 우리 함께 달아나자. 산에 있는 사람들은 경찰에 협조하는 대청단원들을 모조리 죽이겠다고 삐라를 뿌리고 있잖니. 형도 위험하기는 마찬가지야. 어느 쪽으로 자빠질지 모르는 세상에선 중간 어름쯤에 숨어 목숨을 보존하는 게 상책일 거야."

죽고 사는 일의 경계가 되는 기로에서 그들은 멈칫거렸다. 이쪽은 해안이고 저쪽은 야산이었다. 그 어느 쪽 세계도 그들에게 안전지대로 보이지 않았다. 그들은 가고 싶지 않은 길 뭐가 뭔지 확신이 서지 않은 길을 쥐걸음치며 떠났다.

석우는 지난날 고총 옆에 굴을 파고 한기가 오르는 땅바닥에 누워 설잠을 자면서 생쌀을 씹던 날밤을 잊을 수 없었다. 하늘도 땅도 하나가 되고 온갖 사물이 녹아버리는 어둔 밤에 오직 그것만이 구원의 빛인 양 먼먼 하늘에서 반짝이는 별빛을 바라보던 때를 떠올리며 눈뿌리를 덥히고 있는데 밤바람소리처럼 웅웅거리는 음성이 귓전을 울렸다. 석우가 눈덕을 올리고 주위를 둘러보자 다리를 오그리고 모여 앉은 성당 교우들이 통성기도를 외고 있었다.

석우는 위령기도의 흐름을 놓친 것을 알고 얼른 기도집의 장을 넘겼다.
　주례가 성인호칭 기도를 선창하고 회원들이 후창으로 받았다. 여성들은 고음으로 남성들은 저음으로 화창을 이루면서 예언자 천사 사도의 이름으로 사자의 구원을 간구하였다.
　"성 미카엘."
　"―고승록 그레고리오를 위하여 빌어주소서."
　"성 가브리엘."
　"―고승록 그레고리오를 위하여 빌어주소서."
　"주님 자비를 베푸소서."
　"―저희의 기도를 들어주소서."
　기도 소리를 오래 듣고 있자니 저쪽이 정말로 구원받을 것 같은 생각이 들었다.
　석우는 기도집의 장을 넘기고는 있었으나 합송에 입소리를 맞추지는 않았다. 그는 자신의 마음을 기도하려고 하였다. 하느님에 대해 바르게 여쭙는 것이 하느님 종의 의무라고 생각하고 자신의 가슴을 털어놓으려고 하였다.
　"주님, 감히 성인에 비할 수 없는 이 대푼짜리 인간의 목소리에도 귀를 기울여 주소서. 성인들이란 도무지 꼬롬한 얘기를 할 수 없는 분들이어서 제가 대신 말씀드립니다요. 교회는 왜 쉽게 악인의 잔꾀에 넘어가는 것입니까. 저는 교우들의 기도가 어찌되었든 하느님은 절대로 속아 넘어가지 않을 것으로 믿습니다. 어떤 사람들은 저에게 덮어줘야 한다고 말하기도 하지만 말하는 사람이 만일 저의 경우였대도 그런 소리가 쉽게 나올까요. 주님, 이쪽으로 귀를 기울여주소서. 그 흉한은 거짓말에 도가 튼 사람이라 틀림없이 주님 앞에 엎디어 두 손을 싹싹 비벼대면서 빌고 또 빌 것입니다. 주님이야 물론 연민의 눈으로 내려다보시겠지요. 주님의 언중함을 견디지 못한 저쪽은 도마뱀처럼 기어가 주님의 발등을 덮고 있는 토가 자락을 움켜잡을지도 모르겠습니다. 그는 떼쓰기로 나올 것 같군요. 그 작자는 워낙 검질겨서 한번 잡았다 하면 절대로 놓지 않을 것입니다. 그러니 주님께서는 발등까지 내려오는 토가 자락을 어깨 위로 높이 치켜올리시든가 아니면 죄인과 세 걸음쯤 떨어져 계셔야 할 것입니다. 어쩌다가 주님께서 마음이 약해지셔서 죄인을 용서해 주시는 날에는 사람들은 쉽게 나쁜 짓을 저지르고 주님께 숨으러 달려갈 것입니다. 이건 안 되지 않습니까. 아 하느님, 모든 것은 하느님의 뜻이옵니다—."

석우가 속소리를 우물거리고 있을 때 뒷사람들 사이를 비집는 기척이 들리더니 이쪽의 어깨를 툭 치는 사람이 있었다. 돌아다보니 성당 마당의 주차정리 봉사를 맡고 있는 해병대출신 교우 필립보였다.

"밖으로 나오세요. 경찰이 찾아왔어요."

저쪽은 장소의 분위기에 맞지 않게 턱없이 높은 소리를 내었다. 석우는 얼떨하여 눈을 씀벅거리면서 저쪽의 뒤를 따랐다.

"경찰이 왔다고?"

석우는 필립보의 뒷자락을 당기며 물었다.

"가 보면 알아요. 정문 밖에서 기다리고 있어요."

"그런데 왜 자네가 나를 찾아왔는가?"

"내보고 있는 곳을 안내해 달라는 걸 어쩌겠어요. 분향실로 들어오게 할 수는 없잖아요."

　　　　＊　＊　＊

　성당 앞에 있는 할인마트의 옥외 데크에 경찰로 보이는 사복(私服) 두 사나이가 앉아 원탁에 팔굽을 세워 턱을 괴고 있었다. 그들이 고개를 돌려 사무린 눈으로 이쪽을 보자 석우는 등줄기가 움씰 당겨졌다. 석우가 신경을 잔뜩 도사리면서 주춤거리자 필립보가 등을 떠밀며 원탁 앞의 빈 의자를 턱으로 가리켰다. 사복들을 맞보고 앉자 저쪽은 소속 관등 성명을 대고 용무를 '알아볼 게 있어서'라고 밝혔다.
　저쪽이 바로대고 물었다.
　"엊그제 낯모르는 사람들과 만난 일이 있지요?"
　"낯모르는 사람이라니요?"
　"있잖아요. 바르게 말하세요. 함께 회식했잖아요?"
　"그런 일이라면… 그게 무슨 잘못인가요?"
　석우는 혀가 굳어 얼더듬는 소리를 내었다.
　"그 사람들 이름을 외고 있지요?"
　"왜요?"
　석우가 어름거렸으므로 뱁새눈을 한 사복이 석우를 할겨보면서 목소리를 깔았다.
　"이 사람 맞나요?"
　저쪽이 보여주는 것은 비망수첩에 적힌 사람들 이름이었다. 석우는 눈이 침침하여 맞은편에서 보여주는 게발글씨를 제대로 읽을 수 없었다. 석우는 좀 더 가까이서 보자고 말할 염이 나지 않아 고개를 끄덕거려 버렸다.
　"그 사람들 무엇 했던 사람들인가요? 신분을 알고 있나요?"

"왜 그런 걸 물어요? 이상한 사람들인가요?"

"대답만 하세요. 인사를 나눴을 거 아녜요. 자기소개 말이에요."

석우는 귓불이 달아오르는 걸 느끼면서 어줍게 입을 열었다.

"윤씨는 시민운동가라고 했고 이씨는 무슨 기고가라고 하던가, 글 쓰는 사람 같던데."

"그 사람들과 무슨 얘기를 나눴지요?"

뱁새눈이 경찰이 좨쳐 물었다.

석우는 상기된 얼굴로 입술을 잘근거렸다. 오랫동안 경찰에 혼쭐 빠지고 살아온 피해의식이 그의 입을 쭈물거리게 했다. 잔꾀에 넘어가 코를 꿰여서는 안 된다, 구실을 잡지 못하도록 혀뿌리를 당조짐하여 입덕을 보지 말아야 한다, 석우는 숨을 들이켜 아랫배를 꾹 힘주어 누르면서 몸을 세웠다.

"별거 아니에요. 사적인 얘긴데 뭐."

그는 되양 대답했다.

"그대로 말씀해 보세요."

"나쁜 사람 같지 않던데."

"오늘 강정마을에서 해군기지 건설을 방해하는 시위가 있었어요. 앞잡이 몇 사람을 집어넣었는데 그중 두 사람이 당신과 만난 사실이 있다고 불었소. 맞는 말이지요?"

"……"

석우의 낯빛이 변하는 걸 놓치지 않고 감지한 저쪽이 입꼬리를 샐쭉 당겨 올렸다. 석우는 눈 둘 곳을 몰라 허공으로 시선을 올리고 팔짱을 질렀다 풀었다 하면서 마른침을 삼켰다. 그는 도지개를 틀면서 얼굴빛을 고르잡으려고 호흡을 가다듬었으나 귓불이 달아오르는 걸 어쩌지 못하였다.

그 외지인들 뱃속에 대감이 들어 있었단 말인가. 대화중에 더러 말눈치가 보이긴 하였어도 시위대의 앞머리가 되리라곤 미처 예상치 못했었다. 활동가란 얘긴 들었으나 몸이 댓잎처럼 마른 사람들이 무리 중에 낀다 한들 뒤에서 든장질이나 하는 뒤밀이꾼 이상이 더 되겠는가 하고 내리깎아 보았었다.

그 친구들 때문에 짜부들이 찾아왔단 말 아닌가. 살스런 늙은이 고승록이 신부에게 했다는 소리가 성당 사무장의 입을 거치지 않고 직접 석우의 귀에 와 닿았다. '요즈음도 옛날 같은 현상이 일어나고 있소. 폭도들 말이오. 우리 성당 안에도 그런 사람이 꽤 많은 모양이던데—' 귀때기가 새파란 짜부들의 가슴 속도 바로 그것 아닐까.

석우는 시민운동가란 사람들과 대좌했을 때의 그들 인상을 떠올렸다. '몸은 힘들지만 마음은 편하다.' 하고 담담히 말하던 사나이. 살이 빠지고 볼때기의 수염자리가 까칠하던 사나이들 얼굴이 눈앞에 바싹 다가들어 보였다. '우리는 약한 사람들의 목소리를 대신 내주는 사람들이지요. 잘못된 것을 세상에 알리고 고쳐주는 사람들이라요—' 말투로 보아 제법 어벌 큰 사람들이란 인상을 느꼈으나 그 말라깽이들 가슴속에 대감까지 들앉아 있을 줄이야…

경찰이 석우의 속을 흘러보려고 가만히 윗몸을 굽혀오면서 자국이 나게 얼굴을 마주보았다.

"무슨 얘기를 주고받았지요?"

"…옛날이야기를 듣고 싶다는 거예요. 나의 눈물자국 말이에요. 글 쓰는 데 참고하겠다고요. 뭐 이상할 거 없어요. 이미 다 알려진 사실인데."

"그대로 말해보세요. 눈물자국 얘기."

저쪽이 볼펜으로 탁자 위를 톡톡 치면서 턱을 쳐들었다. 석우는 뒷목을 문지르며 열없이 입을 열었다. 입을 열면서 필립보 쪽을 돌아보자 그는 저쪽 원탁의 빈 의자에 비뚜름히 앉아 이쪽을 바라보고 있다가 얼른 시선을 돌렸다.

"꼬맹이 때는 아니지만 소학교 때였는데 일본군이 마을에 들어와 천막을 치고 참호를 파놓고 휘젓고 다니는 걸 보았어요. 그들이 패전해서 돌아갈 때 노래를 불렀는데 그것 참 이상하게 들리더라고요."

"일본 군가 말인가요?"

"아니오. 잘 있거라 제주여, 다시 또 오겠노라―. 우리말로 바꾸면 이런 노래지요. 그들이 돌아가자 나라 안이 시끌벅적하고 좌우대립이 심해져 선거 반대가 일어났지 뭡니까."

"당신 그때 산으로 갔잖아요."

"민애청 했던 자형이 먼저 산으로 갔어요. 사태가 험악해져서 마을에 있던 누이가 총살당하고 나는 산으로 피신해야 하는 처지가 된 거지요. 산생활이 어떠했는지 알겠어요?"

"알아."

저쪽이 냉연하게 받았다.

"산에 숨어 두더지생활을 하고 있을 때 산포수 같은 사람이 찾아와 나를 끌고 갔는데 끌려간 곳이 면당(面黨)이란 데였어요. 아지트까지는 들어가 보지 못하고 근처인 듯싶은 움막에서 침식하며 연락을 맡은 겁니다. 나는 한자도 알고 일본말도 학교에서 배웠으며 당시 나이는 만 십육 세, 다리가 성한 연령이었지요."

면당이 통신을 취할 때는 깨알 같은 글씨로 내용을 적어 그것을 함봉하고 마을로 내려 보냈는데 자신은 산과 마을 사이에서 왕복 걸음을 한 것뿐이라고 석우는 강조했다.

"식은땀이 흐르고 숨은 턱에 닿고 다리는 주저앉고 싶도록 파근파근하고 가슴은 혼쭐이 빠져 콩닥거리지요. 산길은 잠시 평온이 지나면 곧 긴장이 흐른다고요. 어디서 붉은 눈이 이쪽을 감시하는 것 같고 햇빛이 들지 않는 길 찬 숲속을 지날 때면 나뭇잎이 뒤집히지 않도록 신경을 써야 하고 구부러진 산굽이를 돌아갈 때는 몸을 숨기고 한참씩 뒤를 살펴야 하는 거예요. 언제나 일정한 거리를 두고 들려오는 것 같은 발소리, 누가 뒤를 밟는 것 같은 기척, 그 소리는 정말 찬기를 느끼게 해요. 유월 중순에 있었던 일인데 나는 마을 연락원과의 접촉에서 토벌대장 박진경이 부하에게 암살당했다는 소식을 들었어요…"

"잠깐. 어찌 소소한 일들까지 그리 잘 외고 있소? 감정까지도 잘 섞는군요."

하급 짜부가 짜그린 눈을 하고 비아냥거렸다.

"그 사람들에게 말했던 대로 옮기는 거예요."

석우가 볼똑한 소리로 맞받았다.

하품을 하던 상급 짜부가 손목시계를 내려다보더니 고개를 발딱 젖히면서 역정을 부렸다.

"이건 맹탕 껍데기뿐이잖아. 알맹이를 숨기고 있어."

하급자인 뱁새눈이 짜부도 참고 있었다는 듯 곁장구를 쳤다.

"그렇게 군살을 붙이고 느리광이해서는 밤새겠어. 연극을 노는 거 아니오?"

하품 치던 경찰이 손가락을 석우의 코 앞에 세워 꼴뚜기질을 하면서 은근슬쩍 물었다.

"그 사람들과 만난 건 사실이지요? 먼저 이것부터 물어봅시다. 당신을 찾아왔던 그 사람들, 얘기 듣고서 뭐라고 하던가요?"

석우는 이맛살에 번데기 주름을 잡고 잠시 꽁해 있다가 내뱉듯 대답했다.

"그게 다 전쟁 때문이라고요. 다시 전쟁이 일어나서는 안 된다고 말했어요."

"전쟁이라니? 무슨 전쟁?"

"조금 어려운 얘긴데… 하지만 나는 잘 알아들을 수 있었어요."

"뻥쟁이 입 아니오?"

"아니오. 그보다 참말은 없을 것 같던데."

"뭐? 깁고 보태지 말고 그대로 옮겨 보시오."

상급 짜부가 글을 적는 시늉을 해 보이면서 졸따에게 명령했다.

"어이, 적어놔. 교육을 시킨 모양이야."

석우는 상대방의 얼굴로 시선을 못 박고 침을 삼키면서 혀가 돌아가는 소리를 내려고 했다.

"시민운동가는 가방을 뒤적여 쪽지 한 장을 꺼내더라고요."

석우는 호주머니 속으로 손을 넣어 뒤적뒤적 하다가 목을 갸우듬히 하면서 손을 뺐다.

"어물대지 말고 빨리 말하세요."

눈을 짜그리고 앉아 볼펜으로 탁자 위를 붓방아질하던 졸따 짜부가 신경질을 보였다.

"일백여 년 전에 오사카 마이니치라는 신문은 상하이발이라고 밝히고 러시아 동양함대 사령관 카츠나코프가 본국 정부로부터 제주도를 점령하여 기지를 설치하라는 훈령을 받았다고 보도했다는 거예요. 규수에서 발간하는 진제이니뽀는 그 다음해에 런던발이라고 밝히고 러시아가 조선의 섬 제주도를 해군 정박소로 만들려 한다고 썼대요. 러시아가 제주도를 점령하여 군함 정박소로 이용하면 조선은 물론 일본과 중국을 견제하는 최고의 장소가 될 거라는 얘기지요. 이때 영국은 조선의 거문도를 삼키고 있었어요. 후에 마이니치는 러시아가 제주도 점령을 포기한 이유를 흘수 사 피트 이상의 군함이 정박할 수 있는 항구가 없었기 때문이라고 밝혔다고 해요."

"또 있어요?"

저쪽이 오만하게 턱을 튕겼다.

"아시겠지만 태평양전쟁 때를 보세요. 일본이 제주도를 어떻게 이용했는지. 일본군의 최후 결전장으로 만들려 하지 않았나요? 제주도를 요새화 해놓고 패전하는 바람에 사삼이 일어난 거 아닙니까. 일본이 버리고 간 군사시설 무기 탄약이 없었대도 무장봉기가 일어났을까요.?"

"그만그만. 발보다 발가락이 더 크겠어. 덧거리는 치우고 묻는 말에만 대답하라고요."

상급 경찰이 하품꼬리를 삼키면서 탁자 위로 팔굽을 세웠다.

"그 사람들과 일찍부터 알고 지냈지요?"

"일찍부터라니요?"

석우는 어안이 막혀 입을 다물지 못했다. 저쪽은 이쪽의 속을 뜨려고 요리조리 쑤석거렸다.

"강정마을에는 왜 갔어요? 가서 누구와 만났지요? 솔직히 말해보세요."

"솔직히라니?"

"있을 거 아니에요."

석우는 떠오르는 대로 내셍겼다.

"있지요. 성직자, 전례 봉사자. 그리고 갯가의 비탈밭에서 땅을 일궈먹고 사는 사나이. 그 농군은 내가 구럼비 바위를 봐두기 위해서 올레길을 지날 때 남새밭에서 만났지요."

"그 사람 어디에 살지?"

졸따 경찰이 손가락 사이에서 팽글팽글 돌리던 볼펜을 바로잡으면서 적어 넣으려고 했다.

"구답물 근처의 남밭에서 하우스 관리를 하는 봉충다리라면 그쪽에선 모두 알아요."

"무슨 이야기를 했어요?"

"맹꽁이 이야기를 했지요. 바보 같은 맹꽁이들 말이에요."

"씨펄, 놀고 있네."

"맹꽁이 같은 소리 하고 있네."

상급자가 다시 앞으로 나섰다. 그가 성깔을 보이며 쫴쳐 물었다.

"당신 강정마을에 시위하러 자주 가지요?"

저쪽이 발막하게 나오자 석우도 심사가 틀려 코주름이 잡혔다.

"나는 성당에 미사 보러 가는 사람이오."

"강정에 시위하러 가는 거 아니냐고?"

"성당에 미사 보러 간다고."

"거기 성당이 어디 있어. 시위꾼 집합소지."

"하, 이 양반. 신부님이 미사를 집전하는데 그게 성당이 아니란 말인가? 짜부가 거기에 성당 있는 것도 여태 몰랐는가?"

"이 영감 왜 이러지. 완전히 또라이로군."

상급 경찰이 주춤하자 졸따 경찰이 나부대며 상관의 뒤를 받쳤다.

"속임수를 쓰고 있어요. 뭉개고 있는 거예요. 쑹쑹이 같지요?"

무르춤했던 상급 경찰이 의자를 덜컥 앞으로 밀며 다가앉았다.

"거기 가서 시위하는 것 봤지요? 그 사람들이 강정마을 시위 주동자라는 건 알려진 사실 아닌가요?"

경찰이 팍하게 나오자 석우의 안색이 파름하게 변했다.

"……"

"시위꾼들과 언제 만나기로 약속했나요?"

석우는 뱃속이 딱딱 굳어지면서 심장 근처가 오므라들어 목구멍이 메었다. 그의 눈에는 마주앉은 사내들이 생으로 사람을 시달구는 깡패 이상으로 비치지 않았다. 석우가 고르지 못한 숨을 삼키며 입부리를 옴죽거리는데 경찰이 재우쳐 묻는 것이었다.

"다시 만나기로 했지요? 그 사람들 무엇을 바라던가요? 무엇을 도와줬어요?"

"…술 한잔 나눴지. 그 친구들 술 좋아하던데."

석우는 옆얼굴을 보이며 어물어쳤다.

"여보시오. 그 사람들에게 뭘 도와줬느냐고 묻지 않소! 약속한 게 있을 거 아니에요!"

"뭘 도와줬느냐고?"

"숨기는 게 있잖아요."

"숨기고 있다고?"

석우가 박죽코를 벌름거리며 입술을 잔즐잔즐 떨더니 벌컥 불주머니를 터뜨렸다.

"짜식들아. 등껍질만 남은 이 궁바가지가 뭘 줄 게 있겠어 응? 그래 도와줬다. 배고프다고 해서 쌀 한 부대 안겨줬다. 왜?"

"어어, 영감 왜 이래."

"왜 이러냐고? 내게서 무슨 트집을 잡으려고 탈짜는 거야? 사람의 뒷구멍을 파서 무슨 티를 잡자고 뜯적거리는 거냔 말이야. 쌀 한 부대 내줬으니 나를 잡아가. 옛날에도 죽신거려 사람을 망설케 하더니 그게 너희들 본업 아니냔 말이여. 내게서 더 듣고 싶은 게 뭐야?"

"어라, 이 영감. 꼭지가 돌았나. 우리는 공무 수행 중이에요. 공무를 방해할 건가요?"

"공무 수행 중이라고? 내가 공무를 방해한다고?"

"조심해야 쓰겠어요. 영감의 땡깡은 우습지도 않아요."

짜부들은 모눈을 세워 석우와 눈쌈을 벌이다가 슬몃슬몃 자리에서 일어섰다.

"쳇 재수 없어!"

그들은 혀를 차면서 바지허리를 추어올리며 자리를 떴다. 그를 따라 필립보도 졸개처럼 종종걸음으로 쫓아갔다. 석우는 그들의 뒤에 대고 고래고함을 질렀다.

"사람을 허섭으로 보는가. 개똥쇠 같은 놈들, 사람을 막보아도 분수가 있지. 나는 거죽은 말랐어도 속은 탱탱해 임마. 함부로 떠보지 마—."

주차소로 향하던 그들이 뒤를 돌아보았으나 어깨를 으쓱 추썩였을 뿐 아무런 반응도 보이지 않았다. 석우는 한 번 더 뒤지르고서 돌아섰다.

경찰은 무슨 냄새를 맡았기에 이곳까지 찾아와 코를 벌름거리는 걸까. 작자들이 킁킁거리는 건 통상적인 임무일까.

석우는 시민운동가와 나누었던 얘기를 그것뿐이라고 둥그려 말했지만 경찰에게 입을 다문 부분도 있었다. 그에게 찾아왔던 군사기지 반대운동자들은 다시 전화하겠다고 말했는데 그때 강정마을에 와서 자기들과 만나 달라, 소개는 자기들이 할 테니 군중들에게 가슴옛말을 한마디만 들려 달라, 이런 요청이 있었던 걸 그것까지는 밝히지 않았다. 시민운동가들이 투옥되었으니 소용없는 약속이 돼버렸기 때문이다. 저쪽은 그런 말을 듣고 싶어서 찾아온 걸까. 구속자에게 추가할 혐의가 더 필요했던 걸까.

성당 종탑 위 하늘이 누름해지고 있었다. 적나절 길에는 여인들이 장바구니 쇼핑백을 들고 먼 길을 가는 사람들처럼 바쁜 걸음을 놓고 있었다. 석우는 땅바닥이 기우뚱거리는 것 같은 어질증을 느끼며 긴팔원숭이처럼 팔을 늘어뜨리고 허청허청 발을 떼어 놓았다. 오늘도 걷는다마는…. 그대여 모든 것을 참고 인내하라—. 석우는 노래도 한탄도 아닌, 울적함을 달래기 위한 혼잣소리를 웅얼거렸다.

막치들은 작간을 부려 얼마든지 다른 사람의 운명을 짓밟고 망가뜨릴 수 있는 거야. 다른 사람의 삶쯤 알량꼴량하게 보는 거지. 놈들을 경계해야 해. 절대 속아 넘어가서는 안 돼. 성당 사무장도 말하지 않던가. 그레고리오 그 사람은 어리석은 민중을 속이는데 능란했다고. 신부는 벌써 그것을 다 알고 있더라고. 내 운명을 바꿔놓은 게 바로 그 짭새들 아니었던가 말이다….

석우는 집 근처에 이르러 클린하우스 앞에 멈춰서더니 주먹을 쑥 내밀며 보초에게 던지듯이 수하를 걸었다.

"누구얏!"

클린하우스 수거함 근처에는 언제나 분리수거를 계도하는 영세민 취로자가 앉아 있곤 하였다. 있어야 할 사람이 안 보이자 석우가 다시 내질렀다.

"기쪽은 왜 암구호가 없지?"

"……"

영세민 취로자가 앉던 꼬마의자에는 길고양이 한 마리가 대신 웅크리고 엎드려 졸고 있었다.

"이 먹통이 간나새끼. 너를 직무태만에 걸어 처단하겠다!"

"……."

"오 첸이 하라쇼(잘한다)!"

"삼촌 뭐하는 거예요?"

혼자 떠죽거리던 석우는 다른 소리가 끼어드는 걸 듣고 놀라 뒤를 돌아보았다.

"삼촌 혼자 인민군 하는 거예요?"

"이 자식. 니가 보초냐?"

뒷발치에 조카 마태오가 미행자처럼 따라와 있었다.

"이 빙충이 녀석아. 너 방금 뭐랬어? 나보고 인민군이라고? 내가 언제 인민군 한댔어?"

"하라쇼, 부라바. 한두 번 듣는 소린가요. 인민군 하면서 배운 거지요? 이런 말도요. 간나새끼, 너를 처단하겠다."

"하, 자석 보래이. 나를 비양하는 데는 참으로 도랑하구나. 너는 이렇게 해야 해 임마. 나이 많은 사람에게 비웃거리지 말고 삼촌이 시키는 일을 외로 틀어 뻐개놓지 말고 이 사람 말을 저 사람에게 저 사람 말을 이 사람에게 말 전주하여 발쇠꾼 되지 말고 입을 돌함과 같이 무겁게 하여 든직한 장부가 되어보란 말이야. 나에게 하는 것처럼 네 자신에게도 또랑지게 하는 거야. 지금의 너를 스스로 욕하고 나무라고 채찍질해 보란 말이지. 자꾸자꾸 그러면 청개구리버릇 없어지지 않겠니?"

"청개구리 청개구리 하지 마세요. 나도 삼촌을 인민군이라고 부르지 않을 게요."

"그것 좋은 제안이다. 나는 벌써 인민군 안 하니까. 인제 너만 남은 거야."

석우는 백보 양보하는 마음으로 이렇게 에두르고 눙치고 타일러 보는 것이지만 버릇을 떼기는 어려운 것. 앞에서는 잔밉고 뒤에서는 눈뿌리가 뜨거워지는 조카 녀석이었다.
  어미아비 없는 놈이 홀로된 할머니 손에서 키워지는 것을 보며 석우는 가슴이 저린 적이 한두 번이 아니었다. 6·25전쟁이 끝날 무렵 그가 귀향했을 때 녀석은 여섯 살, 어른들의 동정심을 솔찬히 받으면서도 놈은 밉둥이가 되어 갔다.
  나이가 들면서 잔생이가 되어 돌팔매질로 이웃집 유리창을 깨놓지 않나 남의 집 뒤뜰에 뛰어들어 과수를 따먹다 장독을 깨지 않나 부잡한 짓만 골라 하는 꼴통이가 돼버렸다. 석우가 회초리를 만들어 놓고 비행을 저지를 때마다 매를 들었으나 제 어미가 죽을 무렵 새끼 부탁한다고 거듭거듭 당부하던 소리가 귀에 박혀 차마 달초하지 못하고 제 다리를 후려치다 말곤 했던 놈이다.
  환경이 열악해서 그랬는지 다 자라고 보니 놈은 지능도 모자라고 생긴 것도 쫄딱보여서 친탁도 외탁도 아니었다. 사람은 모양만큼 능력만큼 사는 것이어서 녀석은 남의 똘마니 하며 다녔는데 그러나 성당 하나는 잘 다녀서 일찍 세례를 받았다. 소년부와 청년부에 있을 때 교우들이 장애인으로 보고 행사 때 쓰다 남은 빵이나 과자를 쥐어 주곤 하였기 때문에 녀석은 성당에 대해서 퍽 호감을 갖고 있는 듯했다. 놈은 행동이 철부지였지만 낫살은 먹어서 이제 육십을 넘기고 있다. 그러나 석우에겐 언제나 미숙한 어린 조카일 뿐이었다.
  "그런데 너 왜 나를 따라 다니는 거냐? 필립보가 시켰지? 경찰의 앞잡이 하는 거 아니냐?"
  "아니에요. 삼촌에게 나쁜 일 생기지 않나 걱정돼서 따라온 거예요. 성당에서 신심단체 모임을 마치고 나오는데 정문 앞에 경찰이 와 있지 않겠어요. 필립보와 얘기하는 걸 들었는데 강정 해군기지 건설 반대 시위에서 신부 수녀가 걸리고 주동자가 구속되어 조사할 게 있어서 왔다고 말하더라고요. 경찰의 입에서 삼촌 얘기가 나오자 필립보가 불러오겠다고 촐랑개 했지요. 나는 뒤를 살핀 거예요."

"필립보 그 사람 성질 알고 있지? 그 친구는 완전히 단세포야. 성당에서 주교가 인준한 생명평화 기도문을 외울 때 그걸 북북 찢어 던지고 나가버린 사람 아니냐. 그런 막치가 어데 있어. 해군기지 건설을 추진하라고 내놓고 외치는 데모대원이기도 해. 너 당장 그 얼치기와 붙어 다니는 짓 그만둬. 너야말로 나보다 더 반대에 앞장서야 할 사람 아니냐. 내가 왜 이 나이에 나서는 줄 알어? 너의 어미 아비 할아버지 다 죽고 너는 버려진 아이가 되어 또래에서 왕따로 졸리며 자랐기 때문이야. 너의 과거를 생각하며 다시는 그런 비극이 이 땅에 없도록 하기 위해서 나서는 거야."

"그런 얘기는 내 귀에 들어오지 않아요. 나는 부모의 사랑이 뭔지 감도 못 잡아요. 애들하고 재미있게 놀면서 자랐는데요 뭘."

"뭐라고? 하 이놈, 아직도 뚜리로구나."

"그런디 삼촌, 어제 텔레비전 봤어요?"

"왜 텔레비전 얘기는?"

"뉴스를 본 사람들이 뭐라고 했는지 알아요?"

"뭐라고 했는데?"

"삼촌 얼굴이 시위대 가운데 들어있는 걸 보고 저기 진짜 폭도가 있다. 불온세력들이 모여 나라의 안보는 필요 없다고 외치고 있다, 이렇게 떠드는 거예요."

"나보고 진짜 폭도라고? 사람들이 그랬어?"

"다시는 강정마을에 가지 마세요. 경찰에서도 텔레비전 화면을 보면서 조사하고 있을 거예요."

"그건 자료 사진이야. 나는 엊그제 거기에 간 일이 없어."

석우는 뒷맛이 고약했다. 그 짜부 녀석들이 그래서 나를 찾아온 걸까. 이쪽이 그들에게 목을 높이고 헤어진 것은 그걸 알고 골딱지를 낸 것은 아니지만 탈이 되어 돌아올지도 모른다. 왜 그런 짓을 했을까. 왜 경찰만 보면 복어가 이를 갈듯 이뿌리가 지근거리는가.

"야 마태오야. 하나 물어보자. 너 오늘 내가 짜부와 한판 한 거 알지? 필립보에게서 들었겠지?"

"들었지요."

"너는 내가 실수했다고 보니? 잘못했다고 생각해?"

"잘못했겠지요. 그렇다고 이상할 건 없잖아요. 전에도 곧잘 화통을 내고 바로 달팽이 눈이 돼버리곤 했으니까요. 사람들은 삼촌이 감옥살이를 하고 나와서 약간 돌아버렸다고 말하더라고요."

"옛날 고문을 받아서 얼먹은 때문이야. 병이 되어버린 거지."

"삼촌은 겁쟁이면서 뻥을 잘 놓더라고요."

"뻥이 아니야 임마. 나야말로 입이 곧은 사람이야. 성질이 쉽게 달아서 그렇지. 그런데 이것 하나만 더 물어보자. 그 사람들, 경찰 말이야. 다시 올 것 같니? 나를 잡아갈 것 같니?"

"모르지요."

"에라 자석아. 아니라고 말해야지. 너는 내가 잡혀갔으면 좋겠니? 나는 고아가 된 너를 눈물로 보살폈어. 그런데 너는 어째 개구리 배때기처럼 차기만

하냐. 완전히 짜부놈을 닮았어."

조카는 찔끔 목을 낮추더니 흘러내린 바지를 끌어올리면서 뒤태를 보였다.

* * *

숙맥 조카의 얄바가지 때문만은 아니고 맹꽁이 얘기를 꺼냈을 때 짜부들의 속통을 거슬린 일이 어떤 곤조통으로 날아올지 몰라 잠을 이루지 못할 정도로 마음이 아심아심했다. 석우는 짜부들에게 농부 영감과 맹꽁이 얘기를 그대로 전하려 한 것이지만 저쪽은 무엇을 곡해한 건지 눈을 거들뜨며 피새를 보인 것이다. 맹꽁이 이야기가 왜 상없이 나오느냐, 자신들을 조롱한 거 아니냐, 이런 오해를 준 게 틀림없었다.

그때의 짜부들 인상이 고약하게 석우의 마음에 남아 뒷맛이 떨떠름했다. 그런 일까지는 없을 것이라고 확신하면서도 짜부들이 저쪽 딸보 영감을 찾아가 윽박지르고 구라를 놓지 않을까 하는 걱정을 잡아매지 못했다.

지난봄 경칩 무렵에 석우는 강정마을에 갔으며 성당 미사에 참가하고서 군사기지 반대 시위에 끼었다. 교우들과 함께 집회와 행진에 참가하고서 잠시 물러나 '개창'이란 포구에서 다리를 쉬었다. 석우는 포구의 방파제 위에 앉아 구럼비 해안으로 진입한 성직자들이 사각불록을 만드는 공사장을 넘어 철조망 앞까지 진출하고 군사기지 반대 격문을 쓴 커다란 깃발을 흔들고 있는 것을 보았다. 그들이 외치는 소리도 아슴하게 들려왔다.

"노 네블 베이스(해군기지 반대)!"

"밀리터리 베이스 고 어웨이(군사기지 사라져라)!"

"찬추니에첸(화근을 없애라)!"

이날의 시위는 새벽에 하늘을 가르는 사이렌소리로부터 시작됐다. 마을 주민과 활동가들은 해군기지 사업단 사무소가 있는 네거리로 모여들었고 해안으로 이어지는 길목을 차량을 세워 가로막았다. 공사에 사용될 남포를 실은 차량이 통과할 것이라는 정보를 입수한 시위대는 강정천 다리를 승용차로 막아 방벽을 쳤다. 여기에 주민들이 합세하여 쇠사슬로 몸을 묶고 서로 팔을 걸어 인간 띠를 만들고 폭약운반을 막으려고 하였다.

   경찰의 경고에도 불구하고 시위자들이 해산하지 않자 의경들이 군중 사이를 테고 들어가 극성 시민들을 끄당겨내기 시작했다. 반항하는 사람들이 돼지 멱따는 소리를 내며 버둥질쳤으나 의경들은 사정없이 팔다리를 들어 닭장차로 옮겨버렸다. 굴비 두룸처럼 얽혀 있는 시위자들을 줄엮음에서 떼어내려는 경찰의 완력에 맞서 반대 시위자들은 네 굽이 떨어져라 하고 버티며 몸태질을 했다.

   석우는 시위에 참가하고 있었으나 전위로 나서지는 못하고 후미에서 구호창을 외치는 뒤밀이를 하였다. 그는 앞으로 당차게 뛰어나갈 힘도 없었지만 경찰 삥들에게 잡혀 버둥거리는 꼴로 닭장차로 옮겨지는 모양을 상상하자 정신이 어뜩해져 버려서 그런 경우는 도저히 감당할 수 없는 일로 생각되었다. 석우는 포구의 방파제 쪽으로 자리를 옮겨 그쪽 시위대 뒤에서 구호를 외치며 뒤떠들다 다리를 던지고 앉아 버린 것이다.

   석우가 목을 올려 주위를 둘러보고 있을 때 이명진 아오스딩이 어디를 싸돌다 온 건지 숨을 씨근거리며 석우 옆으로 절버덩 퍼더앉았다.

   "산통이 다 깨졌다. 일이 엇꿰지고 말았어."

   "왜?"

   석우는 저쪽의 상기된 얼굴을 마주 바라보았다.

"외통목은 거기가 아니었어. 누가 잘못된 정보를 흘린 거야."

"허방을 짚었다 이거지? 저쪽의 외수에 넘어간 건가?"

"화약을 실은 차량이 다리를 통과할 것이라는 정보를 어디선가 귀소문한 지도부가 이것이다 하고 도로를 차단했는데 감쪽같이 돌렸잖아. 쑥국을 먹고 만 거야. 경찰은 시위대를 다리 위에 묶어놓고 사업자들이 콧노래를 부르며 해안으로 폭약을 실어 나를 수 있도록 도와준 거지."

"귀장사하다 망했군. 이만한 조직과 동원을 하기도 쉽지 않은 일인데 말이야."

"그래. 깻박을 쳤어."

그때였다. 몸을 받치고 있는 지반이 쿵덕 울리는 것 같더니 눈앞을 가로막고 있는 펜스 뒤로 부연 흙먼지가 피어올랐다. 솟구쳐 오르는 먼지구름이 해파리 촉수처럼 공중에서 흐늘흐늘 퍼져 땅으로 내려앉았다.

"어라 이게 뭐여? 그 소리 아녀?"

아오스딩이 소리치며 몸을 일으켰다. 석우도 내던졌던 다리를 끌어당겼다.

"또 난다 저것 봐. 터뜨리고 있어."

펜스 위로 분수처럼 치솟는 먼지구름이 공중에서 구불구불 내려앉는 게 보였다. 시위자들이 벌린 입을 다물지 못하고 미어고양이처럼 목을 올렸다.

"아 저기. 마구 깨부수고 있어. 강정마을이 깨지고 있다!"

발파는 석우네가 모여 있는 강정포구 방파제 건너에서 일어났다. 이 지역은 해군기지 2공구 공사 구역으로 반대단체가 예상했던 지점과는 상당히 떨어진 곳이었다.

공사 시공자측은 육상을 통해 화약을 운반한다고 낭설을 흘리고 해상으로 운송하는 치밀함을 보였으며 발파 예정지까지 바꾸어 아무런 방해도 받지 않고 폭약을 터뜨렸다. 시공사는 이날 모두 여섯 차례에 걸쳐 발파 작업을 하고는 그곳에 케이슨(潛函) 제작장을 설치한다고 밝혔다.

한나절 초들초들 마른 얼굴로 경찰과 입싸움 몸싸움을 벌였던 시위자들은 암반 폭파가 아무런 제지도 받지 않고 손쉽게 뚝딱뚝딱 해치워진 사실을 알고 땅을 치며 울었다. 석우도 눈구석에 어리는 눈물을 눈을 끔쩍거려 떨어냈다.

이제는 거대한 너럭바위, 바위 아래서 단물이 솟아나 습지를 형성하고 멸종 위기의 동물들이 숨어 살고 있는 이 희귀한 바위습지는 그 원형을 다시 찾아볼 수 없게 되었다. 타르 반죽덩어리를 널어놓은 것 같은 평범한 지표지만 약한 생물들이 서식하기에는 안성맞춤인 천혜의 낙원, 그래서 누구의 것도 아닌 자연공물이 영원히 사라질 운명에 놓인 것이다.

어디로 갔는지 자리를 떠버린 아오스딩을 내버려두고 석우는 사람들 속을 비집고 나왔다. 한길을 피해 올레길로 들어서려던 석우는 들목에서 방향을 잘못 잡아 길을 놓치고 밭을 가로질러야 했다. 군사기지 배후지역에서 원예 재배를 하는 비닐하우스에 막혀 방향을 이리저리 틀었는데 해안 다락밭에서 잔일을 하는 영감을 만났다. 영감은 발판 위에 올라서서 하우스 위로 줄을 걸고 있었는데 그는 이쪽이 길을 잃은 기미를 눈치채고 비양거리는 입을 놀렸다.

"개구멍을 찾는 꼴이로군. 이쪽은 막장이오."

석우는 일꾼이 있는 걸 보고 길을 물으려던 참이었으므로 이쪽도 쉽게 입이 열렸다.

"뭘 꾸무럭거리고 있소. 비긋하면 연세하겠구만."

"길눈이 없는 걸 보니 외지에서 들어온 떠돌뱅이 같은데 시위하러 왔소?"

"그쪽도 별 볼일 없는 궁짜 같은데. 식솔이 없어 혼자 비닐 농사를 짓소?"
"남 일을 해주는 거요. 소일로 하는 거지."
저쪽은 앞 말투 닮지 않게 꺾인 소리를 내었다.
석우가 돌담에 기대어 옷가슴을 헤치고 숨을 고르며 잠시 서 있자 영감이 일손을 놓고 꾸무적꾸무적 발판에서 내려왔다. 영감은 짝다리 딸보였다. 그는 발판에 한쪽 어깨를 기대고 서서 담뱃불을 댕기더니 긴 숨을 뿜어내며 연기를 불었다.
"당신은 어디서 온 행객이오? 어찌 혼자 베돌이가 되었소?"
영감이 석우의 행색을 내리훑으며 거침없는 소리로 물었다. 석우는 저쪽이 언짢아하지 않도록 갸울어진 어깨와 짝다리로 가던 눈길을 건공으로 돌렸다.
"제주시요. 환경단체에서 이곳 해안에 멸종위기의 생물들이 살고 있다기에 한번 와본 거요. 바위가 발파될 때 그것들이 배때기를 허옇게 내놓고 죽어가는 모양이 눈에 그려져 직접 보러 온 거요."
"맹꽁이 말인가요? 그것들은 이사 갔소. 아니 소개되었소. 구럼비 바위가 발파되면 모두 죽을 판이라 멀리 피난을 보낸 거요. 앞으로는 이곳에서 맹꽁이 울음소리를 듣지 못하게 되었지요. 어쩐지 늙다리가 되었는데도 소싯적 생각이 자꾸 나면서 그것들이 눈에 밟히네요."
"어디로 피난 갔소?"
"그쪽으로 소개되었소. 제주시 조천읍에 있는 돌 공원이라고 하던데."
맹꽁이들이 소개되었다는 소리를 듣고 석우는 그 어리석고 작은 동물들이 한숨을 쉬면서 툴툴거리면서 살 곳을 찾아 옮겨가는 장면이 남부여대한 사람의 모습으로 그려져 몹시 가엾고 측은하게 느껴졌다.
"맹꽁이가 소개되어 이사를 갔다면 여기는 씨가 마르는 건가요?"

"……"

저쪽은 대답하지 않았다. 사실은 물으나마나한 입질이었다. 영감이 땀지근하게 말했다.

"그 맹꽁이들이 가기는 갔는데… 얼마 전에 환경영향평가를 맡은 회사의 간부가 마을에 와서 맹꽁들이 잘 살고 있더라고 전했다 하오. 그러나 나는 그 사람 말에 의심이 가오. 왜 그 작은 동물들이 이곳 바위 아래 정착해 살았는지, 이런 곳이 다시 어디에 있는지, 그 사람이 바로 알고 있을까요? 그것들은 무무한 동물이라 먹이가 적거나 잠자리가 협소하면 서로 쌈박질을 하고 뛰쳐나가기도 할 거요. 생면의 길사람에게 이런 부탁을 하는 건 쑥스럽소만 베돌이 영감이니 다시 찾아올 일이 있을 것 같아서 하는 소린데 맹꽁이들이 살고 있는 곳을 한 번 보고 와 주시겠소? 내 신세도 그리 될 것 같소. 땅을 내놓게 되었으니 어디로 떠나야 하지 않겠소? 맹꽁이신세가 돼버린 거요. 그것들이 잘 살고 있다면 이쪽도 잘 살 수 있겠지요. 이리저리 살 곳을 찾아다니는 건 괴롭다오. 소개 소개… 일생이 소개의 연속인 것 같소. 사삼사태 때에는 군경이 내몬 소개령으로 저기 윗마을 도순으로 해서 새별동산 함백이골 새수촌을 전전하다가 이곳 구답동네 해안까지 내려오지 않았수가. 맨땅에서 밤을 지내기도 하고 남의 집 잿막이나 마구간에 살면서 어두운 밤에 멍이진 가슴으로 들은 건 구럼비 해안의 맹꽁이 소리였다오. 이제는 그 맹꽁이 소리도 멀리 가 버리고 이 사람도 다시 떠나야 하는 거요."

"사는 일이 어디 순탄키만 하겠소. 소개라면 이쪽도 오평생이 돼버린 사람이오. 지난날 조금만 일이 잘 되었어도 나는 산으로 쫓겨가 폭도가 되지 않았을 텐데…"

저쪽이 다리가 불편한지 엉덩이를 깔고 내려앉아 두 팔로 무릎을 싸안으며 입고픈 모양을 보였다.

"어쩨 들구 뒷눈질하는 모양이며 어치렁거리는 걸음새가 별나다 했더니…. 어쩌다 산폭도가 되었소?"

석우는 영감이 내려앉은 모양이 마치 옴치고 앉은 맹꽁이 같다는 느낌이 들면서 이쪽 또한 길강아지 모양으로 비치고 있지 않을까 하고 반조(反照)하는 생각이 들었다. 그는 일없다 하고 흙바닥으로 내려앉았다.

석우는 숙부의 얘기로 입장단을 맞추었다.

조국이 광복을 맞던 해 그는 열세 살 소학교 6학년이었다. 태평양전쟁은 전세가 바뀌어 일본의 패색이 짙어졌으며 곧 미군이 일본 본토에 상륙할 것이라는 풍문이 나돌았다. 일본군은 내지 수호를 위해 제주도를 군사기지화 하면서 도민들에게 소개령을 내렸다.

일본군의 명령이 아니더라도 풍문에 들려오는 전황은 예민하게 피부에 와 닿는 것이어서 군사기지화 된 이상 그 위험이 어떠하리라는 것쯤은 무무한 주민들도 잘 알고 있었다.

늦기 전에 피해야 한다. 그만한 판단을 못하는 사람은 없었으나 가난한 주민들은 쇠푼도 가진 게 없으니 해협을 건널 엄두조차 못 내었다.

석우의 작은아버지는 양조장을 처분하여 피난길에 올랐다. 석우는 작은 아버지가 두툼하고 따뜻한 손바닥을 이쪽의 정수리에 얹고 또박또박 말하던 얘기를 잊지 못했다.

"나는 말이야, 마음이 내키지 않아. 그래도 할 수 없지. 우리 가문은 자손이 적어 일가들이 한 목숨이라도 더 건져야 한다고 나를 떠미는 거야. 선영에 사초하고 제위를 모실 봉사손들이 필요하다는 거지. 내가 터를 잡고 울짱을 박았다고 전하거든 어머니 모시고 득달같이 달려오너라. 사실은 나이가 찼더라면 네가 먼저 떠나야 할 것인데…"

숙부는 식구들과 함께 집을 나갔다.

작은아버지가 육지에 무사히 도착하여 어느 낙토에 튼튼한 울짱을 박고 일각대문을 세우고 있을 것이라고 믿고 있던 석우에게 들려온 소식은 청천벽력이었다. 여객선이 추자도를 지나 다도해로 들어설 때 미군기의 공격을 받아 침몰했다는 비보였다. 승객 수백 명이 모두 익사했다는 소식이 섬에 거류하는 일인(日人) 유족들의 입을 통해서 전해졌다. 전황의 불리함을 숨기고 있는 일본제국은 사건의 상세내용을 밝히지 않았다. 선박은 모두 일본 군부에 징발되어 있었으며 작은아버지가 탄 여객선도 예외가 아니어서 철통처럼 입을 잠가버렸다.

석우는 숙부의 동탕한 얼굴과 온자한 성품을 잊지 못한다. 반짝 빛을 보였던 그의 희망은 숙부 가족의 비운과 함께 캄캄한 물속으로 곤두박이치고 말았다.

석우는 날개 부러진 새가 되어 등을 웅그리고 섬에서 살아야 했다. 그로부터 3년 후 4·3의 소용들이 속에서 그는 누이를 잃고 폭도가 되는 운명을 맞았다.

석우는 긴 이야기가 되는 것을 중동에서 끊었다. 그의 앞에는 집으로 돌아가야 할 먼 길이 남아 있었고, 약자가 약자에게 인정을 팔아봐야 배만 고파질 것 같아 자리에서 일어섰다.

"길을 죄려면 어느 쪽으로 가야하오?"

"왜 급한 일이라도 있소? 산에 간 이야기를 더 듣고 싶었는데….저기 딸딸이 소리가 들려오는 쪽으로 가 보시오."

4

 지난날 들었던 딸딸이 소리는 전과 다름없이 또렷이 귓전에 남았는데 그때 눈에 들어왔던 전경은 원근도 명암도 달랐다. 비안개가 덮인 시야는 곰삭은 묵화처럼 거무레하여 하늘경계선을 지우고 가시거리를 새가 두 번쯤 포릉 하는 정도로 짧게 했다.
 길을 외려고 어방잡았던 머릿속 그림이 얼척없이 빗나가서 석우는 외딴 길을 헤매는 헛벌이를 하였다. 지난번 영감을 만났던 곳에서 그가 손가락으로 가리켰던 방향으로 길을 잡으면 무엇이 될 것으로 예상했는데 인가가 끝나는 곳까지 누소한 집은 보이지 않았고 끼웃한 집 대신 호가사 전원주택들만 눈에 들어왔다.
 집이 한두 채뿐인 것도 아니고 길이 한두 갈래로 뻗은 코딱지만한 마을도 아니어서 석우는 숨을 식식거리며 마을 경계까지 휘뚜루마뚜루 발품을 팔았으나 눈을 끄는 곳을 찾지 못하였다. 그는 다시 물탕을 튀기며 차가 구르는 마을 안길로 들어섰다. 낯선 길거리에서 가다서다 하며 남의 울타리 위로 목을 올리기도 하고 남의 집안을 살펴보기도 하면서 둘레둘레 하는데 장화를 신은 사나이가 철벅철벅 거칠게 땅을 밟으며 옆을 지나갔다. 석우가 '잠깐—' 하고 입을 떼었으나 저쪽은 못 들은 건지 눈을 돌리지 않고 우산 속으로 몸을 잔뜩 웅크려 넣으면서 잰걸음으로 지나쳤다. 사내가 근처의 부동산소개소로 들어가자 석우도 바르르 뒤쫓아 들어갔다.
 탁자 위에 막걸리병과 소주병을 올려놓고 두 사나이가 화투짝을 내리치고 있었다. 석우가 몸을 곱송그리면서 말을 묻자 저쪽은 느린 동작으로 손을 멈추고 시선을 돌렸다.

"키가 작달막하고 몸이 고지말랭이처럼 마른 봉충다리 영감을 모르오?"

저쪽은 대답 대신 석우의 걷어 올린 종아리와 납작궁이 된 구둣발로 시선을 주면서 눈을 끔쩍거렸다. 석우는 이맛전으로 손바닥을 붙이면서 다시 물었다.

"키가 요만하고 다리를 저는 앤생이 영감을 모르오?"

"다리를 저는 사람은 하도 많아서 누군지 모르겠소."

머리를 반 삭발한 빠박이 사내가 데면데면하게 받았다.

"올레길 근처의 다락밭에서 남 일을 해주곤 하던데…"

석우가 뒷말을 다는데 다른 쪽에서 걷지르는 소리가 들렸다.

"길을 말해 줄 소친 하나 없는 걸 보니 외지사람 같은데 시위꾼 맞소?"

턱이 좁고 눈구멍이 깊은 사나이가 빤득거리는 눈으로 석우를 쏘아보았다.

"어디서 온 누구시오?"

석우가 멜가방을 추켜올리고 손을 깍지 끼면서 순직하게 대답했다.

"나는 여기 성당에 다니는 신도요. 강정을 위해서 기도하러 오는 사람이지요."

"강정을 위해서? 그 소리 참 재미있군. 한 번 더 말씀해 보시겠소?"

"……"

"어쩐지 보아하니 부랑자 같더라니. 기도가 끝났으면 곱게 돌아가지 않고서 왜 궁짜 노인을 찾소? 성당 나오라고 해서 시위대에 넣으려고?"

"그게 아니오. 영감에게 맹꽁이 소식을 전해주려 온 거요."

"맹꽁이가 어쨌는데? 거기서 사람을 낚을 호이를 찾았소? 구호창에 쓸 만한 구실이라도 잡았소?"

"마을과 관계된 일이니 당신네들도 알아두는 게 좋을 거요. 모두 죽어 버렸단 말이오."

"호, 이런 거짓말. 암수거리는 떠돌뱅이들의 전용수법이지. 입술에 침도 안 바르고."

빠박이사내 옆에서 비뚜름한 시선으로 석우 쪽을 할겨보던 뾰족턱의 사나이가 가로맡고 나왔다.

"맹꽁이 소식은 우리가 잘 들어서 알고 있수다. 무엇을 보고 무슨 소리를 짓는 거요. 이러니 떠돌뱅이 풍장이들을 순된 사람으로 볼 수 없는 거지. 되지못한 소리로 엉글거려 사람 속일 생각일랑 하지 마시오."

"이런. 속이다니?"

"그렇지 않다면 왜 말도 안 되는 소리를 가지고 이 비 날씨에 여기까지 와요?"

"온 김에 만나려는 거지. 무엇도 모르면서 목청 돋우지 마시오."

"영감, 말꾀 하지 말고 귀담아 들어두시오. 얼마 전에 여기 환경영향평가를 맡은 기술원에서 간부라는 사람이 찾아와 법으로 보호하도록 된 맹꽁이는 새로운 서식지에서 잘 살고 있는 게 확인 됐다고 말했소. 옮겨놓은 마리 수는 모두 구백십팔 마리라는 것도 밝혔소. 이보다 더 잘 아는 사람이 어디 있겠소. 당신 같은 뚱은 저리 가라요."

"모두 죽어 버렸다니까요."

"이런 퍽퍽한 사람 같으니라고. 말이 통하지 않네."

석우는 이맛살을 으등그리며 그러나 불뚝성을 참아 누르면서 언중하게 말했다.

"나는 뻥쟁이가 아니오. 사람을 제대로 보고 말해야지. 당신들은 뭘 모르고 있어요."

"이 꼰데 완전 절벽이로군. 떠돌뱅이들과 얼려 살아서 뭉꾼이 돼버린 모양이야."

다른 쪽에서 가락을 맞추는 소리가 들렸다.

"당신 신자 맞소? 왜 신자들이 물웅덩이에 깔따구 끓듯 남의 마을에 모여들어 소란을 만드는 거요? 해본댔자 나라가 하는 일을 막을 수 있나요?"

석우는 성질을 누르고 완곡하게 말했다.

"우리는 강정을 사랑하오. 사랑해서 오는 거요. 그런 사람들이 있다는 걸 보여주는 거지요."

"그런 궤설은 너무 많이 들었소. 마을이 다 파국 난 게 누구들 때문이겠소. 우리는 형제 자매간에도 등을 돌리고 산다오. 찬성 쪽과 반대 쪽은 이제 이웃이 아니오. 공동체가 무너져 양쪽 간에 돌을 던지고 몽둥이를 휘두르지 않는 것뿐이지 반목질시로 맘 사납게 살고 있소. 맹꽁이 따위 얘긴 우리에게 별로요."

"보아하니 당신들은 군사기지 건설 찬성자들인가 보군요. 그래서 외부 사람만 나타나면 지저귀하는 사람으로 보고 뒤룩거리는 거지요? 오해하지 말아주시오. 당신들에게 뒷욕을 하는 입들이 있어 한마디 물어보겠소. 너면 너고 나면 나다, 제집부터 꾸려야 한다, 이런 생각으로 사는 건 아니겠지요?"

"예끼 여보시오. 제 속 짚어 남 말 한다더니 엉큼한 늙은이로군."

가자미눈으로 이쪽을 째려보고 있던 사나이가 벌컥 소가지를 부렸다.

"우리는 고심 고심해서 결정한 일이우다. 당신네 떠돌뱅이들이 우리의 처지를 아시오? 남 말하기야 식은 죽 먹기지. 자기 배부르면 남 배고픈 걸 모른다 이거여. 우리는 배만 채우려는 게 아니오. 나라가 하는 일을 돕는 거란 말이오."

석우는 가만한 한숨을 쉬면서 이 사람들과 이런 얘기로 싸움이 되어서는 안 된다 하고 목소리를 낮추었다.

"우리는 당신들을 미워하지 않소. 우리를 불악당으로 보지 마시오. 우리는 당신들과 싸우러 이곳에 오는 사람이 아니오."

"우리를 들쑤시지 말아주시오. 당신네들에겐 구호창이고 놀이마당이지만 우리들에겐 중대한 생계문제요."

저쪽 사나이들이 석우의 진창말이한 바짓가랑이와 납작궁이 구두를 한 번 더 내리훑고 화투목이 놓여 있는 탁자 주위로 돌라앉아 버렸다. 석우는 머쓱히 서 있다가 손을 이맛전으로 올리며 한 번 더 물었다.

"키가 요만하고 다리를 절름거리는 딸보 영감 집을 모르오? 이 근방 어딜 텐데."

저쪽의 눈들은 석우 쪽을 거들떠보지 않았다. 한참 만에 뜨악한 소리 한마디가 들렸다.

"마을에는 절뚝거리는 농사꾼이 하도 많아 누군지 알지 못하오."

석우는 문녘에 서서 빈 코를 훌쩍이다가 빗속으로 나섰다.

그는 물바닥이 된 길을 절벅거리며 걸었다. 가슴이 울하여 한잔 하고 싶었으나 잔술을 파는 집이 보이지 않아 마른침을 삼키며 참았다. 뱃속에서 꼬르륵 소리가 들려 그는 배퉁이를 퍽퍽 쥐어박으면서 거지같은 창자를 억눌렀다. 비가림이 있다면 잠시 퍼더앉아 가슴을 내리쓸고 싶었으나 그런 곳이 보이지 않아 그는 콧숨을 불면서 타불타불 발을 끌었다.

어쨌든 만나봐야 한다. 찾자고 들면 서울 김 서방 집인들 못 찾겠는가. 동네를 다 뒤져서라도 맹꽁이 영감을 만나보고 싶다. 석우는 마른 침을 삼키면서 버릇난 쭝쭝이 입질을 놓지 못했다.

저쪽을 만나면 무슨 말로 입을 떼야 하나. '요즘 어떻게 지내시오?' 판에 박은 인사말로 입을 열 수밖에. 영감은 수죽은 사람이라 슴슴하게 받을 것이다. '그날이 그날이지 뭐. 그냥 저냥이야.' 이쪽도 생활이 곤색하기는 마찬가지라 덩달아 마음이 물러질지도 모른다. 그래서는 안 된다. 저쪽을 부추기자면 난약한 모습을 보여서는 안 된다. 가태를 부리더라도 강한한 모양새를 보여야 할 것이다. '나라를 다스리는 권력은 백성을 속이지 말아야 한다는데 이놈의 세상은 엎어진 놈 꼭뒤 차기야요. 약한 놈만 삶아. 그렇지만⋯ 어쩌고저쩌고.'

맹꽁이 소식을 전해들은 영감의 얼굴에 어둔 그림자가 드리우겠지. 저쪽은 손맥을 놓은 모습으로 혀를 찰 게 뻔하다. '내 그럴 줄 알았소. 우리 같은 박복자는⋯'

영감은 혼잣말을 어리대고서 입을 다물어 버릴지도 모른다. 조가비처럼 입을 감물기 전에 이쪽에서 알랑수를 써야 한다. '그래도 애고애고 해서는 안 되오. 질기게 살다보면 쥐구멍에도 볕들 날이 있고 참새 그물에 기러기가 잡히기도 하는 거요. 티꾼 됐단 소리만 듣지 말고 이악하게 살고 있으면—' 이쪽은 침바른 소리로 엄벙뗑하는 것이다. 빈 소리로나마 펑펑 어세를 높이고 있자면 저쪽도 따라서 운을 밟지 않을까.

* * *

돌이켜보면 삭정이처럼 팍팍한 생활을 비스러지게 만든 변곡점은 몇 해 전 종교에 귀의할 무렵에 있었다. 석우의 강마른 가슴에 지질러놓고 살던 억한 마음도 반감되어 시그러져갈 지음 잿속에서 불을 일으키듯 뜻 아닌 일이 목격된 것이다. 성도(聖徒)들 속에 감쪽같이 끼어 있는 개종들의 모습을 보는 순간 석우는 까무러칠 듯이 놀랐다.

세월이 흘렀지만 성도들 틈에 섞여 있는 저들의 면목은 크게 변하지 않았 었다. 날속한의 인상은 여태 석우의 눈에 삼삼 남아 있어 그들의 모양을 보는 순간 대번에 잡아낼 수 있었다. 석우는 눈심지를 당겨 올롱해진 눈으로 저들 쪽에서 시선을 떼지 못했다.

석우는 숨을 들이그으면서 가슴의 방망이질하는 소리를 들었다. 괴란한 세상을 만나 눌리고 짓밟히면서 몸에 밴 것은 툭하면 움찔거리는 겁약함과 오드득거리는 버릇짓뿐이었다. 그는 찬기가 몸을 휩싸 턱을 달달 떨면서 굳은 듯이 서있었다.

지금은 아득해져 나물죽을 끓이고 파래 밥을 짓던 보릿고개의 궁핍은 잊었지만 그 궁절기에 불어 닥친 시국상황으로 얼입은 상처는 좀처럼 낫지 않았다. 국가는 수형인 명부를 만들어 전과자의 기본권을 제한하였고 신원불량자로 낙인찍힌 석우는 세상의 뒷전으로 밀려나 뒤틀린 삶을 살아야 했다. 정치상황이 혼란해질 때마다 보수정객들은 색깔병을 드러내 반대세력을 불순분자 폭도 족으로 몰아쳤으며 이런 때에도 석우는 마구다지로 싸잡혀서 세인들의 눈총을 피해 목을 꺾어야 했다.

석우를 동정하는 입이 없는 것은 아니었다. 그러나 남 눈을 살펴야 하는 좀 쳇사람들의 깜냥으로 딴소리를 냈다 해도 그 소리는 어린애 콧김 같아서 듣는 쪽의 가슴을 녹녹케 해주기보다 더욱 비감에 젖게 만들었다. 석우에게는 모두 가해자나 다름없었다.

석우와 동향이며 학창시절 단짝이었던 양동주란 사나이는 석우를 또라이라고 부르기도 하였다. 양씨는 4·3사건 때 막심한 피해를 본 고향마을을 떠나 제주시 동대머들 달동네로 이주한 사람으로 사라봉 구역의 석우네 집과는 임항도로 하나를 사이에 두고 근거리에 살았다.

"그 사람은 자신을 적군이라고 말했어요. 이쪽의 근천맞은 집을 방문할 때마다 '군관나리가 오셨다. 썩 나와서 모셔라.' 하고 개살궂은 행동을 보이곤 했지요."

저쪽은 비밀을 토정하는 사람처럼 눈꺼풀을 씀벅거리면서 목소리를 죽여 말을 잇는 것이었다.

"그 친구는 소년기에 누이가 총살당하는 장면을 목격하고 도피한 사람이에요. 일 년여 동안 산속생활을 하고 귀순하였는데 산사람들에게 협조하였다는 죄목으로 실형을 선고받고 육지형무소로 이송돼 육이오 전쟁을 겪게 되지요. 천신만고 끝에 귀향하였으나 입은 상처가 컸던지 병증을 얻은 것 같아요. 그는 상대에게 위압을 느끼면 물어뜯을 듯이 이를 보이고 혼자 따로 되면 고개를 빠뜨리고 군소리를 엉두덜거리는 거예요. 한마디로 정신이 왔다갔다 하는 사람이지요."

이 말을 전해들은 석우는 펄쩍 뛰면서 냄비성질을 보였다.

"작자 남 말 하고 있네. 자기는 곱슬머리 깍쟁이인데다 사사에 올끈거리는 불평꾼 주제면서. 사람을 제대로 봐야해. 나는 아직 썽썽하다고. 사람이 성질을 나타내는 모양이 어디 한가지겠는가. 가지런한 사람도 있고 우뚤렁거리고 개탕치는 사람도 있고 하늘을 보고 침을 뱉는 사람도 있는 거야. 뭐 나보고 왔다 갔다 한다고? 정신이 쑥 빠진 놈 같으니라고."

그는 강마른 얼굴을 붉히면서 목다심을 하고는 목구멍을 더욱 크게 열었다.

"너는 가슴이 없는 놈이야. 너의 오장은 이걸 못 느낀단 말이지? 주민들을 탓잡아 등골을 뽑고 죄인 만들어 살육하고 감옥 보낸 날속한들이 코를 쳐들고 사는데 언걸먹은 사람들은 매 맞은 강아지처럼 꼬리를 내리고 쪼다리로 살고 있지 않으냔 말이여. 거꾸로 된 세상 아닌가."

석우는 주먹으로 허공을 내후리면서 악청구를 하다가 열통이 가라앉자 고개를 떨구었다.

그는 이런 식이었다. 석우가 성이 오를 때 자신을 달래는 방법은 세간에 떠도는 흔한 말 한마디였다. '팔자는 떼어놓지 못한다네.' 하고 입술을 감무는 것이다. 혓바닥이 쓰린 상말 한마디를 깨씹어 보는 게 약발이 듣겠는가마는 별한 수가 없고 보니 심기를 누르는 기제(機制)는 오직 이것뿐, 석우는 서글픈 체념으로 눈을 내리감는 것이다.

세월은 슬슬이 흐르면서 아픈 기억을 지워주는 것이지만 석우의 오장에 배긴 억분은 좀처럼 삭질 않아 병통으로 도지기만 하였다. 입고랑의 팔자주름이 날로 깊어지고 엉덩이의 살도 볼때기의 살도 홀쭉 빠져 과메기처럼 말랐다.

쌀집 영감이 입정을 놀리는데 '쌀이 떨어졌는강. 등껍질만 남았군. 얼굴이 칼도마가 되었어.' 하고 해들거리는 것이었다.

흑염소 즙을 짜는 건강원 주인은 '보양을 하여야 쓰겠는걸. 볼편살을 불려야 입꼬리에 붙은 주름골을 메우지. 팔자주름을 펴야 운이 열리는 법이야.' 하고 식은 소리를 내었다.

뒷집에 사는 공직 퇴직자는 연배이기도 했지만 조직생활에서 짓이 난 게 있어 언사가 나긋했다. '자네는 가슴 속에서 고통을 키우고 있는 것 같아. 뭉친 게 있으면 삭혀야지. 더 높은 것을 가져 봐요. 묵은 걸 버리고 새것으로 바꿔 보시지.' 하고 거듭 권유했는데 그쪽의 권고가 살갑게 들렸으므로 석우는 연배의 충고를 따르기로 했다.

 마음의 안정을 위해 우울증 신경증 불안 따위를 단박에 날려 버릴 방안으로 택한 것이 종교였는데 절대자에 귀의하고 구원을 청하자고 작정을 하고 보니 진작부터 그런 생각이 자신의 가슴속에서 자라고 있었던 게 아닌가 하는 생각이 들기도 하였다.

 석우는 성당에 나가 반년간 예비신자 교육을 받았다. 교리교사는 젊고 예쁜 여신도였는데 그녀의 몸놀림으로 옷자락이 접히고 펴질 때마다 화장품 냄새가 살짝살짝 풍겼다. 석우는 자신의 추루함이 무참하게 느껴져 손가락 마디가 불퉁그러진 손을 무릎 아래로 숨기곤 하였다. 여교사의 질문이 있을라치면 무엇에 씐 건지 갑자기 귀가 먹먹해져 버리고 입이 떠듬거렸는데 이런 일이 있고나면 가슴이 체한 것처럼 답답해지고 멋쩍음이 오래 남았다. 그랬음에도 불구하고 긴 여정의 교육을 중도에서 포기하지 않고 다 마칠 수 있었던 것은 생소한 낯으로 만난 회합실 교우들 간의 형제자매 같은 사랑, 그런 친교를 함께 할 수 있는 사람들이 성당 안에 가득할 것이라는 기대 때문이었다.

 보충교육까지 1년 가까이 보내고 성탄 대축일 때 남녀 예비신자 30여명이 교적을 가진 정식 신도로 입교되었다.

 석우는 이명진 아오스딩을 신앙의 증인으로 하여 세례를 받았다. 이명진은 동촌 사람으로 4·3 피해자 모임에서 알게 된 사람이며 석우와 비슷한 나이여서 트고 지내는 사이이기도 했다. '어이, 다니엘— 다니엘—' 하고 저쪽이 석우를 속명 대신 세례명으로 불렀을 때 이쪽은 뭔 소린가 하여 멍해져 있곤 하였으나 곧 귀에 익게 되었다. 이명진 아오스딩은 입교 선배이며 석우의 후견인이 되는 대부(代父)이기도 하였으므로 초보자의 신앙생활을 지도할 의무를 띠고 있었다.

"자네, 그 털수세를 깎지 않으면 영락없이 산폭도야. 펄꾼 모양으로 성당에 나가서는 안 되지. 외양이 정갈해야 새 마음이 들어."

저쪽은 역부러 폭도라는 말을 꾹 눌러 발음하면서 자극을 주려 했다.

수염을 깎고 머리를 다듬고 좀 떨떨한 모양새이긴 하였지만 물이 간 양복을 꺼내 입고 석우는 교중미사에 빠짐없이 참석하였다. 성가가 제대로 되지 않아 좀 어물거리기는 하였으나 그는 꾸벅꾸벅 허리를 꺾고 머리를 조아리며 천주를 찬미하였다.

낮과 밤의 길이가 같아진다는 춘분이 지나고 첫 만월(滿月) 다음에 맞는 일요일은 예수의 부활을 기념하는 축제일이었다. 예수가 부활한 밤을 기리는 성야미사를 토요일 밤에 봉행하였다. 석우도 성촉을 들고 미사에 참석하였는데 주일미사 말고 토요미사에 나간 것은 입교 이후 처음이었다.

향냄새가 회당 가득 퍼지는 가운데 부활성가를 노래하고 독서 기도가 장황하게 이어졌다. 발부리를 굼적거리며 지루함을 참던 석우는 성찬례로 들어갔을 때 영성체송을 들으면서 거시시한 눈을 비볐다. 옷가슴을 여미며 성체를 받으러갈 차비를 하던 그는 가물거리던 눈을 번쩍 치떴다. 앞좌석으로부터 사람들이 줄지어 제대(祭臺) 앞으로 나가기 시작했는데 열중에 툽툽하게 생긴 사람이 유인원을 닮은 반면(半面)을 보이고 서 있는 게 아닌가. 퍼뜩 떠오르는 얼굴이 있었다. 뜻밖의 목견이었다.

부둥한 살집이나 번대머리 두상은 나이를 먹음에 따라 변할 수 있는 모양이지만 짧은 목과 곽삽처럼 모진 턱, 잘록한 콧등은 변할 수 없는 본디 꼴이다. 저쪽은 전직경찰 고승록이 틀림없었다. 한사람 건너 뒷자리에 서 있는 알금뱅이 사나이는 전직 짜부 강권호가 분명해서 석우는 괴수들을 눈앞에 두고 보는 듯 허구리가 움씰했다.

　추측컨대 그들은 자신보다 앞서 입교하였는데도 그동안 일요일 교중미사에서 보이지 않았던 것은 저쪽이 정해놓고 토요일 특전미사에만 나갔기 때문이라고 생각되었다.

　그들은 왜 밤고양이처럼 야간 특전 미사에만 나가는 걸까 그렇게 의문하는 것이 병이고 실은 조금도 이상할 게 없는 일인가.

　석우는 몸서리쳤다. 우연이든 필연이든 기도하는 회당에서 원수를 만난 게 등골 서늘하고 저쪽과 한 교회에 다닌다는 것이 꺼림하고 주체스러웠다.

　석우는 벌떡 자리에서 일어나 번대머리 사내 쪽으로 눈을 까뒤집고 팔을 뻗었다.

　"저기 날백정이 있다. 악마가 들어왔다ㅡ."

　그의 팔뚝질은 제대로 되었으나 외치는 소리는 합창대가 부르는 성가에 섞여 이상한 괴성으로 들렸다.

　석우는 성체 배수로 성당 안이 혼란해진 틈을 타 뒷걸음질 쳤다.

　"성전에 살인마가 들어왔군. 개판세상 아닌가."

　석우는 허둥지둥 성당을 나왔다. 빈주먹으로 허공을 후려치며 그는 뒤에 대고 내깔겼다.

　"새끼, 우리를 빨갱이라고? 따윗놈들이 우리를 빨갱이로 몰았어."

　그는 전쟁 때 육지바닥을 구르며 귓결에 들었던 외어(外語)까지 주워댔다.

　"워먼 빙부술 꿍찬당(우리는 공산당이 아니다)!"

　석우는 그 길로 묵은 마음으로 돌아갔다. 긴긴 시간 참고 받은 예비신자 교육이 허사가 되고 겨우 한해를 다니고서 냉담교인이 돼버렸다고 생각하자 목구멍이 빡빡 메었다.

"일이 안 되려면 두부에 뼈가 들고 계란에도 가시가 박히는 법이야. 하는 일마다 코코에서 헝클어지는군."

그는 과거 봉기사태로 얼먹고 조롱복 헐복 다 겪는 줄고생을 하고서 이제 조용히 마음 누르고 살아보고자 하였더니 이마저 산통이 깨지고 말았다. 복 처리가 돼버렸다고 생각하니 어깨가 내려앉으면서 명문이 막혔다.

"이제 와서 철천지수와 만나다니. 거꿀세상 아닌가."

그는 뜻밖에 나타난 구수(仇讐)들 때문에 간이 벌름거리면서 가슴속에 찬 바람이 일었다. 석우는 두근두근 맥이 뛰는 소리를 들으며 문을 닫고 앉아 벽면을 바라보면서 동복누이의 생명을 앗아간 총성이 하늘을 짜개놓는 소리를 다시 들었다.

"개승냥이 같은 놈이야. 짓밟아 죽이고 싶도록 흉한 놈이야. 죄짓고 꼬리를 감출 수 있을 것으로 알았나?"

그는 오드득오드득 이를 갈면서 힘구를 내뱉었다.

"저승사자는 누구 집 창구멍만 엿살폈나. 불쌍한 궁짜들만 잡아가고 저런 승냥이는 예뻐서 나뒀나."

석우는 마디가 불퉁그러진 손을 그러쥐고 한번 해볼 양을 보이며 주먹으로 방바닥을 퍽퍽 내리찍었다.

"죄짓고는 못 사는 법이여. 살인백정을 하였던 자가 어찌 제대로운 사람이 되며 제명대로 산단 말인가. 임자를 만나 칼침을 받든지 뭇매를 맞아 죽을 놈이지. 언젠가는 너의 눈썹에 불똥이 튈 거라고."

그는 목줄띠가 울끈불끈 불룩거리도록 하늘을 원망하고 세상을 저주하고 고승록을 천하의 악당으로 매도했다.

석우는 얼굴을 응그리고 앉아 볼때기를 잡아 뜯고 콧구멍을 후비적거리고 마룻바닥을 쳐보다가 모로 드러누워 잠이 들곤 하였다. 잠도 제대로 오지 않았다. 칙칙한 어둠과 어지러운 잡념이 사람을 진구렁 속으로 밀어 넣어 머릿속을 혼탕하게 만들었다. 그는 괴잡한 꿈속에서 신음소리와 잠꼬대를 하면서 날밤을 새웠다.

집에 들어박혀 까둥기면서 두 주일을 보냈을 때 대부(代父)인 아오스딩이 검침원처럼 슬그머니 마당 안으로 들어와 집안을 살폈다. 그의 가슴엔 짐짝에 달아놓는 찌지처럼 글을 적은 리본이 붙어 있었다. 석우가 가까이서 들여다보자 '전교주간'이란 구호가 쓰여 있었다.

"술 마셨는가?"

"아니."

"눈이 빨갛잖아."

"잠을 못자서 그래."

저쪽은 석우를 개잖게 쏘아보면서 단도직입으로 말했다.

"군둥소리 하지 말고 내말 들어. 싫으면 그만 두는 거고. 다시 나올 생각 없나?"

"거기 말야?"

"전화로 말한 것 잘 들었어. 자네 마음을 죄끔 이해한다고. 나올 수 없는 이유가 그거라면 방법은 있지."

"무슨 방법?"

"주일미사에만 나가는 거야. 그 작자들 보기 싫으면 당분간 피하면 되잖을까?"

"어떻게?"

"그자들은 토요일 특전 미사에만 나간다고. 특전미사 참가자들은 대개 정해져 있어. 사정이 있는 사람들이지. 자네는 궐한지 며칠 되지 않았으니 아직 배교했다고는 볼 수 없고 교중 미사에만 나가면 될 것 같은데."

"……"

"억지로 끌고 가지는 않겠다. 이 폭도놈아. 잘 생각해봐."

상없이 말하고 나가는 저쪽의 등에 대고 석우가 한 꼭지 떼었다.

"생각해봤어. 고해성사 때 주님과 화해하고 약속한 일이 자꾸 생각나. 그때 한 말을 잊지 못하고 있어. 내 성질대로 마구 털어놨거든. 인간 따위가 무서워 주님을 등진다는 건 이제 생각해보니 좀 이상하군."

아오스딩이 사라지자 석우는 턱을 올려 눈을 까박거리면서 입술을 감물었다.

원수를 눈앞에 두고 피해 달아날 순 없어. 산 사람은 만나는 법. 하늘이 만들어준 기회일 거야. 이때 철천지수를 꿇어 엎드리게 만들지 못한다면 물에 빠져 죽는 게 낫지.

5

별도봉 기슭. 화북마을이 발아래로 내려다보이는 산 자드락에서 야외 행사를 마친 성당 신심단체 회원들이 산책로를 걸어서 별도봉 정상에 올랐다. 이날 행사는 위령회와 요셉회가 합동으로 개최하였는데 두 단체 회원들이 대부분 겹쳤기 때문에 한날에 연합으로 치른 것이다.

단체별로 사업내용과 계획들을 논의하고 나서 친교를 나누었는데 술을 발그름히 마시고 농담 진담을 받고채기 하다가 흥타령 장타령 육자배기로 돌아가서 어깨춤 발춤 엉덩춤을 추었다. 적나절에 해산하자 다리가 성한 사람들이 산책로를 돌아 전망대가 있는 산정으로 올랐다.

말재기 양동주는 행사장 아래로 보이는 별도 냇가의 서덜밭이 옛 곤을동, 제 처가(妻家) 근처의 동네라면서 이곳의 옛일을 시설거렸다. 대부분 공지가 돼버려 쑥부쟁이 개망초가 무성한 이곳 조가지(造家地)엔 과거 채롱 같은 담장을 두르고 옴팡집들이 옹기종기 모여 있었으며 가난하지만 포근한 동네였다고 연연한 표현을 썼다. 이 평화로운 동네에 왜 사삼사태의 폭력이 몰아쳤느냐 하면 무장대원 한사람이 토벌군과의 교전중 이곳으로 피신하였기 때문이라고 들은귀를 내셍겼다. 이때 토벌대에 의해 새파란 청년 24명이 육좌(戮挫)되었고 불탄 가옥은 안 밧 곤을 합쳐서 70여채, 청년들 말고 어른들은 화북 초등학교에 갇혔다가 학교 동쪽에 있는 연대(煙臺) 밑 바닷가에서 총살당했다고 세설하였다.

그는 '기인여옥(其人如玉)'이란 성어를 손짓으로 공중에 써보이면서 그 생지옥 같던 세상을 자기 처가가 무사히 헤쳐나올 수 있었던 것은 티잡힐 만한 건덕지가 쥐뿔도 없었기 때문 아니겠느냐며 슬쩍 입꼬리를 올리기도 하였다. 낯바닥이 술기로 붉어진 그가 말수가 많아지자 위령회장이 잔입을 막고 싶은 듯 곁지르는 소리를 내었다

"김석우 다니엘은 돌아왔는가. 지금 어디에 있지?"

어른의 마음을 거니챈 동주가 곧 안색을 바꾸었다. 그는 사설을 끊고 혀를 제대로 놀렸다.

"돌아올 수 없을 거예요. 거기는 감금생활이니까요."

뒤받아 아오스딩이 대부 역할을 하느라 귀소문을 전했다.

"그의 조카에게서 들은 얘긴데 강정 마을에 갔다 와서 머리가 이상해져 버

렸대요. 허긴 이전부터 정신이 왔다 갔다 한단 소리를 들어온 사람이지만. 통 나들이를 않고 식사도 챙기지 않고 누가 말을 건네도 대답이 없고 생벙어리처럼 뚱해져 버렸다는 거예요. 자식이 없으니 잔걱정은 없을 것이고 생활보호 대상자니 양식 떨어질 일도 없을 것이며 몸이 상한 일도 없는 것 같은데 집에 들어박혀 먼산바라기를 한다는 거예요. 조카가 친지들에게 알려 요양원으로 끌고 갔는데 잘된 일 아닌가요?"

그는 곁 사람들의 얼굴을 둘러 살폈다. 모두 귀와 입을 쫑그린 모양이었으나 대답하는 사람은 없었다.

"거기에도 성당 있는가?"

요셉회 서기가 천진한 소리를 내었다. 다른 사람들도 같은 생각을 가졌던 모양 그쪽으로 고개를 돌렸다. 산속에 성당이 있을 리 없었지만 아무도 없다는 소리는 내지 않았다. 누가 대답하는 소리가 들렸다.

"글쎄… 나도 방금 그런 생각이 스쳤는데 성사(聖事)는 어떻게 하고 있을까."

"교구에서 위임받은 자가 나가고 있을걸."

위령회 총무가 어방으로 받았다. 그는 딴소리로 동을 달았다.

"그 사람, 위령회에서 염쟁이더러 제가 죽으면 염포는 필요없고 자신이 쓰던 넝마에 말아서 화장로(火葬爐)에 넣어달라고 우스개 하던 말이 생각나. 자기는 쪼다처럼 살아서 그런 모양이 맞다는 거야."

그가 웃었으나 따라 웃는 사람은 없었다.

산정 전망대에서 사람들은 한라산자락에 있는 생보자들의 요양원 기로정(耆老亭)을 바라보았다. 이내에 묻혀 가물거리는 휘휘한 건물을 바라보며 숨을 눌러 쉬고 있는데 한라산 뒤편 하늘경계선 위로 백묵으로 선을 죽 긋는 것 같은 흰 줄이 이쪽으로 뻗쳐왔다. 언제나 이맘때면 한라산을 넘어 북쪽으로 소리 없이 날아가는 비행기다. 맑은 날에만 비행운은 보이는 것이지만 흐린 날에도 비행기는 날고 있을 것이다. 괌에 기지를 둔 미국 제7공군 정찰기들이 긴장지역의 움직임을 감시하기 위해서 고공정찰을 한다는 것인데 고도의 광학기계를 장치하고 전자 장비를 갖췄다는 정찰기의 항로는 언제나 제주 상공이었다.

술이 건드레한 위령회 회원이 눈을 사무리고 하늘을 올려다보면서 실없는 소리를 내었다.

"양코배기들은 왜 우리 머리 위로만 날아다닐까. 고토나 후쿠오카로 틀면 안 되나."

"어얼싸. 그쪽은 즈그집 바깥챈데 무어 볼 게 있겠어?"

다른 회원이 입빠르게 받았다. 소처럼 행신이 든직한 요셉회 회장도 한마디 끼어들며 탄식 같은 긴숨을 내쉬었다.

"제주도의 강정 해군기지가 예뻐 보일 거야. 그지? 세상이 크게 달라지지 않은 한 저 사람들의 비행 항로는 바뀌지 않을걸."

〈해설〉

묵직한 성찰과 따끔한 전언

김동윤(제주대 교수, 문학평론가)

1. 중단편 35편, 장편 1편을 남긴 제주섬의 작가

오경훈(吳景勳) 작가가 지난 2월 22일 별세했다. 제주도 북제주군 구좌면 세화리에서 1944년 1월 19일에 태어났으니 향년 81세로 이승의 날개를 접은 것이다. 사실 이 소설집 원고는 작가가 별세하기 전에 출판사로 넘어가 있었다. 그런데 갑작스러운 병환으로 세상을 떠남에 따라 뜻하지 않게 유고집으로 나오게 되었다. 오경훈이 그동안 펼쳐왔던 작품 활동에 대해 정리하는 작업이 필요한 때다.

제주대학 병설교육과(현재의 제주대학교 교육대학)를 졸업하여 1964년부터 초등학교 교사로 근무하던 오경훈은 1974년 《제주문학》에 첫 소설 〈우도〉를 발표하면서 작가로서의 길을 모색하였다. 이후 1976년 〈표류〉가 《현대문학》에 초회 추천되었지만 추천 작가인 오영수의 타계(1979)로 등단이 지연되고 있었다. 그런 가운데 《경작지대》 동인으로 창작을 계속하다가 마침내 1987년 〈사혼〉을 《현대문학》에 발표(하근찬 추천)하면서 추천 완료되었다.

오경훈은 첫 작품집 《유배지》를 1993년에 펴냈는데, 여기에는 〈세월은 가고), 〈사혼〉, 〈당신의 작은 촛불〉 등 9편의 중단편이 수록되어 있다. 이어서 1997년에는 《날개의 꿈》이라는 장편소설을 전작(全作)으로 출간하였다(4·3을 다룬 이 장편은 2001년에 내용을 고치고 제목을 바꾸어 《침묵의 세월》로 재출간됨). 2005년에는 〈비극의 여객선〉, 〈가신 님〉, 〈빌린 누이〉 등의 '제주항' 연작(連作) 9편을 묶어 《제주항》을 펴냈고, 2024년에는 여기에 〈진상 가는 배〉, 〈탑동광장〉, 〈항구다방〉을 보태어 총 12편 연작의 《증보판 제주항》으로 완간하였다.

이번에 펴내는 작품집 《가깝고도 먼 곳》에는 표제작인 〈가깝고도 먼 곳〉을 비롯해서 〈열쭝이 사설〉, 〈사교(邪敎)〉, 〈실향〉, 〈마을제[酬祭]〉, 〈악마는 숨어서 웃는다〉 등 단편 6편과 중편 〈강정(江汀) 길 나그네〉(원제: 〈맹꽁아 너는 왜 울어〉) 등 총 7편이 수록되었다. 그렇다고 오경훈이 그동안 발표한 소설들이 모두 이들 작품집에 수록된 것은 아니다. 〈표류〉, 〈밀항의 하늘〉, 〈바람 부는 땅〉, 〈작은 섬〉, 〈은폐〉, 〈바람 속에서〉, 〈깡통〉 등 7편은 어떤 작품집에도 묶이지 않은 소설이다(김소영, 〈오경훈 연작소설 〈제주항〉 연구〉 참조). 따라서 작품집에 수록되지 않은

《유배지》 (1993)	〈유배지〉(86), 〈세월은 가고〉(89), 〈사혼(死婚)〉(87), 〈당신의 작은 촛불〉(88), 〈역사 만들기〉(87), 〈호랑가시나무 추억〉(92), 〈우도〉(74), 〈나래지친 새〉(84), 〈그래도 한세상〉(81) *9편
《제주항(증보판)》 (2024)	연작소설 〈객사(客舍)〉(02), 〈진상 가는 배〉(06), 〈모변(謀變)〉(02), 〈비극의 여객선〉(03), 〈유한(遺恨)〉(05), 〈가신 님〉(01), 〈빌린 누이〉(03), 〈어선부두〉(05), 〈기념탑〉(04), 〈동거〉(03), 〈탑동광장〉(05), 〈항구다방〉(06) *12편
《가깝고도 먼 곳》 (2025)	〈가깝고도 먼 곳〉(20), 〈열쭝이 사설〉(21), 〈사교〉(22), 〈실향〉(23), 〈마을제〉(12), 〈악마는 숨어서 웃는다〉(10), 〈강정 길 나그네〉(16) *7편
《침묵의 세월》 (2001)	장편소설 《침묵의 세월》(*《날개의 꿈》(97)을 개작·개제) *1편
작품집에 수록되지 않은 단편	〈표류〉(76), 〈밀항의 하늘〉(84), 〈바람 부는 땅〉(84), 〈작은 섬〉(87), 〈은폐〉(99), 〈바람 속에서〉(99), 〈깡통〉(07) *7편

것들까지 합했을 때 오경훈이 남긴 소설은 [표]에서 보는 바와 같이 중단편 35편, 장편 1편인 셈이다.

2. 제주 현대사와 현안에 대한 웅숭깊은 현실 인식

오경훈은 부산공고에 잠시 재학했던 1년과 육군 현역병으로 근무한 3년을 제외하고는 평생 제주도에서만 살았다. 그랬기에 그가 "전작을 쓰는 동안 나는 번번이 눈시울을 적시고 영탄하고 고개를 젓지 않을 수 없었다. 마음이 약해서가 아니다. 비애와 분노, 미련, 애상이 송두리째 내 것이었으며 나는 제주인이기 때문이다."(《제주항》 증보판 작가의 말)라고 고백했음은 충분히 수긍할 만하다. 그만큼 오경훈은 제주 토박이 작가로서 시종일관 지역민의 정서를 바탕으로 섬의 역사와 현실에 천착하였다. 이번 작품집에서도 제주의 현대사와 당면 문제에 관련된 웅숭깊은 현실 인식은 여전하다.

〈마을제〉의 공간적 배경은 'K읍 S리'로 설정되어 있는데, 웬만한 독자라면 이곳이 구좌읍 세화리임을 단박에 알 수 있다. 바로 다랑쉬굴 사건을 다루고 있기 때문인데, 주지하다시피 이는 1948년 12월 행방불명되었던 주민 11명의 유골이 굴속에 가지런히 놓여 있음이 1992년 봄에 알려지면서 4·3의 참상을 다시금 널리 인식시킨 사건이다. 다랑쉬굴의 소재지인 세화리는 바로 오경훈의 고향마을인바, 오래전부터 4·3을 탐색해온 작가로서 다랑쉬굴 발굴 20주년인 2012년에 마을 주민의 눈으로 이 사건을 되짚었다.

다랑쉬굴 유골 발굴을 계기로 마을 일각에서는 "역사는 이미 그들의 봉기를 숭고한 항쟁으로 기정사실화하고" 있으므로 "그동안 폐지되었던 마을제를 부활하여 그들의 죽음을 자연스럽게 애도하고 추모하는 의례를 행하는 게 좋"(129쪽)겠다는 의견이 제기된다. 반면에 "큰일을 위해서라면 나약한 사람들을 얼마든지 죽이고 재산을 소진해도 좋단 말인가. (…) 저쪽 사람들은 다 망해가는 과정에서 항쟁과는 거리가 먼 만행을 저질렀다."(132쪽)면서 산부대(무장대)의 잘못에 대해서도 짚어낸다. 굴속 유골들은 산부대의 일원으로 마을을 습격했던 이들일진대 어떻게 숭고한 뜻만 기리느냐는 지적이다.

일곱 살에 참화를 겪었던 석주와 한세는 "이쪽이 당한 참화엔 눈을 감으면서 왜 굴속의 뼈 조각에 대해선 귀물이라도 발견한 듯 호들갑을 떠는가"(123쪽) 하는 의문을 갖지 않을 수 없었다. "한세 아버지는 뒤뜰에서 산사람들과 마주쳤는지 옆구리에 창을 맞고 울타리 밖으로 떨어져 무너진 돌담 아래 깔려 있었"고 "석주네 아버지는 처마 아래 쓰러져 죽었는지 불타는 처마도리와 서까래에 덮여 시신이 숯덩이가 되어 있었"(128쪽)던 처절한 기억이 선명하기 때문이다. 석주와 한세는 군인들의 만행도 목격하였다. 이웃마을과 경계인 연대동산에서 집단 총살 장면을 숨어서 본 것이다. 군인들은 주민들에게 구덩이를 파게 했다.

"살려주세요. 제발, 목숨만 살려주세요…."/ 누더기짜리들은 무릎을 꿇고 곱작대며 두 손을 머리 위로 올려 파리 발을 드렸으나 군바리들은 개잖게 쏘아볼 뿐이었다./ 허리에 찼던 권총을 뽑아든 전투모의 사나이가 총부리로 구덩이 쪽을 가리키며 꼬붕 군바리들에게 구령했다./ "일렬 횡대로! 거총!"/ (…) 노리쇠를 튕겨 장전하는 소리, 때깍 하고 소총의 안전장치를 푸는 소리, 그 뒤로 울부짖는 소리가 들릴 때 한세와 석주는 뒤꽁무니를 뺐다. 그들은 엎드러지고 미끄러지면서 모래 산을 뛰어 내려갔다. 연발하는 총소리를 들으며 쫓기는 짐승처럼 혼쭐빠지게 달렸다.(150쪽)

한세네는 그 충격적인 장면은 보아선 안 될 비밀스러운 일 같았기에 서로 입을 맞추고 함봉키로 하였다. 이때부터 둘은 "자신의 다리가 짤막해서 아무리 쿵당거려도 위기에서 벗어나지 못하는 지질한 꿈에 시달"(151쪽)리곤 했다. 수십 년 세월이 흘러 4·3 영혼들을 추모하는 제례에 대해 논의하면서도 당시의 목격담을 발설할 수가 없었다. 노인이 되었어도 그해 겨울은 전대미문의 공포 그 자체로 남은 것이다.

험악한 시비 속에서도 마을제 부활이 결정되었다. 그런데 신위를 새긴 신주 빗돌이 누군가에 의해 파괴되는 사건이 일어났고 그 바람에 마을제는 무기 연기되고 말았다. 다시 10년 세월이 흐른 뒤에 파괴되었던 빗돌을 복원하고서야 마을제가 부활되었다. 정월 첫 정일(丁日)에 온 주민들이 모인 가운데 의식이 거행되었다. 마을의 안녕과 함께 4·3의 넋들도 추념하였다.

"간원하오니, 원통하게 죽어 이를 옥물고 사는 영혼들이시여, 가슴을 열고 여기 오셔서 좋은 음식을 드시옵소서. 죽인 사람은 죽은 사람에게 용서를 빌고 죽은 사람은 죽인 사람의 죄를 용서하며 그 사람들의 수난과 의분을 일말 헤아려 주시옵소서. 원한을 풀고 화해하여 다시는 이 마을에서 다랑쉬굴 같은 비극이 일어나지 않게 하소서. 후대 후생들이 다시는 이 일로 찌그럭거리고 토라지는 일이 없게 하시어 모두 발전에 힘을 모으게 하소서—."(154쪽)

이러한 기원은 뭔가 아쉬움이 있다. 두리뭉실하여 구체성이 없기 때문이다. 세상은 달라졌고 마을 구성원도 다양해졌는데 의례적으로 축문을 고할 뿐이다. 그래서 귀화 흑인 조오지(한국명 조대수)가 나선다. 15,6년 전 마을에 들어와 한국인 부인과 함께 목장을 운영하는 그는 다음과 같이 덧붙여 기원한다.

"죽은 사람들보다 산 사람들 마음을 푼푼하게 고쳐주시고 통이 큰 사람 되게 만들어 주시요오. 그리고 우리 다문화 가정 아이들 말이에요, 알지요? 바닥나기 아이들이 차별받지 못하게 하시고 왕따 만들지 않게 하시고 편을 갈라 싸우는 일 없게 신경써 주시요이. 사람들 다 사이좋게 살게 하여 주시요오―."(160쪽)

마을제가 끝나고 아낙들이 제상의 음식물을 치우기 위해 제장 안으로 들어갔다. 거기에는 말총머리 베트남 여인도 끼어있었다. 그녀는 마을 주민인 강민의 아내였다. 다문화 사회에서 모든 이들이 언제 어디서든 더불어 존중받는 성숙한 세상을 만드는 것, 그것이 4·3이 궁극적으로 나아가야 할 방향이 아니겠는가, 작가는 그렇게 생각한 듯하다.

여기서 한 가지 더 짚어야 할 지점은 4·3에 대한 작가의 관점을 기계적 중립으로 보아서는 안 된다는 것이다. 무자년 봄날 항쟁의 정당성에 대해서 대다수의 도민들이 지지하며 성원했음은 분명하지만, 사실 그런 상황이 시종일관 지속되었다고 볼 수는 없었기 때문이다. 통일독립항쟁으로서의 정당성은 자랑스럽게 계승해야 마땅하지만, 산부대의 명분이 남북 정부가 수립된 이후에도 여전했다고 볼 수는 없음이다. 물론 그 어떤 경우에도 국가폭력은 용인되어서는 아니 된다. 다만 다소 불편할 수 있는 진실에 대해서도 터놓고 진지하게 성찰해야 할 때임을 작가는 우리에게 넌지시 말하려 했던 것으로 보인다.

〈강정 길 나그네〉는 5장으로 구성된 중편소설이다. 4·3의 깊은 상처와 관련된 현실에서의 용서와 화해가 간단하지 않음을 인상적으로 다루었다.

이 소설은 김석우라는 노인에 의해 초점화되고 있다. 석우는 4·3의 엄청난 격랑에 휩쓸리면서 파란만장한 삶을 살았다. 입산한 남편 때문에 21살의 누나가 시아버지와 함께 총살당하는 장면을 목격한 16살 석우는 결국 산으로 피신하지 않을 수 없었다. 이후 1949년 12월 귀순했지만 경찰국 수사과의 심사를 거쳐 형식적 군사재판에서 5년 징역형을 받았다. 서대문형무소에서 수감 생활 도중 6·25전쟁이 일어나자 옥문을 연 인민군에 이끌려 개성의 군사학교에서 1개월 속성 훈련을 마치고 경찰군인이 되었다. 전남 구례에서 활동하던 그는 인천상륙작전 이후 퇴각하던 와중에 탈출하여 귀순하지만 포로수용소에 갇히고 만다. 그렇게 전란의 한복판에서 큰 고통을 겪은 그는 귀향해서도 온전한 생활을 영위하지 못하였다. 악몽에 시달리면서 팍팍해진 삶을 계속하던 그는 성당에 다니면서 안정을 찾고자 하였다. 예비신자 교육과 보충 교육을 1년 가까이 받고서 정식 입교하여 다니엘이라는 세례명까지 받았다. 그렇게 조용히 마음 추스르고 살고자 했던 그는 예수 부활의 밤을 기리는 토요일 성야미사에 참석했다가 뜻밖의 인물을 목격하고 충격 받는다.

　전직 경찰인 고승록을 수십 년 만에 본 것이었는데, 그는 바로 4·3 때 누나를 총살한 자였다. 석우에게 그는 '인정사정없는 불악귀'요 '피도 눈물도 없는 천격'일 수밖에 없는 그야말로 '구수(仇讐)'였다. "저기 날백정이 있다. 악마가 들어왔다―", "성전에 살인마가 들어왔군. 개판 세상 아닌가"(317쪽)라고 외치며 성당을 나왔다. 하지만 그의 외침은 제대로 전달되지 않았고 되레 그가 머리가 이상한 사람으로 인식되었다.

　고승록은 벽돌 기와집 저택에 살면서 현금으로만 교무금을 낸다고 했다. 대학병원 특실에 입원해 있으면서 "나는 나라를 어지럽히는 폭력에 적극 대항해온 사람이오. (…) 나는 떳떳하게 살아왔다고 자부하오."(275쪽)라거나 "내게 다시 직임을 준다면 나는 사회질서를 교란시키는 불온시키는 불온세력을 뿌리뽑는데 앞장설 거요."(276쪽)라고 호기롭게 말한다. 병문안 간 신부는 그를 위해 "주님과 더욱 가까이에서 인생의 새 출발을 하는 계기가 되도록 도와주소서"(275쪽)라고 기도한다.

얼마 후 고승록이 죽고 장례식이 성당에서 치러졌다. 성당의 교우들은 "고승록 그레고리를 위하여 빌어주소서", "주님 자비를 베푸소서"(281쪽)라며 사자의 구원을 간구하였다. 그러나 석우는 교우들과 더불어 기도할 수 없었다.

"교회는 왜 쉽게 악인의 잔꾀에 넘어가는 것입니까. (…) 어쩌다가 주님께서 마음이 약해지셔서 죄인을 용서해 주시는 날에는 사람들은 쉽게 나쁜 짓을 저지르고 주님께 숨으러 달려갈 것입니다. 이건 안 되지 않습니까."(281~282쪽)

피해자는 용서하지 않았는데 교회가 용서하는 형국이라고 생각한 석우가 속말로 우물거린다. 이청준 소설 〈벌레 이야기〉(1985)가 연상되는 부분이다. 피해자는 여전히 고통스러운 반면 가해자는 아주 당당한 상황이다. 그러기에 "지난날의 여분을 곱씹는 것은 묵은 상처를 다시 덧내는 일"이긴 하나, "그렇지만 누가 하고 싶어서 하는가. 억다물고 눌러도 자꾸 애나고 한이 나서 그런 거지."(263쪽)라고 곱씹는 석우로서는 "원수를 눈앞에 두고 피해 달아날 순 없"(320쪽)었던 것이다. 그러나 정작 복수를 제대로 실천하지도 못했다.

석우는 고문 후유증으로 인해 '추골간연골반 탈출증'과 '양극성 기분장애'라는 진단서를 발급받아 4·3 후유장애자로 인정해 달라고 심사위원회에 제출한 상태인데, 해군기지 건설 문제를 둘러싸고 제주섬이 매우 뒤숭숭하다. 성당에서는 강정마을에서 미사를 진행하면서 신도들의 관심을 촉구하고 석우도 거기에 참석한다.

이때 석우는 강정마을 맹꽁이를 찾아다니는 일에 꽂힌다. 구럼비 바위 발파에 앞서 맹꽁이를 피난 보냈다는 소식을 전해주는 마을 노인의 부탁을 접했기 때문이었다.

"(…) 맹꽁이들이 살고 있는 곳을 한 번 보고 와 주시겠소? 내 신세도 그리 될 것 같소. 땅을 내놓게 되었으니 어디로 떠나야 하지 않겠소? 맹꽁이신세가 돼버린 거요. (…) 일생이 소개의 연속인 것 같소. 사삼사태 때에는 군경이 내몬 소개령으로 저기 윗마을 도순으로 해서 새별동산 함백이골 새수촌을 전전하다가 이곳 구답동네 해안까지 내려오지 않았수가. 맨땅에서 밤을 지내기도 하고 남의 집 잿막이나 마구간에 살면서 어두운 밤에 멍이진 가슴으로 들은 건 구럼비 해안의 맹꽁이 소리였다오. 이제는 그 맹꽁이 소리도 멀리 가 버리고 이 사람도 다시 떠나야 하는 거요."(303쪽)

조천읍의 돌공원으로 옮겨졌다는 강정 맹꽁이를 추적해 봤으나 끝내 허사였다. 매·까마귀·비오리·가마우지에게 모두 잡아먹혀 한 마리도 찾을 수 없음을 확인했다. 법정보호생물인 맹꽁이가 그렇게 포식자의 먹이로 살뜰히 제공돼 버렸음을 알고 그는 지난날 고향 마을에서 함께 살다가 4·3 때 끌려가 생명을 잃은 수많은 얼굴들을 떠올린다. "그들이 떠나 버린 마을의 무너진 집터가 맹꽁이들이 사라져 버린 마른 흙구덩이와 겹쳐 보이면서 풀줄기만 간닥거리는 무몰한 땅이 죽음의 현장인 듯 가슴을 참담하게 만들었"(227쪽)던 것이다.

결국 그는 집에 들어박혀 먼산바라기가 되었다가 산속의 요양원으로 끌려가고 만다. "과거를 생각하며 다시는 그런 비극이 이 땅에 없도록 하기 위해서"(296쪽) 나서던 해군기지 반대운동에도 동참할 수 없는, 그야말로 길 잃은

해설 333

나그네 신세가 되었다. 4·3의 문제는 이렇게 군사기지 문제와 긴밀히 연결되면서 시퍼렇게 살아있는 현안임을 오경훈은 여실히 보여주었다.

〈실향〉은 4·3으로 인해 뒤엉킨 가족의 수난이 세대를 넘어 계속되고 있음을 용의주도하게 짚어낸 단편이다. 제주의 심각한 현안인 제2공항 문제가 거기에 긴밀히 연결되어 있음을 드러낸다는 점에서 특히 주목된다.

팔순이 넘은 '나'는 제주섬 동쪽의 성산읍 고성리가 고향인데 지금은 시내에 살고 있다. '나'의 아버지는 4·3에 연루되어 옥살이하다가 행방불명된 사람이다. 아버지는 태평양전쟁 말기에 면서기였는데, 주민들에게 전쟁물자 거두는 악역을 수행하게 되었다. 해방이 되자 아버지는 그런 약점 때문에 "코꿰인 몸이 되어 한라산 무장대가 접근하였을 때 양식과 의류 침구 등을 징구하는 대로 내놓지 않으면 안 되었"(99쪽)다. 그것은 공권에 끌려가 재판에 회부되는 빌미가 되었다.

"네 할아버지가 잡혀갈 때 할머니가 어떤 모습이었는지 아니? 남편을 죽음터로 끌려 보내면서 미친 듯이 몸부림치는 모습을 그려볼 수 있겠니? 머리는 풀어헤쳐지고 옷고름은 떨어져 앙가슴이 드러나고 신발은 벗겨져 맨발인 채 땅을 치며 통곡하던 모습."(106쪽)

'나'가 당시의 상황을 아들에게 전언하는 부분이다. 아버지는 결국 실형을 받아 대전형무소에서 수감생활을 하고 있었다. 그런데 6·25전쟁이 터지면서 생사를 모른 채 영영 소식이 끊기고 말았던 것이다. '나'는 그런 아버지로 인해 연좌제의 늪에서 헤어나지 못했다. 사관학교 입학시험과 공무원 시험에서 고배를 마셨는데 모두 4·3 행불인 아버지의 실종과 관계가 있었다. 그런 불행은 아들에게까지 이어졌다.

"술에 취해 들어온 아버지가 저를 끌어안고 꿀쩍댈 때면 저는 활랑거리는 숨소리를 들으며 가슴이 터져버리곤 했다고요. 아버지가 너무 불쌍하고 허약하게 느껴진 거지요. 그래서 까마득한 어린 시절부터 제 가슴속에서 자라온 건 떠나야 한다는 생각, 떠나야 살 수 있을 거란 생각뿐이었어요…."(109쪽)

성인이 된 아들은 부모 곁을 멀리 떠났다. 전문대학에서 안경사 자격증을 따고 호주로 가더니 거기서 뉴질랜드 여자를 만나 가정을 이루었다. 처가의 나라에서 안경집을 운영하면서 아들 둘을 낳아 살고 있다.

'나'는 뒤틀린 가족의 삶이 후세에라도 풀려가길 간절히 소망했다. 어머니가 별세하자 풍수가 정해준 이웃마을 난산리 지경에 산소를 쓴 것도 그런 바람의 실천이었다. 그 묘지를 점지해준 풍수가 "탄탄하고 반듯하여 발복의 지세임이 분명"(96쪽)한 곳이라고 했기 때문이다. 수년 후 아버지가 천수를 누렸을 나이가 되었을 무렵에는 어머니 무덤 옆에 아버지의 옷가지를 뭉쳐 넣어 헛묘를 쌓았다. 비로소 부모의 산소를 쌍묘로 마련한 셈이 되었다고 스스로 위로했다.

그런데 심각한 문제가 생겼다. 애초에 풍수가 "한 가지 우려되는 것은 안산, 청룡, 백호 사이가 너무 떠서 그 사이에 농로가 생기거나 토건을 일으켜 사룡(死龍)을 만들지 않을까 하는 거"(97쪽)라고 말했던바, 그 우려가 현실로 다가오고 말았다. 난산리 등지에 제2공항을 건설한다는 소식이 들려왔던 것이다. "지근접으로 비행장이 생긴다니 지나새나 지축을 뒤흔들어놓을 굉음에 조령(祖靈)들이 어찌 잠들"(98쪽) 수 있겠는가. 그래서 이번 기회에 토장을 개장하여 자연장을 치르려고 뉴질랜드에 있는 아들에게 다녀가길 당부하였다. 아들은 거의 30년 만에 조부모 이장을 계기로 귀국하게 되었다.

아버지 묘는 "시신이 없이 허광으로 만든 무덤"(101쪽)이어서 문제가 되었지만 장시간 논란과 석명 끝에 화장의 형식을 빌려 자연장으로 치를 수 있었다. "제2공항 기본 공사비로 일백억 원이 책정되었다고 정부가 발표하던 날"(105쪽)에 묘소 이장을 마쳤다. 아들딸과 손자들까지 함께 할 수 있어서 다행이었다.

아들은 남아메리카의 알파카를 닮은 허여멀쑥한 사내아이 둘(피터와 어니스트)을 데려왔다. 우리말을 모르는 두 손자는 마오리족 집단 춤을 추면서 재롱을 부렸다. 동문시장에서 하이파이브를 나누면서 정도 들었다. '나'는 아들에게 "이제 고만 타국생활을 청산하고 환국(還國)"하고 가통을 잇기 위해 "국적을 회복"(108쪽)하기를 권했다. 그러나 아들은 이 세상 어디에서 무엇을 하건 조상을 떠나는 것은 아니라며 거절했다. 아들은 자식들에게 "저쪽 문화를 듬뿍하게 익혀 본토인들과의 경쟁에서 뒤지지 않게 만들겠다"면서 "이제는 이 나라 저 나라가 모두 이웃이며 아랫집 윗집이 되었"(117쪽)음도 강조했다.

아들과 두 손자가 그렇게 뉴질랜드로 돌아간 뒤 '나'와 아내는 더욱 헛헛해졌다. "부부가 동심으로 유목(幼木) 밭의 잡돌을 치워내면서 오물대곤 했던 바람이 이제는 덧없이 되고 말았는가."(117쪽) 하며 눈물 흘리며 탄식하기도 했다. 그러다가 애들한테 가볼까 하는 아내의 제안에 '나'는 "좋지. 못 갈 게 뭐 있어. 이웃으로 생각하고 살아야 해."(118쪽)라고 답하고는, 채심하여 깐깐이로 살아가기로 다짐한다. 작가가 '제주항' 연작에서 강조했던 개방적 자세의 중요성이 다시 확인되는 부분이다.

이상에서 보듯, 오경훈은 4·3의 문제를 과거의 특정한 사건으로 한정시켜

두지 않는다. 끊임없이 지금-여기와 소통하는 가운데 절실한 당면 과제로 오롯이 끌어온다. 마을공동체에 대한 확장된 인식을 통해 4·3 해석의 방향을 제시하고자 했으며, 강정해군기지 건설의 폭력성과 제2공항 추진의 야만성을 돋을새김하는 가운데 신제국의 야욕이 폭발한 지점이라는 4·3의 본질을 끊임없이 곱씹어야 함을 강조했음이다.

2007년 9월 나리 태풍 때의 복개천 범람에 따른 참상을 재현한 〈악마는 숨어서 웃는다〉는 개발지상주의의 폐해를 지적한다는 점에서 4·3을 바라보는 작가의 인식과 일맥상통하는 소설이라고 할 수 있다. 부동산업자, 건설업자, 사업발주기관, 어용 전문가 등등 경제적 이득만 추구하는 이들의 탐욕을 더 이상 좌시해서는 안 된다는 발언이다. "인간의 이기적이고 오만한 개발이 불러온 재앙에 몸을 떨"(187쪽)게 되는 주인공의 인식은 악마처럼 도사려 있는 인간의 탐욕이 활개치는 작금의 제주 상황이 얼마나 위험한지를 일깨우는 준엄한 경고다.

3. 한 땀 한 땀 수놓아 간절한 이야기를 남기다

위에서 살펴본 소설들도 그렇듯이, 이번 창작집에 수록된 작품들에는 노인을 주요 인물로 내세운 경우가 많다. 오경훈이 60대 후반부터 10여 년 동안 발표한 작품들을 담아낸 까닭이니, 노년의 작중인물들은 대체로 작가와의 거리가 가깝다고 할 수 있다.

특히 〈가깝고도 먼 곳〉은 노년의 일상과 상념과 지혜가 잘 드러난 작품이다. 이 소설의 '나'는 장애인 시설 '자애원'에 봉사활동을 다니는 노인으로, 20대 뇌성장애 남자들을 목욕시키는 봉사를 한다. '나'는 거기서 국숫집 할머니의 유복자가 낳은 농아인 21살 덕진이를 이태 동안 돌봐왔다. '나'는 8월에 두 손자와 함께 국수 먹으러 갔다가 생일 맞아 귀가한 덕진이를 데리고 바다로 간 적이 있었다. 손자들과 함께 덕진이는 조개도 잡으며 즐겁게 놀았는데, "덩치가 송아지만한 덕진이가 이제 초등학생인 꼬마들과 어병한 소리를 지르며 낯이 빨개지도록 숨을 할랑거리면서 어울리는 장면은 동화 속의 그림 같았다."(19쪽) 그런데 추석이 지난 어느 날 덕진이가 해안에서 익사체로 발견되었다는 소식을 들었다. '나'는 바닷가에서 조가비들이 가득 들어 있는 운동화를 찾아낸 데 이어, 덕진이가 손톱자국으로 빗살처럼 찍어놓은 조개를 점토로 빚어놓았음을 확인했다. '나'는 바다로 데려간 선의의 행위가 사고의 원인이 되었다는 편편찮은 마음을 지울 수 없었다. 하지만 "그때 우리들의 물놀이는 참으로 아름답지 않았던가. 결국 불행을 만든 원인으로 귀결된다고 해서 그때의 그림이 지워지겠는가."(15쪽)라는 믿음을 가졌다. 그래서 '나'는 힘겨워하는 후배 봉사자들에게 "흘겨보면 밉고 눌러보면 예뻐 보이기도 하는 거야."(26쪽)라면서 "그들은 순수한 애야. 성한 사람과는 달라. 거지꼴이 없어."(28쪽)라고 타일러 조언한다. 선입견 없는 순수한 사랑을 체득한 노인의 선한 지혜가 잔잔한 울림을 준다.

〈열쭝이 사설〉은 인간애가 넘치는 작품이다. 농장 일대에서 일하는 사람들을 그려놓고 있는데, 작가는 이들을 간신히 날기 시작한 어린 새처럼 나약하고 겁이 많은 존재들로 생각한 것 같다. 이 작품에서 열쭝이들의 이름은 밝혀지지 않은 채 '뚝지', '잔생', '망고' 식으로 불린다. 특히 농장 일도 제대로 해내지 못하는 '잔생'은 가장 열쭝이다운 인물이다. "다리 밑에서 주워온 아이, 집 앞에 버려진 업둥이, 불륜녀가 낳은 사생아"(49쪽)인 그는 자신을 길바닥에 버려진 조약돌로 여긴다. 강포한 계모 밑에서 다섯 살 아래 이복동생을 돌보며 시달렸던 조방꾸니로서 약질이 되어 버리지 않을 수 없었던 환경이었기에 성인이 되었어도 그 트라우마로 인해 모든 게 힘겹기만 하다. 매사에 자신감이 없어서 핑계만 늘어가던 그는 뚝지에게 모든 것을 털어놓는다. 뚝지의 거침없는 충고를 듣고 깊이 생각하더니 이제 제 몫은 해야 한다고 마음을 도슬러 먹는다. 그래서 저녁이 되자 혼자 비닐하우스에 들어가 땀 흘려 일한다. 가련하고 나약한 존재에 대한 깊은 애정을 느낄 수 있는 소설이다.

〈사교〉는 석주라는 인물을 통해 불행과 죽음에 맞닥뜨릴 수밖에 없는 인간이야말로 얼마나 나약한 존재인지를 보여준다. 그는 건축회사 다니다가 실직한 후 오랜 구직 활동을 하다가 어렵게 시청 청소차를 운전하며 살아간다. 그는 구직 중에 2년 정도 장모의 도움을 받는데 공교롭게도 대장암으로 입원했던 장모의 임종을 유일하게 지켜보기도 했다. 그런데 처가 식구들의 불행은 계속된다. 외항선을 탔던 큰처남은 장모 일주기 무렵에 충수암으로 죽고, 이듬해에는 육지에 시집가서 빵빵하게 살던 처제는 복막염으로 사망한다. 게다가 어머니를 모셨던 작은처남도 암에 걸리고, 아내는 야위어지면서 병원에서 재진을 받아야 하는 상황이 되는 등 처가 식구들이 병마의 공포에 시달린다. 그 와중에 석주는 사려니숲길 갔다가 괴상한 형상의 그루터기를 발견해서 집에 갖고 왔는데 아내가 귀신 모신다고 질겁해서 내다 버린다. 그 후 재진 결과 괜찮다고 하자 아내는 그루터기가 제웅치기한 셈이라고 여긴다. 석주는 아내에게 "오라비더러 입을 자그물고 힘껏 살라고 해. 절대 희망을 잃어서는 안 된다고"(90쪽)라고 전언키를 역설한다. 그러면서도 "모든 사람은 깨벗고 간다."(76쪽)는 것을 알기에 "삶이란 앞을 모르는 사람이 어둠 속을 더듬고 막대질하는 건가…."(90쪽)라며 유한한 인생의 의미를 되새긴다. 죽음과 운명에 대한 노년의 성찰이 짙게 깔린 작품이 아닐 수 없다.

건깡깡이, 걷지르다, 검덕귀신, 굴치, 길차다, 끌텅지, 나루하다, 나릿나릿, 나배기, 난딱, 날속한, 내셍기다, 너주레하다, 누운벼락, 두리기상, 땀직하다, 마구발방, 만수받이, 맷가마리, 목곧이, 무르춤하다, 봉충다리, 뻔두룩하다, 뻥짜, 살스럽다, 새들하다, 서덜밭, 성성이, 소마소마, 수참하다, 시르멍이, 시쁘다, 실없쟁이, 쑹쑹이, 안종잡다, 안형제, 양글다, 어방짐작, 언걸먹다, 여립켜다, 여짓거리다, 오그랑장사, 와뜰, 왜배기, 잔밉다, 제웅치기하다, 쪼볏이, 흐둥하둥…….

내가 이번 작품집의 소설들을 읽으면서 사전을 찾아보아야 했던 단어들 가운데 일부다. 아마도 작가는 평소의 독서 중에, 아니면 작정하여 사전을 들춰보다가 낯설거나 요긴한 단어들을 접할 때마다 일일이 메모해 두었다가, 수시로 되새겨 육화하는 과정을 거쳐 소설의 문장 속에 한 땀 한 땀 수놓았을 것이다. 그렇게 정성을 담아내는 성실한 자세로 그의 소설들은 탄생한 것이리라.

이토록 아름다운 작가 오경훈은 이제 우리 곁을 떠났지만, 그가 남긴 작품들은 그가 풍겼던 은은한 향기와 정겨운 미소로써 바람결 구름결에 넌지시 우리를 찾아올 것이다. 당장이라도 백발의 그가 저만치서 '어이!' 하며 부르고는 너털웃음으로 성큼성큼 걸어와 손을 내밀 것만 같다.